COLSON WHITEHEAD

# Die Fahrstuhlinspektorin

*Buch*

1851 präsentierte Elisha Graves Otis auf der Weltausstellung den ersten Passagier-Fahrstuhl und leitete damit die »vertikale Revolution« ein. Nun ist eine gigantische amerikanische Metropole die Hauptstadt des Vertikalismus – geprägt von Korruption und Rassismus. Und unter den Fahrstuhlinspektoren ist ein erbitterter Streit entbrannt. Die Philosophien und Arbeitsweisen der beiden konkurrierenden Flügel – Empiriker versus Intuitionisten – stehen einander unversöhnlich gegenüber. Denn wo Empiriker jede Schraube unter die Lupe nehmen, »erspüren« im Gegensatz dazu die Intuitionisten die Funktionstüchtigkeit eines Fahrstuhls mit geschlossenen Augen. Zu dieser Fraktion gehört auch Lila Mae Watson, deren Erfolgsquote die höchste der Stadt ist, bis ein von ihr abgenommener Fahrstuhl im freien Fall abstürzt. Doch Lila Mae glaubt nicht, sich in ihrem Urteil getäuscht zu haben. Sie untersucht den vermeintlichen Unglücksfall und bekommt es bei ihrer Recherche mit einem ganzen Netzwerk von Regierungsspionen, Ganoven und verführerischen Doppelagenten zu tun. Denn Lila Mae kommt geheimen Schriften auf die Spur, die die Welt komplett auf den Kopf stellen könnten …

*Autor*

Colson Whitehead wurde 1969 in New York geboren. Er arbeitet als Journalist für »Vibe«, »Spin«, »Newsday« und »The Village Voice«, für die er TV-Kolumnen schreibt. »Die Fahrstuhlinspektorin« war sein gefeiertes Debüt. Sein zweiter Roman, »John Henry Days«, wird bereits als Meilenstein der zeitgenössischen amerikanischen Belletristik gefeiert. Colson Whitehead lebt in New York.

Colson Whitehead

# Die Fahrstuhl-inspektorin

Roman

Aus dem Amerikanischen
von Henning Ahrens

GOLDMANN

Die Originalausgabe erschien 1999
unter dem Titel »The Intuitionist«
bei Anchor Books (Doubleday), New York.

*Umwelthinweis:*
Alle bedruckten Materialien dieses Taschenbuches
sind chlorfrei und umweltschonend.

Der Wilhelm Goldmann Verlag, München, ist ein Unternehmen
der Verlagsgruppe Random House GmbH.

1. Auflage
Taschenbuchausgabe November 2004

Umschlaggestaltung: Design Team München
Umschlagfoto: corbis
Satz: deutsch-türkischer fotosatz, Berlin
Druck: GGP Media GmbH, Pößneck
Titelnummer: 44503
AB · Herstellung: Sebastian Strohmaier
Made in Germany
ISBN 3-442-44503-5
www.goldmann-verlag.de

**rauf**

# Teil eins

Ist ein neuer Fahrstuhl. Frisch in die Schienen gepresst. Und eigentlich dürfte er nicht so schnell fallen.

Sie weiß nicht, wo sie hinschauen soll. Die Eingangstür des Gebäudes ist zerkratzt und zerritzt und schreckt jeden Blick ab, und die Straße hinter ihr ist so unglaublich leer, als wäre die Stadt evakuiert worden und sie die Einzige, die von nichts eine Ahnung hat. Aber in solchen Situationen gibt es immer noch das Spiel, das sie auf andere Gedanken bringt. Sie öffnet ihre Ledermappe und stemmt sie gegen ihre Brust. Je weiter sie zurückgeht, umso schwieriger wird das Spiel. Die meisten Inspektoren der letzten zehn Jahre sind noch Mitglieder der Gilde und leicht zu identifizieren: LMT, MG, BP, JW. Die Männer, die 125 Walker vor ihr inspiziert haben, sind ihr bisher nicht sehr symphatisch. Martin Gruber mampft mit offenem Mund und wackelt gern mit seinem Glasauge. Big Billy Porter ist einer der alten Knochen und stolz darauf. Es ist schon öfter passiert, dass Lila Mae nach einer Mission zur Höhle zurückgekehrt ist, nur um Big Billy Porter zu hören, der den Jungs süße Geschichten aus den ruhmreichen Tagen der Gilde auftischte, lang, lang ist's her. Obwohl seine Kommentare allgemein bleiben, weiß jeder ganz genau, auf was oder wen Big Billy mit seiner krächzenden, schleppenden Stimme anspielt. Big Billys eichener Schreibtisch ist ein Rebell zwischen den ehern aufgereihten Schreibmöbeln der Höhle, er stößt vor in den Flur, damit sein Besitzer seinen wuchtigen Körper direkt unter einem der Deckenquirle platzieren kann. Er behauptet, leicht zu überhitzen, und an den heißesten Sommertagen gleitet sein sorgfältig gekämmtes Haar aus der Form, die Strähnen rollen sich schneckenhausartig auf. Es ist ein langsamer Vorgang, und ihn zu beobachten gleicht dem Warten auf die nächste Stunde. Irgendwann passiert es dann.

Sämtliche Inspektoren, die 125 Walker in der Vergangenheit besucht haben, waren Empiriker. Soweit sie weiß. Wenn sie fünfzehn Jahre in den Akten zurückgeht, kann sie keine Gesichter mehr mit den Initialen verbinden. Sie erkennt die Buchstaben wieder, da sie in den Inspektionsakten anderer Fahrstühle in anderen Gebäuden auftauchen, aber sie ist den Menschen nie begegnet, zu denen sie gehören. JM zum Beispiel ist in der Inspektionsakte des Fahrstuhls zu finden, den Lila Mae vor gerade einer halben Stunde verlassen hat, und wie sie im Laufe der Zeit lernte, hat EH die abgenutzten schuhförmigen Richtungsmarkierungen auf dem Kieker, eine Sache, auf die außer Pedanten keiner mehr achtet. Richtungsmarkierungen gehören inzwischen unter »ferner liefen«. Einige der Männer, die sich hinter den Initialen verbergen, dürften auf den Bildern zu sehen sein, die die Wände der Höhle schmücken. Die Männer auf diesen Bildern weisen den Haarschnitt auf, den die Regeln der Gilde damals verlangten, ein ordentlicher Haarschnitt, passend zu Ehrenmännern mit verantwortungsvollen Aufgaben. Der Haarschnitt ist ein utilitaristisches Missgeschick, und er weckt Gedanken an Ehre, Treue und lebenslange Brüderlichkeit. Der Frisör, zwei Türen weit von der Gilde entfernt, jener, aus dem immer Big-Band-Musik bis auf die Straße dringt, hatte sich darauf spezialisiert. Wird jedenfalls behauptet. Einige der jüngeren Inspektoren haben wieder Gefallen daran gefunden. Er wird Sicherheitshaarschnitt genannt. Lila Maes Haar ist in der Mitte gescheitelt und umfängt ihr Gesicht mit tausend hungrigen Fingern.

Zu dieser Stunde und auf dieser Straße herrscht das gebrauchte Grau eines Ghetto-Zwielichts. Ein stumpfer Quecksilberton. Sie klingelt noch einmal beim Hausmeister und hört ein dünnes, scheppperndes Geräusch. Als sie zwanzig Jahre in den Akten zurückgeht, stößt sie auf einen der Schätze, die das Spiel reizvoll machen: James Fulton und Frank Chancre inspizierten 125 Walker im Abstand eines halben Jahres. Von Lila Maes Standpunkt aus gesehen fällt es nicht schwer, in diesem Zufall das Weiterreichen der Krone zu sehen. Obwohl nicht ganz klar ist, warum Fulton sein Büro verließ, um wieder auf Achse zu gehen. Vor zwanzig Jahren dürfte er Rektor des Instituts gewesen sein, die Zeit der Runden durch die Gebäude, des Klingelns bei Hausmeistern, des Wartens auf heruntergekommenen, hässlichen Veranden lange vorbei. Dann fällt ihr ein, dass Fulton ab und zu gerne wieder die Runde drehte, um nicht aus der Übung zu kommen. Fulton mit seinem Mahagonistock, ungeduldig an eines der drei Fenster in der Eingangstür von 125 Walker pochend. Vielleicht stammen die Sprünge im Glas von ihm. In der Inspektionsakte befindet sich gegenüber seinen Initialen eine Notiz, die auf ein Problem mit dem Endschalter hinweist, eine 387. Sie erkennt die Handschrift wieder, hat sie in Fultons Zimmer im Institut gesehen, in den hohen, hölzernen Vitrinen, in denen seine berühmtesten Schriften aufbewahrt werden, hinter Glas, in ständig kontrollierter Atmosphäre.

Was Chancre betrifft, so war er damals wohl ein junger und im Aufstieg begriffener Inspektor. Ein bisschen dünner als heute, nicht ganz so viele geplatzte Adern auf der Nase. Seine marineblauen Zweireiher konnte er sich als Anfänger sicher nicht leisten, aber seine Position hat sich seitdem verändert. Lila Mae sieht Chancre vor sich, die Hände des Hausmeisters mit seinen übergroßen Pranken in rührseliger Kameradschaft umschließend. Es kann lange dauern, bis man zum Politiker wird, aber er wurde mit dem richtigen Lächeln geboren. So ein Lächeln kann man nicht vortäuschen. Nettes Gebäude hier, Kumpel. Schön, einem Mann zu begegnen, der seine Arbeit ernst nimmt. Manchmal, wenn man so ein Gebäude betritt, weiß man nicht, was einen erwartet, ganz ehrlich. Am liebsten würde man sagen: Wie können Menschen bloß so leben, aber andererseits hat jeder sein eigenes Los gezogen, und jeder versucht so gut, wie es geht, damit klarzukommen. Zu Hause haben wir … Er erteilte 125 Walker Absolution. Viel beschäftigter Mann, viel beschäftigter Mann.

Der Wind fängt sich pfeifend in einer der geheimen Ecken von Walker Street. Der Fahrstuhl ist ein Arbo-Smooth-Glide, beliebt bei Bauherren zu jener Zeit, als die Nummer 125 errichtet wurde. Lila Mae fällt ein, dass sie am Institut während eines Kurses über Fahrstuhl-Marketing erfahren hat, dass Arbo tausende ausgab, um im Handel und auf Tagungen für den Smooth-Glide zu werben. Die Arbo-Manager waren die Ersten, die begriffen, dass der Bikini Zauberkräfte besitzt. Auf einer Drehplattform, geschmückt mit wehenden roten, weißen und blauen Fahnen, fächern schlanke Gestalten die Luft und locken die Käufer an. Die Models haben perfekte Bauchnabel, und die Luft in der alten Tagungshalle ist stickig. Ein Plakat, von der schwülen Ablenkung in den Hintergrund gedrängt, verkündet in silberner Schrift die Details von Arbos patentiertem Quarterpoint-Counterweight-System. Ist Ihnen so etwas schon einmal passiert? Sie haben gerade Ihren letzten Auftrag in der Tasche und wollen sich voller Stolz Ihrem Klienten präsentieren. Auf dem Weg zum obersten Stockwerk hält der Fahrstuhl Marke X an und will sich nicht mehr rühren. Mit *denen* werden Sie nicht mehr zusammenarbeiten! Verabschieden Sie sich von den muffigen und maroden Counterweights, und begrüßen Sie den neuen Smooth-Glide-Fahrstuhl von Arbo. Weltweit sind über zwei Millionen Fahrstühle von Arbo im Einsatz. Sie wollen hoch hinaus?

Am Fenster der Tür taucht ein kahler Kopf auf, umkränzt von schwappenden Rotlocken. Der Mann wirft Lila Mae einen lidschmalen Blick zu und öffnet die Tür, verbirgt seinen Körper hinter dem grauen Metall. Das Reden überlässt er ihr.

»Lila Mae Watson«, sagt sie. »Ich bin gekommen, um Ihren Fahrstuhl zu inspizieren.«

Die Lippen des Mannes wölben sich nasenwärts, und Lila Mae kapiert, dass er noch nie eine Fahrstuhlinspektorin wie sie gesehen hat. Lila Mae hat eine Stelle geortet, die das Herz großstädtischer Verdrossenheit ist. Ein Nullpunkt. Er liegt mitten in der City, an einer Straßenecke, die tagsüber von geschäftigen, gehetzten Bürgern wimmelt und nachts gottverlassen ist, abgesehen von Prostituierten und Vertretern für Lexika. Er ist zwei Minuten zu Fuß vom Büro entfernt. Mit dieser Stelle als Ausgangspunkt kann sie vorhersehen, wie viel Misstrauen, Neugier oder Wut sie bei ihren jeweiligen Inspektionen wecken wird. 125 Walker befindet sich am äußeren Stadtrand, in der Nähe des verschmutzten Flusses, der die Hochhäuser von den Vororten fern hält. Bis zur besagten Straßenecke ist es ziemlich weit: Der Hausmeister mag sie nicht. »Zeigen Sie mir Ihre Marke«, sagt der Mann, aber Lila Maes Hand fischt schon in ihrer Jackentasche. Sie klappt den Ausweis auf und hält ihn dem Mann unter die Nase. Er macht sich nicht die Mühe draufzuschauen. Hat nur der Wirkung halber gefragt.

Der Flur stinkt nach verbrannten Fetten und obskuren Soßen, die zu Schlacke verkochen. Die Hälfte der Deckenlampen enthüllt nackte Glühlampen oder funktioniert überhaupt nicht. »Da hinten«, sagt er. Der Hausmeister scheint zu schmelzen, als er Lila Mae über die vor Schmutz starrenden, sechseckigen, schwarzweißen Fliesen führt. Sein mächtiger Schädel löst sich auf in den Schultern, läuft dann aus in einen breiten Teich von Torso und Beinen. »Warum ist Jimmy diesmal nicht gekommen?«, fragt der Hausmeister. »Jimmy ist in Ordnung.« Lila Mae gibt keine Antwort. Dunkle Ölspuren ziehen sich auf seinen Unterarmen entlang und bewölken sein grünes T-Shirt. Oben schlägt eine Tür auf, und eine laute, weibliche Stimme bellt etwas in dem beißenden Ton, der der Disziplinierung von Kindern und Haustieren vorbehalten ist.

Die klumpige, körnige Oberfläche der Kabinentür verrät ihr, dass das Management sie ein paar Mal hat streichen lassen, aber Lila Mae erkennt trotzdem noch die unüblich breiten Ausmaße einer Arbo-Smooth-Glide-Tür. Von frühen Marktforschungsergebnissen eines Besseren belehrt, hat Arbo sein neuestes Modell mit einer übergroßen Tür ausgestattet, um die Illusion von Geräumigkeit zu schaffen und die Fahrgäste von dem abzulenken, was jeder im Fahrstuhl fühlt. Dass man sich in einer Kiste befindet, die an einem Seil in einem Schacht hängt. Dass man in der Leere schwebt. Wenn der Hausmeister beim nächsten Streichen nicht die alte Farbe abkratzt, wird sie das Öffnen und Schließen der Tür irgendwann behindern. (Gibt natürlich viel Graffiti in dieser Gegend.) Schon jetzt schrammen die Türen im Schlitz, wenn sie aufgehen. Eine Beschädigung wartet darauf, geboren zu werden, die Umrisse einer 787 schälen sich aus dem Dunkel. Lila Mae entschließt sich, dem Hausmeister nichts zu sagen. Ist nicht ihre Sache. »Sie wollen sicher im Maschinenraum anfangen«, sagt der Hausmeister. Sein Blick steht im Bann des idealen Dreiecks von Lila Maes Krawattenknoten, des Musters aus blauen und weinroten Quadraten. Die Krawatte verschwindet unterhalb ihres Busens und gleitet hinter die Knöpfe ihres dunkelblauen Anzugs.

Lila Mae antwortet nicht. Sie lehnt sich an die Rückwand des Fahrstuhls und lauscht. 125 Walker ist nur zwölf Stockwerke hoch, und die Vibration des schwerfälligen Motors verringert sich nicht, durchzittert vielmehr das ölige Rund der Ablenkrolle, strömt die Kabel hinab, durchschifft die Getriebeaufhängung und packt die Kabine. Im Rücken spürt Lila Mae ein ruckelndes Zögern. Über ihr, im dunklen Schacht, hört sie das Klicken der Türautomatik, dann schließt sich die Tür, nur kurz von der Farbschicht behindert. Standard bei Arbo-Fahrstühlen sind drei spiralförmige Puffer von Gemco. Fünf Meter unter ihr warten sie wie Stalagmiten. »Zwölfter Stock«, befiehlt Lila Mae dem Hausmeister. Sie hätte den Knopf selbst mit geschlossenen Augen drücken können, aber sie versucht, sich auf die Vibrationen zu konzentrieren, die ihren Rücken massieren. In diesem Augenblick stehen sie ihr fast vor Augen. Die Vibrationen dieses Fahrstuhls verwandeln sich vor ihrem geistigen Auge in einen meerblauen Kegel. Der Kugelschreiber liegt in ihrer Hand, ihr Griff lockert sich. Er könnte fallen. Sie schiebt das Atemgeräusch des Hausmeisters beiseite, ein dumpfes Rumpeln, das auf dem Scheitelpunkt des Ausatmens zum Pfeifen wird. Echter Lärm. Der Fahrstuhl bewegt sich. Der Fahrstuhl bewegt sich aufwärts im Schacht, auf das Grunzen im Maschinenraum zu, und auch dies verwandelt Lila Mae in ein Bild. Der Aufstieg ist eine rote Spitze, die um den blauen Kegel kreist, der schwankt und dessen Größe sich verdoppelt, als der Fahrstuhl zu klettern beginnt. Die Formen und ihre Bewegungen sind nicht willkürlich. Jeder hat seine eigene Art hilfreicher Geister. Hängt davon ab, wie das Gehirn funktioniert. Lila Mae hatte es immer mit geometrischen Formen. Als der Fahrstuhl im fünften Stock ankommt, rollt ein orangefarbenes Achteck in den Rahmen des Bildes vor ihrem geistigen Auge. Es hüpft auf und ab, kommt der aufwärts kreisenden roten Spitze in die Quere. Im achten Stock tauchen Quadrate und Parallelogramme auf, aber sie geben sich mit halbherzigen kleinen Hüpfern zufrieden und stören den Ablauf nicht wie das hinterhältige, orangefarbene Achteck. Das Achteck schießt in den Vordergrund, hungert nach Aufmerksamkeit. Sie weiß, was es bedeutet. Das Triumvirat spiralförmiger Puffer entfernt sich weiter von ihr, zehn Stockwerke tiefer liegt es, am staubigen, dunklen Grund des Schachts. Unnötig, noch höher hinaufzufahren. Kurz bevor sie die Augen öffnet, versucht sie, sich den Gesichtsausdruck des Hausmeisters auszumalen. Sie schafft es nicht ganz, abgesehen vom eigenartigen Aufwölben seiner Lippen, aber das zählt nicht, denn sie hat es schon gesehen, als er die Eingangstür geöffnet hat. Die Augen des Hausmeisters sind zwei schwarze Striche, die im Wattebausch seiner unentzifferbaren Miene versinken. Seine Lippen wölben sich so hoch, dass seine Nasenlöcher sie aufzusaugen scheinen. »Ich werde Sie wegen eines fehlerhaften Übergeschwindigkeitsreglers zur Verantwortung ziehen müssen«, sagt Lila Mae. Langsam gleitet die Tür auf, und das zögernde Vibrieren des Motors hier oben, dicht beim Maschinenraum, ist kräftig und volltönend.

»Aber Sie haben sich's noch nicht mal angesehen«, sagt der Hausmeister. »Sie haben's nicht mal gesehen.« Er ist verwirrt, und fleckige Röte sprenkelt seine rosa Wangen.

»Ich werde Sie wegen eines fehlerhaften Übergeschwindigkeitsreglers zur Verantwortung ziehen müssen«, wiederholt Lila Mae. Sie entfernt die winzigen Schrauben aus der Glasscheibe, hinten an der linken Wand des Fahrstuhls. Auf einer Seite ihres Schraubenziehers steht: Eigentum der Fahrstuhlinspektionsbehörde. »Ungefähr alle sechs Meter lässt er nach«, fügt Lila Mae hinzu, während sie das Wartungsblatt unter der Scheibe hervorzieht. »Wenn Sie möchten, kann ich mein Handbuch aus dem Auto holen, dann können Sie selbst einen Blick auf die Vorschriften werfen.«

»Keine Lust, in das verfluchte Buch zu schauen«, sagt der Hausmeister. Erregt lässt er den Daumen über seine Knöchel gleiten, während sie auf dem Blatt unterschreibt und die Scheibe wieder einsetzt. »Weiß ja, was drinsteht. Will nur, dass Sie sich das verdammte Ding ansehen. Läuft prima. Sie waren nicht mal oben.«

»Trotzdem«, sagt Lila Mae. Sie öffnet ihre Ledermappe und setzt ihre Initialen ans Ende der Namensliste. Selbst im zwölften Stock kann sie noch hören, wie die Frau unten ihre Kinder anbrüllt, das jedenfalls, was Lila Mae für Kinder hält. Heutzutage weiß man nie.

»Sind nicht etwa einer von diesen Voodoo-Inspektoren, oder? Brauchen nichts sehen, fühlen bloß, stimmt's? Hab gehört, wie Jimmy über solche Hexendoktors gelästert hat.«

Sie sagt: »Intuitionistin.« Lila Mae reibt an der Spitze ihres Kugelschreibers, der nicht funktionieren will. Das W ihrer Initialen gehört zu einem Geisteralphabet.

Der Hausmeister grinst. »Wenn Sie das Spiel spielen wollen«, sagt er, »na gut, meinetwegen.« In seiner öligen Hand liegen drei Scheine, dreimal zwanzig Dollar. Er beugt sich vor und steckt das Geld in Lila Maes Brusttasche. Drückt es hinein. »Hab noch nie 'ne Frau als Inspektor erlebt, schon gar nicht 'ne farbige, aber sie werden euch wohl alle dieselben Tricks beibringen.«

Hinter Lila Mae knarrt die Tür von Apartment 12a. »Was soll der Lärm im Flur hier?«, fragt eine hohe, dünne Stimme. »Wer treibt sich da rum? Was wollen Sie?«

Der Hausmeister zieht die Tür von 12a mit festem Griff zu und sagt: »Kümmern Sie sich um Ihren eigenen Kram, Mrs. LaFleur. Ich bin's nur.« Der Hausmeister wendet sich wieder Lila Mae zu und lächelt. Er schiebt die Zunge in das Loch, wo einst seine Vorderzähne prangten. Arbo hat keine

Lügen über das Quarterpoint-Counterweight-System erzählt. Es versagt so gut wie nie. Ein bedauerlicher Vorfall in Atlanta hatte vor ein paar Jahren für viel Ärger in der Branche gesorgt, aber eine spätere Untersuchung entlastete Arbo. Sagt man. Die Übergeschwindigkeitsregler dieses Modells sind allerdings eine andere Sache, notorisch unzuverlässig, und eigentlich hätte sich ihr berüchtigter Herstellungsfehler schon vor langer Zeit zeigen müssen. Sechzig Eier sind sechzig Eier.

»In ein paar Tagen wird Ihnen die offizielle Mahnung mit der Post zugehen, und sie wird Ihnen die genaue Höhe des Bußgeldes mitteilen«, sagt Lila Mae. In die Inspektionsakte von 125 Walker schreibt sie: 333.

Der Hausmeister klatscht mit seiner breiten Hand auf die Tür von 12a. »Aber ich hab Ihnen sechzig Dollar gegeben! Keiner hat je mehr als sechzig verlangt.« Es fällt ihm schwer, die zitternden Arme ruhig zu halten vor der Brust. Er hätte wohl große Lust, ihr eine zu verpassen.

»Sie haben sechzig Dollar in meine Tasche gesteckt. Ich glaube nicht, dass ich mit meinem Verhalten den Wunsch angedeutet habe, bestochen zu werden. Auch habe ich weder etwas gesagt noch eine Geste vollführt, zum Beispiel die Hand ausgestreckt, was die Vermutung rechtfertigen würde, ich könnte meinen Bericht ändern, wenn Sie mir Geld geben. Wenn Sie Ihr schwer verdientes Geld verschenken wollen«, Lila Mae winkt in Richtung einer Ansammlung von Graffitis, »dann betrachte ich das als eine eigentümliche, in diesem Fall jedoch rein zufällige Geste Ihrerseits, die nichts mit mir zu tun hat. Oder mit dem Grund meiner Anwesenheit.« Sie schickt sich an, die Treppe hinunterzugehen. »Wenn Sie Ihre sechzig Dollar zurückholen wollen, können Sie es gern versuchen, und wenn Sie meine Untersuchungsergebnisse anfechten möchten und wollen, dass jemand anders den Übergeschwindigkeitsregler nochmals überprüft, dann ist das Ihr gutes Recht als Vertreter dieses Gebäudes. Aber ich irre mich nicht.« Lila Mae lässt den Hausmeister, zusammen mit dem Arbo-Smooth-Glide, im zwölften Stock zurück. Der Hausmeister flucht. Sie irrt sich nicht, was den Übergeschwindigkeitsregler betrifft. Sie irrt sich nie.

Noch ahnt sie nichts.

Sämtliche Autos der Behörde sind algengrün, und dank der sorgfältigen Pflege seitens der Mechaniker glänzen sie auch wie Algen. Am Abend seines Amtsantritts packte Chancre das Rednerpult mit seinen Wurstfingern und verkündete einen Zehn-Punkte-Plan. Sein goldenes Dienstabzeichen baumelte an einer langen Kordel in den Landesfarben über seiner Schulter. »Autos der Behörde«, donnerte er, »müssen sich in einem der Behörde würdigen Zustand befinden.« Anlass für großen Applaus im dämmrigen Bankettsaal des Albatros Hotel. Jene, die an den langen, ovalen Tischen saßen, vor sich die unseligen Blumengestecke von Mrs. Chancre, übersetzten den Lakonikern Punkt Nummer sieben ohne viel Federlesens: »Die schwarzen Jungs sollen die Kisten mal auf Hochglanz bringen.« Einer der Mechaniker, Jimmy mit Namen, ist heimlich scharf auf Lila Mae. Nicht ganz heimlich: Lila Maes Sedan ist das einzige Auto, das täglich gesaugt wird, und jeden Morgen, wenn sie die Garage verlässt, um ihre Runde zu drehen, ist der während der Nachtschichten verstellte Rückspiegel wieder gerichtet worden, genau wie sie es mag. In der stämmigen Mechanikermannschaft ist Jimmy eine eher schmächtige Erscheinung, außerdem der Jüngste. Die Hornhaut auf seinen Händen ist erst kieselgroß.

Wenn sie Feierabend macht, sägt der Verkehr an den Nerven. Der Sender WCAM rüstet Männer mit Ferngläsern aus und postiert sie an strategisch günstigen Punkten, damit sie die Verhedderungen und Verknotungen beschreiben. Lila

Mae schafft es nie, diese Männer von den umherirrenden Einzelgängern zu unterscheiden, die am Rand der Freeways herumlungern. Alle gestikulieren auf verstohlene und undurchschaubare Art und Weise, alle haben eine gebückte Haltung, die besagt, dass sie keinen guten Grund dafür haben, sich dort zu befinden, wo sie sind – am Straßenrand. Unmöglich, ein Walkie-Talkie auf solche Entfernung von einer Flasche billigen Weins zu unterscheiden.

Lila Maes Ansicht nach haben die Männer am Straßenrand keine Alibis.

Ihr Sedan schleppt sich wie durch schwarzen Klebstoff. Laut Warnung des Wachtpostens von WCAM liegt eine Unfallstelle vor ihr: Ein Schulbus hat sich überschlagen, und während die vorbeifahrenden Pendler gaffen und sich freuen, mit heiler Haut davongekommen zu sein, staut sich der Verkehr.

Hier hinten hupt eine Frau im roten Kleinwagen. Das helle Tuten verrät den ausländischen Geburtsort ihres Autos, klingt wie ein Wiegenlied in fremder Zunge. Lila Mae denkt, dass Autohupen ihre Botschaft nach rückwärts schicken: Sie machen der Schnecke vor ihnen kein Feuer unterm Hintern, sondern rufen die Nachfolgenden herbei, schließt auf, folgt mir. Lila Mae lauscht den sporadischen Signalen, und sie lauscht den Nachrichten auf WCAM. Vor ihr auf der Straße schwelen die roten Bremslichter. Jedes Wort des Sprechers besitzt jene geübte Eleganz und knitterfreie Reinheit, die Lila Mae mit Geometrie assoziiert. Der Sprecher sagt, ein Tiefdrucksystem rolle ostwärts. Der Sprecher sagt, es habe einen Unfall im Fanny-Briggs-Memorial-Building gegeben. Ein Fahrstuhl sei abgestürzt.

Da wird ihr siedend heiß.

Lila Mae klinkt sich in den Funkverkehr ihrer Behörde ein und hört, wie der Fahrdienstleiter ihr Kennwort ausruft. »Bitte kommen, Z34. Zulu drei vier, bitte melden.«

»Hier Z34. Zentrale, bitte melden.«

»Warum haben Sie nicht geantwortet, Z34?« Im Gegensatz zu gängigen Vorstellungen ist der Dienstraum der Inspektoren nicht mit langen Konsolen ausgestattet, wo fähiges Personal in geschäftigem Durcheinander eifrig Kabel ein- und ausstöpselt. Der Dienstraum ist ein kleines Loch im obersten Stock des Bürohauses, das immer nur von einer Person besetzt ist. Es ist sehr sauber und hat keine Fenster. Craig sitzt jetzt dort, und in Lila Maes Vorstellung ist er ein hagerer Mann mit braunem Haar, der in seinem Drehstuhl verwelkt. Seine Freizeithose wird vermutlich von Hosenträgern gehalten, und vermutlich steckt er in einem ärmellosen Unterhemd. Einen Fahrdienstleiter hat sie noch nie zu Gesicht bekommen, den Dienstraum nur einmal gesehen, am allerersten Arbeitstag. Wahrscheinlich war er auf Toilette oder in der Teeküche.

»Hatte einen Auftrag«, antwortet Lila Mae. »125 Walker. Bin gerade ins Auto gestiegen.« Bei dieser Lüge wird sie keiner ertappen. Wenn sie ihre Arbeit erledigt hat, stellt Lila Mae immer das Funkgerät aus. Manchmal meldet sich einer krank, der Nachtschicht hat, und Craig bittet sie, für ein paar Stunden einzuspringen. Aber bevor Stadt und Behörde die Sache mit den Überstunden nicht geklärt haben, springt Lila Mae todsicher nicht für die Nachtschicht ein. Wenn man seinen Kater nicht bis sechs Uhr abends los ist, sollte man besser was einschmeißen, denkt sie.

»Sie sollen sich sofort beim Hauptquartier melden«, sagt Craig. Und fügt hinzu: »Zulu vierunddreißig.«

»Was ist das für ein Scheiß mit dem Briggs-Building?«, fragt Lila Mae.

»Sie sollen sich sofort hier melden, Z34. Chancre will mit Ihnen reden. Und ich glaube nicht, dass ich Ihnen die Regeln der Behörde betreffs ungehöriger Ausdrucksweise auf städtischen Frequenzen zitieren muss. Ende.«

Lila Mae schaltet wieder um auf WCAM und hofft auf weitere Details. Aus irgendeinem Grund bleibt Craig stur, und das verheißt nichts Gutes. Sie erwägt, auf die Standspur zu fahren und am Stau vorbeizuziehen, ihren Inspektorenausweis zu zücken, wenn die Polizei sie anhält. Aber Polizei und Fahrstuhlinspektoren haben keine besonders harmonische Vergangenheit, und sie bezweifelt, dass ein Cop sie laufen ließe, auch wenn es sich um eine amtliche Angelegenheit handelt. Natürlich hat die Stadt nie auf Chancres wiederholte Bitte um Sirenen reagiert. Außerhalb der Gilde scheint sie aus irgendwelchen Gründen niemand für nötig zu halten. Im Radio sinnieren die Wachtposten von WCAM darüber, wie lange die Bergungsmannschaft brauchen wird, um die Kinder aus dem Schulbus zu befreien.

In der dritten Klasse hat Lila Mae einmal einen Vortrag über Fanny Briggs gehalten. Fanny Briggs war in den neueren Lexika zu finden. In manchen sogar ihr Foto. Fanny Briggs sah müde aus am Seitenrand. Bleischwere Augenlider, von den Wangenknochen sackende Backen. Lila Mae stand vor Mrs. Parkers dritter Klasse und zitterte, als sie mit dem Vortrag begann. Sie zog es vor, in den hinteren Reihen unterzutauchen, in der Nähe der Kaninchenkäfige, im Rücken ungelenke Pastelle zum Thema Frühling. Aber sie stand vor Mrs. Parkers Schreibtisch, und die Karteikarten bebten in ihren winzigen Händen: »Fanny Briggs war eine Sklavin, die sich selbst das Lesen beibrachte.«

Irgendwann gab es einmal eine Radiosendung, in der Dorothy Beechum, die berühmteste farbige Schauspielerin im ganzen Land, Teile von Fanny Briggs' Bericht über ihre Flucht in den Norden vorlas. Lila Mae wurde von ihrer Mutter ins Wohnzimmer gerufen. Lila Maes Beine baumelten vom Schoß ihrer Mutter, als sie sich zum braunen Netz neigte, das den Radiolautsprecher überspannte. Die Stimme der Schauspielerin war klangvoll und kräftig und vermochte es, den liberaleren Teil ihrer Zuhörerschaft, der etwas von edlem Bemühen murmelte, zum Beifall zu bewegen. Winzige Partikel der Dunkelheit drängten von innen gegen das rissige, verfilzte Netz über dem Lautsprecher, jene Art verstörender Dunkelheit, die Lila Mae später mit dem Fahrstuhlschacht verbinden sollte. Natürlich würde sie ihren Vortrag über Fanny Briggs halten. Wer sonst täte es?

Kaum ein Vorankommen in diesem Verkehr.

Die Zeiten ändern sich. In einer Stadt, deren Anteil an wahlberechtiger farbiger Bevölkerung immer weiter wächst – der sich nicht zu schade ist, ermüdende Demonstrationen für Schundblätter in Szene zu setzen oder im Verlauf ansonsten perfekt orchestrierter Reden und Versammlungen mit Tomaten und verfaulten Salatköpfen zu werfen –, ist leicht zu durchschauen, weshalb das neue städtische Gebäude nach einer farbigen Heldin benannt wurde. Der Bürgermeister ist kein Idiot. Man wird nicht Souverän einer Stadt, die so groß und verrückt ist wie diese, wenn man ein Idiot ist. Der Bürgermeister ist listig und kapiert, dass diese Stadt nicht im Süden liegt, dass es weder eine Stadt der Neureichen noch eine des alten Geldadels ist, sondern die berühmteste Stadt auf der ganzen Welt, dass hier andere Gesetze gelten. Das neue städtische Gebäude ist nach Fanny Briggs benannt worden, und seitdem gibt es weniger Beschwerden und noch weniger Tomaten.

Als Lila Mae das Fanny-Briggs-Memorial-Building zugewiesen wurde, hat sie nicht groß darüber nachgedacht. Einleuchtend, dass es entweder sie oder Pompey träfe, einen der beiden einzigen farbigen Inspektoren der Behörde. Chancre ist kein Idiot. Schließlich gibt es auch in der Fahrstuhlgilde Wahljahre, und dieses ist eines davon, und es sind viele unerwartete Dinge geschehen. Die für die ganze Behörde geltende Gehaltserhöhung um $ 1,25 zum Beispiel, die laut Chancre nach einer Weile ganz gut was bringt, wenn man sparsam ist. Nicht, dass die Fahrstuhlinspektoren, die eingefleischte Beamte sind, obwohl sie als Sonderlinge gelten und sich gelegentlich zu bizarrem Benehmen hinreißen lassen, von der Bedeutung einer Gehaltserhöhung um $ 1,25 überzeugt werden müssten. Beamtentum ist Beamtentum, mag es sich um das Inspizieren von Fahrstühlen oder von Kühlwagen für Fleisch handeln, und alles, was ihre Gehälter in ein gerechteres Verhältnis zum Dienst bringt, den sie dem amerikanischen Volk erweisen, wird freudig begrüßt, Wahlkampftrick oder nicht. Dasselbe gilt für die Schraubenzieher. Als ein kurz nach der Gehaltserhöhung herumgehendes Memorandum verkündete, dass demnächst neue Schraubenzieher einträfen, scherte es kaum jemanden, dass sich das Haupt der Gilde so plump um die Gunst der Wähler bemühte. Zumal die neuen Schraubenzieher recht hübsch sind. Seit der Gilde von der Stadt eine Lizenz erteilt worden war, hatten klobige, hässliche Schraubenzieher die Jackentaschen der Fahrstuhlinspektoren ausgebeult und jedes Bemühen um Eleganz und Autorität torpediert. Wie soll man Eindruck schinden und Achtung wecken, wenn man von einer solchen Last gebeugt wird? Die neuen Schraubenzieher haben Perlmuttgriffe und Köpfe, die exakt der Größe der Schrauben in der Glasscheibe entsprechen, unter der sich das Inspektionsformular befindet. Sie lassen sich öffnen wie Klappmesser und schüren barocke Fantasien von Spionen und Geheimmissionen. Wer wollte da etwas einwenden?

Als bekannt wurde, dass Lila Mae der achtzehn Stockwerke tiefe Fahrstuhlschacht im Fanny-Briggs-Memorial-Building zugewiesen worden war (achtzehn Stockwerke tief!), für jeden Inspektor ein Karrieresprung, waren nur wenige erstaunt, und der Boden, den Chancre damit bei den alten Knochen der Gilde verlieren mochte, wurde von der Zustimmung, die die Gehaltserhöhung und die neuen, perlmuttenen, aufklappbaren Schraubenzieher weckten, mehr als wettgemacht. Als Lila Mae davon erfuhr, war ihr klar, dass Chancre gegenüber seinem Gegner im Kampf um den Vorsitz der Gilde punkten wollte, dem liberalen Orville Lever, der offenbar der Ansicht ist, nur Intuitionisten seien in der Lage, über ihren Schatten zu springen und die Hände grundverschiedener Menschen zu schütteln etc. Lila Mae (die übrigens kaum vorankommt im abendlichen Verkehr) mag eine Intuitionistin sein, aber sie ist eine farbige Frau, und das ist das Entscheidende. Chancres Assistent hinterließ eine Nachricht auf ihrem Schreibtisch: Ihre guten Dienste werden nach der Wahl nicht vergessen werden. Als ob sie es nötig hätte, mit dem vagen Versprechen einer Beförderung bestochen zu werden (vermutlich sowieso eine Lüge). Es ist ihr Job. Sie hat einen Eid abgelegt, und so etwas muss man ernst nehmen. Lila Mae hielt die Notiz in ihren kleinen Händen, und obwohl sie nicht von ihrem Schreibtisch aufsah, wusste sie, dass der ganze Haufen, die alten Knochen und die Frischlinge mit Sicherheitshaarschnitt, sie im Auge behielt. Dank der Gerüchteküche in der Höhle (Lila Mae hält Abstand davon) wussten sie es vermutlich schon vor ihr. Wahrscheinlich hatte der hagere Ned, dieser Dunsthauch, dieser als Mann verkleidete schwankende Wattebausch, der nach dem Johnson-Towers-Debakel zum Innendienst verurteilt worden war, mit einem Typen gesprochen, der wiederum mit einem Typen aus Chancres engstem Beraterkreis geredet hatte, und also erfuhr man: Das schwarze Mädel kriegt den Job. In Wahljahren gibt es keine Überraschungen, nur ein bisschen mehr Spannung.

Und plötzlich ist Chancre da, die Hände hinterm teuren Zweireiher gefaltet, sechs Meter groß auf einem Werbeplakat für die United-Fahrstuhl-Kompanie. Lila Maes Auto durchkriecht den Engpass am Tunneleingang, sie kann ihn also nicht übersehen. Kein Teilnehmer dieser trüben Prozession hupt mehr – man kann den Tunnel jetzt sehen, und bevor man hineinfährt, tritt stets eine Phase nachdenklicher Erwartung ein. »Vollkommen sicher« verkünden Lettern über seinen Füßen, eine Anspielung auf die berühmte Erklärung von Otis anlässlich der Weltausstellung im Kristallpalast im Jahre 1853. Die Menschen in den Autos rund um Lila Mae werden die Anspielung kaum verstehen – Anzeigen für Fahrstühle kommen in den Köpfen der Bürger vermutlich nur als verschwommene Bestätigungen von Modernität und fröhlichem Fortschritt an, der als selbstverständlich angesehen und unbewusst gewürdigt wird – aber der Ausspruch von Otis ist der Lastenaufzug, der sie und ihre Kollegen allmorgendlich aus den Betten hievt. Das heilige Motto.

Selbst langjährigen Beobachtern der geheimnisvollen Wege, die die Eitelkeit von Konzernen gehen kann, fällt es schwer, die plötzliche Allgegenwart von Fahrstuhlwerbung zu begreifen. Zusätzlich zu Plakaten wie jenem, das jetzt über Lila Mae aufragt, säumen die Anzeigen der Fahrstuhlindustrie Parkbänke, schmücken Busse und die U-Bahnen des innerstädtischen Verkehrsnetzes, prangen als glänzende Irrlichter auf den Wänden von Baseball-Stadien. Es gibt sie auch anderswo. Einmal, vor dem Beginn einer Filmvorführung in ihrem Lieblingskino – dem Marquee in der 23. Straße, berühmt unter jenen, die wissen, dass die Popcorntüten dort kostenlos nachgefüllt werden –, bekam Lila Mae vor Erstaunen den Mund nicht mehr zu, als ein Werbespot von zweiunddreißig Sekunden Länge den neuen, reibungsarmen Antrieb der American-Fahrstuhl-Kompanie vorstellte. Von Zeit zu Zeit ertappt sich Lila Mae dabei, wie sie die flotte Melodie des Werbesongs nachsummt, trotz der Tatsache, dass es sich beim besagten reibungsarmen Antrieb nur um den alten 240–60-Antrieb in einem schicken, neuen Gehäuse handelt. Die Beredtheit der internationalen Industrie für vertikalen Kurzstreckentransport ist ein relativ neues Phänomen, und keiner hat eine Erklärung dafür. Wie viel Geld

Chancre jedes Jahr mit Werbung macht, kann man nur vermuten, aber es steht außer Frage, dass er ein gutes Polster hat, um seine Wiederwahl zum Vorsitzenden der Gilde zu finanzieren. Man braucht ihn ja bloß anzuschauen dort oben. Bisher glaubte Lila Mae, ihre Rolle in der Kampagne beschränke sich aufs Dekorative – Beweis für das neue, fortschrittliche Gesicht der Fahrstuhlgilde und, im weiteren Sinne, der Stadtverwaltung.

Noch ahnt sie nichts.

Sie ist schon fast im Tunnel, als sich WCAM schließlich dazu entschließt, vom neuesten Stand der Dinge im Fanny-Briggs-Memorial-Building zu berichten. Es leuchten die gelben Kacheln im Tunnel, und Lila Mae erblickt einen langen Rachen, der von Schleim erstickt wird. Mit seiner geometrischen Stimme, die von Ebenen nur so wimmelt, verkündet der Nachrichtensprecher von WCAM, dass Chancre und der Bürgermeister eine Pressekonferenz abhalten werden, um zu diskutieren, was am frühen Nachmittag in dem städtischen Gebäude passiert ist. Aber bevor er fortfahren und etwas Konkretes sagen kann, das Lila Mae aufs Kommende vorbereiten könnte, kappt der Tunnel die Verbindung. Einfach so. In ihrem Sedan ist nur noch das hektische Kratzen atmosphärischer Störungen zu hören und draußen das dumpfe Rauschen der Reifen auf dem Tunnelboden. Fast vollkommene Stille, um besser über das Wunderwerk der Ingenieurskunst nachdenken zu können, das man durchfährt, über das wunderbare Zeitalter, das man erlebt. Die Luft ist giftig.

Irgendetwas ist passiert. Es war ihr Job. Lila Mae trommelt mit den Fingern aufs Steuer und führt sich noch einmal ihren gestrigen Besuch im Briggs-Building vor Augen. All jene, die in der Gestalt des ihr gewidmeten Gebäudes nach einer Entsprechung zu Fanny Briggs' mächtigem, schwerem Körper suchen, werden sich den Willen zum Klotzen bewusst machen müssen, der das Denken eines jeden städtischen Architekten dominiert. Regierungsgebäude sind gewöhnlich eher klotzig als hoch, vermutlich, um die elefantösen Aktenordner mit dreifachen Durchschlägen von Nebensächlichkeiten besser beherbergen zu können. So ist es seit Generationen gewesen. Aber wer kann heutzutage der Versuchung von Fahrstühlen widerstehen, jenen Sprungbrettern zum Himmelreich, die kompromisslose Vertikalität so verlockend erscheinen lassen? Obwohl die Architekten begreifen, dass die Zukunft in der Höhe liegt, darin, wie hoch man aufsteigen kann, fällt es schwer, alte Gewohnheiten aufzugeben. Gewohnheiten krallen sich auf Fußknöchelhöhe fest und widerstehen allen Einwänden, egal wie logisch sie sein mögen. Wie in der Politik siegt am Ende der hässliche Kompromiss. Das Fanny-Briggs-Memorial-Building kauert am Nordrand der Federal Plaza, im renovierten Teil der Innenstadt. Fünf Stockwerke hoch ist es fett und schwer, bevor es sich mit weiteren vierzig Stockwerken aus klarem, makellosem Stahl in den leeren Raum bäumt. Unterm Strich ist der Eindruck schmetterlingshaft, es wirkt wie das Foto eines gläsernen Insekts, das aus einem steinernen Kokon schlüpft. Als Lila Mae zum ersten Mal die breite Steintreppe des Gebäudes hinaufging, sah sie zum über ihr aufragenden Monolithen empor, und anstelle von Schwindel ergriff sie ein Zittern: Es war eine große Verantwortung. Über dem Eingang stand das übliche lateinische Motto.

Lila Mae ist heraus aus dem Tunnel, und sie kommt nicht darauf, welchen Fehler sie gemacht haben könnte. Sie braucht einen Plan.

Nur die Ruhe, Lila Mae.

Unheimlich am Tunnel ist, dass die Skyline der Stadt auf der weltzugewandten Seite nur eine unter vielen Erscheinungen am Horizont ist. Von der weltzugewandten Seite des Tunnels aus gesehen gleicht die Skyline einer Reihe zertrümmerter Zähne, einer Auszackung, die wütend an der Atmosphäre nagt, aber da gibt es noch viel mehr, verschmutztes Wasser und weiteres Land jenseits des verschmutzten Wassers, den bescheidenen und kürzlich verlassenen Vorposten der Metropole, ein Dickicht verwilderter Schornsteine, ein Haufen Zeugs. 360° stehen zur Auswahl, aber die Wahlmöglichkeit ist nur eine Illusion. Dann der Tunnel, der den Himmel verschluckt. Nichts als Zähne. Die Autofahrer sind ernüchtert, sobald sie die Stadt erreicht haben, denn wenn sie einer nach dem anderen den Tunnel verlassen, erinnern sie sich wieder daran, wie die Stadt wirklich ist, fühlen sich erschöpft, und es fällt ihnen nicht mehr ein, warum sie es so eilig hatten, dorthin zu kommen. Das mörderische Gewirr von Einbahnstraßen und Schildern, die es untersagen, auf der Straße zu wenden, erschwert den Rückzug ungeheuer. Mit Absicht.

Als sie um die Ecke vor dem Hauptquartier biegt, erkennt Lila Mae, dass eine Pressekonferenz kurz bevorsteht, wenngleich sie einen Moment braucht, um zwei und zwei zusammenzuzählen. Zeitungsleute und Radiomenschen in bemerkenswerten Nadelstreifen. Wenn es die Stadtväter schaffen würden, die Bautätigkeit zu regeln, ständig kontrollierten, wie dieser Ort aus der Ferne aussieht, dann gliche die Stadt vielleicht jenen Nadelstreifen: einförmig, zweifelbereinigt, vorschriftengesichert. Das Dickicht von Filzhutmännern ist so dicht, dass sie Chancre und den Bürgermeister zunächst nicht erkennen kann, dann aber sieht Lila Mae den eigenartigen, roten Heiligenschein, der sich um Chancres irisches Gesicht herum bildet, wenn alles Blut hineinstürzt, wenn der amtierende Vorsitzende der Gilde kurz vor einem seiner Wutausbrüche steht. Sie fühlt sich entblößt, von einem Voyeur im hellen Mondlicht einer

Sommernacht entdeckt. Weil über sie geredet wird, weil mit alldem sie gemeint ist – so viel ist ihr klar, auch wenn sie keine Details kennt. Die Pressekonferenz ballt sich vor dem Eingang zum Hauptquartier, und die Einfahrt zur Tiefgarage ist glücklicherweise frei. Die Blitzlichter knistern und knacken wie trockene Äste unter den Füßen von Jägern.

Städtischen Gebäuden mag es an angemessenem Stauraum, bequemen Stühlen und Qualitätsklopapier mangeln, niemals aber an Neonröhren. Lila Mae fährt ihren Sedan ins trübe Dämmerlicht der Garage, vorbei am Wachfenster des Büros der Mechaniker. Die sechs Mann starke Crew hängt in ihren dunkelgrünen Uniformen vor dem alten, aber verlässlichen Büroradio, und Lila Mae betet darum, sie möge unbemerkt an ihnen vorbeikommen und vom üblichen Stirnrunzeln und wissenden Kopfnicken verschont bleiben. Fesches Collegeweib. Dieser Raum in der Garage ist das Zugeständnis der Behörde an die farbigen Männer – unterirdisch gelegen, fensterlos und ohne Himmelsblick, und das eklige Neonlicht ist umso schlimmer –, aber die Mechaniker haben ihr Bestes getan, um es sich darin einzurichten. Zum Beispiel: Ein genauer Blick auf Chancres Wahlplakate, die an jede Zementsäule geklatscht worden sind, obwohl Wahlwerbung im Umkreis von hundert Metern rund um das Hauptquartier eigentlich untersagt ist, enthüllt unzählige kleine Verunzierungen, etwa entgegen dem Uhrzeigersinn kreisende Spiralen in Chancres Pupillen, eine Anspielung auf seine berühmte nächtliche Quartalssäuferei. Man muss sich dicht vor die Plakate stellen, um die Spiralen erkennen zu können, und selbst dann sind sie leicht zu übersehen. Jimmy musste Lila Mae darauf hinweisen. Hörner, mächtige Sackgeschwülste, manchmal ein Schimpfwort, quer über Chancres Lattenzaunzähne gepinselt – nach einer Weile ergibt das einen bestimmten Eindruck, der in gewisser Weise persönlicher und vielsagender ist als die üblichen Cartoons und Pin-ups, die Büros ihr gemütliches Flair geben. Niemand bemerkt es, aber diese Dinge sind da, fast unsichtbar, und sie wirken subkutan.

Lila Mae schließt die Tür und schlängelt sich zwischen den Autos hindurch. Es ist schon nach sieben, und die Nachtschicht ist noch nicht unterwegs, etwas nie Dagewesenes in ihren drei Jahren bei der Behörde. Sie hat noch immer keinen Plan, glaubt, Zeit zu haben, um sich ihre Geschichte zurechtzulegen, bis die Pressekonferenz vorbei ist und sie Chancre treffen muss. Unglücklicherweise fällt Lila Mae ein, dass sie ihren Inspektionsbericht über das Briggs-Building gestern Nachmittag abgegeben hat, und selbst wenn sie es schaffte, sich in die Verwaltungsabteilung zu schleichen, vorbei an Miss Bally und ihren Mädchen, wäre der Bericht wohl schon verschwunden. Als Beweis. Wie lange wird es dauern, bis sie das Amt für Innerbetriebliche Angelegenheiten einschalten, wenn es nicht schon passiert ist? Nach drei Jahren schuldet sie niemandem mehr einen Gefallen, und niemand ist ihr einen schuldig, und genau so wollte sie es immer haben. Sie überdenkt ihre Lage neu. Vielleicht Chuck.

»Und? Wie läuft's heute?«, fragt Jimmy. Der junge Mechaniker stellt immer dieselbe Frage, wenn Lila Mae von der Arbeit zurückkehrt, bildet sich vermutlich ein, dass Beharrlichkeit und nettes Geplauder sich eines Tages auszahlen und in ihrer Romanze als Ära prähistorischer Unschuld in freundlicher Erinnerung bleiben werden. Er hat sich nicht wirklich angeschlichen – Lila Mae war einfach zu gedankenversunken, um zu bemerken, wie sein drahtiger Körper sich aus dem Büro und über den Zementfußboden bewegt hat. Allerdings ist sie noch so weit vorhanden, um zu spüren, dass sich seine täglich wiederholte Frage heute unsicher anhört, dass es noch unklarer ist, ob er sich nach Lila

Mae oder dem Sedan der Behörde erkundigt. Immerhin lächelt er, und Lila Mae denkt, dass die Dinge vielleicht doch nicht ganz so schlecht stehen.

Lila Mae fragt: »Warum sind denn noch alle Autos hier?«

»Sie hören alle dem Gespräch von Chancre und dem Bürgermeister über das Gebäude zu.« Er weiß nicht, wie viel er sagen oder wie er es sagen soll. Er zerrt den Lumpen aus der Gesäßtasche seines Overalls, dreht und wendet ihn.

Das wird zäh werden. Nach all der Zeit weiß Lila Mae noch immer nicht, ob Jimmy schüchtern oder einfach dumm ist. Jedes Mal, wenn sie sich für eine der beiden Möglichkeiten entschieden hat, tut Jimmy etwas, das sie veranlasst, neu über die Sache nachzudenken, und löst eine weitere Kette monatelanger Spekulationen aus. »Sie reden über das Fanny-Briggs-Building, stimmt's?«

»Ja«, sagt Jimmy.

»Und was ist passiert?« Sie geht langsam vor. Sie weiß ganz genau, dass es allmählich eng wird für sie.

»Irgendwas ist passiert, und der Fahrstuhl ist abgestürzt. Hat einen Haufen Ärger gegeben deswegen, und – jeder – hier in der Garage – sagt, dass es Ihre Schuld ist.« Hält den Atem an. »Und dasselbe sagen sie im Radio.«

»Schon gut, Jimmy. Nur noch eins – sind die Leute, die tagsüber Dienst hatten, oben oder bei O'Connor?«

»Hab von ein paar gehört, dass sie rüber zu O'Connor gehen wollen, um Chancre zu hören.« Der arme Junge zittert. Sein Lächeln ist schon vor einiger Zeit verebbt.

»Danke, Jimmy«, sagt Lila Mae. Die Rampe hinauf, hinaus auf die Straße und drei Stockwerke hoch bis zu O'Connor. Vermutlich kann sie es schaffen, ohne von den Leuten beim Eingang gesehen zu werden. Wenn Chuck da ist. Als sie aufbrechen will, packt Lila Mae Jimmy bei der Schulter und sagt ihm, dass es gut laufe heute. Natürlich nur aus Spaß.

Lila Mae hat nur einen Freund in der Behörde, und er heißt Chuck. Chucks rotes Haar ist zu einem Sicherheitshaarschnitt zurechtgedrechselt worden, und das hilft ihm, sich den jüngeren Inspektoren der Behörde anzugleichen. Laut Chuck ist dieser Haarschnitt ein Muss am Mittelwestlichen Institut für Vertikalen Transport, das bis zum letzten Frühling seine Alma Mater gewesen ist. Punkt eins (jedenfalls irgendwo ganz oben) im Handbuch für Studenten. Selbst die Studentinnen müssen Sicherheitshaarschnitte tragen, was zu so vielen verwirrten, die Halsachse klar überfordernden Drehbewegungen geführt hat, dass der Arzt des Instituts die daraus resultierende, campusweite Epidemie von Nackenmuskelzerrungen auf den Namen »Sicherheitshals« getauft hat. Chucks Theorie läuft darauf hinaus, dass die Renaissance des Sicherheitshaarschnitts Teil eines schleichenden, überall in der Fahrstuhlindustrie zu beobachtenden Konservatismus sei, vom diesjährigen minimalistischen Kabinendesign bis zur Rückkehr der stabilen, T-förmigen Geländer nach dem unglücklichen Flirt mit den runden, europäischen Geländern. Behauptet er. Hat im Laufe der letzten Jahre zu viele Veränderungen in der Gilde gegeben – braucht man sich bloß den wirren Aufstieg des Intuitionismus anzuschauen oder die wachsende Zahl von Farbigen und Frauen, ein rasanter Anstieg, man sehe sich nur Lila Mae an, ein dreimal verfluchter Selbstläufer, diese Entwicklung. Es kann nicht anders sein, irgendwann wird es wieder auf das hinauslaufen, was die alten Knochen wollen. »Innovation und Regression«, predigt Chuck Lila Mae gern beim Mittagessen. Einem Mittagessen, das meist ein Zwiegespräch brauner Papiertüten auf zusammengepressten Knien im dreckigen Atrium des Metzger Building ist, nur ein paar Blocks entfernt vom Büro. »Vor und zurück, vor und zurück.« Oder rauf und runter, fügt Lila Mae heimlich hinzu.

Chuck hält an seinem Plan fest, sich nach kurzem Außendienst einen Platz an einem Schreibtisch der Behörde zu sichern, um schließlich am Institut für Vertikalen Transport Rolltreppenkunde zu unterrichten. Chuck ist gewieft. Angesichts der Tatsache, dass die Fahrstuhlinspektion in der Gilde eindeutig Vorrang genießt und alles dominiert, bedarf es einer besonderen Persönlichkeitsstruktur, um sich auf Rolltreppen zu spezialisieren, die niedrigste Fortbewegungsart auf der heiligen Skala der Vertikalität. Rolltreppeninspektion ist nie richtig gewürdigt worden, vermutlich, weil die Überprüfung der rotierenden Geschöpfe so monoton ist, dass es nur wenige glückliche Naturen gibt, die den Schwindel verkraften können, der eintritt, wenn man den ganzen Tag lang auf die ununterbrochene Kaskade von Zähnen starrt. Aber Chuck kann mit seinem Schattendasein, der Missachtung und den gelegentlichen Migräneanfällen leben. Spezialisierung bedeutet einen sicheren Job, und außerdem herrscht an den Instituten landesweit ein Mangel an Rolltreppenspezialisten, also rechnet Chuck mit einem Lehrauftrag. Sobald er fest im Sattel sitzt, sobald seine Stellung gesichert ist, kann er von der Rolltreppe steigen und unterrichten, was ihm gefällt. Wahrscheinlich hat er in diesem Augenblick seinen idealen Lehrplan in der Tasche, gekritzelt auf eine billige Serviette. Zum Beispiel einen Kurs, der einen allgemeinen Überblick über die Geschichte hydraulischer Fahrstühle gibt – Chuck ist heiß auf Hydraulik, von Edoux' Monster aus dem Jahr 1867 bis zu den Hybriden, die Arbo Labs, Gerüchten nach, für den nächsten Herbst entwickeln. Oder hypothetische Fahrstühle. Wenn sich der ganze Wirbel gelegt hat, wird Hypothetische Fahrstuhlkunde bald wieder in Mode kommen. Chuck hat Lila Mae versichert, dass er, selbst als eingefleischter Empiriker, die Gegenargumente der Intuitionisten verwenden wird, wenn es nötig ist. Seine Studenten sollen sich in der ganzen Bandbreite des Fahrstuhlwissens auskennen, nicht nur im handelsüblichen Kanon. Chuck hat das Gefühl, dass seine Zukunft in der Gilde gesichert ist. Die ganzen Witze über Rolltreppenjockeys gehen ihm jetzt am Arsch vorbei.

Inzwischen werden allerdings keine Witze mehr gerissen, ob mild oder nicht so mild: Nach einer Weile unmerklichen Mobbings (unmerklich für Neulinge wie Chuck und immer währende Außenseiter wie Lila Mae, da das Mobbing in den meisten Fällen aus codierten Worten und vogelartigen Gesten besteht, die nur Eingeweihte entziffern und deuten, ja überhaupt bemerken können) ist Chuck mehr oder weniger vom Rest der Behörde akzeptiert worden, und außerdem rotten sich heute Abend alle vor dem Radio zusammen und lauschen der Pressekonferenz. Die große Neuigkeit. Lila Mae, die so vorsichtig aus der Garage und hinüber zu O'Connor geschlichen ist, dass jeder Beobachter vermutet hätte, sie hätte erst an diesem Morgen ihre Beine entdeckt, ist nicht verwundert, als sie ihre Kollegen vor dem Radio versammelt findet, das über ein knapp hundert Meter weit entferntes Ereignis berichtet. Sie hätten sich problemlos zu den Reportern draußen vor dem Hauptquartier gesellen können, aber das wäre zu direkt gewesen. Das Ruckeln und Rütteln der Fahrt bedeutet den Fahrstuhlinspektoren alles – und nicht die Banalitäten von Aufbruch und Ankunft. Umso besser also, wenn sich die Radiowellen zunächst von den Mikrofonen der Reporter zum Empfänger oben auf dem WCAM-Gebäude schlängeln und dort ein bisschen hin- und herschwingen müssen, bevor sie (fast) zu ihrem bescheidenen Ursprungsort zurückkehren. Die ihrer Arbeit innewohnende Umständlichkeit befriedigt gewisse staubige Ecken der Fahrstuhlinspektorenmentalität, wie sich herausstellt, genau jene Ecken, wo die grundlegenden und entscheidenden Charakterschwächen zu finden sind. Keiner hat wirklich vor, diese Ecken zu untersuchen, niemand ist bereit, sie wahrzunehmen oder darauf einzugehen. Denn das würde sicher zu lehrreichen, aber zweifellos verheerenden Erkenntnissen über ihre Jobs und sich selbst führen. So wichtig sind sie. Tatsächlich. Derjenige, welcher auf die Idee kam, zu O'Connor zu gehen, um Chancre und den Bürgermeister zu hören, derjenige, welcher es ihnen leicht machte, der wachsenden Zahl ihrer Ausweichmanöver und Umständlichkeiten zu frönen, bekommt wahrscheinlich den ganzen Abend über Freibier.

Die Tages- und die Nachtschicht haben sich in lockeren Halbkreisen vor dem Schrein von O'Connors Radio formiert, das hinter der Bar und unter einem leuchtend grünen Neonkleeblatt steht. Sie macht Chucks rotes Haar mitten im Rudel aus. Die Wölfe lauschen den Geräuschen. Im Radio sagt der Bürgermeister, man werde dieser Geschichte auf den Grund gehen, die Schuldigen an den Pranger stellen, eine umfassende Untersuchung einleiten, um den furchtbaren Unfall im Fanny-Briggs-Building aufzuklären, das einer der edelsten Töchter des Landes gewidmet sei.

»Meinen Sie, dass eine Gruppierung, vielleicht mehrere Gruppierungen, die der Emanzipation der Farbigen feindlich gesinnt sind, die Verantwortung tragen?«, fragt ein Reporter den Bürgermeister, was bei O'Connor erbostes Gemurmel auslöst. Unwillkürlich denkt jeder an die Unruhen im letzten Sommer, daran, wie seltsam es war, in einer Metropole wie dieser zu leben (wunderbare Hochbahnen, fünf Tageszeitungen, zwei Baseball-Stadien) und doch zu viel Angst zu haben, vor die Tür zu gehen. Wie schnell doch alles in mittelalterliches Chaos zurückfallen kann.

»Zu diesem Zeitpunkt stellen wir keine Vermutungen darüber an, wer verantwortlich sein könnte oder nicht«, sagt der Bürgermeister. »Wir wollen keine Gefühle aufwühlen oder niedere Triebe wecken. Ich war dabei, als es passiert ist, und ich weiß nur von einem lauten Krach, einem gewaltigen Krachen und einem großen Durcheinander, und ich wusste, dass im Fanny-Briggs-Memorial-Building irgendetwas Furchtbares passiert sein musste. Augenblicklich konzentrieren wir uns auf die nahe liegenden Fakten, etwa die Inspektionsakten. Aber Mr. Chancre, der Vorsitzende der Behörde der Fahrstuhlinspektoren, wird sich dieser Fragen annehmen. Mr. Chancre?«

Unnötig, darauf hinzuweisen, dass Lila Mae nicht oft bei O'Connor ist. Meist geht sie nur an den Bowling-Abenden der Behörde dorthin und sitzt mit Chuck bei den immer gleichen Säufern. Letztere stellen keine Bedrohung dar, außer für saubere Fußböden. Denn ihr Vater hat ihr beigebracht, dass die Weißen einen jederzeit vor die Tür setzen können. Sie fürchtet um ihr Leben bei O'Connor, weil sie glaubt, dass das plötzliche Zurückschieben eines Stuhls oder eine Stimme, die sich unerwartet hebt, eine mögliche Auseinandersetzung auslösen könnte. Ein paar Male war Lila Mae anlässlich der Übertragung eines Baseballspiels oder eines Boxkampfes bei O'Connor, und bei diesen Gelegenheiten sah sie sich bei jedem Jubelschrei nach möglichen Waffen um. Beruhigend ist ebenso wenig, dass der Wirt immer mit einer großen Messingglocke bimmelt, wenn ein Gast kein Trinkgeld gibt. Jedes Mal schreckt sie auf. Schreckt beim Bimmeln auf und beim Abfeuern der Startpistole, die benutzt wird, um drohende Händel zu unterbinden, etwa bei hitzigen Debatten über die verschiedenen Vor- und Nachteile der Kühlung in den Bremssystemen der United-Fahrstuhl-Kompanie. Sie könnten jede Sekunde über sie herfallen. Dies ist das wahre Ergebnis der zunehmenden Integration: Offene Gewalt wird durch verhalten offene Gewalt ersetzt. Ihre Position im Büro ist prekär, das ist ihr klar, und ebenso bei O'Connor. Sie ist eine Touristin, gestrandet zwischen rollenden Vokalen, den ungenauen Landkarten uralter Homelands und dem Federschmuck nahezu ausgerotteter Clans. Überall, wo sie ihren Fuß hinsetzt in dieser Stadt, ist ihre Position prekär, das versteht sich von selbst, aber sie hat ihren Angstinstinkt kultiviert, um im Gewimmel der Metropole unsichtbar zu bleiben, genau wie Hydranten und Kaugummi, das auf dem Bürgersteig zu einer schwarzen Masse zermanscht worden ist. Mögliche Waffen sind unter anderem Schuhe, Schlüssel und zerbrochene Flaschen. Billiardstöcke, wenn sie nicht zu lang sind.

»Wette zehn Dollar, dass Chancre eine Wahlkampfrede hält.«

»Braucht man nicht drauf zu wetten.«

»Chancre macht jetzt das Rennen, keine Frage.«

Ist wohl egal, dass sich Lila Mae seit der dritten Klasse nicht mehr geprügelt hat, als sie von einem jungen, blonden Mädchen mit Pferdegebiss gefragt wurde: »Warum haben Nigger krauses Haar?«

»So was passiert halt, wenn man Idioten und Asoziale in die Gilde aufnimmt.«

»Halt die Klappe – ich will den Mann hören.«

Wenn ein Farbiger eine Bar der Weißen betritt, hält er zuerst nach anderen Farbigen Ausschau. Es gibt nur noch einen Farbigen, der sich am arroganten Kobold vorbeiwagt, der auf O'Connors Tür herumhüpft, und das ist Pompey, der heute Abend anwesend ist, die Ellbogen auf die Bar stützt, würdevoll an einem Whiskey nippt, als wäre es der Tee des Kalifen, und dessen Manschetten aus traurigen und absurd kurzen Jackenärmeln hervorschauen. Der Barkeeper wischt die leeren Gläser mit der Ungeduld eines Uhrzeigers von der Theke. Der Sicherheitsabstand, den man zu ihm halten muss, ist schwer abzuschätzen. Für Lila Mae, nicht für Pompey. Diese Männer würden Pompey nie etwas tun, dem kleinen Pompey, der todsicher einen lahmen Gaul auf der Rennbahn reiten würde, hätte er nicht seine edle Bestimmung gefunden. (Oder sie hat ihn gefunden, denn in der Einstellung der Inspektoren gegenüber ihrer Arbeit liegt etwas, das eng mit endgültiger Resignation verwandt ist.) Hier eine Geschichte über Pompey, sie mag stimmen oder nicht. Egal. Eines Tages bestellte George Holt, Chancres Vorgänger, Pompey kurz vor Feierabend in sein Büro. Das Büro des Vorsitzenden der Gilde befindet sich über der Höhle im Stockwerk der höheren Angestellten, und da Rügen und Kündigungen in offiziellen, bürointernen Umschlägen der Behörde eintreffen, werden Einladungen nach oben gewöhnlich als ein gutes Omen angesehen. Beförderungen, Zuweisungen besonders guter Gebäude, Schlüssel für bessere Autos. Noch einmal: Pompey, der erste farbige Fahrstuhlinspektor der Stadt, wird zum ersten Mal zu Holt bestellt, nachdem er vier Jahre lang im Außendienst malocht hat. Die Schwierigkeiten aller farbigen »Neulinge« sind sehr gut dokumentiert, zumindest aber leicht vorstellbar, und es muss nicht viel darüber gesagt werden, außer, dass Pompey es außerordentlich schwer hatte. Als Holt ihn nach oben bestellte, glaubte Pompey, dass seine widerwärtig kriecherische Art, die er während der Jahre in der Behörde bis zum Exzess kultiviert hatte, ihm schließlich doch genützt hätte. Holt hatte noch nie ein Wort mit ihm gewechselt, und Pompey fand ihn erstaunlich liebenswürdig. Holt bot ihm eine Zigarre an, mit deren Geruch Pompey wohl vertraut war, denn er hing überall in den Fluren und Büros der Behörde und markierte den Weg, den Holt auf seinen Kontrollgängen zurücklegte. Als beißende Erinnerung an Autorität, körperlos, unsichtbar, allgegenwärtig. Pompey fuhr mit der Zunge über die Innenseiten seiner Wangen, um die Reste des leicht zimtenen Rauches nachzuschmecken, die feinen Schwaden des Ausdrucks von Holts Respekt. Er erwartete Vertraulichkeiten. Holt sagte ihm, er werde ihm einen Arschtritt verpassen. Pompey lachte (es würde wohl ein bisschen dauern, bis man sich an den Humor von Vorgesetzten gewöhnte) und ließ sich den Witz gefallen, selbst dann noch, als Holt ihn anwies, sich zu bücken. Was er tat. Pompey kicherte weiter, bis Holt ihn mit der Spitze eines seiner Schnabelschuhe in die linke Arschbacke trat (Pompeys Blickwinkel erlaubte es nicht, genau zu sagen, ob es der rechte oder der linke Schuh gewesen war). Dann befahl ihm Holt, aus dem Büro zu verschwinden. Am nächsten Tag flatterte eine kurze Notiz auf Pompeys Tisch, die ihm seine Ernennung zum Inspektor Zweiten Grades mitteilte. Sicher, Holt hatte ihn nicht erst gebeten, den Schuh zu putzen. Und die Zigarre hatte er behalten dürfen.

Bis Chuck ihr die Geschichte erzählte, war sie Lila Mae unbekannt gewesen. Weit davon entfernt, Pompeys Feindseligkeit ihr gegenüber zu erklären, ließ sie die Dinge noch undurchsichtiger werden. Konnte Pompey Lila Mae nicht leiden, weil sie eine noch exotischere Erscheinung in der Gilde war und den Hass ihm gegenüber, den er im Laufe der Zeit fast zu schätzen und als Freundschaft anzusehen gelernt hatte, von ihm ablenkte? Oder stellten seine hochmütigen Blicke und entmutigenden Bemerkungen den Versuch dar, sie davor zu warnen, so zu werden wie er? War es am Ende doch ein Ausdruck brüderlicher Liebe? Jetzt sagt Pompey: »Sie bekommt endlich das, was sie schon lange verdient hat«, und Harry mit dem Stinkeatem klatscht ihm zustimmend auf den Rücken. Außer dem Barkeeper hat sie noch niemand erblickt, und er mag sie und wird den Mund halten. Sie versteckt sich nicht wirklich, aber der Großteil ihres Körpers wird von einer Säule verdeckt, die sich günstigerweise zwischen der Tür und der Rotte vor dem Radio befindet. Derselbe schadenfroh grinsende Kobold, der O'Connors Tür schmückt, tanzt in dreifacher Ausführung auf der Säule herum. Vielleicht versteckt sie sich doch. Sie ist sich nicht ganz sicher. Sie weiß nicht, wie sie Chuck auf sich aufmerksam machen soll. Er hat die ganze Zeit über geschwiegen. Auf eine Bemerkung von Chancre hin grölt einer ihrer Kollegen dröhnend.

»Stimmt es, dass die Inspektorin eine Intuitionistin ist?«, fragt ein Reporter.

»Ja, die Inspektorin des Fanny-Briggs-Building, eine Miss Lila Mae Watson, ist eine Intuitionistin. Ich zögere zwar, diese furchtbare Sache politisch auszuschlachten, bin mir aber sicher, dass den meisten von Ihnen bewusst sein dürfte, dass mein Konkurrent um den Vorsitz der Gilde ebenfalls ein Intuitionist ist.« Lila Mae begreift, dass sie die Zeit, die sie mit dem Nachdenken darüber vergeudet hat, wie sie am besten in O'Connors Etablissement eindringen kann, besser damit hätte verbringen sollen, dem Radio zu lauschen oder Chuck einfach beim Schlafittchen zu packen und aus der Rotte zu zerren. Das hätte die Kerle verblüfft. So aber ist sie nicht schlauer als zuvor.

»Glauben Sie, dass die Methoden der Intuitionisten, die Sie in der Vergangenheit als ›heretisch und voodoomäßig‹ bezeichnet haben, eine Rolle beim heutigen Absturz gespielt haben?«

»Augenblicklich untersucht das Amt für Innerbetriebliche Angelegenheiten genau diese Möglichkeit. Wir besitzen eine Kopie des Inspektionsberichts für dieses Gebäude, und glauben Sie mir, während ich dies sage, wird eifrig nachgeforscht. Meine Herren, in meinen vier Jahren als Vorsitzender der Gilde habe ich mich darum bemüht, genau diese Art von Vorkommnissen zu verhindern, und ich glaube nicht, dass ich unbescheiden bin, wenn ich Ihnen sage, dass ich meine Sache gut gemacht habe. Die Sedans unserer Behörde glänzen wie nie zuvor, und die Moral war noch nie so hoch. Es ist fast Furcht erregend. Manchmal werde ich gefragt, wie ich es geschafft habe, diese Behörde in ein Juwel zu verwandeln, in die Perle unter den städtischen Betrieben.

Häufig antworte ich dann, dass die alte Art manchmal die beste ist. Warum dem Zeitgeistigen und Neumodischen hinterherhecheln, wenn die Empirie immer der Stern gewesen ist, der die Vernunft geleitet hat? Genau wie in den Tagen unserer Väter und der Väter unserer Väter. Der heutige Vorfall ist genau jene Art von Unglück, das eintreten kann, wenn man sich den neuesten Moden aus Übersee unterwirft. Wir werden dieser Sache auf den Grund gehen, meine Herren. Das schwöre ich Ihnen.«

Ihr fällt ein, dass sie noch nicht einmal ein Alibi hat, genau wie die anonymen Geistergestalten am Rand des Highways, die keiner kennt.

Lila Mae könnte bestimmt ein bisschen mehr Aufregung in ihrem Leben gebrauchen, wie die zwei Männer, die ihr Apartment durchsuchen, scharfsinnig anhand von Fundstücken schließen. Jim kriecht auf den Knien in Lila Maes Schrank herum, zwängt die dicken Finger in ihre Schuhe und untersucht die Hacken auf Geheimfächer. Sie besitzt ein Paar ausgelatschter Turnschuhe, ein Relikt ihrer ersten Tage in der Stadt, als sie viel Zeit damit verbrachte, zwischen den Häusern herumzulaufen. Jedes Mal, wenn sie den Stadtrand erreichte und den dampfenden, braunen Fluss in der Ferne sehen konnte, machte Lila Mae auf dem Absatz kehrt und verschwand wieder in den Häuserschluchten. Eine derartige Anonymität hatte sie noch nie erlebt – es war, als fördere der Ort die Bildung von Enzymen, die einen Schildkrötenpanzer um sie herum wachsen ließen. Vor ungefähr einem Jahr wurden die Gänge seltener. Jetzt sitzt sie nur noch. Ihr restliches Schuhwerk besteht aus den behördlich vorgeschriebenen Schnabelschuhen, die infolge von Chancres Kreuzzug für ein besseres Image auf einen an Besessenheit grenzenden Hochglanz gebracht worden sind.

Sie besitzt fünf solcher Paare, nach Arbeitstagen geordnet. Das Paar vom Freitag fehlt.

Jim hat schon alle Taschen ihrer Klamotten durchsucht, ist jeder Naht nachgegangen. Werde fündig, ist sein Motto. Jim ist der Auffälligere der beiden, ganz hingegeben an den Tagesbefehl. Heute lautet er: »Beweise finden.« John ist der Philosophischere der zwei, und er neigt dazu, grübelnd aus dem Dachbodenfenster des Hauses zu starren, wo er mit seinen Eltern lebt. Starrt weiter, selbst wenn die Nachbarin Louisa sich ausgezogen und das Licht gelöscht hat. John braucht Raster, und er hält sich unter widrigen Umständen daran fest. Weil es Raster geben muss, ist die Erfahrung rekursiv, und wenn das Raster noch nicht erkennbar ist, wird es sich irgendwann zeigen, auf sanfte Art, behutsam und unübersehbar. Er sucht noch immer nach einer Entsprechung zwischen dem Verlust seiner Jungfräulichkeit (erkauft) und einer Bänderzerrung (zufällig), die drei Jahre später eintrat, fast genau zur selben Stunde. John ist sich sicher, dass er sie irgendwann finden wird, er wartet darauf, dass die Reihe von Begebenheiten sich fortsetzt oder sich ein neuer Blick auf das Geschehene ergibt. Egal. Im Augenblick freut er sich am Anblick von Lila Maes Klamotten, die leise über Jims gebeugten Rücken gleiten. Kaum Freizeitkleidung, und wenn, dann in den Farben des herbstlichen Spektrums: Hellgrau, Schlammbraun, Rostrot. Ihre vier dunkelblauen Anzüge sind identisch (auch hier fehlt einer) und drücken, Johns Ansicht nach, eine pathologische Neigung zur Ordnung aus, zum Bleibenden und Wahren. Der Versuch, dies mit dem Verdacht gegen Lila Mae in Einklang zu bringen, erfordert einige Anstrengung. Passt aber zu der sozialen Schublade, in der John Lila Mae ablegt: farbige Bürgerrechtlerin.

Jim und John sind Weiße, und dank der Zufälle statistischer Erhebungen durchschnittliche Bürger dieses Landes.

Im Gegensatz zur üblichen Vorstellung von Partnern sind Jim und John nicht groß und klein oder dick und dünn und bilden keinen komischen Gegensatz. Sie gleichen einander, und sie gleichen vielen anderen Menschen. Polizeiakten quellen über von Gesichtern wie den ihren; sie schnappen sich im Kaufladen die letzte Packung Haferflocken, damit der nächste Kunde leer ausgeht, und mögen Haferflocken nicht einmal. Die Banken sind voll von ihnen, die Kinos und die öffentlichen Verkehrsmittel. Sie verkörpern den unsichtbaren Jedermann, den wahren Bürger. Lila Mae zählt nur wenige Menschen zu ihren Freunden. Jim und John gehören nicht dazu. Staubbraune Haarmatte, vorspringendes Kinn, rascher Blutschuss. Steakfresser, Fettschlinger, Furzrülpser. (Die Fahrstuhlinspektionsbehörde quillt über von solchen Typen, aber lassen Sie sich nicht vom offiziellen Anstrich und dem methodischen Vorgehen täuschen: Diese Kerle gehören nicht zur Behörde.) Jims Lieblingsessen sind Hot Dogs mit Senf, wobei der Senf verfeinernd wirkt und keine bloße Zutat ist. John mag Hamburger mit Ketchup – feine Unterschiede entgehen John nicht, er ist ein Typ, der damit protzt, sich auszukennen. In Lila Maes Apartment allerdings kennt er sich noch nicht aus und hat noch nicht gefunden, wonach er sucht.

Zwei Zimmer: eines, dessen Größe es eben verhindert, dass Lila Mae sich selbst zu Tode trampelt, und ein kleinerer Würfel, in den Bett und Nachttisch gequetscht sind. Eine Pflanze, ein Sparschwein, ein Pfirsich aus Plastik. Ihre paar Besitztümer thronen auf Vorsprüngen und Tischen, in dem sicheren Bewusstsein, dass ihre Zahl nicht zunehmen und ihr Wettbewerb um die Aufmerksamkeit Lila Maes (oder den Mangel daran) in denselben Bahnen verlaufen wird wie eh und je. Was John am meisten auffällt, ist die genau geplante Einrichtung der Wohnung. Sie will andere Menschen davon überzeugen, dass hier jemand lebt, doch stattdessen wird der Eindruck eines langsamen, stückweisen Auszugs geweckt. Im Sparschwein klimpert nichts.

»Muss 'nen Haufen Licht kriegen, diese Bude«, sagt John. Draußen, vor Lila Maes Fenster, blinzelt die rote Lampe eines Fernsehturms so gemächlich wie das Auge einer Eidechse.

»Haufen Licht«, antwortet Jim.

»Was meinst du, wie viel berappt sie für diese Wohnung?«

»Würd nicht mal für Geld in dieser Gegend leben wollen«, sagt Jim ohne Bedauern.

Die Gegend ist den Gezeiten unterworfen, Ebbe und Flut, entsprechend den Anforderungen der Stadt. Vor Jahren entschied ein Mann, sich ein Denkmal zu setzen, eine Hochbahn zu bauen, die die Stadt überzog und selbst bis in Gegenden wie diese vorstieß, die damals noch kein Vorort war, sondern krautiger Acker, hier und da gesprenkelt mit den Holzhäusern optimistischer Bürger. Schweineställe und Ziegen. Um die Bahn und den Traum des reichen Mannes hinreichend zu rechtfertigen, ließen Spekulanten triste und gewichtige Mietshäuser errichten und schickten die Immigranten auf Anfrage in Richtung Norden, zum neu besiedelten Land. Die Hochbahn zahlte sich nach kurzer Zeit aus, und die Spekulanten verdienten sich eine goldene Nase – jetzt gab es einen Bestimmungsort, die Schiffe spien täglich hunderte von Menschen aus, und sie mussten irgendwo leben. Die Gegend gab sich einen Namen, entwickelte einen Charakter: wimmelvoll und optimistisch, dem großartigen, neuen Land verpflichtet, dessen winzigen und unwichtigen Splitter sie darstellte. Dann begehrten die Farbigen auf, und auch sie träumten vom Norden. Es war ihnen eine Geschichte aufgetischt worden, und sie glaubten daran. Eines nach dem anderen erloschen die Lichter in den Wohnungen der Polen und Russen, und als die Fenster sich wieder erhellten, schien ein farbiges Licht darin. Die Gegend behielt ihren alten Namen, bekam aber einen anderen Charakter. Ganz gleich, ob ein paar Polen und Russen noch ihre Gemüseläden und Fleischereien betrieben und gelegentlich Kredit gaben. Niemand zweifelte daran, dass sich der neue Charakter der Gegend halten würde, denn bei Einbruch der Nacht knipsten die Polen und Russen das Licht in ihren Läden aus und glitten in der Hochbahn in ihre neuen Wohngegenden. Jetzt verändert sich die Gegend wieder. Ihr Charakter zerfleddert an den Rändern, denn die Weißen kehren zurück, als Folge der städtischen Gesetze von Einwohnerdichte und heimlich steigenden Mieten. Nur die Immobilienmakler, die wissen, dass ein Charakter sich immer verändert, kennen die Grenzen der Gegend genau und heben die Kaufpreise an, um ihren Kunden das Gefühl zu geben, nicht in eine farbige Gegend zu ziehen, sondern in einen Wurmfortsatz benachbarter weißer Wohngegenden. Auf Jim, der nicht mal für Geld in diese Gegend ziehen würde, macht das alles keinen Eindruck.

In Lila Maes Haus gibt es keinen Fahrstuhl. An den Wänden ihrer dunklen Wohnung hängen zwei Gemälde, amateurhafte Landschaftsaquarelle. Genau wie die Kunst in Motelzimmern passen sie zur allgemeinen Atmosphäre von Lila Maes Apartment. John schnappt sich das einzige Foto in der Wohnung, das auf dem Tisch neben Lila Maes finsterer und vogelscheuchenartiger Couch steht. In diesem Augenblick ist Lila Mae nur wenige Blocks von ihrem Apartment entfernt, aber als ihr Vater das Foto machte, vor zehn Jahren, stand sie mager und still und zusammen mit ihrer Mutter auf der Veranda ihres heimatlichen Hauses. Das kalte Licht und die traurige Trägheit des Fotos lassen erkennen, dass es Spätsommer ist – die kalten Monate stehen bevor. Lila Mae scheint sich wohl zu fühlen mit diesem Wissen. Ihr Gesichtsausdruck ist traurig, nach innen gewandt, abfallend, ein Gesicht, dass den Ungewappneten den Hang seiner Melancholie hinabzieht. Etwas, das in den Knochen steckt, etwas Ererbtes, entscheidet John, nachdem er ihre Mutter gemustert hat. Kinder sind dazu verdammt, die Fehler, die die Physiognomie ihrer Eltern verrät, zu wiederholen, als säßen sie in der Falle von Bannsprüchen, die generationenlang gegolten haben, als warteten sie auf die Tat, die Erlösung bringt. Jims Eltern sind ganz ähnlich gestrickt, und fragte man ihn danach, dann würde er das nicht leugnen.

Irgendwann einmal bekam sie einen Vogel, aber er starb.

John bemerkt, dass Jim seinen Kiefer reibt. »Immer noch Zahnschmerzen?«, fragt er.

Jim nickt ernst.

»Solltest morgen besser zum Zahnarzt gehen«, rät ihm John. »Hat doch keinen Sinn, mit solchen Schmerzen rumzurennen, wenn es nicht sein muss.«

In einem treppenförmigen Regal unter dem Tisch entdeckt John die Bücher von Lila Mae. Alles Fachliteratur, die Standardlektüre: Zithers *Einführung in Gegengewichte,* Elisah Otis' *Der Mann und seine Zeit* und so weiter. Sie besitzt alle Bücher von Fulton, vom bahnbrechenden *Versuch eines Systems vertikalen Transports* bis hin zu den blasphemischeren Teilen seines Werkes, den zwei Bänden von *Theoretische Fahrstühle.* Wie üblich sind ihre Informationen bisher bestätigt worden.

»Scheint 'n Schlaumeier zu sein, die Frau«, urteilt John, als er das *Handbuch der Fahrstuhlsicherheit* nach belastenden Papieren durchblättert.

»Sagt man wohl«, sagt Jim.

»Sie hat genau die richtigen Bücher.«

»Sagt man wohl«, sagt Jim.

Jim und John sind perfekte Schnüffler. Wenn ihre Opfer nach Hause kommen, merken sie kaum, dass etwas fehlt, empfinden nur einen Hauch von Verwunderung, aber da es so viele andere Gründe für dieses Gefühl gibt, kommen nur wenige auf die Idee, dass diese beiden Männer ihre Dinge befingert haben könnten. John hält sich für ein entscheidendes Rädchen im Getriebe dieser Stadt, für einen freiberuflichen Poltergeist, einen heimlichen großstädtischen Unruhestifter. Die Arbeitgeber von Jim und John sind stolz auf die beiden, und wenn sie den Bericht über den heutigen Auftrag entgegennehmen, wird Jim und John kein Versagen vorgeworfen werden. Die Organisation, für die sie arbeiten, kann es sich leisten, Nachsicht zu üben, so lange jedenfalls, wie diese Nachsicht nachvollziehbar und statistisch erfassbar bleibt, etwa wie unentschuldigtes Fehlen, Bleistiftdiebstahl oder Brandschäden (ob Unfall oder Versicherungsbetrug), und am Ende jedes Quartals die Bücher stimmen.

Das, was Jim und John vermissen, ist der Safe hinter dem zum Heulen schönen Gemälde von Heumieten. Wo sie alle wichtigen Dinge aufbewahrt. Vielleicht wäre John am Ende noch auf den Safe gestoßen, hätte Lila Mae seine Suche nicht unterbrochen. Sie braucht ein paar Anläufe, bevor sie kapiert, dass sie ihre Haustür nicht aufschließen kann, weil sie schon offen ist. Jim und John nutzen die Frist nicht, die ihnen Lila Maes Schlüsselfummelei gönnt, um über die Feuerleiter zu flüchten, sich im Schrank zu verstecken oder ihre Kanonen aus der Tasche zu fischen und sich in bemüht lockerer Wir-stellen-dich-kalt-Pose auf der Couch zu lümmeln, nein, sie fahren einfach fort mit ihrer Arbeit, und das ist der Anblick, den sie Lila Mae bieten, John durchwühlt einen Stapel von Quittungen, der sich in der linksmittigen Schublade von Lila Maes müdem Abklatsch einer Kochnische befindet – man weiß ja nie, welche verschlüsselten Botschaften sich hinter vermeintlich harmlosen Phrasen wie »Bobs Obstladen: Das beste Früchtchen« oder dem Zahlenbollwerk von »Steuern und Rechnungen« verbergen –, und Jim rührt auf der Suche nach kleinen Schätzen wie Schließfachschlüsseln oder Mikrofilmen mit einem Finger in der Pfirsichmarmelade herum, die Lila Mae letzte Weihnachten von der Schwester ihrer Mutter bekommen hat. Jim ist zwar im Laufe seiner Durchsuchungen unzähliger Apartments nie auf Mikrofilme gestoßen, meint aber, dass es eines Tages so weit sei. Diesen Anblick also bieten sie Lila Mae: John starrt zyklopisch durch ein Vergrößerungsglas, und Jim leckt seine Finger. Angesichts der Tatsache, dass Wutaufwallungen ansonsten milde Gemüter rasend schnell aufwühlen können, ist zu erwarten, dass die Worte, die Lila Mae an die zwei in ihrem Apartment lauernden Fremden richtet, saftige Kraftausdrücke enthalten. Aber es ist John, der zuerst das Wort ergreift. Er sagt: »Sie sind also die kleine Lady.«

Das Gegengewicht, dienstverpflichtet vom Unfall, schießt mit der Wut neu gewonnener Geschwindigkeit durch die Finsternis des Fahrstuhlschachts.

Nur Chuck kann genau sagen, ob es an seiner einmalig schwachen Blase (die Familiensaga berichtet von drei Tanten und einem Cousin mit demselben Leiden) oder an seiner Abscheu angesichts von Chancres skrupellosem Politikerinstinkt liegt, dass er sich vom ledergepolsterten Stuhl erhebt und sich auf den Weg zu O'Connors Furcht einflößenden Klos macht. Chancre ist immer noch dabei, den Unfall für eine Stegreifrede über die Verdienste seiner vier Jahre als Vorsitzender der Gilde – und damit der Behörde – auszuschlachten. Schließlich steht die Wahl kurz bevor, und Chuck (ein schlauer Typ, aber keiner, der seine Schlauheit zur Schau trägt) kennt das Spiel, das Chancre spielt. Diese Pressekonferenz gibt Chancre die Chance, Mitglieder der Fahrstuhlinspektionsbehörde zu erreichen, die nicht mehr im städtischen Dienst sind, »passive Mitglieder«, die sich aus dem einsamen Hackenablaufen des Außendienstes hinter die efeuberankten Tore des Instituts für Vertikalen Transport zurückgezogen haben oder in die Privatwirtschaft gegangen sind, wo sie die Idioten von Arbo, United und American darüber belehren, was es wirklich mit den Fahrstühlen auf sich hat, welche Geheimnisse die Fahrstuhlschächte jenen einzuflüstern haben, die wissen, wie man zuhört. Die Männer in der Behörde sind Chancres Gefolgsleute, Empiriker in den meisten Fällen, dafür hat er schon gesorgt, aber die passiven Mitglieder sind eine bunte Mischung und neigen zu abgefahrenen, unorthodoxen Meinungen. Und sie wählen. Jedes Mitglied der FIG wählt alle vier Jahre den neuen Vorsitzenden der Gilde, und der Vorsitzende wird automatisch Chef der Städtischen Behörde von Fahrstuhlinspektoren (und Rolltreppeninspektoren, wie Chuck hinzufügt). Chuck weiß immer noch nicht, wie diese Abmachung zwischen Gilde und Stadt zustande kam, und wenn er einen der alten Knochen danach fragt, wechselt der das Thema und wird nervös. Chuck war es nicht möglich, irgendetwas Schriftliches darüber zu finden, nicht einmal in den stillen Archiven des Instituts, keinen einzigen Präzedenzfall. Aber immerhin: Die Mitglieder der Gilde wählen den Vorsitzenden, und der Vorsitzende bekommt den guten Beamtenjob. Chuck vermutet, dass ein amtierender Vorsitzender, der nicht wieder gewählt wird, versuchen könnte, sich mit aller Kraft am gut gepolsterten Ledersessel der Behörde festzuklammern, aber passiert ist das nie. Allerdings könnte sich Chuck vorstellen, dass Chancre es versucht, und als er den Alkoven vor O'Connors Klos betritt, fragt er sich, was dann wäre.

Bevor er weiß, wie ihm geschieht, zerrt sie ihn ins Damenklo. O'Connors Damenklo ist für eine Person bemessen. Zu zweit wird es gemütlich, zu dritt skandalös, und sie sind jetzt zu dritt: Chuck, Lila Mae und Hängebacken-Annie. Hängebacken-Annie, Hüterin gut gefüllter Bierkrüge, ist auf der Klobrille ins Nirwana gestürzt. Wie üblich zu dieser Stunde. Hängebacken-Annie, O'Connors einzige Säuferin, legt nach einem Tag harten Trinkens eine Pause ein, bevor das alkoholische Finale beginnt. Sie wirkt nicht unbedingt weggetreten, eher endgültig glücklich, fast, als wäre sie ... Vorsichtshalber hat Lila Mae ihren Puls überprüft. Der Weg von ihrem unsicheren Versteck zum Klo war kurz. Sie brach auf, als sie sah, dass Chuck sich erhob, und bog um die Ecke, bevor er aus der Rotte heraus war. Aus Gründen der Schicklichkeit drückt Lila Mae Hängebacken-Annies Schenkel zusammen, die großzügig Blicke gewähren.

Chuck ist von drei Dingen gleichermaßen verwirrt: der Leichtigkeit, mit der er gekidnappt wurde und die seinen Glauben an seine Reaktionsschnelligkeit beleidigt; der ungewohnten Situation, sich im Damenklo zu befinden, die ihn blitzlichtartig an seine pinkelnde Mutter erinnert; und der Gewissheit, dass Lila Mae ihn in diese ganze elende Geschichte mit dem Fanny-Briggs-Building hineinziehen wird. »Lila Mae«, sagt er, »ich glaube nicht, dass das angebracht ist.« Er spürt das nasse Waschbecken an der Rückseite seiner Schenkel.

»Tut mir Leid, Chuck«, sagt sie, »aber ich muss wissen, was heute passiert ist.«

»Warst du noch nicht oben und hast gefragt?«

»Ich will vorbereitet sein.«

Unter dem Strich ist es die Ähnlichkeit zwischen Hängebacken-Annie und seiner Mutter, die Chuck am meisten verwirrt. Er kommt sich vor wie ein kleiner Rotzjunge, als er in der miefigen Kabine neben ihr steht. Damit verglichen ist das Gespräch mit einer Frau, die vor der strafenden Hand der Behörde flieht, ein kleiner Fisch. Er blickt auf zu den gelben Wasserflecken an der Decke und sagt zu Lila Mae: »Heute Nachmittag ist einer der Fahrstühle im Fanny-Briggs-Building einfach abgestürzt. Total freier Fall. Der Bürgermeister hat das Gebäude gerade ein paar Typen von der französischen Botschaft vorgeführt, damit sie sehen, wie großartig die Stadtverwaltung ist und so weiter. Er drückt auf den Knopf, um den Fahrstuhl zu rufen, und Rumms! kracht die Kabine runter. Zum Glück war sie leer.«

Zum ersten Mal kommt Lila Mae auf die Idee, dass jemand verletzt worden sein könnte. »Unmöglich. Total freier Fall ist eine physikalische Unmöglichkeit.«

»Ist aber passiert«, bekräftigt Chuck. Er blickt immer noch zur Decke empor. Sie können hören, wie draußen ein paar ihrer Kollegen johlen. »Vierzig Stockwerke.«

»Welcher Fahrstuhl?«

»Nummer elf, glaube ich.«

Sie erinnert sich genau an Nummer 11. Ein bisschen schüchtern, aber im Falle einer neuen Kabine ist das normal. »Der ganze Haufen ist doch mit dem neuen Blockierschutz von Arbo ausgestattet«, wendet Lila Mae ein. »Und dem Standardgetriebe. Ich habe sie selbst inspiziert.«

»Hast du sie gesehen«, fragt Chuck vorsichtig, »oder hast du sie intuitioniert?«

Lila Mae überhört die Stichelei. »Hab meinen Job gemacht«, sagt sie.

»Vielleicht hast du was übersehen.«

»Hab meinen Job gemacht«, sagt Lila Mae. Sie hört, wie sich ihre Stimme hebt. Nur die Ruhe. »Was hat Chancre gesagt?«

»Seit es passiert ist, war der Bürgermeister in seinem Büro«, sagt Chuck und versucht, hilfreich zu sein. »Ich hab also keine Ahnung, wie die Geschichte wirklich aussieht, aber seine Rede lässt einiges ahnen. Er schlachtet die Sache politisch aus, weil du eine Intuitionistin bist. Und farbig, aber er stellt es geschickt an.«

»So viel habe ich mitbekommen.«

»Das Amt für Innerbetriebliche Angelegenheiten ist hinter dir her.«

»Was sagen die Knaben?«

»Was man halt erwartet«, sagt Chuck. Hängebacken-Annie stöhnt, und er zittert.

»Total freier Fall? Bist du sicher?« Unmöglich. Man denke nur an die Kabel.

»Ja, ich bin mir sicher«, sagt er. »Lila Mae, ich glaube wirklich, du solltest nach oben gehen und mit den Typen vom Amt für Innerbetriebliche Angelegenheiten reden. Selbst wenn du was übersehen hast – egal, wie sehr du dich gegen so eine Möglichkeit wehrst –, je eher du mit ihnen redest, desto besser wird es für dich laufen. Sie sind fair. Das weißt du.«

»Normalerweise ja«, sagt Lila Mae nachdenklich. »Aber dies ist kein normaler Unfall.«

»Du solltest wirklich nach oben gehen, ich sag's dir. In einer solchen Lage bleibt dir nichts anderes übrig.«

»Chuck, sieh mich an.« Sie hat sich entschieden. »Du hast mich nicht gesehen, okay?«

»Ist doch lächerlich.«

»Sag mir, dass du mich nicht gesehen hast.«

»Ich hab dich nicht gesehen.«

Einer der Nebeneffekte, die sich ergeben, wenn ein Mensch jemand anderen aus seinem Leben streichen will, besteht darin, dass diese Streichung manchmal unangenehme Folgen haben kann. Es wäre eine Freude für Lila Maes Kollegen in der Fahrstuhlinspektorenbehörde gewesen, wenn sie gesehen hätten, wie sie aus dem Damenklo schlüpft, denn sie hätten für ein paar Minuten in wüsten Beschimpfungen und kehligem Heulen schwelgen können. Keiner sieht Lila Mae, als sie O'Connors Kneipe verlässt, und damit ist ihnen etwas entgangen. Die Reporter draußen vor dem Hauptquartier flattern wie trockenes Laub im Wind über den Bürgersteig. Das Stadtzentrum leert sich. Niemand lebt im Stadtzentrum.

Lila Mae hat sich entschieden, nach Hause zu fahren. Sie braucht eine Nacht, um darüber nachzudenken, was genau im Fanny-Briggs-Memorial-Building passiert ist. Sie kann so tun, als hätte sie erst am folgenden Morgen vom Unfall erfahren. Ist plausibel. Und sie hat ein Gesicht, das geeignet ist, um Lügen zu erzählen. Sie steht schon am U-Bahn-Gleis, als ihr das Gespräch mit dem Fahrdienstleiter einfällt. Craig hatte sie angewiesen, sich bei der Zentrale zu melden. Die U-Bahn fährt ein. Sie wird behaupten, geglaubt zu haben, es handele sich um irgendwelchen Papierkram, der bis Montag warten könne. Die Lüge wird ihr ein kleines Problem mit dem Amt für Innerbetriebliche Angelegenheiten einhandeln, ist aber nicht ganz unglaubwürdig. Selbst wenn sie ihr nicht glauben, können sie keine Disziplinarmaßnahmen verhängen, solange keine Nachlässigkeit bewiesen ist, und gegen die Möglichkeit von Nachlässigkeit wird sich Lila Mae bis zum bitteren Ende wehren. Unmöglich.

Wenn Hängebacken-Annie aus ihrem dumpfen Tran erwacht, wird sie sich an einen seltsamen Traum von abstürzenden Fahrstühlen erinnern, und sie wird ihn der Tatsache anlasten, vom Klo gefallen zu sein. Das wird in ungefähr einer Stunde passieren.

Aus *Theoretische Fahrstühle,* Band eins, von James Fulton:

»Wir wissen nicht, was auf uns zukommt. Nähmen wir einen Barbaren und stellten ihn, den Lendengeschürzten, vor eine unserer gewaltigen Städte – was würde er empfinden? Doppelte Furcht. Zunächst jene, die seiner Ohnmacht angesichts unserer architektonischen Exzesse entspringt, dann jene, die diesen architektonischen Exzessen zugrunde liegt. Die Furcht, nicht perfekt zu sein. Eigentlich brauchen wir weder Städte noch Gebäude; es ist die Angst vor dem Dunkel, die uns drängt, sie mit dem Instinkt von Insekten zu errichten. Die Perspektive ist der Infanterist der Relativität. Mit derselben Angst und demselben Unverständnis, mit denen der Barbar unsere Städte anstarrt, werden wir die Städte und Gebäude der Zukunft anstarren. Wird das nächste Gebäude eiförmig sein? Pyramidenförmig? Wird der nächste Fahrstuhl blasen- oder muschelförmig sein und sich zugleich nach außen und nach innen bewegen können? (...)

Zum Beispiel die Kapazität. Der Standardfahrstuhl ist für zwölf Passagiere konstruiert, von denen angenommen wird, dass sie in Größe und Gewicht dem Durchschnitt entsprechen. Aber genau das ist der Irrtum. Die Zahl Zwölf kalkuliert weder die krankhaft Dicken noch die Ansammlung übermäßig Dünner noch die Notwendigkeit schneller Beförderung der Ansammlung übermäßig Dünner ein. Wir passen uns den Dingen an, wir kapitulieren vor ihnen. Das Gegenteil müsste der Fall sein. Die Evolution wird von Fehlern vorangetrieben. Perfektion reizt nicht zur Fortentwicklung, und nichts ist perfekt. Keine unserer Erfindungen funktioniert, wie sie eigentlich funktionieren müsste. Das Auto läuft heiß auf dem Highway, der elektrische Dosenöffner kann die Dose nicht öffnen. Wir müssen uns um unsere Dinge kümmern, wir müssen sie behandeln wie Neugeborene. Unsere Fahrstühle sind empfindlich. Sie erkälten sich leicht, sie sind vergesslich. Unsere Fahrstühle müssten variabel sein in Größe und Höhe, in jeder Hinsicht modifizierbar, kratzfest, selbstreinigend, versehen mit einem Mund. Die Ansammlung übermäßig Dünner kann jederzeit eintreten, und tatsächlich tritt sie ständig ein (...).«

Was soll sie sagen? Seine Worte sind freundlich, gesättigt mit gaunerhaftem Dicktun und Jovialität, und das Gesicht des Mannes ist so alltäglich und unkompliziert, ähnelt so sehr diesem Land, dass Lila Mae fast das Gefühl hat, ihn zu kennen. Als der Mann sagt: »Sie sind also die kleine Lady«, fällt ihr als Antwort nur ein: »Ja, ganz richtig.«

Pause. Jim nickt wissend.

»Was zum Teufel treiben Sie in meinem Apartment?«, verlangt Lila Mae zu erfahren.

»Was meinen Sie?«, antwortet John. »Wir graben Ihre Wohnung um, weil wir nach Anhaltspunkten suchen.«

Pause. Wieder nickt Jim wissend. Im Grunde ist sein Nicken eine unfreiwillige Reaktion auf die Tatsache, auf frischer Tat ertappt worden zu sein, mag John auch noch so cool tun.

»Das Amt für Innerbetriebliche Angelegenheiten hat keine derartigen Befugnisse«, sagt Lila Mae barsch, »egal, ob ich nach der Arbeit nach Hause komme oder nicht. Verschwinden Sie sofort aus meinem Apartment.« So viele Menschen waren noch nie bei ihr.

Jim und John tun einen Schritt auf Lila Mae zu. Ein ordentlicher Satz, und sie könnten sie schnappen.

»Wir sind also vom Amt für Innerbetriebliche Angelegenheiten?«, fragt Jim. Ein dunkelroter Rest von Tante Sallys Marmelade glänzt auf seinem rechten Zeigefinger.

»Klar – wir sind die Wachhunde der Industrie der Fahrstuhlinspektoren«, fügt John hinzu.

»Behörde«, berichtigt ihn Jim. Er leckt den Marmeladenrest von seinem Finger.

»Wir sind die Wachhunde der Behörde der Fahrstuhlinspektoren«, sagt John.

»Der Fahrstuhlinspektionsbehörde«, berichtigt ihn Jim.

John nutzt Jims Unaufmerksamkeit aus, um sein Vergrößerungsglas durch die Luft wirbeln zu lassen und wieder aufzufangen. Man muss ihr Angst einjagen. Er tut so, als wolle er sich auf sie stürzen, grinst, aber Lila Mae unterdrückt ihren Fluchtimpuls. Sie wird keine Schwäche zeigen, verdammt noch mal. Die absurden Kalauer ihrer Gäste ärgern sie, vielleicht noch mehr als ihr unbefugtes Eindringen in ihre Wohnung, den einzigen Ort, wo sie sich sicher fühlt. Sie hat sehr viel Zeit damit verbracht, über die richtige Anordnung ihrer Sachen nachzudenken. Sie hat nie Gäste, klar, aber es könnte ja mal passieren. »Zeigen Sie mir Ihren Ausweis«, verlangt Lila Mae. »Sofort.«

»Wir zeigen ihr unseren intimsten Ausweis«, sagt Jim sonor.

»Das reicht wohl, meine Herren«, sagt eine Stimme hinter Lila Mae. Die Stimme ist so glatt wie ein vom Wasser geschmirgelter Kiesel. Sie gehört zu einem kleinen Mann im perfekten blauen Blazer. Trägt einen Kneifer, und das kurz vorm Umbruch ins dritte Jahrtausend, und als er Lila Maes Apartment betritt, poliert er ihn mit einem Taschentuch, poliert ihn viel zu sorgfältig, und eigentlich können die Gläser nicht mehr schmutzig sein. Er bewegt sich rasch und ruckelnd wie eine Taube, und sein linker Arm, den er eng an den Körper presst, um eine lederne Aktentasche zu halten, gleicht einem Flügel. Er legt eine Hand auf Lila Maes Schulter, und erst in diesem Moment überfällt sie echte Angst. Sie kann seine Haut nicht fühlen, weiß aber, dass sie kalt ist. »Es gibt keinen Grund, diese junge Dame zu belästigen«, sagt er.

Jim und John sehen einander an. Von Anbeginn ihrer Zusammenarbeit an hat Jim sich immer nach John gerichtet, hat auf so unmerkliche Zeichen wie das Zucken eines Nasenflügels oder ein vages Zittern im linken Knie geachtet. Jetzt aber sucht er nicht nach Zeichen. Das ist das erste Mal. Sie sind noch nie gestört worden. Es ist unglaublich peinlich.

Während er Lila Maes Schulter drückt, fragt der frisch eingetroffene Fremde: »Kennen Sie mich?«

John seufzt und antwortet: »Ich weiß, wer Sie sind, Mr. Reed, weiß auch ein bisschen über Ihr Leben, aber darf ich behaupten, Sie wirklich zu kennen?«

Jim ist drauf und dran, seinen Partner wie üblich mit einem Echo zu bestätigen, eine hohle Phrase einzuwerfen wie: »Ist es überhaupt möglich, jemanden wirklich zu kennen?«, oder: »Im biblischen Sinn?«, doch Mr. Reed schneidet ihm mit einer Handbewegung das Wort ab. Alles Blödsinn. Zum ersten Mal sieht Mr. Reed Lila Mae an. »Miss Watson, haben Sie diese Herren eingeladen?«

Lila Mae kommt es so vor, als habe sich alles verändert. In ihrem Apartment scheint alles am Platz zu sein, und doch ist alles anders. Das Gefühl hat sie jedenfalls. Sie hat das Gefühl, nicht mehr hier zu wohnen. Lila Mae blickt auf Mr. Reed hinab, denn er ist ein kleiner Mann, kleiner als Lila Mae, und sie sagt: »Nein, habe ich nicht.« Sie wohnt hier nicht.

»Wenn ich so unverschämt sein darf ...«, beginnt Mr. Reed. Seine Augen stehen weit auseinander. Wie die einer Taube. Lila Mae nickt. Mr. Reed nimmt wieder Jim und John ins Visier und sagt: »Meine Herren, ich muss darauf bestehen, dass Sie diesen Ort sofort verlassen.«

Unter der Hose wackelt John mit der linken Kniescheibe, und Jim stellt das Marmeladenglas auf die Küchentheke, wobei er den Deckel wieder zudreht. Obwohl er ertappt worden ist, hinterlässt er aus Gewohnheit keine Spuren. »Sofort«, äfft John mit gewohnt dreister Frechheit nach, um sein Gesicht zu wahren. Aber es klingt halbherzig und ist bestenfalls der Versuch, die Selbstachtung nicht zu verlieren.

»Sofort«, sagt Jim.

Jim und John bewegen sich auf den dunklen Flur vor Lila Maes Apartment zu. Sie halten sicheren Abstand zu ihr und dem zwergenhaften Mr. Reed. John greift nach dem Türknauf und sagt: »Soll ich die Tür schließen oder nicht?«

Mr. Reed blickt Lila Mae an. »Nein«, sagt sie.

Jim und John schweigen, bis sie ein Stockwerk tiefer sind, und Lila Mae kann nicht verstehen, was sie reden. Aber sie hört Worte, die unmöglich laut in ihren Ohren summen. Ihr schwindelt, doch sie lässt es sich nicht anmerken. Mr. Reed ist ein weißes Blatt Papier für sie, ein weiterer weißer Mann, der sich in einer Pose gefällt, Gefühl für genaues Timing oder nicht.

»Sie sind also Mr. Reed?«, fragt sie.

»Mr. Reed, richtig«, sagt Mr. Reed. »Ich bin der Sekretär von Orville Lever. Er hat mich geschickt, Sie zu holen.«

»Das ist nicht nötig. Obwohl ich Ihnen einen Dank schulde, weil Sie mir aus der Klemme geholfen haben.« Lila Mae geht zur tristen Kochnische und stellt das Marmeladenglas zurück in den Kühlschrank. Dann besinnt sie sich eines Besseren und wirft es in den Mülleimer.

»War mir ein Vergnügen, Miss Watson. Darf ich?«

»Nehmen Sie Platz«, sagt Lila Mae. Sie hat kaum eine Wahl.

»Ich bin mir nicht sicher, ob sie das Ausmaß ihrer schwierigen Lage wirklich erfassen, Miss Watson. Der heutige Unfall hat einige sehr unangenehme Auswirkungen.«

»Hat der Kandidat der Intuitionisten für den Vorsitz in der Gilde Sie deshalb geschickt, um mir zu helfen? Ich glaube nicht, dass ich Hilfe nötig habe.«

»Darf ich Ihnen eine Frage stellen? Warum sind Sie nach Ihrer Schicht nicht wieder zur Behörde zurückgekehrt?«

»Ich war müde.«

»Es ist doch üblich, sich nach einem Unfall bei seinen Vorgesetzten zu melden, oder?«

»Ich habe nichts von dem Unfall gewusst, bis ich auf dem Heimweg im Zug die Abendzeitung gesehen habe.«

»Ich denke, wir sollten aufbrechen, Miss Watson. Ich würde Ihnen nicht raten, die heutige Nacht hier zu verbringen.«

»Das ist meine Wohnung.«

»Und wenn ich nicht vorbeigekommen wäre?«

»Mit denen wäre ich schon fertig geworden.«

»Unten wartet mein Auto. Sie haben das Fanny-Briggs-Building inspiziert, stimmt's?«

»Das wissen Sie doch.«

»Was ist also schief gelaufen?«

Nichts ist schief gelaufen.

»Sie sind sich darüber im Klaren, Miss Watson, dass diese Herren nicht vom Amt für Innerbetriebliche Angelegenheiten waren?«

»Ja.«

»Wer waren sie dann?«

Nichts.

»Sind Sie schon einmal auf die Idee gekommen, dass man etwas manipuliert haben könnte?«

Es kann kein Unfall gewesen sein. Es war kein Unfall.

Selbst wenn Jim und John den Safe von Lila Mae hinter dem Gemälde gefunden hätten, wäre der Inhalt uninteressant für sie gewesen. Er hätte höchstens die psychologischen Schlüsse untermauert, die John, den Gegenstand ihres Auftrags betreffend, an diesem Abend gezogen hat. Eine Fußballtrophäe aus der High School (jeder in der Mannschaft hat eine bekommen, selbst Lila Mae, die die ganze Saison über auf der Bank gesessen und sich nur auf das Drängen ihrer Mutter hin, »Gemeinschaftsgeist« zu zeigen, dazugesellt hatte). Der Ring, den sie zum Abschluss der High School erhalten hat (schlechte Qualität). Der Liebesbrief eines tumben Jungen, ihr Diplom vom Institut für Vertikalen Transport und ihr preisgekrönter Aufsatz über theoretische Fahrstühle. Wirklich nicht viel.

Ihr Vater setzte sie vor dem Ort ab, wo sie von nun an wohnen würde, ohne den Motor auszuschalten. Lila Mae hob die beiden Koffer von der Ladefläche des Pick-ups. Die Koffer waren neu und aus wunderbarem grünem Plastik. Eigentlich kratzfest. Doch ihr Vater hatte sie sich nur leisten können, weil sie, allen heiligen Eiden des Herstellers zum Trotz, zerkratzt waren – durchlöchert, um genau zu sein, als hätte irgendein Tier seine Zähne hineingeschlagen, um ihnen eine Lektion in Sachen Hybris zu erteilen.

Marvin Watson war stolz auf seine Tochter. Sie tat das, was er nie geschafft hatte: studierte, um Fahrstuhlinspektorin zu werden. Sein Stolz wurde nur ein wenig von den Umständen des Abschieds getrübt. Er hatte seit langem vom Tag geträumt, wenn er seine einzige Tochter, Spross seiner eigenen Lenden, zur Schule fahren würde, und nun war es so weit. Aber er stieg nicht aus dem Pick-up, und er sah sich das Gebäude, wo sie von nun an leben sollte, nicht an. Er beugte sich aus dem Fenster, um ihr einen Abschiedskuss zu geben. Der alte Wagen begann zu stottern, wenn er zu lange bei laufendem Motor stillstand, und ließ die Karosserie wild erbeben, und Lila Maes Lippen berührten die Wange ihres Vaters nicht einmal, als sie sich streckte, um den Kuss zu erwidern. Ihr Vater fuhr davon und sah das Zimmer nicht, in dem sie drei Jahre lang wohnen sollte, eine umgewandelte Hausmeisterklause über der frisch renovierten Turnhalle. Die Turnhalle war kürzlich umbenannt worden und trug nun den Namen eines schneidigen jungen Erben, dessen Vermögen der Produktion von Treibscheiben zu verdanken war, eines Gentlemans aus dem Süden, der dem Institut, zu diskreter Verwendung, eine große Summe Geldes gestiftet hatte. Lila Mae bewohnte die Hausmeisterklause, weil das Institut für Vertikalen Transport keine Zimmer für farbige Studenten besaß.

Der Campus des Instituts hatte früher der Kur reicher, nervenschwacher Frauen aus den größeren Städten des Nordostens gedient, und darum waren die Studenten nie weit von Statuen griechischer Nymphen entfernt, stupsnasigen Fabelwesen, deren lange Mähnen in lose Tuniken überflossen. Nachdem im immer während milden Klima südwestlicher Landstriche neue Kurorte eröffnet worden waren, war es bergab gegangen. Immer während mildes Klima liegt jenen besser, die Erlösung von körperlicher Unbill suchen, es lässt an Zeitlosigkeit und Unsterblichkeit denken, und bald bestiegen die reichen, nervenschwachen Frauen aus den größeren Städten des Nordostens Flugzeuge, um Klimaschwankungen und Familienlärm, die Gründe ihrer ständigen Kränkelei, hinter sich zu lassen. Die Fahrstuhlmagnaten, die das Land gekauft und die Klinik des Kurorts in einen Ort umgewandelt hatten, der den Anforderungen des Lernens besser entsprach, waren betrübt, als sich die Gegend schließlich in einen reichen Vorort verwandelte. In Winternächten, wenn Weib und Kinder schliefen und ihre einzige Gesellschaft in einer Flasche alten irischen Whiskeys bestand, sannen sie darüber nach, wie anders ihr Leben hätte verlaufen können, hätten sie statt auf mechanische Fortbewegungsmittel auf Immobilien gesetzt. Vertikalität ist ein sehr risikoreiches Geschäft.

Lila Mae hielt sich weitgehend fern von den anderen Studenten, die wiederum dankbar waren, dass sie ihnen die Mühe geheuchelter Freundlichkeit ersparte. Wie in der Grundschule saß sie beim Unterricht in der letzten Reihe und sagte nur etwas, wenn ihr keine andere Wahl mehr blieb. Sie zog sich früh am Abend zurück, verschloss die Ohren vor dem drängenden Grollen im Heizungsraum der Turnhalle, dessen Lärm die leeren Gebäude des Nachts mit geisterhaftem Protest füllte. Sie stand früh am Morgen auf, wenn die erste Sonne die Statuen griechischer Nymphen streifte, noch bevor das Gestirn in Richtung der ein paar Meilen weiter westlich gelegenen Metropole wanderte. Die Zulassung farbiger Studenten am Institut für Vertikalen Transport war begrenzt worden, um Überschneidungen und mögliche Konflikte und Aufstände zu verhindern, die diese

Überschneidungen mit sich bringen könnten. Der frühere Bewohner der Hausmeisterklause war ein Schleckermaul gewesen. Beim Putzen tauchten jedes Mal weitere Kaugummipapiere auf. Gelegentlich sprachen die Lehrer Lila Mae mit seinem Namen an, obwohl man nicht hätte sagen können, dass irgendeine Ähnlichkeit vorhanden war. Lila Mae wies ihre Lehrer nie auf diesen Fehler hin. Die Lehrer waren schrullige Typen, in den meisten Fällen ehemalige Außendienstler, die es abgelehnt hatten, pensioniert zu werden, um an der prestigeträchtigsten Schule für Fahrstuhlinspektion im ganzen Land zu lehren. Ein schwarzer Rock kann verrückterweise selbst den grobschlächtigsten Männern eine gewisse Würde verleihen.

Im ersten Semester am Institut für Vertikalen Transport lernte sie viel. Sie erfuhr, dass die Tiere in römischen Kolosseen in Fahrstühlen zum fröhlichen Abschlachten befördert worden waren, hinaufgezogen an Seilen von Sklaven. Sie erfuhr von Villayers »fliegendem Stuhl«, einem schlichten Flaschenzug, verbunden mit Schacht und bleiernem Gegengewicht, den Napoleon I. seiner Frau, der Erzherzogin Marie Louise, in einem Liebesbrief beschrieben hatte. Von der Dampfkraft und den ersten Dampfaufzügen. Sie las von Elisah Graves Otis und den Städten, die durch seine geniale Erfindung ermöglicht wurden, vom heiligen Krieg zwischen den neuen Fahrstuhlinspektoren und den Mechanikern, die im Auftrag der Fahrstuhlindustrie mit der Wartung betreut gewesen waren. Vom Siegeszug der Sicherheitsbestimmungen, den neuen Sicherheitsvorrichtungen, dem Bemühen um eine nationale Norm. Sie erfuhr von der Empirie, kannte sie aber noch nicht.

Sie erinnert sich daran, als sie das Licht zum ersten Mal sah. Gewöhnlich war sie abends so müde, dass ihr selten etwas auffiel, abgesehen davon, ob ihr Zimmer zu warm oder zu kalt war, dass Schatten den Weg hinab zu den Damenklos versperrten und dass Hausmeister offenbar nichts weiter als eine nackte Glühlampe brauchten, um ihrer Arbeit im Wartungsraum nachzukommen. Die schlechte Beleuchtung verursachte ihr Kopfschmerzen, wenn sie zu lesen versuchte. Eines Nachts konnte sie nicht schlafen. Sie musste lernen. Das ganze Semester hindurch hatte sie den Kurs über die Veränderungen in der staatlichen Einstellung gegenüber der Fahrstuhlinspektion vernachlässigt (um ehrlich zu sein, galt ihr größeres Interesse in den ersten Monaten am Institut der Evolution der Maschinen), und jetzt musste sie für die Prüfung pauken, die am nächsten Morgen bevorstand. Ihr Körper vertrug weder Kaffee noch Tee, und sie blieb selten so lange auf, also kniff sich Lila Mae ins Handgelenk, wenn ihr Kopf auf die Brust zu sinken begann. Als sie aus einem ihrer nicht eingeplanten Nickerchen aufschreckte, sah sie ein Licht in Fulton Hall. Im obersten Stockwerk, wo sich die kleine Bibliothek befand. Eigentlich konnte dort niemand sein, denn die Bibliothek schloss bei Dämmerung ihre Pforten – und Fahrstuhlinspektoren, einschließlich ihrer Akoluthen, sind Morgenmenschen. Sie fragte sich, ob die Verwaltung die Öffnungszeiten der Bibliothek während der Examenszeit verlängert hatte. Lila Mae hatte entdeckt, dass sie, im Unterschied zu ihren Kommilitonen, häufig keine Ahnung von Alltagsinformationen hatte. Doch die unteren Stockwerke von Fulton Hall waren dunkel. Sie kam zu dem Entschluss, dass das Licht aus Zufall angeblieben war, und wandte sich wieder den zähen Gerichtsakten des Prozesses der Vereinigten Staaten von Amerika gegen die Arbo-Fahrstuhl-Kompanie zu.

Der Frühling kam und mit ihm ein neues Semester. Das Lernen wurde schwieriger – sie hatte den ersten Band von *Theoretische Fahrstühle* entdeckt und konnte kaum mehr schlafen. Eines Tages, im Februar, sah sie wieder das Licht in Fulton Hall. Das Licht war nicht jede Nacht an, sie konnte kein System darin erkennen, aber es geschah zu häufig, um es weiterhin für einen Zufall zu halten. Sie konnte es nur zur Kenntnis nehmen. Fulton Hall, ein großer Backsteinbau mitten auf dem Campus, war früher das gesellige Herz der Kuranlage gewesen. Gehwege aus rosa Platten strahlten von hier zu allen Gebäuden aus, die der Behandlung psychosomatischer Beschwerden gedient hatten. Moorbäder, Wassertreten, Aderlass. Jetzt beherbergten die Gebäude Ingenieurswesen, Innovation, den Saal der Sicherheit. Zur Turnhalle, die schon zu Zeiten des Kurorts eine solche gewesen war und Berge von Medizinbällen beherbergt hatte, führte ebenfalls ein rosa Weg. Der Weg führte mehr oder weniger direkt vom erleuchteten Fenster in Fulton Hall zur Hausmeisterklause, wo Lila Mae lebte.

Gelegentlich sah sie, wie sich eine Gestalt zwischen den Regalen bewegte. Sie meinte, einen alten Mann zu erkennen. Er ging mithilfe eines Stocks. Manchmal benutzte er eine Laterne, anstatt das Licht anzuknipsen, und dann ging er noch langsamer, als habe er furchtbare Angst, sie fallen zu lassen. Insgesamt sah sie ihn wohl ein Dutzend Male, und sie hatte jedes Mal das Gefühl, als wären sie die letzten Menschen auf Erden. Dasselbe Gefühl überkommt sie, wenn sie im Fahrstuhlschacht auf einer Kabine steht. Es gibt einen alten Inspektorenspruch: »Ein Fahrstuhl ist ein Grab.« Eine so starke Stimmung von Verlust und Verlassensein herrscht dort. Darum sind die Innenwände der Kabine niemals glatt: Sie sind in Paneele gegliedert, ausgestattet mit Geländern. Sonst wäre es eine Kiste. Ein Sarg. In den Nächten, wenn die Gestalt Fulton Hall heimsuchte, wurde sie zu Lila Maes Fahrstuhl. Das Ding, auf dem sie im Dunkel des Schachts stand. Es gab nur ihn und sie und das Dunkel. Im Fahrstuhlschacht sickert Licht in regelmäßigen Abständen durch die Schlitze unter den Türen jedes Stockwerks, doch es tröstet nicht. Die Lichtschlitze verraten, dass es noch mehr Licht gibt, aber es ist außer Reichweite: Es gibt keine Erlösung. Wenn sie in der letzten Nacht, als sie ihn sah, gewusst hätte, wer der Mann war – hätte das etwas geändert? In jener letzten Nacht sah er sie und winkte ihr langsam zu, übermittelte ihr sein ganzes Wissen und alles, was sie bereits über das Dunkel wusste. Hätte es zu einer anderen Reaktion auf sein Winken geführt (nichts, nicht einmal ein Nicken, das Mindestgebot der Höflichkeit), wenn sie gewusst hätte, dass es sich bei dem Mann um James Fulton handelte und dass ein noch nicht ganz nüchterner Hausmeister seinen Körper am nächsten Morgen auf dem Fußboden der Bibliothek entdecken würde, dahingerafft vom Herzschlag, mit noch müde glimmendem Laternendocht? Wahrscheinlich nicht. Lila Mae ist anders gestrickt.

Immerhin Schlaf. Im größten Bett, in dem sie je gelegen hat, einem Meer von Bett, schwimmt Lila Mae oben, obwohl ihr Körperfett eine zu vernachlässigende Größe ist (dünn, diese Frau). Das Bett hat eine Unterströmung, die das Träumen begünstigt, aber als sie erwacht, hat sie alle Träume vergessen. Beim Erwachen beginnt sie in noch halb weggetretenem Zustand, sich ihren Besuch im Fanny-Briggs-Building ins Gedächtnis zurückzurufen. Es war einfach – daran jedenfalls denkt Lila Mae in ihrem Zimmer in 117 Second Avenue.

Die Lobby des Fanny-Briggs-Memorial-Building war fast fertig, als sie eintraf. Als wollte sie von der kleingeistigen und verkrampften Philosophie dessen ablenken, was bald in den darüber liegenden Stockwerken geschehen würde, bot die Stadt den Besuchern die sagenhaft weitläufige Lobby dar. Der künstliche Marmor fühlte sich unter den Füßen so fest an wie echter Marmor, glatt, und die zitternden Echos stellten sich wie von selbst ein. Das Rund dorischer Säulen trug ohne Murren das, was sich darüber befand. Das Wandgemälde allerdings war noch nicht fertig. Linker Hand von Lila Mae begann es schwungvoll genug. Traurige Indianer, die ein Hirschfell vor einem Feuer hielten. Klar, die Ureinwohner. Eine Galeone, die sich durch die gefährlichen Untiefen rund um die Insel herumnavigierte. Zwei strahlende Indianer, die mit einer Schar weißer Männer um Glasperlen feilschten – der berüchtigte Verkauf der Insel. Großer Augenblick, das muss mit dabei sein, das erste von vielen zweifelhaften Geschäften in der Geschichte der Stadt. (Damals hatten sie noch keine Fahrstühle. Darum kommen Lila Mae die Szenen so flach vor: Die Stadt hatte noch keine Tiefendimension.) Es fiel ihr auf, dass das Wandgemälde dann zur Revolution eilte und eine ganze Menge ausließ. Offenbar hatte der Maler seine Ideen im Verlauf der Arbeit entwickelt, genau wie die Männer, die die Stadt geprägt hatten. Die Revolutionsszene war ein kleines Meisterwerk – die Kolonisten stürzen die Statue von König George III. Wenn sie es recht in Erinnerung hat, wurde sie zwecks Munitionsherstellung eingeschmolzen. Prächtig, wenn so ein richtiger Mob zusammenkommt. An dieser Stelle endete das Gemälde. (Irgendjemand klopft an die Tür ihres Zimmers in 117 Second Avenue, doch sie öffnet die Augen nicht.) Gemessen am Platz, den die Wände rechts von Lila Mae noch boten, würde sich das Wandgemälde in seiner Nacherzählung der größten Hits der Stadtgeschichte noch kürzer fassen müssen. Entweder hatte der Maler den ihm zur Verfügung stehenden Platz falsch eingeschätzt, oder die noch ausstehenden Jahre hatten ihm nicht besonders gefallen. Bitte nur in groben Zügen.

Der Stellvertretende Untersekretär der Städtischen Baubehörde schlurfte aus Richtung der weit entfernten, gegenüberliegenden Wand herbei. Er sagte: »Sie wollen nach den Fahrstühlen schauen?« Er strahlte die fettige Arroganz aller Nutznießer von Vetternwirtschaft aus. Der Neffe von diesem oder jenem, der Schwesternsohn von jenem oder diesem.

Sie nickte.

»Brauchen Sie lange? Eigentlich fängt jetzt meine Pause an.«

Pause wovon? Nur Sicherheitsbeamte und Hausmeister lernten Gebäude wie dieses von innen wirklich kennen, Gebäude wie schwer beladene Schiffe, gefangen im ewigen Eis, wartend auf die noch weit entfernte warme Strömung, festgehalten in fernen Gestaden. Nicht einmal die Ratten hatten hier Einzug gehalten, die Kakerlaken zögerten noch. In einem Monat wird die Lobby zu dieser Tageszeit von Bürgern verschmutzt sein. Ein Gebäude in diesem Bauabschnitt zu sehen, dachte Lila Mae, ist eine Ehre. Der Stellvertretende Untersekretär langweilte sich und fingerte in den Jackentaschen herum. Das Gerüst des Wandmalers wackelte wie ein klappriger Galgen über Lila Mae.

»Zeigen Sie mir einfach den Weg«, sagte Lila Mae. Wird alles glatt über die Bühne gehen.

Bevor Lila Mae ihre Inspektion in Gedanken weiter verfolgen kann, öffnet der Dienstmann trotz ihres Schweigens die Tür. Er hält das silberne Tablett mit wunderbar weiß behandschuhten Händen. Er lächelt. Sie zieht das dicke, rote Deckbett hoch bis zum schmalen Kinn.

»Bitte entschuldigen Sie die Störung«, sagt er, »aber es wäre eine Schande, dieses schöne Frühstück vor die Hunde gehen zu lassen.«

»Danke«, sagt Lila Mae. Sie lehnt sich gegen die eichene Rückwand des Bettes. Die detailreiche Schnitzerei des ersten Liftmotors von United, die sie verziert, gräbt sich in ihre linke Schulter. Der Mann stellt das Tablett auf ihrem Schoß ab. Eier, Schinken, Saft. Wenn ihr so früh am Morgen so viel zu essen serviert wird (passiert selten), mäkelt Lila Mae oft und schiebt das Essen auf dem Teller hin und her, um wenigstens so zu tun, als äße sie. An diesem Morgen ist sie dankbar.

Der Mund des Dienstmanns findet schnell zum Lächeln. Er ist ein großer, gut aussehender Kerl, und würde er nicht so lächeln, dann wäre er unerträglich gut aussehend. Lila Mae kann erkennen, dass er ein starker Kerl ist, wenngleich seine Kraft für Nichtigkeiten missbraucht wird. Die weiße Uniform steht ihm gut, aber er scheint in der Falle des gestärkten und gebügelten Tuches zu sitzen. Aber wir nehmen jeden Job, den wir kriegen, denkt Lila Mae. Egal was, alles, wo wir rankommen. Es gefällt ihr nicht, von Farbigen bedient zu werden. Es ist falsch.

Er steht am Fenster. »Soll ich die Vorhänge aufziehen?«, fragt er.

Lila Mae nickt. Heute Morgen ist es schon später, als sie dachte. Das Licht gerinnt auf den Blättern der alten Bäume im Hof zu Tropfen. Die Rückwände der Nachbargebäude sind schäbig im Vergleich mit den Gesichtern, die sie der Straße zuwenden, erfüllen aber ihren Zweck: jene abzuschrecken, die es auf die Schätze im Hof abgesehen haben. Den Garten Eden des Geldadels.

Lila Mae will sich gerade über ihr Frühstück hermachen, als sie bemerkt, dass ihr Koffer offen am anderen Ende des Zimmers liegt, gleich neben einem mächtigen Schreibmöbel. Und dass er leer ist.

»Keine Sorge«, beruhigt sie der Dienstmann, dem ihr staunender Blick auffällt. »Ich war's nicht. Mrs. Gravely hat Ihren Koffer letzte Nacht ausgepackt. Mr. Reed meinte, Sie würden sich dann wohler fühlen.« Seine Augenbrauen bäumen sich auf. »Stimmt was nicht?«, fragt er.

»Nein, nein«, sagt sie. »Bin einfach müde.«

»Sie sehen überhaupt nicht müde aus«, sagt der Dienstmann. »Sie wirken taufrisch. Als würden Sie in der nächsten Minute aufstehen und loslaufen.«

Hmm. Lila Mae schüttelt ihren Kopf und sagt: »Danke.«

»Ehrlich«, sagt er grinsend, »das ist nicht mein richtiger Job – mein Onkel ist krank, darum bin ich hier. Ich bin für ihn eingesprungen. Aber wenn ich gewusst hätte, dass dieser Job so viele nette Seiten hat, dann hätte ich ihn schon eher mal gemacht.« Er streckt eine Hand aus. »Ich heiße Natchez«, sagt er.

»Lila Mae.«

Hmm.

»Hören Sie uns zu, Miss Watson?«

»Ja, Sir. Ich dachte nur gerade ...«

»Sie sind sich darüber im Klaren, dass diese Prüfung zeitlich begrenzt ist?«

»Ja, Sir.«

»Fangen wir also an. 1846.«

»Sir William Armstrong entwirft und baut einen hydraulischen Kran. Der Kran wurde in Newcastle errichtet und mit Wasserdruck aus Londons Hauptwasserleitungen betrieben. Dasselbe Prinzip hat Armstrong auch für seinen mit Gewichten versehenen Beschleuniger angewandt.«

»Die wichtigste Funktion des Magnetschalters?«

»Besteht darin, übermäßige Erhitzung zu verhindern.«

»Wie groß ist die Wahrscheinlichkeit, dass ein Bürger in ein Fahrstuhlunglück verwickelt wird?«

»Mit Verletzung oder mit Todesfolge?«

»Beides.«

»Eins zu dreihundert Millionen beziehungsweise eins zu sechshundertfünzig Millionen.«

»Was bewirken die nichtmetallischen Stoffe, die bei der Herstellung von Führungsschienen Verwendung finden?«

»Die Durchschnittsgeschwindigkeit der Kabine übersteigt nicht 0,76 Meter pro Sekunde.«

»Die drei Typen von Sicherheitsvorrichtungen?«

»Die mit sofortiger Bremswirkung, die mit sofortiger, aber abgefederter Bremswirkung, und die mit gestaffelter Bremswirkung. Der erste Typ übt einen rasch wachsenden Druck auf die Führungen während der Bremsphase aus. Bremsphase und Bremsweg sind kurz. Diese Vorrichtung kann im Falle von Kabinen eingesetzt werden, deren Geschwindigkeit 0,76 Meter pro Sekunde nicht übersteigt. Die Sicherheitsvorrichtung mit sofortiger, aber abgefederter Bremswirkung beinhaltet ein elastisches System, das die Kraft entweder konzentriert oder streut. Normalerweise besteht sie aus einem System hydraulischer Puffer, die sich am unteren Kabinenrand befinden, sowie Sicherheitsriegeln an den Führungen. Sinnvoll im Falle von Durchschnittsgeschwindigkeiten bis zu 2,5 Metern pro Sekunde. Die Sicherheitsvorrichtung mit gestaffelter Bremswirkung übt begrenzten und stetig wachsenden Druck auf die Führungen aus und wird in erster Linie in Europa für Kabinen benutzt, deren Durchschnittsgeschwindigkeit einen Meter pro Sekunde oder weniger beträgt.«

»Eine sehr ausführliche Antwort.«

»Danke, Sir.«

»Welche Form besitzt das Diagramm, das die Unfallrate zum Ausdruck bringt?«

»Die Ausfallquote für Fahrstühle wird bezeichnet mit VZ gleich eins minus AZ, wobei V die Verlässlichkeit meint, Z die Zeit und A den Ausfall. Diese Gleichung findet ihren Ausdruck in einer badewannenförmigen Kurve mit drei deutlich voneinander abgesetzten Phasen. Die erste bzw. ›frühe Ausfallphase‹ beginnt mit einer relativ hohen Unfallrate – was in den meisten Fällen an Installationsfehlern liegt – und fällt dann steil ab. Das ist die erste Wand der ›Badewanne‹. Die nächste Phase, ›zufällige Ausfallphase‹ genannt, ist eine gerade Linie und nimmt den größten Teil der

Lebensdauer eines Fahrstuhls ein. Diese Linie ist der Boden der ›Badewanne‹. Die Unfälle, die während dieser Zeit geschehen, sind unvorhersehbar und in den meisten Fällen auf Beschädigungen durch Passagiere oder schlechte Wartung zurückzuführen. In dieser Phase treten auch die seltenen ›Unfallkatastrophen‹ ein. In der letzten bzw. ›Abnutzungsphase‹, wenn der Fahrstuhl Ermüdungserscheinungen zu zeigen beginnt, steigt die Kurve rasch wieder an. Die gegenüberliegende Wand der Badewanne. Die meisten Unfälle dieser kritischen Phase können aber durch genaue Inspektion und sorgfältige Wartung verhütet werden. Darf ich einen Schluck Wasser trinken?«

»Ja. Die Vier Fragen?«

»Nach Mettleheim: Wie ist es passiert? Wie konnte es passieren? Ist der Vorfall außergewöhnlich? Wie kann er in Zukunft vermieden werden?«

»Das Urteil im Fall Vereinigte Staaten gegen Mario?«

»Besagt, dass auch Handaufzüge in Restaurants der Kontrolle städtischer Fahrstuhlinspektoren unterworfen sind, obwohl sie keine Menschen befördern.«

»Und die Reaktion darauf?«

»Laut Kritikern war es eine Kabale der Fahrstuhlinspektoren, die ihren Zuständigkeitsbereich ungebührlich auszuweiten versuchten.«

»Die Fünfzehn?«

»Lastenaufzug: Aufzug, der dem Transport von Waren dient und den nur der Fahrstuhlführer sowie die für das Entladen gebrauchten Personen betreten dürfen. Schwerkraftaufzug: Aufzug, der sich die Schwerkraft zunutze macht, um die Kabine zu bewegen. Handbetriebener Aufzug: Aufzug, der manuell betrieben wird. Schrägaufzug: Aufzug, der sich im Neigungswinkel von bis zu siebzig Grad bewegt. Fassadenaufzug: Aufzug, der an der Außenseite von Gebäuden zum Fensterputzen eingesetzt wird. Aussichtsaufzug:

Aufzug, der den Passagieren einen Ausblick ermöglicht. Personenaufzug: Aufzug, der, über die Anwesenheit des Fahrstuhlführers hinaus, in erster Linie dem Transport von Fahrgästen dient. Kraftbetriebener Aufzug: Aufzug, der sich andere Antriebsarten als Schwerkraft oder Handbetrieb zunutze macht. Elektrischer Aufzug: Aufzug, der elektrisch betrieben wird. Hydraulischer Aufzug: Aufzug, der betrieben wird, indem eine Flüssigkeit in einem Zylinder unter Druck gesetzt wird. Aufzug mit direkthydraulischem Antrieb: hydraulischer Aufzug, dessen Kabine oder Boden direkt mit Kolben oder Zylinder versehen ist. Elektrohydraulischer Aufzug: ebenso direkt mit Kolben versehen, nur wird die Flüssigkeit mithilfe eines Elektromotors gepumpt. Hydraulischer Aufzug mit ständigem Druck: direkt mit Kolben versehener Aufzug, wo die unter Druck gesetzte Flüssigkeit jederzeit zur Übertragung in die Zylinder zur Verfügung steht. Hydraulischer, mit Seilen versehener Aufzug: Aufzug, dessen Kolben mit Seilen an der Kabine befestigt sind. Privater Aufzug: motorbetriebener Gästeaufzug, der in einem Privathaus installiert ist. Kleingüteraufzug: Lastenaufzug, der Waren transportiert – allerdings keine Autos – und der zwischen einer Rampe am Bürgersteig oder einem anderen außerhalb eines Gebäudes gelegenen Ort und Stockwerken verkehrt, die unterhalb des Bürgersteigs bzw. der Straße liegen. Das sind die Fünfzehn.«

»Sie machen Ihre Sache sehr gut, Miss Watson.«

»Danke, Sir.«

»Wir sind nun fast fertig. Noch eine Frage: Wissen Sie, wie viele farbige Fahrstuhlinspektoren in diesem Land Dienst tun?«

»Zwölf.«

»Und wissen Sie, wie viele davon fest angestellt sind? Und nicht nebenbei als Schuhputzer oder Dienstmädchen arbeiten?«

»Das weiß ich nicht. Weniger als zwölf.«

»Also wissen Sie nicht alles. Das wäre es, Miss Watson. Ihre Note wird Ihnen nächste Woche mitgeteilt werden.«

Die Spur des fallenden Fahrstuhls besteht aus Funken, tausenden von Funken, die auf dem Weg nach unten das Dunkel aufreißen.

Die Adresse lautet 117 Second Avenue, doch man nennt es allgemein das Intuitionistenhaus. Edward Dipth-Watney, zweimaliger Gewinner des Werner-von-Siemens-Preises für überragende Leistungen in der Fahrstuhlinnovation (zuerst für seinen Flyboy-Endschalter, dann für den Smart-Übergeschwindigkeitsregler), kaufte die Villa vor zwei Jahrzehnten, als die Bewegung noch ein ungeliebtes Stiefkind war. Die Fahrstuhlgemeinde hielt Edward Dipth-Watney für einen Mann von quixotischem Temperament. Er war zwar kein hundertprozentiger Intuitionist, meinte aber, dass etwas, das so viel Widerspruch und Schmähung erntete, einen Ort verdiente, um zu reifen und sich zu entfalten und dann hoffentlich noch mehr Widerspruch und Schmähung zu ernten. Er war auch ein bekannter Modelleisenbahner.

Edward Dipth-Watneys Leistungen waren allseits anerkannt, und sie sind es noch immer. Sein Name wird bis zum Ende aller Tage die Indizes von Fahrstuhlinspektorenhandbüchern heimsuchen. Ein kleines Beispiel: Die Arbo-Fahrstuhl-Kompanie, glückliche Lizenznehmerin von Dipth-Watneys Flyboy-Endschalter, ließ den Prototyp vergolden und dem Erfinder in einem eiskalten Jahr als Weihnachtsgeschenk überreichen. Edward Dipth-Watney hatte allerdings kein Interesse an den goldenen Weihen des Ruhms. Die Lebensdauer von Fultons Wissenschaft war ungewiss, dachte sich Dipth-Watney, und wenn Gott ihm eine Gabe geschenkt hatte, dann konnte er zumindest versuchen, anderen dabei zu helfen, die ihre zu entdecken. Genau dasselbe Gottvertrauen verhinderte es, dass Dipth-Watney Zeuge der Früchte wurde, die seine Bemühungen um die internationale Bruderschaft der Intuitionisten trugen. Er glaubte, die Geschwulst auf seinem Nacken sei eine weitere Gottesgabe, eine Mahnung gegen die Eitelkeit. Doch er lag falsch.

In den Jahren nach dem Tod dieses Wohltäters stieg das Haus zum internationalen Hauptquartier des Intuitionismus auf und gedieh selbst dann noch hartnäckig weiter, als die Institutspolitik sich änderte, Kurse zur neuen Wissenschaft angeboten und ihre kühnen Vertreter im Lehrkörper mit geräumigen (wenn auch ungünstig gelegenen) Büros ausgestattet wurden. In diesem Haus wird kaum Forschung betrieben, aber die Arbeit im stillen Kämmerlein war dort auch nie beabsichtigt. Fahrstuhlinspektoren und -theoretiker sind trotz des Tributs, den ihre Seelen ihrem Beruf zu zollen haben, Gemeinschaftstiere. An jedem Dienstag stand James Fulton (später Orville Lever) im unteren Wohnzimmer und hielt Vorlesungen über die Feinheiten seiner Wissenschaft. Las über die Bedeutung, die europäische Abweichungen im Wartungsbereich für den Intuitionismus haben, verbreitete sich über die Düsternis des Fahrstuhlschachts, darüber, dass er nicht nur ein Spiegel der Düsternis im Inneren jeder Kreatur, sondern deren perfekte Verkörperung sei. Danach gab es für alle Pfefferminzpunsch, und noch später, wenn sich Fulton in sein im Stil der Tudor-Zeit erbautes Haus zurückgezogen hatte, das am Nordrand des Campus lag, schwedische Filme, in denen schwerbrüstige Mädchen Volleyball spielten. Fulton wusste nichts von diesen zweifelhaften Vorgängen. Der Chauffeur des Hauses füllte die Vorlesungen am Dienstagabend regelmäßig mit Geschäftsreisenden, die scharf auf Unterhaltung waren und gern dafür bezahlten.

Und Fulton, sollte er sich jemals darüber gewundert haben, dürfte sein Laienpublikum höchstens als Beweis für die universelle Gültigkeit seiner Theorien betrachtet haben.

Seit Lever die Nachfolge Fultons als Herr des Hauses angetreten hat, hat sich die Bedeutung von 117 Second Avenue in den Köpfen und Herzen der weltweiten Intuitionistengemeinde verdreifacht. Inzwischen ist es sein Wahlkampfhauptquartier und Heim eines grandiosen, in den Reihen der gemeinhin schwermütigen Forscher-Philosophen des vertikalen Transports bisher ungekannten Optimismus. Eine Fülle neuer Gerüchte ist im Umlauf. Man flüstert einander zu, dass Lever eine reelle Chance habe, die Wahl zum Vorsitzenden der Gilde zu gewinnen. Die Zeit der Intuitionisten sei gekommen, es habe schon lange in der Luft gelegen. Levers dienstagabendliche Vorlesungen handeln nicht länger hochmütig die Fehler der Schrauben-und-Mutter-Empirie ab, sondern sind wütende Schmähreden. Die Wände des Hauses erzittern vom Gezische der Wahlkampfsprüche. Wenn er gewinnt, wird sich das Haus für immer verändern.

Derweil geht das Alltagsleben des Hauses seinen gewohnten Gang, weil man den Zauber des bevorstehenden Erfolgs nicht gefährden möchte. Fremde Schüler der hohen Kunst kommen vom Kontinent hierher, und wenn sie am Institut ihre Vorlesungen gehalten haben, kehren sie zum Haus und den im zweiten Stockwerk gelegenen Gästezimmern zurück. (Lila Mae würde staunen, kennte sie die Namen der Erleuchteten, die in dem Bett geschlafen haben, wo sie jetzt liegt. Sie hat ihre Hände hinter dem Kopf verschränkt, und sie starrt hinauf zur Decke.) Große Partys anlässlich der Veröffentlichung neuester intuitionistischer Studien werden hier gegeben, und es ist ein alter Brauch, dass die Gäste die göttliche Füllung von Mrs. Gravelys braunem Apfelstrudel mit Ehrfurcht beträufeln. Die vor Ort wohnenden Mitglieder (jene, die sich dem Intuitionismus verschworen haben, gewiefte Empiriker, die auf Nummer Sicher gehen, und unpolitische Inspektoren, die bloß ihrer Frau entkommen wollen) treffen sich noch immer, um zu pokern und an besonderen Abenden Scotch der feinsten Qualität zu kosten. Parallel zur gestiegenen Bedeutung des Hauses haben die schwedischen Filme noch mehr Beachtung gefunden, zumal der Chauffeur, ermutigt vom gewachsenen Ansehen, das ihm sein Nebeneinkommen in den Augen der Schwiegereltern verschafft hat, damit begann, auch Gäste des Hauses zu seinen spätabendlichen Konventen in der Garage einzuladen, zudem trinkfeste Kerle und Bibelkrämer, die er mit gnadenlosem Scharfblick auswählt. Eine Ehre für sie.

Man frage sie, und Lila Mae wird nicht zugeben, dass ihr Herzschlag einen Zahn zulegte, als Mr. Reed ihr vorschlug, zur Sicherheit ein oder zwei Nächte im Haus zu verbringen. Aber so war es. Insgeheim wäre sie gerne zu Hause geblieben, damit weitere ungebetene Gäste hereinschneien und ihr Gelegenheit geben würden, ihrem Ärger Luft zu machen. Derartige Gefühle hat sie selten, Gewalt schmeckt ihr nicht. Sie ist geübt im Triebverzicht und gewöhnt daran, sich bei atavistischen Anwandlungen ins Gedächtnis zu rufen, dass die Welt halt so ist, wie sie ist, und ein Schlag aufs Auge oder ein Hieb in die Magengrube nichts daran ändern. Trotzdem nervt dieses abendliche Theater. Den ganzen Scheißdreck zu durchschauen, zu akzeptieren und damit zu leben ist die eine Sache; den ganzen Scheißdreck so plötzlich und dramatisch im eigenen Haus zu haben, hineinzulatschen und noch tiefer als üblich darin zu versinken eine andere. So sieht Lila Mae die Angelegenheit. Ihrem Geschmack nach passieren die Dinge zu rasch, und sie kann sich nicht dazu überreden, auf die Zeit zu verzichten, darüber nachzudenken, der Sache auf den Grund zu gehen. Selbst wenn das bedeuten würde, Hilfe von diesem Reed anzunehmen – und diese Tatsache ist es, nicht die Hilfe an sich, die ihr schwer im Magen liegt und an ihrem Stolz kratzt. Es bedeutet, dass sie ihm etwas schuldig ist. Diesem Pygmäen.

Ihr Zimmer im Haus ist doppelt so groß wie das im Bertram Arms und viermal so groß, wenn die Vorhänge aufgezogen sind wie jetzt und all das unselige Licht Besitz vom Raum ergreift. In ihrem Zimmer im Bertram Arms bekommt sie Himmel, aber sie bekommt kein Licht. Vermutlich ein Unterschied. Sie hat keine Ahnung, was sie mit ihrem Frühstückstablett machen soll – soll sie das Ding vor die Tür stellen wie in Hotelszenen im Kino oder am Bettrand stehen lassen und sich ganz natürlich geben? In jedem Fall ist es Zeit zum Aufstehen. Der große, ovale Spiegel, der an der gegenüberliegenden Wand hängt, ist vollkommen staublos. Sie reibt ihren Bauch. Sollte öfter so reinhauen. Vermisst ihren Anzug. Sie gibt ihr bisschen Geld nicht für Dinge aus, die sie nicht braucht, aber sie braucht den bestimmten Schnitt ihres Anzugs, um sich wieder zu erkennen. Die kühnen Bügelfalten, die draufgängerischen Aufschläge – seine Knöpfe sind die Schrauben, die sie zusammenhalten. Der Schneider schien zu begreifen, was sie braucht, begriff offenbar, welches Kostüm Lila Mae nötig hat, um das Haus gesammelt zu verlassen und sich unter die Menschen zu begeben. Ein alter Mann.

Mrs. Gravely (wer immer das sein mag, ob Köchin oder alte Jungfer, Lila Mae sieht sie vor sich, grauhaarig und todsicher verbittert) hat ihre Anzüge in den Schrank gehängt, zusammen mit zwei weißen Baumwollhemden, denen Lila Mae nie die Ehre eines Bügels erwiesen hat. Selbst ihre Kleidung wird im Haus der Intuitionisten königlich behandelt. Lila Mae hat den zusätzlichen Anzug eingepackt, obwohl sie nicht plant, eine weitere Nacht zu bleiben. Sie hat keine Ahnung, warum. Ihr Anzug ist vom Duft der Mottenkugeln, der im Schrank wölkt, verschont geblieben. Dem Dunst der Abschreckung.

Sie steht angezogen vor dem Spiegel. Gerüstet. Sie setzt ihre Miene auf. In ihrem Fall keine Frage von Make-up, sondern eine des Willens. Wie soll sich ein so trauriges Gesicht verhärten? Durch lange Übung. Nicht vor einem Spiegel oder vor Fremden, die den Erfolg anderer durch den Ausdruck von Entsetzen, Abscheu etc. taxieren. Sie hat es im Bett geübt, hat nachgefühlt und überprüft, welche Gesichtsmuskeln unter dem Einsatz gesammelter Anspannung schmerzten. Beim größten Schmerz ergäbe sich eine Furcht erregende Maske. Ein Zerrbild von Stärke. Eines Nachts, als sie einen kleinen, mit der Oberlippe verbundenen Muskel ausprobierte, war es so weit. Sie löste eine Schmerzwelle aus, die knapp unter dem Höchstpegel echter Schmerzen lag und die zum Maßstab für all ihre Gesichtsmuskeln wurde, jene über den Augenbrauen, jene unter dem Kiefer, jene über den Nasenflügeln. Sie überprüfte es nicht im winzigen Spiegel der Hausmeisterklause, das war unnötig. Sie wusste, das war es.

Sie hat die Miene aufgesetzt. Sie ist bereit, vor Mr. Reed zu treten, den sie durchs Fenster sehen kann. Er sitzt auf einer Steinbank im Garten, putzt seinen Kneifer, der nie schmutzig ist.

▲

Die Empiriker rutschen auf Knien herum, um die Trommelwinde auf verräterische Riefen zu überprüfen, sie stürzen sich auf die Rostnarben der Ausgleichstreibscheibe, alles Kraftakte, und sie meinen, die Intuitionisten machten es sich leicht. Faule Säcke.

Nur ein paar der Spitznamen, mit denen die Empiriker ihre dekadenten Kollegen titulieren: Swamis, Voodoomänner, Jujuköppe, Hexendoktoren, Harry Houdinis. Sämtliche dieser Begriffe gehören ins Wortfeld dunkler, exotischer Riten, des bedrohlich Fremden. Außer Houdini, der allerdings trotzdem etwas Dunkles an sich hatte.

Im Gegenzug ein paar Spitznamen für die Empiriker: Flachmänner, Schraube-und-Mutter-Jungs, Ermüdungsirre (»Überprüfung auf Materialermüdung« ist ein häufiges Schlagwort der im Außendienst arbeitenden Empiriker), Babbits, Kollatoren (Letzteres der Ausdruck allergrößter Verachtung).

Niemand hat eine Erklärung dafür, weshalb die Analysen der Intuitionisten jenen der Empiriker, gemessen an der Erfolgsrate, um zehn Prozent voraus sind.

Alles im Garten stirbt ab, so eine Jahreszeit ist das gerade. Die Blätter lodern und vertrocknen beim Sterben, bevor sie auf der Erde zu Asche vermodern. Lila Mae knirscht in einem der geheimen Gärten der Stadt auf Mr. Reed zu. Die gleichmütigen Wächter (viktorianische Reihenhäuser aus mauem, braunem Stein) kehren ihr den Rücken zu. Dieser Eindringling hat ihren Segen, er hat eine amtliche Absicht, und auf den Straßen draußen gibt es tausende von Neugierigen, denen der Zutritt verwehrt werden muss. Sollen sie bleiben, wo sie sind. Der sterbende Garten muss beschützt werden.

»Mrs. Gravely erlaubt das Rauchen im Haus nicht«, sagt Mr. Reed gleichmütig. »Also rauche ich hier draußen.« Er fegt ein paar Blätter von der Bank und lädt Lila Mae mit einer Geste zum Sitzen ein. Er ist nicht derselbe Mann wie am letzten Abend. Jedenfalls ein paar Sekunden lang. Dann entspannen sich die erstaunten Falten auf seiner Stirn, er setzt sein Pokergesicht auf, pariert die Maske Lila Maes mit seiner eigenen. »Ich gehe davon aus, dass die Unterkunft Ihren Ansprüchen genügt?«, verlangt Mr. Reed zu wissen.

Will er ihr was, spielt er auf die beengten Verhältnisse an, in denen sie lebt? Nur die Ruhe. »Ich habe gut geschlafen«, sagt Lila Mae.

»Und das Frühstück? Wie war das Frühstück?«

»Es war gut.«

»Und der Gentleman, der es Ihnen gebracht hat – war er höflich?« Mr. Reed blickt hochkonzentriert auf den Boden. Er denkt wohl laut, vermutet Lila Mae.

»Ja.«

»Der übliche Hausdiener hat sich heute früh krankgemeldet«, flüstert Mr. Reed wie in Trance. »Er hat seinen Neffen geschickt. Er war noch nie bei uns.«

Lila Mae schweigt. Sie kann riechen, dass es noch mehr Regen geben wird. Ganz in der Nähe klumpt das alles erstickende, tote Laub auf einem steinernen Springbrunnen, der noch eine Pfütze des Regens aufweist, der vor ein paar Tagen fiel. Der Cherub auf dem Brunnen tanzt auf einem Bein (tanzt zu welcher Musik? Der des kommenden Frühlings? Zum Takt, den der nächste Meister angibt?), sein winziger Mund birgt feuchte Herbstluft. Lila Mae weiß Folgendes über Mr. Reed: schloss das Mittelwestliche Institut für Vertikalen Transport als Klassenbester ab, erklomm rasch die Karriereleiter in einer der größeren Behörden an der Westküste. Alles deutete darauf hin, dass er eine große Nummer in der Industrie werden würde. Dann ließ Fulton Band eins auf die Öffentlichkeit los, und den Mann erwischte es voll. Lila Mae weiß zu erzählen: Der erste Band von *Theoretische Fahrstühle* war auch für sie ein Bekehrungserlebnis, nachdem sie ein markiger Eintrag im Textbuch für Anfänger (»Abgesehen von Fultons letzten Absurditäten …«) auf eine Reise ins noch unbekannte Hinterland der Bibliothek geführt hatte. Kein Wunder, dass das Institut Kurse über Intuitionismus auf die hinterletzten Seiten des Vorlesungsverzeichnisses verbannte, kein Wunder, dass die winzigen Klassenzimmer immer brechend voll und die Lehrenden von der Last eines solchen Wissens wie mit einem Fluch beladen waren und daran zerbrachen. Lila Mae stieß schon zu Anfang ihres Studiums auf Fultons Worte, und diese Worte veränderten sie. Das Ausmaß der spirituellen Katastrophe, in die das Buch Mr. Reed gestürzt haben musste, einen Mann, der seit so langer Zeit ein treuer Diener der Empirie gewesen war, kann sie nur ungefähr ermessen. Muss das Gefühl gehabt haben, die ganze Welt hätte ihn verraten.

Woran sich Lila Mae außerdem vom Porträt aus dem Magazin im letzten Sommer erinnert: Wie die meisten, die früh zum Intuitionismus bekehrt wurden, gab Mr. Reed es auf, Fahrstühle zu inspizieren, um stattdessen das neue Evangelium zu predigen. Welchen Sinn hatte die Inspektion noch, dachten die ersten Pioniere bei sich, nachdem Fulton auf jeden ihrer alten Glaubenssätze geschissen hatte? Und bei diesem Neuanfang zeichnete sich Mr. Reed aus – nicht als Denker, sondern als Karrengaul. Er erledigte die Knochenarbeit. Er kämpfte darum, die neuartige Wissenschaft, diesen Tumor im Fleisch der Empirie, zum festen Bestandteil des Katechismus der Fahrstuhlgemeinde zu machen, überzeugte zögernde Rektoren von der Notwendigkeit, diese Ketzerei in den Lehrplan aufzunehmen (allein der Gedanke war eine Zumutung!), und feilschte um die Weihe wortkarger und stolzer Intuitionisten zu Fahrstuhlinspektoren in den betreffenden Behörden der Großstädte. Es wird erzählt, dass er das Mittelwestliche Institut in quälerischen, 36 Stunden währenden Verhandlungen dazu brachte, einen ganzen Fachbereich für die Intuitionisten einzurichten, nachdem das festgefahrene Gespräch sich auf das Werfen einer Münze reduziert hatte. Kopf oder Zahl. Er trickste, denn die Münze, die er aus einem Süßigkeitenautomaten unten im Saal gezogen hatte, wies zwei Köpfe auf. Schlauer Hund. Das ist das Bild, das Lila Mae von Mr. Reed hat, der, nachdem er sich von ihrem unerwarteten Auftauchen im Garten erholt hat, nun seinerseits eine Maske aufgesetzt hat: ein

Geier. Keineswegs die eigentümliche Taube, die er in Lila Maes Apartment gewesen zu sein schien, sondern ein kaltblütiger Aasvogel. Ein Soldat.

Natürlich hat Orville Lever diesen Soldaten sofort als Wahlkampfmanager zwangsverpflichtet. Mr. Reed ist weder zu akademisch noch zu romantisch für die Außendienstler, und seine Gehirnhälften gehen im Gleichschritt. Lever ist ein sympathischer Kerl, doch jeder weiß, dass Mr. Reed der eigentliche Kopf ist, das kann jeder sehen, der einzige Mann, der die Wahl zugunsten der Intuitionisten entscheiden könnte. Lila Mae hat keine Ahnung, warum er die Mühe auf sich nimmt, sich in das Fanny-Briggs-Fanal einzumischen, weiß aber, dass sie es bald erfahren wird. Aus seinen Poren dampft der kalte Dunst von Schlachtplänen und verschmutzt die Luft im Garten.

Nach einer Weile wendet sich Mr. Reed Lila Mae zu und sagt: »Sehr schade, dass Orry nicht in der Stadt ist. Er spricht mit den guten Leuten von Arbo. Wäre schön, wenn Sie ihn treffen könnten.«

»Ich habe einmal seine Hand geschüttelt«, sagt Lila Mae. »Bei einer Wahlkampfveranstaltung.« Orry. Orville.

»Sie sollten einen unserer offenen Abende besuchen, Miss Watson. Haben Sie je die Möglichkeit erwogen, Mitglied zu werden?«

»Ich habe mit dem Gedanken gespielt«, antwortet Lila Mae.

»Inzwischen dürften Sie uns kennen, Miss Watson«, sagt Mr. Reed mit einem Unterton von Erschöpfung. »Als Gruppe, meine ich. Sie sind eine von uns.« Er nimmt die Hand von der Zeitung, auf die er sich gestützt hat. »Das sollten Sie sich anschauen«, sagt er und reicht ihr das Blatt.

Lila Mae braucht nicht lange, um den reißerischen Artikel zu überfliegen, von den dröhnenden Höhen der Schlagzeile: »FAHRSTUHLABSTURZ!«, bis zu den Tiefen des abschließenden Zitats von Chancre. Nichts, was sie nicht erwartet hätte. »Verzerrt«, verkündet sie.

»Haben Sie Chancres abschließende Erklärung gelesen? Warten Sie, vielleicht kann ich sie auswendig … ›Mein Gegner und seine Gehilfen haben seit Beginn des Wahlkampfs auf die verschiedensten Karten gesetzt, aber ich denke, dass dieser Zwischenfall ihre Unfähigkeit deutlicher macht als jeder andere ihrer schmutzigen Tricks.‹«

»Er polemisiert«, sagt Lila Mae. »›Schmutzige Tricks‹.«

»Er hat nicht ganz Unrecht«, gesteht Mr. Reed mit schmalen Lippen. »Er meint die Black Box.«

Der Geruch nach Regen ist stärker jetzt. Das berüchtigte Konstruktionsproblem aus Schulzeiten: Wie sieht der perfekte Fahrstuhl aus, jener Fahrstuhl, der uns von den Städten erlösen wird, unter denen wir zu leiden haben, von all den Krüppelbauten? Wir wissen es nicht, denn wir können nicht in die Zukunft schauen, es ist etwas, das jenseits unserer Vorstellungskraft liegt, genau wie die Frage, welche Form die Zähne von Engeln haben. Es ist eine Black Box.

»Vor zwei Wochen«, beginnt Mr. Reed und reibt seine rosa Hände im Schoß, »erhielt Lever ein Päckchen mit der Post. Es enthielt Tagebuchaufzeichnungen, die laut Datum ein paar Jahre alt sind, und es sind Eintragungen, in denen es um eine Black Box geht.«

»Alle Welt arbeitet an der Black Box«, kontert Lila Mae. »Das ganze Geld, das American und Arbo für Forschung und Entwicklung ausgeben, fließt in diese Sache. Das ist doch nichts Neues.« Otis' erster Aufzug erlöste uns von den mittelalterlichen fünf- bis sechsstöckigen Häusern, der neue Fahrstuhl aber, glaubt man, wird das Tor zum Himmel öffnen, uns nie da gewesene Türme schenken: die Zweite Vertikale Revolution. Natürlich arbeiten sie an der Black Box. Die Zukunft liegt darin.

»Es ist Fultons Handschrift. Offenbar hat man die Seiten

aus einem seiner letzten Tagebücher gerissen, jenen, die wir nie gefunden haben. Natürlich hatten wir großes Interesse daran. Wir haben ein paar Nachforschungen angestellt und herausgefunden, dass ein Reporter von *Lift* ebenfalls Teile davon erhalten hat. Chancre auch.«

Lila Mae schüttelt ihren Kopf. »Es hat immer Gerüchte gegeben, dass Fulton an einer Black Box gearbeitet hat«, sagt sie abschätzig. »Aber die meisten Beweise deuten darauf hin, dass Fulton seine ganze Kraft der intuitionistischen Theorie gewidmet hat und nicht der Konstruktion. Seit seiner Ernennung zum Rektor hat er nichts mehr mit Mechanik zu tun gehabt.«

»Vielleicht die Beweise, die Ihnen bekannt sind«, sagt Mr. Reed. »Nach allem, was wir wissen, hat er beides betrieben. Sie müssen sich darüber im Klaren sein, dass er in seinem letzten Lebensjahr mit kaum jemandem gesprochen hat, abgesehen von seiner Haushälterin, und wenn er das Haus verlassen hat, war sein Benehmen, gelinde gesagt, merkwürdig. Das Tagebuch zeigt, dass er an einem Fahrstuhl gearbeitet und ihn nach intuitionistischen Prinzipien entworfen hat. Anhand seiner Notizen wird deutlich, dass er fertig geworden ist. Irgendwo muss ein Entwurf versteckt sein.«

Lila Mae versucht, diese letzten Worte wirklich zu begreifen. Zumindest spricht Mr. Reed langsam, versucht, ihr die Sache vorsichtig klar zu machen. Trotzdem. »Ich glaube das nicht. Wie kann das möglich sein?«, murmelt Lila Mae und fummelt an einem Knopf ihres Anzugs herum. »Vom Standpunkt eines Ingenieurs aus gesehen, meine ich. Das Herz des Intuitionismus ist die Zwiesprache mit dem Fahrstuhl auf geistiger Ebene. ›Trenne den Fahrstuhl von seinem Fahrstuhlsein‹, oder? Ist doch schwierig, so etwas Luftiges aus Stahl zu bauen.«

Mr. Reed entnimmt einem silbernen Etui eine Zigarette. »Das ist nicht so unvereinbar, wie Sie meinen«, sagt er.

»Band eins hat auf diese Verbindung angespielt, und Band zwei hat versucht, es zwischen den Zeilen zum Ausdruck zu bringen – eine Verwandlung unserer Einstellung zu den Dingen. Eine radikale Veränderung.«

»Kapiere ich nicht«, gesteht Lila Mae. Zögernd.

»Wenn wir zu der Ansicht gelangt sind, dass Fahrstuhlforschung – Schraube-und-Mutter-Empirie – den Fahrstuhl aus einem menschlichen Blickwinkel betrachtet, der seinem Wesen nach der Maschine fremd ist, würde dann nicht der nächste logische Schritt, nachdem wir die intuitionistische Perspektive gewählt haben, darin bestehen, einen Fahrstuhl auf die richtige Art zu konstruieren? Mithilfe all dessen, was wir gelernt haben?«

»Einen Fahrstuhl aus dem Blickwinkel eines Fahrstuhls zu bauen.«

»Das wäre doch der perfekte Fahrstuhl, oder nicht? Das wäre doch die Black Box.« Das linke Augenlid von Mr. Reed zittert.

»Unglaublich«, sagt Lila Mae. Sie denkt an ihr Zimmer im Bertram Arms. Es wundert sie, dass sie dort wohnt, dass sie so an ihre kleine Welt gewöhnt ist. Wie gering ihre Erwartungen doch sind. Welche Teile von Fultons Werk haben sie am tiefsten berührt? Die erste Zeile, die ihr einfällt, ist ein gleißender Lichtstreif: *Es gibt eine andere Welt jenseits der sichtbaren.* Lila Mae fragt: »Und was hat das mit dem gestrigen Unfall zu tun?«

Mr. Reed holt tief und nachdenklich Luft. »Denken Sie doch mal darüber nach«, sagt er. »Der berühmteste Fahrstuhltheoretiker dieses Jahrhunderts hat eine Black Box konstruiert, und das gemäß intuitionistischen Prinzipien. Was bedeutet das für die Empirie?«

Lila Mae nickt, und Mr. Reed fährt fort: »Jetzt steht Chancre zur Wiederwahl. Es hat immer Gerüchte über Fultons Black Box gegeben, und plötzlich taucht diese neue

Version auf – sie existiert, und sie ist intuitionistisch. In so einem Fall verliert man nicht nur die Wahl, sondern auch alles andere. Den Glauben. Man muss den Feind, den man zwanzig Jahre lang bis aufs Blut bekämpft hat, in die Arme schließen.«

»Man muss die Black Box finden«, sagt Lila Mae.

»Man muss herausfinden, ob etwas dran ist oder nicht, und man muss es schnell herausfinden.«

»Und mich für einen Präventivschlag missbrauchen«, begreift Lila Mae.

Pompey.

»Es hätte nicht unbedingt Sie treffen müssen«, sagt Mr. Reed. »Es hätte jeder sein können. Wenn Chancre die Black Box nicht findet, kann er zumindest Zeit bis nach der Wahl schinden und die Gerüchte bekämpfen, indem er einen schwerwiegenden Fehlschlag der Intuitionisten in Szene setzt. Und ihrer liberalen Politik.«

»Liberal«. Damit ist sie gemeint. »Aber mir sind keine Gerüchte zu Ohren gekommen.«

»Das kursiert nur im engsten Kreis, Miss Watson. Jedenfalls bis Montag, wenn die neue Nummer von *Lift* erscheint. Es wird die Titelgeschichte sein. Hat Chancre zum Handeln gezwungen.« Mr. Reed klopft mit dem Zigarettenetui auf seinen Schenkel und starrt den Cherub auf dem Springbrunnen an. Er hat sich nicht bewegt. Er bewegt sich nie. »Total freier Fall – so etwas kann nicht passieren. Nicht, ohne dass jemand nachhilft. Der gestrige Vorfall beweist das. Und was uns betrifft«, er sieht wieder Lila Mae an, »lassen Sie mich einfach sagen, dass wir unbedingt die Black Box in die Hand bekommen müssen, damit sie für sich selbst sprechen kann.«

»Wer waren die Männer in meinem Apartment?«

»Wundern Sie sich über Chancres Schachzüge? Darüber, dass er ein Gangster ist? Jeden Dienstag spielt er Golf mit

Johnny Psst. Wahrscheinlich waren es Leute von Psst. Der Mob kontrolliert nicht nur die Vergabe von Verträgen für die städtische Fahrstuhlwartung, wissen Sie. Er hat seine Finger überall drin.« Er blickt lange auf in den Himmel. »Sieht aus, als würde es Regen geben, aber es wird nicht regnen. Heute nicht.«

Seine Augen trudeln wieder ab ins Verträumte. »Also, wo ist die Black Box?«, bohrt Lila Mae nach.

»Wir werden sie bald finden«, antwortet Mr. Reed. »Wir glauben zu wissen, wer die Tagebücher verschickt hat. Ich glaube, wir werden sie bald haben.«

Die zähe Debatte über den Regen: Es geht überhaupt nicht um den Regen, sondern um die Unsicherheit dessen, was wir zu wissen meinen. Wir stellen ja doch nur Vermutungen an. Die Zweite Vertikale Revolution, denkt sie. Die neuen Städte sind im Kommen. »Nochmals vielen Dank wegen gestern«, sagt Lila Mae. »Und für das Zimmer.«

»Ein sicheres Haus«, sagt Mr. Reed. Er versucht ein Lächeln. »Es würde Sie überraschen, wenn Sie wüssten, wie viele Menschen ein Interesse an Ihrer Karriere entwickelt haben, Miss Watson. Die erste farbige Frau, die Fahrstuhlinspektorin geworden ist. Das ist schon eine Leistung. Wir freuen uns, Sie auf unserer Seite zu wissen.« Er tätschelte ihren Schenkel. »Diese ganze Angelegenheit sollte bis Montag geklärt sein. Mr. Jameson, unser Berater, wird mit dem Amt für Innerbetriebliche Angelegenheiten reden, und man wird Sie in Ruhe lassen. Wir sorgen für unsere Leute.«

Sie blickt hinab auf die Schlagzeile der Boulevardzeitung. »Und der Unfall?«

»Sie werden entlastet werden. Haben Sie ihren Job gemacht?«

»Ja.«

»Dann liegt der Fehler bei den Empirikern und Mr. Chancre, die das Vertrauen der Öffentlichkeit missbraucht haben. Mr. Jameson wird sich darum kümmern. Sollte Chancre die Wahl gewinnen, dann hat er keinen Grund, sich in die Sache zu verbeißen. Und wenn er sie verliert, wird er nicht mehr dazu imstande sein, weil Lever sie vom Tisch wischt. Wenn wir Chancre am Montag geschlossen entgegentreten, werden seine Schläger Sie nicht mehr belästigen. Er wird wissen, dass wir ihn bald zu packen kriegen.« Mr. Reed versucht noch ein Lächeln, und dieses Mal hat er mehr Erfolg. »Montagabend werden Sie wieder in Ihrem Apartment sein.«

»Will ich gar nicht«, sagt Lila Mae.

»Nein?«

»Ich will die Black Box finden.«

⯭

Die Zerstörung der Nummer elf ist so vollständig, dass nur das Geräusch des Aufpralls übrig ist, im Schacht aufsteigt, nach oben stürzt: eine Seele.

# Teil zwei

Ben Urich an einem Samstagabend: Er wieselt eilig die Straße hinab, ein Kometenschweif in seinem geliebten himmelblauen Leinenanzug. Beim Gehen lässt er einen Dollar fliegen – Kopf, er wettet immer auf Kopf, und in der Hälfte der Fälle gewinnt er. Pfeift einen schmissigen Schlager, der immer im Radio des Cafés läuft, wo er frühstückt, wo er seine Zeitung in kleine Quadrate faltet, um die Sportseiten besser lesen zu können.

Es ist spät, aber nicht zu spät. Er bemerkt, dass die ersten Gäste die großen Shows wieder verlassen, dass die Theater Schnösel und verblödete Touristen aus hell erleuchteten Lobbys auf den Bürgersteig kotzen. Zu spät ist es nicht, er schaut auf die Uhr, und in seinem Kopf verschmelzen Partys miteinander, Feste, die gefeiert und durchzecht werden müssen, sobald er im Büro die ersten Vorabexemplare der Zeitschrift mit seiner Titelstory eingesammelt hat. O'Connor? Es wird ihn eine halbe Stunde kosten, erst mal zu erklären, worum sich die Story dreht, bevor die besoffenen Inspektoren damit anfangen werden, ihm Drinks zu spendieren, ganz abgesehen von der Tatsache, dass die Samstagsschicht meist ein sauertöpfischer Haufen ist, voller geknickter Karrieristen und Männer mit wenig Ehrgeiz, die ihre Tage damit totschlagen, auf dem Kalender nach dem Datum ihres Ruhestands zu suchen. Trüber Haufen. Außerdem ist die Kneipe nicht sehr erheiternd. Und er weiß nicht, wie ihnen die Vorstellung einer Black Box der Intuitionisten schmecken wird. Ganz besonders nach ein paar Stunden Maloche im Außendienst. Zu dieser nächtlichen Stunde geht es los im Flamingo, und die farbige Band, die sie an Samstagen engagieren, spielt genau die Musik, die ihn anmacht. Sex-Mucke. Die Musik, ein paar Drinks zum Aufwärmen und ein Geschenk von Lady Luck an der Bar: leicht zu beeindruckende Blondinen mit glasigem Blick, die nicht viele Fragen stellen werden, Anwaltsgehilfinnen mit Torpedo-BHs, die abgedrehte Kosmetikerin. Köpfe. Dies ist meine Stadt, meine Nacht.

Nach ein paar Violet Marys wurde sie ziemlich gesprächig. Schöpfte zuerst Verdacht, als er sie zu früh mit Fragen nach Details über ihren Job bei der United-Fahrstuhl-Kompanie löcherte – schließlich ist er ein berüchtigter Paparazzo der größten Fachzeitschrift, die es in diesem Bereich gibt, dem *Lift*-Magazin. Er knipste sein 100-Watt-Lächeln an und winkte den Kellner mit dem Zeigefinger herbei, wenn die Gläser auszutrocknen drohten. Immer her damit. Er sagte, er habe nicht vor, ihr Unannehmlichkeiten zu bereiten, frage bloß nach ihrer Arbeit, es höre sich so spannend an. Sie errötete und stürzte ihre Violet Mary hinunter. Das heilige Glaubensbekenntnis der Journalisten, der nimmermüde Krieg gegen die Korruption in der Industrie, und ganz nebenbei eine amüsante Anekdote über seine Suffragetten-Mutter – über diese und andere Dinge sprach Ben Urich, zur großen Freude seiner Tischgenossin, Miss Betty Williams. In dieser Nacht schuf er nur das Fundament. Die Titelstory würde die Sache entscheiden. Nachdem sie seiner Integrität sicher war, gab es keinen Grund mehr, warum Miss Betty Williams nicht ein oder zwei Akten aus den Archiven von United mitgehen lassen sollte. Als Hintergrundmaterial. Die übliche Versicherung, in keinem Fall aus den Dokumenten zu zitieren. Unverletzlichkeit der Quellen. Er versuche nur, der Öffentlichkeit nach besten Kräften zu dienen, teilte er ihr mit, halte sich an die Werte, die ihm seine Mutter schon in früher Jugend vermittelt habe, während sie Plakate für das Wahlrecht der Frauen malte. Ihm fiel auf, dass ihre Augen aufblitzten, wenn er Fachjargon aus dem Nachrichtenraum einstreute, und er versüßte sein Wiegenlied weiter mit Wörtern wie *Ausgabe* und *Satz*, was die Anzahl der Augenblitze drastisch erhöhte. Morgen oder übermorgen würde er eine Ausgabe von *Lift* mit seiner Titelstory bei ihr im Büro vorbeibringen, Anlass für weitere Leckerbissen aus dem Archiv. Als er sie in ein Taxi verfrachtete, küsste Ben Urich Betty Williams' flatternde Wange. Fiel fast in Ohnmacht, die Frau.

Köpfe. Immerhin war nicht alles Schall und Rauch. Ben Urich nimmt seinen Job als selbst ernannter Wachhund der Industrie für Vertikalen Transport ernst, und er hat das Gefühl, dass seine Arbeit Achtung verdient. Wie die Enthüllung des Fairweather-Skandals, der zum Rücktritt von sieben Fahrstuhlinspektoren und fünf Angestellten der Baubehörde führte und Anlass zur Bildung der ersten Kommission gab, die sich der Ungereimtheiten der städtischen Fahrstuhlinspektion annehmen sollte. Seine Serie über die angebliche (»angeblich« bedeutet, die journalistische Keule kreisen zu lassen) Kontrolle der Fahrstuhlwartung in der Stadt durch den Mob mag keine Verhaftungen zur Folge gehabt haben, gilt aber noch immer als der erste öffentliche Bericht über eines der größten schmutzigen Geheimnisse der Branche. Eines von ihnen jedenfalls. Jetzt, wo Fultons Black Box irgendwo herumschwirrt, steht die ganze Zukunft des vertikalen Transports auf der Kippe. Auch die Zukunft von Ben Urich. Er ist keinem mehr etwas schuldig. Kann demnächst, sobald sich der Wirbel gelegt hat, einen richtig guten Job an Land ziehen. Bei einer der größeren Tageszeitungen der Stadt, vielleicht sogar bei einer Illustrierten. Köpfe.

Im *Lift*-Building gibt es zu dieser Stunde für einen Nachtwächter nicht viel mehr zu tun, als sich mit seinen Kursen an der Fernuniversität abzuplagen. So kommt es, dass Billy, der Nachtwächter, sich mit viktorianischem Englisch herumschlägt, als Ben Urich an die Eingangstür klopft.

»Hey, *Jane Eyre*«, sagt Ben Urich fröhlich, als Billy die Tür aufschließt. »Gutes Buch.«

»Ja, ganz nett«, muffelt Billy. Billy ist ein wohl gerundeter Gentleman. Der Schlüsselbund klingelt in seiner verschwitzten Hand. »Hätte gedacht, du wärst in so 'ner Nacht in der Stadt unterwegs.«

»Ich arbeite nicht«, erklärt Ben Urich dem unerschrockenen Hüter leerer Bürogebäude. »Hat die Druckerei die Vorabexemplare der neuen Ausgabe geschickt? Wollte nur eine Nummer holen.«

»Hab sie gleich hier«, sagt der Nachtwächter und nächtliche Studienanfänger und zieht einen Packen hinter dem Schreibtisch hervor. Er schneidet das Paketband auf und schnappt sich das oberste Exemplar.

In dem Sekundenbruchteil, den Billy braucht, um ihm die Zeitschrift zu geben, erkennt Ben Urich, dass etwas nicht stimmt. Das knallige Rot. Der Coverentwurf, den er gestern abgesegnet hat, zeigte den Close-up einer technischen Zeichnung: des Plans für Fultons Black Box. Natürlich nicht des echten Plans, aber *Lift* setzt voraus, dass die Leser ausreichend Fantasie haben. Dieses Knallrot war absolut nicht eingeplant.

Der weitere Lauf der Dinge ist genauso übel. Sein Name taucht überhaupt nicht auf dem Cover auf, und die Illustration zeigt einen Weihnachtsmann, komplett mit Mantel, Schal und Mütze, der an einem Fahrstuhlkabel hinabrutscht. Er trägt einen werkzeugbestückten Gürtel. Der Titel lautet: »Bereit für die Ferien. Zehn Wartungstipps zu Weihnachten«. Ben Urichs kleinster Einwand besteht darin, dass Weihnachten noch in weiter Ferne liegt und es fast kriminell ist, wenn sich eine wichtige Fachzeitschrift am Versuch der Werbe- und Warenwelt beteiligt, die Feiertagssaison über Gebühr auszuweiten.

Sie haben sie abgesägt. Sie haben seine Story abgesägt.

»Stimmt was nich', Ben?«

Wie üblich im Falle Ben Urichs geht dem Ärger pragmatisches Denken voraus. Er könnte eine gekürzte Version der Story in einem der kleineren Fahrstuhlblätter unterbringen, die weniger bezahlen und eine geringere Verbreitung finden. Und weniger prestigeträchtig sind. Könnte er sie in einer der Zeitschriften unterbringen, die für ein breiteres Lesepublikum gedacht sind? Dann müsste er mehr Hintergrundinformationen für die Laien liefern, sich ausführlicher über die Debatte zwischen Empirikern und Intuitionisten verbreiten. Den Intuitionismus erklären, ein Thema, über das er gut genug Bescheid weiß, um nicht als Idiot dazustehen, aber es würde ihn eine Menge Mühe kosten, es für den Durchschnittsleser aufzubereiten. Nein, er ist am Arsch. Entweder *Lift* oder gar nicht.

»Sag doch was, Ben. Willste 'nen kleinen Schluck? Hab 'ne Flasche da.«

»Ist Carson oben?«, verlangt Ben zu wissen und rollt die Zeitschrift zu einem Schlagstock auf.

»Ist keiner oben, heute Nacht nich'«, antwortet Billy.

Ben ist schon wieder draußen. In der Lobby wurde es ihm zu heiß. Er ruft sich das Verhalten zurück ins Gedächtnis, das der Herausgeber in letzter Zeit an den Tag gelegt hat. Carson schien ganz auf seiner Seite zu stehen, sagte, es sei die beste Story, die er seit dem tragischen Debüt von Arbos Megapuffern, den Giganten unter den spiralförmigen Stoßdämpfern, zu Gesicht bekommen habe. Um sicherzugehen, überprüft Ben Urich das Inhaltsverzeichnis. Testfahrt europäischer Kabinen, ein Bericht über die 15. Internationale Konferenz der Fahrstuhlbranche und dieser verdammte Feiertagsmist, aber nichts über die Black Box. Sein Name ist nicht im Inhaltsverzeichnis zu finden. Ben Urich zieht die Dollarmünze aus der Tasche, wirft sie aber nicht. Er verfüttert sie an einen öffentlichen Fernsprecher und steckt einen Finger in die Wählscheibe. Wie war noch die Privatnummer von Carson?

»Entschuldigen Sie, Sir, wissen Sie, wie spät es ist?«

Ben Urich winkt ab.

»Wissen Sie, wie spät es ist?«, fragt die Stimme noch einmal.

»Nein, keine Ahnung«, sagt Ben Urich.

Er hat noch Zeit, eine Zahl zu wählen und zu beobachten, wie die Plastikscheibe den halben Weg zurückgleitet, bevor ihn zwei Hände an den Schultern packen. Er wird herumgerissen. Vor ihm stehen zwei gedrungene Kerle. Einer hält Ben Urichs Schultern wie mit Zangen. Eine Wange des Mannes ist zu einem wütend roten Ballon aufgebläht. Der andere Mann hat ein mildes Gesicht und fragt Ben: »Weißte, was Johnny Psst mit Leuten macht, die ihn ärgern oder ihm sonst wie auf die Nerven gehen?«

Ganz klar – die Ereignisse dieser Nacht folgen weiter ihrem schicksalhaften Lauf. Die Geschwindigkeit hat sich sogar noch erhöht. Es liegt an diesen Typen und ihrem Boss, dass seine Story in der Schublade geblieben ist. »Ja, ich weiß«, sagt Ben. Ist wohl das Beste, mitzuspielen, um den Fängen dieser Nacht mit heiler Haut zu entkommen. Er kennt das alles.

»Jim?«, sagt der Gesprächige der zwei.

Der Mann, der Ben Urich an den Schultern gepackt hält, schlägt ihn ins Gesicht, faltet seinen Körper in der Mitte, hebt ihn hoch wie ein Baby und wirft ihn auf den Rücksitz eines schrottreifen Cadillacs. Der redselige Typ sitzt am Steuer, der andere neben Ben. Er hält Bens Handgelenk mit festem und unnachgiebigem Griff.

Der Fahrer lässt den Motor an. Ben Urich sieht allmählich klarer. Es erstaunt ihn, dass dies nicht schon früher passiert ist. Seine kompromisslosen Reportagen, seine hartnäckige Fahndung nach der Wahrheit. Irgendein Unbekannter hat ihm einmal eine tote Ratte per Post geschickt, eingepackt in Taft, doch als Täter kamen eine ganze Reihe von Leuten in Frage, und Anlässe gab es genauso viele. Es erstaunt ihn, dass dies nicht schon früher passiert ist.

Der Fahrer sagt: »Wir spendieren dir jetzt 'ne kleine Spazierfahrt. Dauert nicht lange.« Er manövriert das Auto aus der unglaublich engen Parklücke zwischen einem schmutzigen roten Laster und einem ominösen Ford Sedan. Wortlos passieren sie zwei Häuserblöcke. Ben Urich würde liebend gern um sein Leben betteln, säße da nicht dieser steinharte Kloß in seiner Kehle.

Der Fahrer sagt fröhlich: »Wäre es dir sehr unangenehm, wenn wir darum bitten würden, dass du deine gegenwärtige Story nicht weiter verfolgst?«

Ben Urich krächzt mühsam: »Sie ist fertig. Abgeschlossen«, und der Mann neben ihm bricht einen seiner Finger.

Ben Urichs Zeigefinger ist ein entscheidender Spieler im Team der Zehn, beweglich und verlässlich, wenn es um Alltägliches geht, und er hat sich auch in besonderen Fällen bewährt. Zögert nie, in einem ausgedörrten Nasenloch nach Popeln zu bohren, ist aber zugleich sensibel genug, um Haustürschlüssel in widerspenstige Schlösser einzuführen. Ben benutzt seinen Zeigefinger, um Kellner zum Bezahlen herbeizuwinken und auf Oberflächen zu klopfen (Tischplatten, Sitze, seinen rechten Schenkel), wenn er nervös ist oder einfach nur Zeit totschlägt. Viel schlimmer als der rosenrote Schauder, der ihn durchfährt, als der Mann seinen Finger um ungebührliche 90 Grad über den Punkt hinaus biegt, bis zu dem er normalerweise wandern würde, ist das Geräusch des daraus resultierenden Bruchs. Knackender Ast. Das Geräusch ist viel, viel schlimmer als der Schmerz. Zuerst jedenfalls. Es sagt ihm: So zerbrechlich ist dein Körper. Nicht zu vergessen das Drücken von Knöpfen im Fahrstuhl. Sein Zeigefinger ist immer zur Stelle, wenn die Fortsätze seiner Hand zum Knopfdruck dienstverpflichtet werden.

Sie warten, bis Ben Urichs Schrei in einem unregelmäßigen, auf- und abschwellenden Wimmern verklingt. Der schweigende Mann lockert sogar seinen Griff an Bens Hand, um seinen Gefangenen an die Vorzüge jener ungehemmten Bewegungsfreiheit zu erinnern, die ihm gerade genommen wurde. »Mein Name ist John«, teilt der Mann am Steuer Ben mit. »Neben dir sitzt Jim. Jim war gerade beim Zahnarzt und wird keinen großen Beitrag zu unserer Unterhaltung leisten. Jedenfalls nicht mit Worten. Er wird nur das, was ich sage, gelegentlich durch eine entsprechende Geste unterstreichen. Ich habe keine Ahnung, wo die Hälfte dieser Leute das Autofahren gelernt hat, aber heute Nacht sind ein paar echt sauschlechte Fahrer unterwegs.«

Ben kann seinen Zeigefinger nicht bewegen. Wenn er es versucht, rudern nur die anderen Finger in hilfloser Solidarität. Außerdem ist sein Zeigefinger für einen zentralen Teil der Tastatur seiner Schreibmaschine verantwortlich. Ben bemerkt, dass das Auto in Richtung Vorstadt fährt, sich einen Weg durch den zähen Theaterschlussverkehr bahnt. Zu dieser Nachtstunde sind die Ampeln unnachgiebig, geheimnisvoll und unberechenbar, als wären sie entsetzt über dieses erneute würdelose Verhalten der Bürger in ihren Blechvehikeln. Ampeln, das sind die allerwichtigsten Beamten. Als das nächste Mal eine auf Rot steht, kriecht Bens Hand das Fenster hinauf und schlägt dagegen. Das Auto, das neben dem Cadillac wartet, transportiert ein arrogantes Paar in schwarzer Abendgarderobe. Für diese zwei geht es zurück in die Vororte, fort vom Trubel der Großstadt. Die Frau schaut Ben an und betrachtet das krabbenartige Winken seiner Finger. Sie runzelt die Stirn und wendet sich wieder ihrem Gatten zu. Die Ampel springt um, und John gibt Gas.

»Siehst du«, sagt er gedehnt, »keiner kümmert sich wirklich um seinen Nächsten. Wir könnten dich rausfahren, um dich auf einer Müllhalde einzubuddeln, und selbst wenn sie es wüssten, würden sie weiterfahren. Sie sorgen sich eher um ihren saumäßigen Fahrstil als um ihre Mitmenschen.« Ben blickt betäubt in den Rückspiegel. Der Fahrer hat ihm in die Augen gestarrt. »Sag mir doch mal, Mr. Urich, wie oft hast du uns heute Nacht belogen?«

»Ich hab nicht gelogen, mein Gott, bitte lassen Sie mich raus«, krächzt Ben.

Das scheint keinen Eindruck auf John zu machen. Seine dunklen Augen flackern auf den Asphalt und kehren dann zurück zu Ben. »Das ist noch 'ne Lüge«, sagt er. »Und da du offenbar gerne bettelst, sag ich's dir. Viermal. Und für jedes Mal wird dir mein Kumpel Jim 'nen Finger brechen, indem er Druck auf – na, weiß nicht genau, wie der Knochen heißt, ist schon ein bisschen her, seit ich im *Grays* geblättert habe – aber es wird wohl reichen, wenn ich sage, dass Jim Druck auf eine Stelle ausübt, wo Druck nicht angebracht ist.«

Jim biegt Bens Mittelfinger zurück, bis er den Handrücken berührt, und wieder knackt es wie ein Ast.

John redet weiter: »Du hast gelogen, als du behauptet hast, es würde dir nichts ausmachen, wenn wir dich bitten würden, bestimmte Nachforschungen zu unterlassen. Wenn ich mir die glänzenden Stellen auf deinem Anzug anschaue, auf den Knien und Ellbogen, dann weiß ich, dass du kein Mensch bist, der sich an die kleinkarierten Regeln gesellschaftlicher Konvention hält. Die meisten Leute wollen einen guten Eindruck machen, wenn sie vor die Tür gehen. Wie die Leute in dem Auto dahinten – sie haben ein bisschen was gegessen, eine Show gesehen, und sie sind gut angezogen. Aber so was ist einem Mann wie dir egal, einem Mann mit einem so ausgeprägten Moralempfinden. Es beleidigt dich, dass zwei Gangster – und das sind wir nun mal, wenn man es richtig sieht, egal, ob ich es wahrhaben will oder nicht –, dass zwei Gangster dir raten, Abstand von etwas zu nehmen, das du als moralischen Imperativ ansiehst. Also hast du gelogen. Das war ein Finger.« Er schüttelt den Kopf. »Wart mal 'ne Sekunde«, bittet er. Der dunkelblaue Sedan vor ihm schickt ambivalente Signale, eindeutig ist nur die unverhüllte Aufwallung von Aggression. »Hast du das gesehen? Der Typ fährt mir einfach vor die Nase. Wenn er wenden will, hätte er zumindest blinken können, weißt du, was ich meine?«

»Bitte, ich schwöre, ich lasse die Finger von der Story«, bettelt Ben. »Ich schwöre.«

»Tja«, sagt Ben. »Du hast noch mal gelogen, als du gesagt hast, du wüsstest, was Johnny Psst mit Leuten macht, die ihm in die Quere kommen. Denn wenn du das wirklich wüsstest – dir nicht einfach was aus den Schmierblättern oder vielleicht sogar aus dem Kino zusammengereimt hast –, dann hättest du nie, nie, nie, nie, nie was gemacht, was Johnny ärgert. Du hättest es besser gewusst. Dann wären wir jetzt nicht hier. Zu dieser mitternächtlichen Stunde in der Stadt rumzukurven? Vergiss es. Das war noch 'ne Lüge, und es ist noch ein Finger. Sind noch zwei Lügen übrig. Du hast gelogen, als du gesagt hast, du hättest nicht gelogen, und das kostet dich noch 'nen Finger, aber ich werde Jim bitten, das Fingergeknacke kurz mal zu unterbrechen, denn das Geräusch lenkt mich ab, und es ist schwierig genug, zwischen all diesen Verrückten aus der Stadt rumzufahren und sich dabei zu konzentrieren. Ist das okay für dich, Jim? Nick einfach, ich weiß ja, dass das Reden dir wehtut, wegen deinem Zahn und so.«

Jim nickt. Er ist dankbar, dass sein Freund und Partner ihn so gut versteht.

»Es gibt noch 'ne Lüge, und das ist die erste, die du uns aufgetischt hast. Als ich dich nach der Uhrzeit gefragt habe, hast du gesagt, du hättest keine Ahnung. Aber inzwischen ist mir klar, dass das bloß noch eins von deinen Ammenmärchen war, denn ich kann deine Uhr genau sehen, gleich da, wo Jim dich festhält. Und das ist die schlimmste Lüge überhaupt, denn wenn dich ein Fremder nach der Uhrzeit fragt, dann darfst du nicht lügen. Das ist einfach unanständig.«

Lila Mae lümmelt sich auf dem Bett und schmiedet Schlachtpläne. Nach ihrem Gespräch hat sich Mr. Reed wegen dringender Angelegenheiten verabschiedet – ob sie mit der Sache in Zusammenhang stehen, die Lila Mae betrifft, weiß sie nicht – und sie im Garten zurückgelassen. Schneckengleich verging eine Stunde, unterbrochen nur durch gelegentlich von oben herabtropfende Feuchtigkeit. Offenbar führte der Himmel eine Studie über die möglichen Folgen des Regens durch. Über die Folgen des Entschlusses für eine bestimmte Strategie. Lila Mae verließ den Garten und sann weiter in ihrem Zimmer nach. Um acht Uhr hat ihr Mrs. Gravely ein Abendessen von nicht geringer kulinarischer Raffinesse serviert. Mrs. Gravely entsprach überhaupt nicht der Vorstellung von Lila Mae. Sie ist eine kleine, energische Frau, deren graues Haar sich oben auf dem Kopf straff zusammenrollt. Wie zu einem Knoten. Sie lächelte höflich, als sie das Tablett auf Lila Maes Knien absetzte, und machte sich sogar die Mühe, das Kopfkissen zurechtzuzupfen, bevor sie ging. Sie sprach kein Wort. Während Lila Mae aß (langsam, wie ihre Mutter es ihr beigebracht hatte), wunderte sie sich, warum ihr der schöne Mann vom Vormittag das Essen nicht gebracht hatte.

Ein paar Stunden später erkennt sie sein Klopfen: leicht, aber kräftig, in regelmäßigen Abständen. Die Pläne, die sie den ganzen Tag über geschmiedet hat, verpuffen, und Lila Mae richtet sich im Bett auf. Bittet ihn hereinzukommen.

»Ich bin nur gekommen, um zu fragen, ob Sie irgendetwas brauchen«, sagt Natchez. Er hat einen Daumen in die vordere Hosentasche gehakt, die Finger spreizen sich auf seiner Hüfte.

»Nein, danke«, antwortet Lila Mae. Dann besinnt sie sich eines Besseren und fügt hinzu: »Haben Sie die ganze Nacht Dienst? Ich meine, schlafen Sie hier?«

Belustigt schüttelt er seinen Kopf. »Nein, Ma'am«, sagt er. »In ein paar Minuten bin ich verschwunden. Ich wollte nur fragen, ob Sie vorher noch was brauchen. Mrs. Gravely schläft schon, also sind Sie auf sich gestellt, wenn ich gehe.«

»Ich brauche nichts. Nochmals danke.«

Er verlagert das Gewicht, will gehen, aber Lila Mae hält ihn auf, indem sie sagt: »Ist das der Ort, aus dem Sie stammen? Natchez?«

»Meine Mama stammt von dort«, antwortet er. Er lehnt sich an die Tür. »Zum Bleiben hat es nicht gereicht, aber sie hat den Ort immerhin gern genug gehabt, um mir seinen Namen zu geben. Sie will immer noch hören, wie andere Menschen ihn aussprechen.«

»Ich komme auch aus dem Süden.«

»Von wo?«

»Aus einer schmutzigen Stadt.«

»Sie sind nicht besonders redselig, wie?«

»Ich rede.«

Wieder schüttelt Natchez den Kopf. Grinst. »Na gut«, sagt er. »Gehören Sie auch zu diesen Lehrkörpern, die immer hier wohnen? Müssen Sie einen Vortrag halten?«

»Nein, ich bin Fahrstuhlinspektorin.« Als wäre sie im Dienst, hebt sich Lila Maes Stimme automatisch beim letzten Wort.

»Wußte nicht, dass uns so was erlaubt ist«, sagt Natchez. »Selbst hier im Norden.«

»Sie erlauben es nicht, aber ich mache es trotzdem.«

»Ist das ein guter Job – die Arbeit mit Fahrstühlen? Sie arbeiten für die Stadt, oder?«

»Ist nicht schlecht«, sagt Lila Mae und wirft einen raschen Blick auf seine Hände. Seine Finger sind breit. Sie kommen ihr arrogant vor. »Sie fahren rauf, und sie fahren runter. Man muss nur kapieren, warum sie das tun.« Sie beobachtet seine Augen. »Und was machen Sie, wenn Sie nicht hier sind? Das ist doch nicht Ihr richtiger Job, stimmt's?«

»Ich bin nur eine Vertretung. Ich mache dies und das«, sagt er. »Was mir halt so über den Weg läuft. Diese Stadt ist echt hart, das sag ich Ihnen.«

»Eine echt harte Stadt«, wiederholt Lila Mae. Ihr Vorrat an Gesprächsfloskeln ist fast verbraucht.

Natchez stört sich nicht daran. »Dann bis morgen also«, sagt er. »Mein Onkel ist immer noch krank.«

»Was fehlt ihm denn?«

»Er behauptet, sein Bein wäre taub«, sagt Natchez stirnrunzelnd. »Er sagt, es fühle sich an, als wäre es abgeschnitten worden.«

»Ist ja schrecklich.«

»Das passiert ihm ab und zu.«

»Danke, dass Sie noch mal gekommen sind.«

»Schlafen Sie gut, Lila Mae. Schlafen Sie gut.«

Die Kinder zermahlen Konfekt zwischen dreckigen Zähnen und warten darauf, dass ihre Spucke sich zu Zucker verdickt. In dieser Hitze ist alles klebrig. Ihre Zungen sind vom Konfekt grün und rot gefärbt.

Vor dem Weltausstellungsgelände hängen die Flaggen aller zivilisierten Länder schlaff in der lauen Luft. Wie Lumpen. Die Sonne heizt mächtig, glänzt auf dem monströsen Bau des Kristallpalastes, der eine Kopie seines Londoner Vorgängers ist: Eisen, Glas und Stahl, Radialrippen, verstärkt von quer laufenden Rippen. Ein königliches Spielzeug. Bevor die Vertikalität erfunden wurde, gab es nichts Erstrebenswerteres als diese Konfektionsware aus Glas und Stahl, mit dem Fernglas aus Übersee herübergeholt.

Westlich des Kristallpalastes liegt das stinkende Krotonreservoir, im Osten die Sixth Avenue, eine Groteske aus Kutschen und Hufen. Fünf Jahre später wird der Kristallpalast, in einer Viertelstunde vom Feuer verzehrt, in sich zusammenfallen und sich nach einiger Zeit in den Times Square verwandeln. Noch aber locken tausende von Scheiben das Licht in die Falle, und das Glas ist innen von einer schmutzigen Schicht geronnenen Schweißes bedeckt. Es ist ein Treibhaus, und was dort nicht alles blüht! In einem Raum sind hinter Glas Rohstoffe auf Samt ausgestellt: Mineralien, Erze in allen möglichen Formen, Kohle, Kupfer, Stein, Marmor, Kristalle, ein bunter Reigen von Wundern. In einer Galerie hat man eine Lokomotive aufgebockt, sie hockt mit eisernen Schenkeln auf einem schwarzen Podest. Diese Maschine ist die Essenz einer dynamischen Ära, eines Zeitalters mechanischer Fortbewegung. Sie kommen aus aller Herren Länder. Hamburg stellt zahlreiche Artikel aus Horn aus, einige hübsche Möbel, eine große Sammlung von Stöcken, Zierstickereien, und die Türkei präsentiert feine Seiden in Schaukästen, Rohstoffe, Schätze der Erde, Teppiche und Läufer, die große Bewunderung ernten. Unter dem Glas treiben sich im Laufe der Ausstellung eine Million Menschen herum. Sie streifen umher und bestaunen die fein gearbeiteten Uhren aus der Schweiz, winzig, Beispiele wahrer Handwerkskunst, kaum einen Zentimeter im Durchmesser, aufgezogen und hörbar tickend, eingefasst in köstlich emaillierte Gehäuse. Getreide, Schokolade und Gewehre, Musketen und französische Pistolen (die berühmten Duelle) und ein ausgestopfter Apache. Blutrote Früchte aus dem Urwald des Amazonas und braune Streifen von Lamafleisch, getrocknet und gesalzen.

Im zweiten Stock befinden sich die Mäh- und Dreschmaschinen, schweigend und elegant, wie schlanke Tiere, die sich hinabbeugen, um Feuchtigkeit aufzulecken. Die Bowie-Messer weinen im Sonnenlicht, man sagt, dass jeder Amerikaner eines im Gürtel trage. (Ein rascher Blick in die Runde widerlegt diesen europäischen Humbug.) Ein Affe im Zobelmantel, der an einer Lederleine liegt, kann die Zukunft vorhersagen. An einer Stelle ist ein Pferd zu sehen, das nur einen halben Meter groß ist, und – zur Freude der Kinder – ein in Spiritus eingelegter Säugling mit zwei Köpfen. Die Damen und Herren gehen zur Seite und wedeln in tiefem Respekt mit ihren Taschentüchern, als er vorbeischreitet: der chinesische Mandarin mit zwei Mann Gefolge. (Wie die Zeitungen später berichten, handelte es sich nur um einen Opiumschmuggler, der die Besucher an der Nase herumführte.)

Das Dröhnen der Orgel im zweiten Stock, mit der verglichen zweihundert Instrumente und sechshundert Stimmen ein Nichts wären, wie laut war sie doch an jenem ersten Tag, dem 14. Juli 1853, verstummt langsam – selbst die Orgel muss der Hitze Tribut zollen, bemerkt ein Mann. Nein, die Orgel ist leiser geworden, weil ein Kerl mit den Lungen eines Bären, der Vizepräsident der Vereinigten Staaten, eine Ansprache an die versammelten Gäste richten will: »Unsere Ausstellung wird gewiss einen mildernden Einfluss auf die Vorurteile und Feindschaften haben, welche die Nationen auf ihrem Weg zu einer glücklichen Gemeinschaft so lange behindert haben, ja, sie wird sie vielleicht ganz und gar beseitigen. Wir leben in einer verheißungsvollen Übergangszeit, die sich eilig auf jene große Erfüllung zubewegt, welche die Geschichte uns seit langem versprochen hat – die Verwirklichung der Einheit aller Menschen. Die Entfernungen, welche die verschiedenen Nationen voneinander trennen, schrumpfen dank den Leistungen des Erfindergeistes immer weiter zusammen. Wir können sie mit unglaublicher Geschwindigkeit durchmessen. Die schnelle Übermittlung von Informationen hat zur Folge, dass eine Entdeckung oder eine Erfindung heutzutage verbessert und durch konkurrierende Produkte überboten wird, sobald sie gemacht worden ist. Heute stehen uns die Erzeugnisse aus aller Herren Länder zur Verfügung, und wir müssen nur diejenigen auswählen, die am besten und am billigsten für unsere Zwecke sind. Die Produktionsmittel sind, zu unser aller Vorteil, den Kräften von Kapital und Wettbewerb überantwortet worden. Meine Damen und Herren, die Weltausstellung des Jahres 1853 wird uns zeigen und beweisen, wie weit die Menschheit mit ihren Bemühungen bisher gekommen ist, und sie wird ein Ausgangspunkt aller weiteren Anstrengungen der Nationen sein.« Der Affe im Zobelmantel betätigt sich erfolgreich als Taschendieb.

In jener ersten Nacht versucht ein Mann erfolglos, sich das Leben zu nehmen. Das ist nur eines von vielen Ereignissen, die sich im Großen Saal abspielen, ein ungeschliffener Stein zwischen den glitzernden Juwelen aus aller Welt. Elisah Graves Otis steht auf der Fahrstuhlplattform. Niemand hat seine Vorstellung bisher gesehen, und nach allem, was die Menschen an diesem ruhmreichen Tag schon zu Augen bekommen haben, begeistert sich im Kristallpalast kaum jemand für diesen unauffälligen Herrn. Trotz der Versprechungen, die er hinsichtlich der Zukunft macht. Er ist ein schlanker Mann mittleren Alters, der in einem Rock mit Fischgrätenmuster steckt. Seine rechte Hand streichelt eine weiße Weste. Sollten die Besucher anhalten, um seiner Vorstellung zuzuschauen, dann liegt das wohl an ihrer Erschöpfung, dem Tribut, den die Fülle exotischer Ausstellungsstücke, verschlungen von hungrigen Augen im Laufe eines einzigen überwältigenden Tages, und die sumpfige Hitze im Palast, die erst am Abend abklingt, fordern. Außerdem sind Lastenaufzüge nicht gerade etwas Neues, außer für unwissende Hinterwäldler. Den Städtern jedenfalls sind sie wohl bekannt.

Zehn Meter hoch erhebt sich die Plattform in die Luft und greift nach der nachtgeschwärzten Glaskuppel. Von den persischen Wandteppichen und ägyptischen Skarabäen, von den äthiopischen Töpfen werden sie zu Mr. Otis gerufen, alle, die im Großen Saal versammelt sind, eilen herbei und starren die Plattform an, den Mann und die sperrklinkengesicherten Führungen. Am Ende sind sie doch alle scharf auf die Zukunft. »Bitte schauen Sie genau hin«, sagt Mr. Otis. Er hält eine Säge hoch, ein goldener Halbmond im Lampenlicht, und beginnt, das Seil durchzusägen, das ihn in der Luft hält. Im Verlaufe der nächsten Wochen und Monate, in denen der Ruhm seiner Vorstellung stetig wächst, wird der Kristallpalast nie mehr so still sein wie jetzt. Das erste Mal ist das beste. Totenstille. Als die letzten Fasern durchtrennt sind, tanzt das Seil in der Luft. Die Plattform stürzt ab, sie stürzt eine Ewigkeit, dann greift die alte Wagenfeder ein und fasst in die Sperrklinken der Führungen. Obwohl sie an diesem Tag mehr als genug zu Gesicht bekommen haben, sind die Ausstellungsbesucher noch immer fähig zu tosendem Beifall. Ein Sicherheitsfahrstuhl. Die Vertikalität ist greifbar nah, die Stadt der Zukunft. Die Erste Vertikale Revolution hat begonnen. Mr. Elisah Otis zieht seinen Hut mit geübtem Schwung und sagt: »Vollkommen sicher, Gentlemen, vollkommen sicher.«

Der Fahrer schweigt, er fährt und führt das Steuer mit den Handflächen. Geschickt und genau wie ein Maler den Pinsel: kurze, sorgfältige Striche, nie zu dick aufgetragen und nie zu dünn. Auf seinem Nacken, wo das Messer des Friseurs ausgerutscht ist, befindet sich eine kleine, rote Narbe. Während sich der schwarze Buick durch die Stadt kämpft und sich auf das Institut für Vertikalen Transport zubewegt, denkt Lila Mae an das, was Mr. Reed erzählt hat. Er hat gesagt: »Vielleicht sind Sie am besten dazu geeignet, mit ihr zu reden. Uns lässt sie abblitzen.«

Lila Mae Watson ist eine Farbige, Marie-Claire Rogers ist eine Farbige.

Der Ordner in ihren Händen enthält Papiere in diversen Formen, Größen und Stärken. Einige Seiten sind handgeschrieben, andere getippt. Ganz oben liegt die Bewerbung von Marie-Claire Rogers als Hausmagd bei der Smart Cleaning Corporation. Als sie sich bewarb, war sie fünfundvierzig Jahre alt, hatte zwei Kinder, war verwitwet. Die Bewerbung zählt ihre früheren Jobs auf. Offenbar hatte sie den größten Teil ihres Lebens damit verbracht, für andere Leute zu putzen, und hatte viel Erfahrung in dieser Art von Arbeit. Mit Unordnung aufzuräumen. Einer ihrer früheren Arbeitgeber lobt ihre Leistungen in einem Empfehlungsbrief, worin er sie als »gehorsam«, »still« und »gelehrig« beschreibt. Ein weiteres Dokument, das an die Bewerbung geheftet wurde und das Logo der Smart Cleaning Corporation aufweist, geht auf Mrs. Rogers sechsmonatige Beschäftigung im Haushalt der McCaffreys ein. Ihre dortige Arbeit verlief ohne Zwischenfälle. Die Arbeit von Mrs. Rogers wurde von Mr. und Mrs. McCaffrey als »gut und sorgfältig« eingestuft. Laut den Akten der Smart Cleaning Corporation zogen die McCaffreys in mildere Gefilde, und Mrs. Rogers wurde einem weiteren Stammkunden zugewiesen, dem Institut für Vertikalen Transport.

Unten auf einem Formular, das um die Beurteilung von Angestellten bittet, erkennt Lila Mae die Unterschrift von James Fulton. Angesichts des Datums muss es ein Jahr nach der Aufnahme ihrer Arbeit in den Fakultätshäusern ausgefüllt worden sein. Die Tinte, die er zur Unterschrift benutzt hat, ist oben in den kleinen Kästchen wieder zu finden, wo Fulton eine Reihe von Kreuzen unter »ausgezeichnet« gemacht hat. Nur einmal ist »gut« angekreuzt worden, es handelt sich um eine Frage nach der Pünktlichkeit. Das Datum verrät Lila Mae außerdem, dass Fulton gerade als Vorsitzender der Gilde zurückgetreten sein musste (was unterschiedliche Reaktionen in den Reihen der Fahrstuhlinspektorengemeinde auslöste), um Rektor des Instituts zu werden. Die letzte Station seiner Karriere. Er hatte es ganz nach oben geschafft – höher hinauf ging es nicht.

Der Briefkopf des Instituts ist edler und seriöser als die auf alt getrimmten Schnörkel der Smart Cleaning Corporation. Auserlesene Schlichtheit, wie sie zu einem Ort höherer Bildung passt. Das Dokument, das Lila Mae in Händen hält, ist an das Direktorium des Instituts gerichtet, und der emotionale Unterton der Worte, die unmissverständliche Panik, die darin mitschwingt, sorgen für einen interessanten Gegensatz zur Nüchternheit des offiziellen Briefkopfes oben auf der Seite. Der Brief drängt auf »rasches Handeln« angesichts von Fultons »exzentrischem« Verhalten (wie Lila Mae trocken konstatiert, ist »exzentrisch« ein Wort, das die Weißen benutzen, um verrückte Weiße von Format verächtlich zu machen), das im Folgenden beschrieben wird. Manche der Geschichten kennt Lila Mae schon – die überraschenden Wutausbrüche, der plötzliche Weinkrampf mitten in einer Epoche machenden Feier anlässlich der Einweihung des neuen Gebäudeflügels für das Ingenieurswesen –, doch die meisten der empörenden Begebenheiten, von denen sie jetzt liest, sind ihr neu. Die Weißen decken ihre Leute. Fultons Benehmen führt keineswegs dazu, dass Lila Mae ihren Glaubensvater in einem neuen Licht sieht. Sie erwartet nicht, dass sich Menschen auf eine Art verhalten, die im Gegensatz zu ihrem innersten Wesen steht. Was eine Schwäche ist.

Auch das nächste Dokument, das sie findet, ist keine echte Überraschung. Fulton hat sich zum Direktorium begeben, dem die anonymen Sekretärsberichte vorlagen (weit heftiger als das erste Dokument), und hat sich zum Rücktritt entschlossen. Er hat das Angebot angenommen, seine Wohnung auf dem Fakultätsgelände behalten zu dürfen, ebenso die Bedingung, eine Haushälterin einzustellen, die bei ihm wohnen wird. Das Dokument (rasant erschüttert vom Tempo des Buicks – alles hat der Fahrer nicht unter Kontrolle) fährt mit einer Schilderung der ablehnenden Haltung Fultons angesichts aller Haushälterinnen (oder »Kindermädchen«, wie er den Schwarm dienstbarer Geister nannte, der an seine Haustür klopfte) fort, die das Institut ihm vorgeschlagen hat. Die Frau, die er wollte, war Marie-Claire Rogers. Nur sie. Der Sekretär schätzt sich glücklich, mitteilen zu können, dass Mrs. Rogers zugestimmt hat und in der zweiten Woche des kommenden Monats in die alten Dienstbotenzimmer im ersten Stock einziehen wird. Glückwunsch, Gentlemen, sagt sich Lila Mae im Stillen.

Lila Mae und Sven, der Fahrer des Hauses, sind bereits tief in unerkundete Vororte eingedrungen, die seit ihrem letzten Besuch von megalomanen Discountmärkten und Familienrestaurants überwuchert worden sind, die der Abfütterung der vorwiegend farbigen Einwohner dienen. Hier fällt das Atmen leichter als in der Stadt, aber es gibt weniger zu sehen. Sie schaut wieder hinab auf das nächste Stück Papier, einen alten Artikel aus dem Magazin, den Lila Mae schon beim Erscheinen gelesen hat. Die Seiten sind lappig und schmierig, dünn wie ein Windhauch. Der Prozess ist abgeschlossen. Der Richter hat entschieden. Marie-Claire Rogers muss dem Institut für Vertikalen Transport alle Papiere Fultons aushändigen, die sich noch in ihrem Besitz befinden. Laut den Worten des Reporters (der Wahl seiner Adjektive nach zu urteilen ist er ein Verbündeter des Instituts) benutzte Fulton, als ihm klar wurde, dass er nicht mehr lange leben würde, seine persönlichen Aufzeichnungen als Verhandlungsmaterial und schlug ein unbefristetes Wohnrecht für Mrs. Marie-Claire Rogers in seinem Haus auf dem Campus heraus. Unnötig, darauf hinzuweisen, dass das Institut schon damit gerechnet hatte, Fultons Aufzeichnungen nach dessen Tod zu erhalten, und bereits die dafür nötigen Reliquiare besorgt hatte. Diese unerwartete Übereinkunft war nur ein Mückenstich. Meinte man jedenfalls zu Anfang. Als Fultons Seele das Weite suchte, stellte Mrs. Rogers die besagten Aufzeichnungen zur Verfügung. Aber nicht alle. Offenbar fehlten ein paar Notizbücher, und zwar die aus Fultons letzten zwei Lebensjahren. Die Hinweise auf akademische Gepflogenheiten, das Recht der Nachwelt und den unaufhaltsamen Lauf der Dinge konnten nicht von der Hand gewiesen werden. Doch Mrs. Rogers blieb hart, rückte die Notizbücher nicht heraus und überschüttete ihre Vermieter mit Schimpfwörtern, die man im Reich der Yankees nicht gerade oft zu hören bekommt. Sie mäßigte ihr unerhörtes Verhalten nur dann, wenn sie vom Richter James Madison dazu ermahnt wurde. (Nicht weiter ausgeführt.) Hier endet der Artikel, aber Lila Mae fügt noch einen Nachsatz über die Beweislage hinzu. Anhand der Daten in den Notizbüchern war deutlich, dass noch einige fehlten, aber keiner konnte beweisen, dass sie nicht doch, wie Mrs. Rogers behauptete, von Fulton in einem Anfall von Mutlosigkeit zerstört oder gar gestohlen worden waren – die Haushälterin hatte wiederholt ausgesagt, dass am Tag von Fultons Beerdigung ins Haus eingebrochen worden sei. Gerüchte haben schon schlechteren Nährboden gehabt.

Das Auto nähert sich dem Institut. Das weiß sie, ohne aufzublicken, denn die Geräusche der Stadt sind endgültig verstummt. Es scheint, als hätten Lila Mae und ihr Fahrer die Insel der Seligen erreicht. Das krachende Mahlen der Stadt, das harte Lachen der Befriedigung angesichts einer frisch geschlagenen Beute. Hier draußen würde ein Kurort hinpassen, man könnte sich dann wieder gesund quälen und mit den passenden Waffen für die Rückkehr in die Gesellschaft ausrüsten. Die letzten Seiten im Aktenordner sind handschriftliche Notizen eines gewissen Martin Sullivan, Akoluth der Intuitionisten am Institut. »Person schlägt mir Tür vor der Nase zu, beleidigt meine Mutter«, »Person erwischt mich, als ich durchs Küchenfenster spähe, und rammt mir ein Fieberthermometer in die Hand«, »Person sieht mich im Versteck hinter einem Baum und nähert sich in bedrohlicher Pose – ich entschließe mich, aus ihrer Reichweite zu verschwinden.« Martin Sullivan fährt mit der Auflistung des Mülleimerinhalts fort, der eine Woche zuvor nach Anhaltspunkten durchwühlt worden war. »In erster Linie Nahrungsmittelabfall«, notiert Sullivan, »davon zirka zehn Prozent Papiermüll. Zwei verworfene Briefanfänge, wohl für eine Person mit Namen ›Tante Ida‹, und Ähnliches. Ein Fundstück sah viel versprechend aus – *Kwickys Wöchentliches Kreuzworträtsel,* das zu zwei Dritteln in unterschiedlicher Vollständigkeit und Richtigkeit ausgefüllt worden war. Doch trotz größter Anstrengungen konnte ich keine geheimen Bedeutungen oder verschlüsselten Botschaften im Rätsel erkennen.«

So sieht's aus. Sie ist als Nächste an der Reihe, der nächste lästige Gast einer alten Frau.

Es ist lange her, seit sie hier gewesen ist. So lange, dass ihr erster Eindruck kein gewohnter, sondern ein ganz frischer ist. Sie erinnert sich daran, wie sie das schwarze Tor des Instituts zum ersten Mal durchfahren hat, an die Hände ihres Vaters am Steuer. Sie fragt sich noch einmal, ob die Nachricht über ihren Unfall schon bis zu ihren Eltern gedrungen ist und ob die Berichte ihren Namen nennen. (Noch ein Gedanke: Irgendwo gibt es eine Akte über sie, die jetzt stetig wächst, genau wie die, die auf ihrem Schoß liegt, eine Ansammlung von Unwahrheiten.) Sie ist nicht wie die anderen, die Marie-Claire Rogers aufgesucht und ausgefragt haben. Lila Mae ist gekommen, um ihren Namen reinzuwaschen. Um jeden Preis.

Mr. Reed hat ihr gesagt: »Vielleicht sind Sie am besten dazu geeignet, mit ihr zu reden. Sie sind doch beide farbig.«

Aus *Theoretische Fahrstühle,* Band zwei, von James Fulton:

»An die Stille zu glauben. Wie damals, als wir in der Fruchtblase trieben. Insoweit empfindend, als wir wussten, dass es warm war: Die Stille sorgte für diese Wärme. Der Mutterleib. Ameisen haben es leicht, sie sprechen mithilfe von Chemikalien. Nahrung. Flucht. Komm. Nur Substantive und Verben, und nie im Chor. Es gibt keine Fehler, denn es gibt kein Urteil außer jenem, das die Natur über uns verhängt (Sterblichkeit). Sie stehen auf einem Bahnsteig. Eine Angst davor, den Zug zu verpassen, eine sklavische Haltung gegenüber der Zeit hat dafür gesorgt, dass Sie zehn Minuten vor der Abfahrt da sind. Es gibt so vieles, das Sie Ihrer Begleiterin nie gesagt haben, und es bleibt Ihnen so wenig Zeit. Eigentlich hätte es ausreichend Zeit gegeben, die kleinen Worte auszusprechen, hätten sich nicht die Jahre eingemischt und sie unter sich begraben. Der Schaffner geht den Bahnsteig auf und ab und fragt sich, warum Sie nichts sagen. Auf seinem Bahnsteig und in seinem Fahrplan sind Sie ein Fremdkörper. Sagen Sie etwas, finden Sie die Worte, der

Zug läuft sich warm, gleich fährt er ab. Sie kommen nicht auf die Worte, die Worte lassen es nicht zu, dass Sie rechtzeitig vor der Abfahrt auf sie kommen. Sie dürfen kein Wort mit Ihrer Begleiterin wechseln. Es ist schon spät, ein Sitzplatz ist für Sie reserviert. Sie haben nur die halbe Schlacht gewonnen, wenn Sie begreifen, dass die Worte einfach und wahrhaftig sind. Der Zug fährt ab. Der Zug fährt immer ab, und Sie sind nicht auf die Worte gekommen.

Erinnern Sie sich an den Zug und an die Sache mit den Worten. Ein Fahrstuhl ist ein Zug. Der perfekte Zug hält im Bahnhof des Himmels. Der perfekte Fahrstuhl wartet, während seine menschliche Fracht sich durch den Schlamm zu wühlen und die Worte zu finden versucht. In der Black Box ist das schmutzige Geschäft der menschlichen Kommunikation auf Chemikalien reduziert, die, ausgestoßen, von den Rezeptoren der Seele erfasst und in wahre Sprache übersetzt werden.«

---

Kein Karamellsoda, kein Pflaumensaft und ganz sicher kein Kaffee – Pompey trinkt nichts, was dunkler ist als seine Haut, denn er hat Angst, noch dunkler zu werden, als er schon ist. Als wäre seine Haut ein Schmutzfleck, der sich vergrößern, vertiefen und sich ins Schwarz der Hölle hinabsaugen könnte. Sie haben Pompey damit beauftragt, den Fahrstuhl im Fanny-Briggs-Building zu sabotieren. Lila Mae ist sich dessen sicher. Es dürfte ihr perverses Bedürfnis nach Harmonie befriedigt haben, die beiden Farbigen der Behörde gegeneinander aufzuhetzen. Kampfhunde in der Arena. Pompey hätte die Chance sofort ergriffen, mit weißem Schaum vorm Mund. Hat er nicht irgendetwas in der Richtung gesagt, als sie gleich nach dem Absturz bei O'Connor saßen und sich Lila Mae wie eine Diebin an die Wand drückte? »Sie bekommt endlich, was sie verdient.« Irgend so etwas. Pompey in seinem zu kleinen, sandfarbenen Anzug, Melone nach hinten geschoben, macht sich im Maschinenraum zu schaffen.

Sie wartet im Auto darauf, dass Marie-Claire Rogers sich zeigt. Die Fakultätshäuser lehnen sich hinter einer Kompanie von Eichen am Fuß des Hügels aneinander. Immer diese Unstimmigkeiten: die fleißigen Theoretiker und früheren Inspektoren, vereint in Forschung und Lehre, leben hinter ununterscheidbaren Tudor-Fassaden. Durch das Autofenster kann Lila Mae die Turnhalle sehen, wo sie gewohnt hat, kann das kleine Loch sehen, das einmal ihr Fenster mit Blick auf den Campus war. Sie zieht eine Linie durch die Luft zum obersten Stockwerk von Fulton Hall, der Bibliothek, wo der Mann starb. Jener Mann, vor dessen Haus sie nun sitzt, einen Fahrer vor der Nase, der den Mund nicht aufbekommt. Sven atmet so schwer wie ein Pferd.

Das Klopfen am Fenster schreckt sie auf. »Wenn Sie den ganzen Tag hier sind, können Sie ja ebenso gut reinkommen«, sagt die Person, und ihre Worte zwängen sich durch den schmalen Spalt, den das Autofenster rechts von Lila Mae offen lässt. Marie-Claire Rogers fügt hinzu: »Nur Sie. Er nicht.«

Sie ist eine kleine Frau, ein Pfahlbau auf kräftigen, dicken Stämmen, und sie sieht jünger aus, als Lila Mae erwartet hat. Nicht so verbraucht und ausgelaugt, wie ihr Beruf es vermuten ließe. An diesem wolkenverhangenen Tag ist sie eine verlässliche, lebendige Präsenz, ein Rind im knallroten Sommerkleid, das sich rund um den Hals zu weißen Rüschen bauscht. Auf ihrem Strohhut ballen sich braune, trockene Blumen zu einer Faust. Sie wartet nicht auf Lila Maes Antwort, sondern geht kurzen, gemessenen Schrittes auf dem Steinplattenweg auf Fultons Haus zu, ihrem Haus. Lila Mae sagt dem Fahrer, dass er nicht auf sie zu warten brauche, sie werde schon allein zum Haus der Intuitionisten zurückfinden. Obwohl Lila Mae nicht zur Nostalgie neigt, hat sie sich dazu entschlossen, nach der Unterhaltung mit Mrs. Rogers eine Runde auf dem Campus zu drehen. Nachzuschauen, ob irgendjemand in ihrem alten Zimmer haust. Vielleicht liegt es am häufigen Ortswechsel der letzten Tage.

Lila Mae öffnet die Tür zum Eingangsflur und sieht einen roten Schatten zu ihrer Linken. Mrs. Rogers sagt: »Ich habe gesehen, wie Sie beide vor dem Haus standen, als ich um die Ecke kam.« Sie zieht eine lange Hutnadel aus ihrem Haar und legt den Hut neben sich aufs Sofa. »Ich habe zwanzig Minuten lang gewartet, und Sie haben sich nicht gerührt. Ich lasse mich doch nicht von meinem eigenen Haus fern halten.«

»Tut mir Leid, Sie zu belästigen«, antwortet Lila Mae. »Ich wollte Ihnen nur ein oder zwei Fragen stellen. Wenn Sie Zeit haben.«

Mrs. Rogers schüttelt müde ihren Kopf. »Ich hätte Sie nicht eingelassen«, sagt sie matt, »aber Sie sind nicht wie diese anderen Männer, die vorbeigekommen sind, immer so wichtig in ihren feinen Anzügen. Als wären sie nur nett zu einem, weil man was hat, das sie brauchen, obwohl sie glauben, was Besseres zu sein als man selbst.« Sie blickt in die Augen ihres Gastes. »Aber ich mache ihnen viel Ärger, und wahrscheinlich haben sie sich überlegt, Sie zu schicken, weil ich mit Ihnen rede.«

»So was in der Richtung.«

»Und dass ich einfach mit dem rausrücken werde, was ich in der Tasche habe, weil wir zum selben Club gehören.« Die Hände von Mrs. Rogers fahren über ihren Schoß, als müsste sie etwas fortwischen. »Warum setzen Sie sich nicht«, sagt sie beim Aufstehen, »während ich einen Tee koche.«

Das Haus entspricht nicht den Erwartungen von Lila

Mae, aber immerhin ist Fulton schon sechs Jahre tot. Laut vertraglicher Vereinbarung ist es jetzt das Haus von Mrs. Rogers. In der Akte wurde es nicht erwähnt, aber es muss das Gerücht geben, sie und Fulton wären ein Paar gewesen. Warum sollte man sich sonst so viel Mühe wegen einer Haushälterin machen? Hat sie schon peu à peu damit begonnen, das Haus umzugestalten, als er noch lebte? Fünfzehn Porzellanpferde stehen auf dem Kaminsims, ihre Haltungen reichen vom langsamen Galopp bis zum verträumten Grasen. Sie kann hören, wie Mrs. Rogers in der Küche klappert und herumhantiert. Wasser aufsetzt. Was Fulton wohl gesagt hat, als sie sein Haus umgestaltet hat? Wahrscheinlich war er zu geistesabwesend, um die Welt um sich herum zu bemerken, oder zu sehr auf seine Black Box konzentriert, um sich Sorgen über die Oberfläche der Dinge zu machen. Das äußere Erscheinungsbild der Objekte.

Mrs. Rogers kehrt mit Tee und braunen Waffeln zurück. Der Tee riecht und schmeckt nach Gewürznelken. Der Stuhl, auf dem Lila Mae sitzt, ist alt und stabil. Unnachgiebig. Während sie an ihrem Tee nippt und Lila Mae über den Tassenrand hinweg beäugt, fragt Mrs. Rogers: »Warum legen Sie nicht los?«

»Ich bin nur gekommen, um Sie etwas wegen Mr. Fulton zu fragen.«

»Genau dasselbe haben die anderen Kerle auch gesagt. Was für Freunde haben Sie denn? Sind Sie vom Institut oder von dieser Behörde in der Stadt? Oder sind irgendwelche neuen Leute gekommen, um mich zu belästigen?«

»Ich heiße Lila Mae Watson«, sagt sie. »Ich bin eine Intuitionistin. Inzwischen arbeite ich bei der Fahrstuhlinspektionsbehörde. In der Stadt.«

»Hm-hm«, sagt Mrs. Rogers. Ohne jede Gefühlsregung. »Fragen Sie, was Sie fragen müssen.« Sie knabbert mit winzigen Zähnen an einem Keks.

»Haben Sie hier allein mit Fulton gelebt?« Vielleicht wird Rogers es ihr nicht leicht machen, aber sie wird schon herauskriegen, was sie wissen muss, sagt sich Lila Mae. Sie wird.

»Musste ja irgendwer machen«, antwortet Mrs. Rogers müde. »Er kam nicht ohne jemanden klar, der in der Nähe war und ihn von seinen Verrücktheiten abhielt. Von sich selbst abhielt. Zuerst haben sie diese ganzen netten, alten Damen aus Europa oder so angeschleppt.« Sie winkt in Richtung Fenster, als läge der Kontinent gleich hinter den Bäumen. »Aber James hat sie hinausgeworfen, sobald sie einen Fuß über die Schwelle gesetzt hatten. Hat gesagt, sie würden ihm Angst machen, diese ganzen Frauen aus Schweden, Russland und so weiter. Eines Tages hat er dann gesagt, unter diesem Dach will er nur mich bei sich haben.«

»Und Sie haben angenommen?«

»Alle meine Kinder waren verheiratet und weit fort«, antwortet Mrs. Rogers, und ihr Kopf neigt sich ein wenig dem Foto zu, das neben ihr auf dem Tisch steht. Es war Lila Mae noch nicht aufgefallen: Gesichter und Körper, die sie nicht genau erkennen kann, in der üblichen Familienfoto-Pose. »Was hätte ich tun sollen«, fährt Mrs. Rogers fort, »in der Stadt bleiben, wo heute so viel passiert? Hier draußen gibt es kaum was zu tun, aber man muss nicht drüber nachdenken, dass man von ein paar Kindern wegen Geld eins über die Rübe kriegen könnte.«

»Sie waren also Freunde, Fulton und Sie?«

»Ich hab für ihn gearbeitet, und wir haben uns angefreundet. Er war gut zu mir. Wissen Sie, dass ich ihn ausspionieren sollte? Als er damals anfing, seine Bücher zu schreiben, darüber, dass man den Fahrstuhl fühlen muss und den Fahrstuhl umarmen muss und den ganzen Kram …«

»Theoretische Fahrstühle«, wirft Lila Mae ein.

»Genau die. Als er damit anfing, wussten die alten Knacker oben auf dem Hügel nicht mehr, was sie mit ihm machen sollten. Führte sich auf, als hätte ihn der wilde Affe gebissen, hörte nicht auf damit, und dann fing er damit an, diese Bücher zu schreiben. Ich glaube, das hat sie am meisten verwirrt – diese Bücher. Sie haben das nicht kapiert, kamen ständig vorbei – ich weiß nicht, ob sie ihn vom Schreiben abhalten oder bloß erreichen wollten, dass er sie nicht veröffentlicht. Einmal war er außer Haus, um einen Vortrag zu halten, und einer kommt hierher, so ein verschrumpelter weißer Kerl, kommt in meine Küche und sagt mir, ›sie wären dankbar, wenn ich sie auf dem Laufenden halten würde‹. Über James' Kommen und Gehen und das, was er nachts in seinem Zimmer treibt. Als würde ich mich dafür hergeben, Spionin im eigenen Haus zu sein, denn das war es, sobald ich hier eingezogen war: mein Haus. Ich hab ihm gesagt, er soll sich zum Teufel scheren, und ich hab ihm gesagt, dass ich es Fulton erzähle, wenn er noch mal aufkreuzt. Und James wäre explodiert.« Mrs. Rogers stellt ihre Teetasse auf die Tischkante, starrt Lila Mae an, legt einen anderen Gang ein: »Warum rücken Sie nicht raus damit?«, sagt sie mit Nachdruck. »Wollen Sie mich nicht fragen, wo ich den Rest von Fultons Zeug versteckt habe? Das wollen doch alle wissen. ›Können wir kurz mal mit Ihnen reden?‹, ›Haben Sie eine Minute Zeit?‹ Nein, ich hab keine Minute Zeit, nicht für die.«

»Wir wollen nur sichergehen«, sagt Lila Mae. Sie verliert die Kontrolle über die Situation, lässt sich von diesem verbitterten, alten Vogel überrumpeln.

»Wie sind Sie denn überhaupt an diese Leute geraten?«, fragt Mrs. Rogers. »Sie sind genauso angezogen wie die, aber Sie scheinen sich noch ein bisschen Verstand bewahrt zu haben.«

»Ich habe hier studiert«, antwortet Lila Mae. Sie muss die Fragen stellen, nicht Rogers. Das ist schließlich der Zweck ihres Besuchs. »Vor ein paar Jahren.«

»Und das ist alles? Nur das?«

»Ich habe ja schon gesagt, ich bin Intuitionistin. Ich habe Fultons Werk studiert, und wenn es irgendwo noch was von ihm gibt, dann würde ich das gerne finden.«

»Sie sind hier zur Schule gegangen?«

»Vor ein paar Jahren.«

»Ich glaube, ich erinnere mich an Sie«, sagt Mrs. Rogers tonlos und nickt. »Gab nie besonders viele von uns hier, die nicht die Fußböden geschrubbt oder sauber gemacht haben. Ja. Ich erinnere mich an Sie. Ich erinnere mich an Sie, weil Sie das einzige farbige Mädchen waren, das hier nicht gearbeitet hat. Hab gesehen, dass Sie immer hin und her gerannt sind, als ob Sie irgendwohin müssten, aber keine Zeit hätten, um anzukommen. Sie sind immer allein rumgerannt.«

»Ich habe mich durchgeboxt.«

»Das glaub ich Ihnen.« Mrs. Rogers braune Augen sind fest auf Lila Mae geheftet. »Hat es sich gelohnt? Das ganze Zeug, mit dem Sie bombadiert wurden?«

»Ich habe meine Dienstmarke. Ich habe mir meine Dienstmarke verdient.« Lila Mae ist es ziemlich peinlich, als sie bemerkt, dass ihre Hand in der Tasche steckt und am Rand des goldenen Abzeichens herumtastet. Sie nimmt einen Keks vom Tablett.

»Das hab ich nicht gemeint mit meiner Frage«, sagt Mrs. Rogers. Sie lehnt sich auf dem Sofa zurück und lächelt, zufrieden mit Lila Maes verlegenem Gesicht, das an einen zerknüllten Papierklumpen erinnert. »Bitte verzeihen Sie«, sagt sie langsam. »Bin nur eine alte Frau, die an einem Sonntagnachmittag ins Schwatzen kommt. Sie sind gekommen, um mich was zu fragen. Sie wollen wissen, ob ich was versteckt habe. Irgendwas von Fulton, ohne das die Welt und all die Leute oben auf dem Hügel nicht leben können.«

»Warum haben Sie seine Aufzeichnungen nicht herausgerückt? Es gab eine Abmachung, oder?«

»James wollte es so.« Sie lächelt seltsam und abwesend, als lauschte sie weit entfernter Musik. »Er hat mich darum gebeten, weil er wusste, dass er bald stirbt. Menschen spüren das ja manchmal. Er hat mich gebeten, den Leuten alles zu geben, was in seinem Arbeitszimmer ist, wenn sie kommen würden, um in seinen Sachen herumzuschnüffeln. Aber nichts aus dem Schlafzimmer. Darum hat er mich gebeten, und ich wusste, dass er es ernst meint. Einen Teil seiner Arbeit hat er im Schlafzimmer aufbewahrt, einen Teil im Arbeitszimmer, und das sind zwei ganz verschiedene Orte. Das war sein Wille, und ich habe ihn erfüllt, egal, was diese alten Knacker und ihre Anwälte gesagt haben.«

»Aber irgendwann haben sie nachgegeben?«

»Wissen Sie, was ich glaube? Ich glaube, Fulton wollte diese ganzen Aufzeichnungen im Kamin verbrennen, er wusste nur nicht, dass er so bald sterben würde. Aber sie haben mich vor diesen Richter gezerrt, und ich musste auf die Bibel schwören. Was blieb mir übrig? Ich frag Sie – was blieb mir übrig? Ich musste auf die Bibel schwören. Ich weiß, dass James wütend auf mich wäre, aber was blieb mir übrig? Ich kann nicht noch mal von vorn anfangen, und James wollte, dass dieses Haus mir gehört.«

»Und Sie haben ihnen alles gegeben?«

»Ich hab ihnen alles gegeben, aber es hat ihnen immer noch nicht gereicht. Am Tag, als wir James beerdigt haben, hat jemand hier eingebrochen. Hat alles durchwühlt. Ich hab ihnen gesagt, dass jemand hier eingebrochen und vielleicht was geklaut hat, aber sie glauben mir noch immer nicht.« Im Körper der Frau rastet plötzlich ein winziger Mechanismus aus. Lila Mae weiß nicht, welcher Hebel ihn in Bewegung gesetzt hat, aber sie kapiert, dass das Gespräch zu Ende geht. Mrs. Rogers bellt: »Am andern Tag schau ich aus dem Fenster, und wissen Sie, was ich seh? Ich seh einen Mann, der in meinem Mülleimer rumwühlt. Ich kenn den Müllmann, und das war kein Müllmann. Dann nimmt er plötzlich die Beine in die Hand und haut ab. Was halten Sie von so was?«

»Ich weiß nicht.«

»Wissen Sie, wie viele Leute in letzter Zeit vorbeikommen und mir immer dieselbe Frage stellen? Manchmal sind sie fett und manchmal groß, und manchmal achten sie mich sogar ein bisschen. Sie sagen, sie kommen von den und den Leuten oder gehören zu der und der Gruppe und so weiter. Und wissen Sie, was ich denen sage? Ich schlag ihnen die Tür vor der Nase zu. Glotzen mich an mit diesem Blick. Hab alle möglichen Weißen in meinem Leben gesehn, und ich sag Ihnen was. Sie sind alle gleich. Jeder von ihnen. Noch der letzte. Tun so, als wäre ich Luft. Und ich muss mir all diese Sachen anhören, aus ihrem Mund, sie sagen mir das einfach so ins Gesicht, als wäre ich Luft. Furchtbare Sachen. Und sie sind alle gleich, außer James. Keinem von denen hab ich was zu sagen. Nicht mehr. Nach allem, was sie mir und den meinen mein ganzes Leben lang angetan haben.«

Teetassen fliegen durchs Zimmer, von einem der Porzellanpferde auf Lila Mae geworfen.

»Und jetzt werden Sie geschickt. Haben ein kleines Niggermädel in Lohn und Brot. Ist eine neue Welt. Glauben, sie könnten Sie zu mir schicken, und ich würde mit Ihnen reden. Als würden wir uns kennen. Und Sie stecken in diesem Anzug, als wären Sie ein Mann. Ich will Sie was fragen. Warum sind Sie hier? An einem Sonntag?«

»Weil es wichtig ist«, antwortet Lila Mae. Trotzig. Im Glauben an ihre Mission.

»Für wen?«, verlangt Mrs. Rogers zu wissen. »Für Sie oder die?«

Lila Mae schweigt, und Mrs. Rogers sagt: »Genug für heute.«

Lila Mae steht schon vor der Tür, als die alte Frau ein letztes Wort an sie richtet: »Er ist nicht der Mann, für den Sie ihn halten. Merken Sie sich das: Er ist nicht der Mann, für den Sie ihn halten.«

Es gab keine Fenster, und sie hatten ihm die Armbanduhr abgenommen, also hatte er keine Ahnung, wie lange er da unten gewesen war. Lange genug, um den Spitznamen »der Schreiende Mann« zu erhalten, lange genug, um sich diesen Beinamen dutzendfach verdient zu haben. Er schrie zum ersten Mal, als der gedrungene Mann ohne Augen seinen Zeigefinger brach. Danach schrie er noch ein paar Mal, und von da an hörte er nicht wieder auf.

Der gedrungene Mann hatte Augen, aber sie lagen so tief im Schädel, dass der Schreiende Mann das Gefühl hatte, in einen Abgrund zu blicken. Als sie ankamen, schafften die zwei Männer seine zitternde Gestalt eine nasse Steintreppe hinunter, durch Gänge, gegraben in zähe Erde, hinab in diesen Raum. Sie ketteten ihn an eine Bettstatt, die nach Pisse, Kotze und anderen faulen Säften stank, die der menschliche Körper unvermeidlicherweise von Zeit zu Zeit ausstößt. Eiter. Die Matratze wies Tätowierungen auf, dunkle, formlose Flecken an Stellen, auf die verschiedene Körperteile gesunken waren, eine braune Wolke auf Höhe des rechten Knies, verkrusteter Dreck unter den Rippen. Er schrie, als er die Matratze sah, und er schrie noch mehr, als sie ihn ans Bett ketteten und sein Körper auf den Ausscheidungen früherer Gäste lag. Obwohl er benommen war und Schmerzen hatte, begriff er, dass es ein unterirdischer Raum war und dass kein wirklicher Mensch seine Schreie hören würde. Denn die zwei Männer, die ihn festhielten, waren keine wirklichen Menschen. Sie waren Monster, und sie würden ihn umbringen.

Es war nicht etwa so, dass sich der Schreiende Mann seines Vergehens nicht bewusst gewesen wäre. Schon während der Tat wusste er, dass er sich verging. Aber er verging sich aus vielen Gründen, aus Gründen, die Jahre zurücklagen, Gründen, die wie Spinnen auf den Augenblick der Rache gelauert hatten. Den Augenblick, wenn die Beute ins Netz geht. Er brach kein bürgerliches Recht, sondern das Recht eines mächtigen Mannes, der eine ganze Legion brutaler Schläger befehligt, die ihre Treue zu ihm mit Blut besiegelt haben. Einige Stunden lang hatte er aufgehört zu schreien und sich sogar Träumen der Freilassung hingegeben, kleinen Dramen von Reue und Vergebung (wir wollten dir bloß eine Lektion erteilen), dann aber trat der kleine Kerl mit den flinken Fingern ein und fuhr fort, ihn zu foltern. »Schneide nur weg, was übersteht«, sagte der kleine Kerl, als er dem Schreienden Mann mit dem Messer zu Leibe rückte. Dem besagten Schreienden Mann, der sich seinen Spitznamen zu diesem Zeitpunkt und noch für Stunden danach redlich verdient hatte.

Das Blut seiner Wunden (Plural) sprühte an die Wände aus Aschbeton, trocknete und war schließlich nicht mehr vom Blut seiner Vorgänger zu unterscheiden. Nicht die Muster, die sein sprühendes Blut bildete, mochten sie noch so interessant und spannend sein, unterschieden ihn von seinen Vorgängern, sondern die unerwartete Neuartigkeit seines Schreiens. Sein Schreien, das eine Zeit lang so gleichmäßig und verlässlich war (anschwellend und fallend, gelegentlich ums Zweifache sich steigernd, als wäre der Schmerz ein Meistersinger und als wären seine Schreie das Libretto der Hölle), versiegte allmählich, bis es den Männern, die vor der Tür Wache hielten, schien, als könnte der Moment kommen, wenn der Schreiende Mann nicht mehr schrie. Sein Schreien tatsächlich einstellte. Nach einer Weile aber begann der Schreiende Mann wieder zu schreien, und der Wächter, der auf das erneute Schreien gesetzt hatte, streckte seinem zuversichtlicheren Kameraden müde die

Handfläche hin, und dieser beglich pflichtbewusst seine Wettschulden und grübelte insgeheim darüber nach, weshalb manche Menschen unter Schock durchdrehen und andere nicht.

Natürlich schrien alle, die aufgrund von Johnny Pssts eigenwilligen Moralvorstellungen in diesen Raum verschleppt worden waren. Was die Männer, die den Schreienden Mann bewachten, sowie jene, die ihn folterten, aber faszinierte, waren Klang und Kadenzen und die nie nachlassende Reinheit seines Schreiens. Eine absolute Neuheit, von einem Mann mit so unauffälligem Äußeren ganz und gar nicht zu erwarten. Niemals zuvor, während all der Variationen von Foltermethoden, die auf der bescheidenen Bühne des Raumes durchgespielt worden waren, hatten sie den Schmerz auf eine solche Art singen hören. Und in den zurückliegenden Jahren hatten sich dort einige wirklich außergewöhnliche Szenen abgespielt. Einer der prosaischen Herren draußen vor der Tür, der aufgrund der abstehenden, flatternden Fortsätze zu beiden Seiten seines Kopfes auf den Namen Frankie Ears hörte, meinte, es höre sich an, als verlöre der Schreiende Mann seinen Job, seine Frau und seinen Hund, alles auf einmal, offenbar das Allerschlimmste, was Frankie Ears sich vorstellen konnte. Aber nein. Der Schrei des Schreienden Mannes war der Laut, den eine Seele von sich gäbe, könnte man den Laut einer Seele hören, wenn ihr die Haut abgezogen und sie der frischen Luft ausgesetzt werden würde, der quälenden Sphäre der Sterblichen. Fünf Finger zu verlieren – sie wachsen nicht nach, aber fünf sind noch übrig, oder? Sie hatten die Hälfte seiner Finger abgeschnitten (und sie an die Pinnwand im Clubhaus genagelt, unter die Zeitungsartikel, die vom letzten fehlgeschlagenen Versuch der Justizbehörde berichteten, den nicht kleinzukriegenden Johnny Psst vor Gericht zu bringen), doch die andere Hälfte saß noch dran. Noch gab es

Hoffnung, und die Männer im kleinen Raum geben die Hoffnung nicht auf, sich aus der Klemme, in der sie sitzen, herausreden zu können, egal wie schwer sie verletzt sind, egal wie verstümmelt. (Es ist schon festgestellt worden, dass Hoffnung das schlimmste aller Folterinstrumente ist.) Der Schreiende Mann allerdings schrie, als verlöre er nicht nur sein Leben, sondern den Frieden in Ewigkeit, Amen, die Stille im Jenseits, wo die Toten auf Gänseblümchen ruhen und alle Sorgenfalten ausgewischt sind. Die Männer, die unten Wache standen und für gewöhnlich durch nichts zu erschüttern waren, empfanden ein unbekanntes Unwohlsein. Einige von ihnen erwogen insgeheim, sich einen anderen Job zu suchen, dachten über diesen oder jenen Cousin nach, der gerade ein Restaurant oder ein Autohaus eröffnet hatte. Ein solches Schreien hatten sie noch nie gehört. Rein. Klar. Unbefleckt. Als wäre er ein Prophet und als bestünde die Sprache seiner Prophezeiungen aus Heul- und Jaullauten, als könnten jene, die er eigentlich erretten sollte, ihn nicht verstehen, sondern die Dringlichkeit seiner Botschaft nur ahnen und würden damit beginnen, ihre Vorbereitungen für den Jüngsten Tag zu treffen. Dank sei Gott für Pausen und Schichtwechsel, sagte ein Wächter zu sich selbst.

Den Keller betrat Johnny Psst nie. Er bedrücke ihn, sagte er. Als er eintraf und die Wächter den Schreienden Mann in den ersten Stock schleiften, damit der Boss dem immer noch erstaunlich Unheiseren seine übliche »Du-hast-mich-angepisst-jetzt-musst-du-blechen«-Rede halten konnte, wollte es der Zufall, dass Lazy Joe Markham gerade das farbige Mädchen die Stufen hinunterführte. Das farbige Mädchen sah den Schreienden Mann an, und der Schreiende Mann sah das farbige Mädchen an, und er tat, was am naheliegendsten war. Er schrie.

⩯

Der schwarze Buick drückt sich an die Bordsteinkante, obwohl Lila Mae dem Fahrer gesagt hat, er könne ohne sie zurückfahren. Sie würde ihre Alma Mater auf eigene Art verlassen. Die berüchtigte Treue der Intuitionisten. Als sie sich auf dem mit Steinplatten gepflasterten Weg von Fultons Haus entfernt, kann Lila Mae die Hände des Fahrers sehen, die entspannt auf dem Steuer liegen, er schlägt die Zeit tot wie eine gestrandete Qualle. Sobald sie auf dem glatten Leder des Rücksitzes Platz genommen hat, heult und gurgelt der Motor. Im Sitzen lüpft sie die Hose über den Knien. Um Reibung zu vermeiden.

Die alte Frau und ihr verstaubtes Haus, wo Schwärme von Staubflocken im Sonnenlicht wirbeln und glitzern wie winzige Fische. Lila Mae hat keine Angst davor, Mr. Reed über den Ausgang ihrer Mission zu informieren – sie hat vor sich selbst versagt. Der Wille von Mrs. Rogers ist genauso unbeugsam und stark wie der ihre. Vielleicht hat am Ende doch jemand in Fultons Haus eingebrochen und die letzten Notizbücher gestohlen, und vielleicht hat dieser Jemand die Päckchen mit Fultons Aufzeichnungen verschickt. Die Wendung, die die Ereignisse an diesem Nachmittag genommen haben, lenkt sie so sehr ab, dass sie erst einige Zeit, nachdem sie die schmiedeeisernen Tore des Instituts für Vertikalen Transport hinter sich gelassen haben, bemerkt, dass der Fahrer keine rote Narbe auf dem Nacken hat, dass sein Hals eine Säule aus rosa Beton ist. Dass es hinten im Auto weder Knöpfe gibt, um die Türen zu öffnen, noch Kurbeln für die Scheiben. Dass dies nicht das Auto ist, mit dem sie gekommen ist, und dieser Fahrer nicht ihr Fahrer (obwohl beide Männer eine Neigung zur Schweigsamkeit teilen), dass sie nicht zurück in Richtung Stadt fahren, sondern ganz woanders hin.

⯭

Die Fähre, die von der Erde in den Himmel führt. Idiotisch, dass sie das nicht früher kapiert hat: eine intuitionistische Black Box. Im zweiten Jahr, am Ende ihres Seminars über Theoretische Fahrstühle, gab Professor McKean dem Kurs die Aufgabe, jene Fahrstühle zu beschreiben, die sie bauen würden, wenn es keine Beschränkungen mehr gäbe. Einige der Studenten verstanden unter Beschränkungen die Forderung nach Innovation, beeilten sich, ihre erzenen Lieblingslifte zu retten, und fügten dem scharfkantig-antiquierten Gehäuse eines Sprague-Pratts nur ein modernes Kopierwerk hinzu. Andere verbesserten gängige Design-Konzepte (jedenfalls kam es ihnen so vor), wie der Junge aus Ohio mit dem sandfarbenen Haar, der einen Entwurf vorlegte, der sich in vieler Hinsicht an Neuentwicklungen aus Österreich anlehnte. Lila Mae, die an diesem Punkt ihrer Karriere noch immer dem linearen Fortschritt verschrieben war, stückelte aus dem Besten, was die großen Firmen zu bieten hatten (einem mechanischen Türschließer von Arbo, einer rostfreien Rolle von United), ein Modell zusammen, das auf dem neuesten Stand war, und malte sich eine brüderliche und patentlose Zukunft aus. (Inzwischen lächelt sie reumütig, wenn sie sich daran erinnert.) Ein junger Gentleman mit ernsten Augen reichte einen Entwurf ein, der nur aus einem leeren Schacht und einem »unheimlichen, tropfenden Geräusch« bestand. Keiner freute sich über die gute Note, die Morton für diese Dreistigkeit einheimste.

Lila Mae fand Professor McKean undurchschaubar. Er war im Krieg gewesen. Sein linker Arm war nur noch ein Stumpf, und er heftete den Ärmel mit der blanken Tapferkeitsmedaille zurück, die ihm verliehen worden war. Keiner fragte ihn nach Details, wenngleich es Gerüchte gab, aber es fragte ihn niemand, und er sprach nicht darüber. Mc-

Kean war groß und hager, er trug sein graues Haar noch immer militärisch kurz. Graues Haar, obwohl er noch relativ jung war. Lila Mae ist sich immer noch nicht sicher, wie er zum Intuitionismus stand. Sie wusste, dass er das Seminar zum ersten Mal gab, aber seine Stimme war so tonlos und trocken, dass er die neue Wissenschaft den ihm zugeteilten Studentenmassen auch schon jahrzehntelang hätte eingetrichtert haben können. Sein Enthusiasmus tendierte gegen null, und wenn er sprach, war es, als zählte er die Hemden auf, die er bei der chinesischen Wäscherei vorbeibrachte. Keine Spur von Leidenschaft – andererseits, denkt Lila Mae, geht es beim Intuitionismus nicht um Leidenschaft. Wahrer Glaube ist zu ernsthaft, um Platz für ablenkende Leidenschaft zu haben.

Das Seminar wurde in einem Kellerraum unter dem Edoux-Hörsaal abgehalten. Entweder zischten verdrossen die Heizungsrohre, oder der Kessel dröhnte, und mochte der Raum auch noch so klein sein, man musste immer deutlich sprechen und die Stimme heben, um gehört zu werden. Lila Mae war die Akustik egal, denn sie meldete sich selten zu Wort. Sie hatte das Gefühl, nicht genug über den Intuitionismus zu wissen, um mitreden zu können, egal, wie ernst es ihr damit war. Als wäre es ein Höchstmaß an Vulgarität, eine unglaubliche Unverschämtheit, etwas Halbgares zu sagen.

Die sechs anderen Studenten waren nicht so vorsichtig, und ihre dummen Äußerungen verschmolzen mit dem dumpfen Lärm der Dampfheizung. Drei von ihnen waren wie Lila Mae eifrige Jünger von Fultons Mythologie, weitere zwei tolerante Liberale, die interessiert genug waren, um dem Thema ein Jahr ihrer vertikalen Bildungsreise zu opfern. Der letzte Passagier war ein gewisser Frederick Gorse, er saß ganz hinten im Boot, und sein Unbehagen lag an einer dumpfen Abscheu sowie an den flachen Gewässern, in denen die Gespräche vor sich hin dümpelten. Gorse, ein untersetztes und weichfleischiges Geschöpf (er erinnerte Lila Mae an ein altes, zuversichtliches Schwein, das weiß, dass sein Fleisch zu schlecht für den Schlachter ist), war ein unbeirrbarer Empiriker, der sich nur für das Seminar eingetragen hatte, um den Renegatenhaufen, der für einen so großen Wirbel in der Gemeinde sorgte, besser verstehen zu können und später dagegen gewappnet zu sein. Sein Ehrgeiz galt dem Vorsitz der Gilde, das war offensichtlich, und wenn seine regelmäßigen Zwischenrufe wie »Schwachsinn« und »Humbug« ein echtes Urteil bedeuteten, dann wäre er eines Tages ein zäher Gegner der Intuitionisten. Schon der erste Eindruck, den man von Gorse gewann, war der eines antiken Rachegottes. Im Nachhinein erkannte Lila Mae, dass Professor McKean Gorse unter Kontrolle gehalten hatte, indem er ihn hatte reden lassen. Da er in der Unterzahl zwischen den Bekehrten war und genau jene Doktrin vertrat, die die anderen zum Aufstand getrieben hatte, war Gorse eine so nützliche Lehrhilfe, dass McKean ihn mit einigem Recht als Anwärter auf einen Lehrstuhl hätte vorschlagen können.

Lila Mae hätte die Black Box und die Städte der Zweiten Vertikalen Revolution vor sich sehen müssen, weil Fultons erste Schriften nüchterne, technische Analysen der Mechanik waren. *Versuch eines Systems Vertikalen Transports* ist noch immer ein grundlegender Text empirischen Denkens. Niemand kennt Fultons Geschichte gut genug, um seine geniale Begabung als Konstrukteur begreifen zu können. Eines Tages tauchte er einfach in der Pierpoint-Schule für Ingenieurswesen auf, achtzehn Jahre alt, zurückhaltend mit Worten, zögernd, und er hörte nicht auf, die Welt in Erstaunen zu versetzen. Die Black Box erklärt alles. Dass er ein technischer Zauberer war, lag an seiner ungewöhnlichen Wahrnehmungsgabe und an seinem Talent, auf die nicht ganz offensichtliche Lösung zu kommen, die immer die beste ist. Lila Mae begreift, dass ihn diese Eigenschaften außerdem dazu befähigten, hinter den Schleier dieser Welt zu blicken und die Fahrstuhlwelt zu entdecken. Denn genau das tat *Theoretische Fahrstühle.* Es beschrieb eine Welt, und eine Welt braucht Bewohner, damit sie wirklich wird. Die Black Box ist der Bewohner der Fahrstuhlwelt.

Eines Tages, gegen Ende des Seminars, als der Frühling sich über ihrem unterirdischen Bunker zu regen begann, brachte Professor McKean das Problem des Phantom-Passagiers auf den Tisch. (Sie steckten offenbar immer noch bis zum Hals in Band eins von *Theoretische Fahrstühle.)* Professor McKean, dessen eine Hand zur Faust geballt auf der kratzfesten Oberfläche des Konferenztisches lag, fragte, ob jemand die Zusammenhänge des Problems darstellen könne.

Morton, Schöpfer des Tropfgeräusch-Fahrstuhls, hob an: »Das Dilemma des Phantom-Passagiers wirft die Frage auf, was geschieht, wenn der Passagier den Fahrstuhl per Knopfdruck herbeigerufen hat, sich dann aber, weil er nicht warten wollte, eines anderen besonnen, die Treppe benutzt oder einen Fahrstuhl genommen hat, der hochfuhr, obwohl er eigentlich hatte runterfahren wollen. Es wirft die Frage auf, was mit dem Fahrstuhl geschieht, den er gerufen hat.«

Professor McKean sagte: »Richtig. Genau diese Frage stellt Fulton, um dann abrupt zur Psychologie des Türschlussknopfes überzugehen und die Antwort dem Leser zu überlassen. Welche Antwort aber würde Fulton, Ihrer Meinung nach, auf diese Frage geben?«

»Ist doch klar«, sagte Gorse, »der Fahrstuhl kommt, die Türen öffnen sich für die übliche Einstiegszeit, und dann schließen sich die Türen wieder. Das war's.«

Johnson, der stämmige Studienanfänger, der immer neben Lila Mae saß, ignorierte Gorse und sagte mit seiner Stolperstimme: »Ich glaube, Fulton würde sagen, dass der Fahrstuhl kommt, sich die Türen aber nicht öffnen. Wenn es keinen Grund für das Öffnen der Türen gibt, dann kommt der Vertikale Imperativ auch nicht zur Anwendung.«

Professor McKean nickte. »Weitere Vorschläge?«

Bernard, aus dessen Mund immer eine vernünftige Antwort zu erwarten war, sagte: »Zum einen bezieht sich der Vertikale Imperativ auf den Willen des Fahrstuhls, nicht auf die Passagiere. Ich glaube, dass sich Fulton in diesem Abschnitt auf den ›Index des Seins‹ bezieht – darauf, wo der Fahrstuhl sich befindet, wenn er nicht im Dienst ist. Wenn der Fahrstuhl, wie der Index des Seins lehrt, überhaupt nicht existiert, wenn es keine Last zu befördern gibt, Menschen oder sonst was, dann bin ich der Meinung, dass die Türen sich in diesem Fall öffnen und dass der Fahrstuhl existiert, aber nur für die Einstiegszeit. Sobald sich die Türen schließen, fällt der Fahrstuhl in den Zustand des Nicht-Seins zurück – ›die ewige Ruhe‹ –, bis er wieder zum Dienst gerufen wird.« Befriedigt lehnte sich Bernard wieder im Metallstuhl zurück.

Professor McKean sagte nur: »Gute Antwort. Noch jemand?«

Lila Mae wartete darauf, dass sich noch jemand zu Wort meldete. Niemand sagte etwas. Lila Mae räusperte sich und sagte dann mit dünner Stimme: »Fulton will den Leser reinlegen. Kein Fahrstuhl existiert ohne Fracht. Wenn es niemanden gibt, der einsteigt, ruht der Fahrstuhl. Der Fahrstuhl und der Passagier brauchen einander.«

Professor McKean nickte rasch und fragte seine Studentin dann: »Und wenn wir eine Filmkamera im Flur installieren würden, um zu erfahren, was geschieht, was würden wir sehen, wenn der Film entwickelt wäre?«

Lila Mae sah ihm in die Augen. »Die Anwesenheit einer Kamera würde das schaffen, was Fulton ›Erwartung von Fracht‹ nennt. Die Kamera ist ein Passagier, der sich weigert, in den Fahrstuhl zu steigen, kein Phantom-Passagier. Der Film würde zeigen, dass die Türen sich öffnen, dass der Fahrstuhl wartet und die Türen sich schließen.«

»Sehr gut«, lobte Professor McKean.

Gorse, der schon einige Minuten lang unruhig auf seinem Stuhl herumgerutscht war, konnte seine Verachtung nicht länger zurückhalten. Kotzte: »Dass man ihn nicht sehen kann, bedeutet doch nicht, dass er nicht da ist!«, und schlug mit der Faust auf den Tisch. Die fundamentale Schlacht.

Professor McKean runzelte die Stirn. Er stieß sich im Stuhl fort vom Konferenztisch, bis er mit einem dumpfen Knall an die Wand krachte. Mit der rechten Hand löste er die Tapferkeitsmedaille vom anderen Ärmel. Der leere Ärmel schwang hin und her. »Gorse«, sagte Professor McKean, »ist mein Arm da oder nicht?«

»Er ... ist nicht da«, antwortete Gorse vorsichtig.

»Was befindet sich in diesem Ärmel?«

»Nichts«, antwortete Gorse.

»Das ist das Komische«, sagte Professor McKean, und er lächelte. »Mein Arm ist weg, aber manchmal ist er da.« Er blickte auf den leeren Ärmel hinab. Mit seiner übrig gebliebenen Hand stieß er ihn an, und sie sahen zu, wie der Stoff hin und her flatterte.

Einmal, als es in der Höhle gerade nichts zu tun gab, fragte sie Martin Gruber, wie Johnny Psst zu seinem Namen gekommen sei. Martin Gruber ist einer der alten Knochen, steht kurz vor dem Ruhestand, macht nur noch babyleichte Beratungsjobs. Er hat Untersuchungen in Sachen Korruption überstanden und Belästigungen von diversen Stadtverwaltungen, und er hat den Aufstieg des elektrischen Fahrstuhls überlebt. Im Falle ihrer Frage aber versagte seine übliche Leutseligkeit. Er warf einen Blick in die Runde, um zu sehen, ob jemand lausche, und riet ihr: »Darüber redet keiner. Kapierste?« Genau wie: *Psst.*

Psst, flüsterten die schwarzen Mäuler leerer Speicherhäuser, die zerbrochenen Fensterscheiben, die sich so sehr an den Zustand der Zerstörung gewöhnt hatten, dass sie das Glas gar nicht mehr vermissten. Sie kannte die Gegend nicht, durch die sie fuhren, um zu diesem Ort zu kommen, diesem unterirdischen Raum. Fertighäuser, in Aluminiumrahmen gepresst, dünnten aus und blieben zurück, die Ampeln verschwanden, es gab keine Menschen mehr, und die Wohlstandskadaver der Speicherhäuser tauchten auf. Als der Buick an den Speicherhäusern vorbeifuhr und über alte Gleise rumpelte, konnte sie an bestimmten Stellen den Himmel sehen, durch Fenster oder zusammengebrochene Dächer. Der Verfall ließ die Silhouetten der sichtbaren Dinge deutlicher hervortreten. Sie war zu neugierig, um Angst zu haben. Sie machte sich nicht die Mühe zu sprechen, sobald sie den Fahrer erkannt hatte: Lazy Joe Markham, einer der Finnegan-Fünf. Eine alte Geschichte. Sobald die Regierung das Wartungsmonopol der Fahrstuhlhersteller gebrochen hatte (wir installieren sie und warten sie gegen eine monatliche Gebühr), stießen alle möglichen Geschäftemacher in die freigegebene unternehmerische Nische vor. Der Mob zwang Hauseigentümer dazu, seine Männer per Vertrag für die Fahrstuhlwartung einzustellen. Sie kümmerten sich nicht groß um die Mängel der Fahrstühle, entwickelten aber die merkwürdige Angewohnheit, leere Essensbehälter aus chinesischen Take-aways und Butterbrotpapier in die Fahrstuhlschächte zu werfen. Offenbar faszinierte sie das Trudeln und Flattern des Abfalls, wenn er den Schacht hinabfiel, um zwischen den Puffern auf dem Boden zu vermodern. Der Mob hatte alles in der Hand. Psst gehörte die ganze West Side, von der Krone der Insel bis zu den Docks.

Vor ein paar Jahren war einer von Pssts Männern von den

Cops erwischt worden, als er eine Billardhalle in Brand steckte (hatte nichts mit Fahrstühlen zu tun, sondern mit irgendeiner anderen Sache, die dem Mob wichtig war). Die Cops drehten ihn um, und er wurde V-Mann. Der zitternde Spitzel nahm ein Gespräch der Finnegan-Fünf auf, die sich wüste Anekdoten über die wunderbar windigen Eingeweide eines neuen Luxus-Hochhauses erzählten. Lila Mae konnte sich nicht daran erinnern, ob die Finnegan-Fünf im Knast gelandet waren. Wichtiger war, dass sie nicht gegen Johnny Psst ausgesagt hatten. Dieser hier, Lazy Joe Markham, war für sein Schweigen offenbar mit einem Chauffeur-Job belohnt worden.

Mr. Reed hatte ihr erzählt, dass Chancre und Johnny Psst zusammen Golf spielen.

Als sie das gewisse Speicherhaus schließlich erreichten, in seinem Verfallszustand ein Verwandter der Kohorte von Wracks auf der Industriebrache, führte Markham sie ein paar Steinstufen hinunter, und sie kamen an einem blutüberströmten Mann vorbei, der von einem anderen Schergen die Stufen hinaufgeschleppt wurde. Er schrie.

Gemäß ihrer inneren Uhr (immer verlässlich, entsprechend ihrem angespannten Zustand) ist sie seit ein paar Stunden hier. Im Raum steht ein quadratischer Holztisch, dessen Mitte ein zerfetztes und verkohltes Mal aufweist. Zwei Stühle stehen sich am Tisch gegenüber, und sie sitzt in jenem, der seinen Rücken der Tür zuwendet. Gemäß der Politik, die in den Ausquetschkammern von schmierigen Mafiaverliesen und Polizeirevieren im ganzen Land betrieben wird. Der Fußboden des Raumes ist sauber. Nicht, dass sie Gewissheit über den Einfluss des Mobs auf die städtischen Ordnungskräfte bräuchte. Die Tür ist grau und solide und am Rand vernietet. Eine Eisentür für ihre Wenigkeit.

Nachdem er sie in den Raum geführt hatte, filzte Lazy Joe Markham sie, fuhr mit seinen haarigen Händen, leicht und ohne sie zu belästigen, an ihrem Körper entlang, blieb nur eine Sekunde lang erschrocken an der Stelle hängen, wo ihre Taille unerwartet in den steilen Vorsprung des Hüftknochens übergeht, beruhigte sich wieder und glitt ihre Hose hinab. Er war erfahren. Seine Suche wurde nicht belohnt. Er und die beiden Männer, die ihr Apartment durchwühlt hatten, waren, wie es dem Ruf von Johnny Psst entspricht, genau und präzise. Sie hat Zeit. Eigentlich müsste sie sich Sorgen machen. Sie denkt, morgen muss ich arbeiten. Nach dem Unfall hat sie sich nicht zurückgemeldet, und sie weiß, dass sie offiziell unter Verdacht stehen wird, wenn sie nicht um neun Uhr früh in der Höhle erscheint. Wenn Mr. Reed Recht hat und sie, den Unfall betreffend, entlastet werden sollte, dann muss sie sich dem Lauf der Dinge beugen: sich einer Untersuchung durch das Amt für Innerbetriebliche Angelegenheiten unterwerfen. Wenn sie über Nacht hier festgehalten wird, wird es ihrer Sache schaden. Schöner Traum: dass man sie hier nur kurz festhalten will. Sie hat Mr. Reeds Fahrer weggeschickt, und Marie-Claire Rogers würde das Auto, in dem man sie entführt hat, nicht von dem unterscheiden können, das sie zum Institut gebracht hat. Keiner weiß davon. Sie will, dass der Mann aufhört zu schreien.

Chuck, armer Chuck, er will's wirklich, als er spätabends an einem Samstag noch im Büro arbeitet, mit nichts in der Hand außer brennendem Ehrgeiz. Links von ihm eine Flasche Mineralwasser, rechts von ihm ein Stapel Notizbücher. Vor ihm die Wörter, die er aus sich herausgequetscht hat, sie kleben wie Blutegel an ihm. Je länger er arbeitet, desto höher türmen sich die Wörter. Bisher ist er der Einzige, der kapiert, was sie bedeuten: »Die Zeit entlastet uns in dieser Zeit«, etwas, das Marcy, seine Frau, manchmal mitten in der Nacht aus dem schlafenden Mund ihres Mannes hört. Zu Hause arbeiten ist schwierig, darum ist er hier. Marcys ziellose Putzerei (Oberflächen werden mit Lappen gerieben, Gläser gegen das Küchenlicht gehalten, eine unerträgliche Melodie wird gesummt) lenkt ihn ab. Er muss an seiner Monografie arbeiten, also kommt er zur Höhle. »Untersuchung der Benutzermuster von Rolltreppen in Kaufhäusern, die gleichzeitig mit Fahrstühlen ausgestattet sind« – ein schwieriges Thema, manchmal kann er die Last kaum tragen, denn er ist ein sehr sensibler Mann.

An Samstagnachmittagen ist Chuck auf Recherche. In den letzten sechs Monaten ist er an jedem Samstag zu Freelys gegangen und hat die Flutwelle beobachtet, die durch die Eingangstüren rollt, im Flur aufschlägt und sich im ersten Stock verteilt, Damenkosmetik, Herrenmode, Schmuck. In der Galerie mit Luxusartikeln (Parfümflaschen, gerieft mit den Speedlines von Jets, stromlinienförmige, automatische Toaster in Rosa und Blau), wo die Auswahl von oben bestimmt ist, von Männern, die im obersten Stock in geheimen Zimmern hocken, bleibt doch eine entscheidende Frage offen: Fahrstuhl oder Rolltreppe. Chuck widerspricht heftig dem allseits verehrten Cuvier, der die Ansicht vertritt, diese Frage sei nebensächlich, dass ihre Antwort davon abhänge, was gerade in der Nähe sei. Während sie von Nippes zu Nippes fluten, von diesem Glitzern eingefangen und von jenem Glanz verführt, wählen die Käufer angeblich jene vertikale Transportmöglichkeit, die am nächsten und bequemsten ist. Chuck passt das nicht. Er verlässt sich nur auf eigene Beobachtungen. Eine Fahrt zehn Cent. Als die Otis-Fahrstuhl-Kompanie die erste Rolltreppe der Welt im Jahre 1908 auf der Weltausstellung in Paris enthüllte, war unten am goldenen Tor zu lesen: »Eine Fahrt zehn Cent«. Konnte man es noch deutlicher sagen? Der Trieb, sich nach oben zu bewegen, ist biologisch verankert und zu hoch für die schwammige Physik der Kaufhausarchitektur. Entweder entscheiden wir uns für die Rolltreppe oder für den Fahrstuhl, und diese Entscheidung sagt viel darüber aus, wer wir sind, behauptet Chuck. (Diese Formulierung enthält mehr als nur ein bisschen Bosheit, doch der eifrige Chuck übersieht das. Er versucht nur, seine Lieblingstheorie zu rechtfertigen.) Möchten Sie im stumpfen Winkel aufsteigen und dabei die Welt im Blick haben, die Sie unter und hinter sich lassen, als Engel mit ausgebreiteten Armen, als Fürst des Himmels, oder ziehen Sie die Kiste vor, den Sarg, der Sie blind in die Luft jagt, der aufwärts saust und für eine Ankunft sorgt, die wirkt wie ein schlechter Zaubertrick? Wann immer Chuck das schwarze Gummi auf dem Geländer der Rolltreppe berührt (was für eine geheimnisvolle Substanz! Welche Alchemie!), begreift er, dass er eine Entscheidung getroffen hat. Die richtige.

Er arbeitet spätabends im Büro, wie jetzt, verzerrt, und quält sein Datenmaterial, damit es seine These stützt.

Seine Blase, immer seine Blase. Er nimmt die Finger von den Tasten der Schreibmaschine. Seine Schreibtischlampe sorgt für einen kühnen Lichtkegel, der das Dunkel zurückdrängt. Den riesigen Stadtplan, der eine der Wände in der Höhle schmückt, kann Chuck nicht sehen. Dieser Plan ist hier und da mit farbigen Stecknadeln gespickt, die den heiligen Krieg der Behörde gegen die schadhaften, mackenbehafteten oder sonstwie aufsässigen vertikalen Transportmittel in dieser maroden Metropole markieren. Kann nicht das stille Örtchen sehen, das für die zwischenmenschlichen Kontakte im Büro sorgt, den abgebrühten Wasserkühler. Er geht an den Reihen schwarzer Aktenordner entlang, die voll gestopft sind mit den hieroglyphischen Fahrstuhlbestimmungen der Stadt, den Richtlinien ihrer Mission gegen die Unordnung, und er stößt sich mehr als einmal den Zeh, es lauern ihm unsichtbare Feinde auf. Draußen im Flur ist das Gehen einfacher (widersinnigerweise schmerzt ihn die Blase umso stärker, je näher er den Toiletten kommt), weil

Chefinspektor Hardwick in seinem Büro ist. Weißliches Licht pulsiert hinterm Milchglas, zu hören ist ein Grunzen. Zu dieser späten Stunde dürfte Hardwick eigentlich nicht hier sein, aber sonntags sind die Schnapsläden geschlossen, und vielleicht musste er eine Flasche Whiskey aus dem Versteck im Büro holen. Ein schwieriger Moment für Chuck. Eigentlich müsste er pissen, aber seine natürliche Liebenswürdigkeit und sein spätabendliches Bedürfnis nach Gesellschaft drängen ihn dazu, hallo zu sagen. Hardwick ist maulfaul, und sie dürften sich nicht viel zu sagen haben. Chuck verspricht seiner Blase Blumen, eine Schachtel Pralinen und kein Soda mehr, und er klopft an die Tür. Das Grunzen deutet er als Einladung und tritt ein.

Der Mann ist nicht Hardwick. Der Mann ist breit gebaut und dick, und auf seiner kahlen Platte lungern ein paar fettige, schwarze Haarsträhnen herum. Selbst von der Tür aus kann Chuck sehen, dass Schuppen auf seinen Schultern liegen, ausgestoßen vom schütteren Haar. Der Mann scheint sich nicht an Chucks abschätzigem Blick zu stören. Er schlägt die Zähne in ein Sandwich, so groß wie ein U-Boot, isst es wie eine Melone, nach außen in Richtung seiner Pranken. Vor ihm türmt sich ein großzügig bemessener Haufen von Aktenordnern auf, der ihn offenbar beschäftigt hat.

»Vermutlich sind Sie Charles Gould«, sagt der Mann, den Mund voll zermanschter Salami. »Laut Ihrer Akte kommen Sie gern am Sonntag.«

»Was machen Sie in Hardwicks Büro?«, fragt Chuck als Antwort.

Der Mann zieht müde eine lederne Brieftasche aus seiner Jacke und klappt sie auf. »Bart Arbergast, Amt für Innerbetriebliche Angelegenheiten«, sagt er. »Ich bin im Fall Fanny-Briggs unterwegs.«

Seit ihrer Begegnung in O'Connors Klo hat Chuck nichts mehr von Lila Mae gehört (wenn man muss, muss man, beharrt seine Blase), und er erinnert sich an die wütenden Sprüche unter seinen Kollegen. Diese hochnäsige Nutte musste früher oder später auf die Nase fallen. Die Wahl ist so gut wie entschieden für Chancre. Chuck hat gestern versucht, sie anzurufen, aber als er zur Telefonzelle, draußen im Flur vor ihrem Apartment, durchgestellt worden war, ging niemand ran, nicht mal einer ihrer komischen Nachbarn. Niemand, der ihm mit karibisch gefärbtem Zungenschlag mitteilte, Mrs. Watson gehe nicht an die Tür. »Dann tut's mir Leid, Sie gestört zu haben«, sagt Chuck dem AIA-Mann und greift nach dem Türknauf.

»Nicht so hastig«, sagt Arbergast und verschlingt eine Zwiebelscheibe wie eine Katze die Maus. »Sie sind doch mit dieser Watson befreundet, oder?«

»In dieser Behörde findet man selten Freunde.«

»Versteh schon, was Sie sagen wollen«, nickt Arbergast. »Gould – das ist ein jüdischer Name, stimmt's?«

»Ja. Und?«

»Und Sie sind der Mann für Rolltreppen, hm?«

»Ja, das ist mein Spezialgebiet. Ich glaube, es ist wichtig, dass man sich auf etwas spezialisiert. Etwas, worin man gut ist. Auf diese Weise …«

»Genau wie diese verfluchten Rolltreppen – unaufhörliches Geschwätz.« Arbergast pult mit einem Finger im Mund herum. »Um ehrlich zu sein, ich halte nicht viel von euch Rolltreppenjockeys. Warum gründet ihr nicht einfach eure eigene Gilde, anstatt zu versuchen, mit den Fahrstuhljungs mitzuhalten? Macht die Dinge komplizierter, dieser ganze innerbehördliche Papierkram, den ihr Typen verursacht.«

»Wenn die Bosse kapieren würden, dass Rolltreppen genauso wichtig für schnelle Beförderung sind wie Fahrstühle, dann würde es nicht ständig diesen Ärger geben.«

Arbergast mustert die weiche, braune Masse unter seinen Fingernägeln und isst sie. »Immerhin macht ihr Jungs uns keine Sorgen«, sagt Arbergast. »Meist jedenfalls. Hab gerade Ihre Akte angeschaut. Offenbar gab es einen kleinen Zwischenfall in Freelys vor ein paar Monaten. Irgendwas in Richtung Kundenbelästigung.«

»Das ist total überzogen dargestellt worden«, sagt Chuck rasch. »Ich hab nur versucht, die Frau zu fragen, was sie dazu gebracht hat, einen Umweg zu machen, um zu den Fahrstühlen zu gehen, wo sie doch eine Rolltreppe vor der Nase hatte, und sie hat dem Geschäftsleiter gesagt, ich würde sie belästigen. Sagen Sie mir doch, ob das Sinn macht: Vor den Fahrstühlen ist eine lange Schlange – das konnte sie von ihrem Standort aus gut sehen –, und trotzdem nimmt sie nicht die Rolltreppe, die fast leer war. Sie ...«

»Meine Herren! Ihr Rolltreppenjungs habt 'ne Antwort auf alles parat, was?«

Auf Chucks Wangen zeigen sich kleine, rote Flecken. Die Anstrengung des Aufhaltens. »Ist das ein offizielles Verhör, oder kann ich gehen?«

»Sie können jederzeit gehen«, gestattet Arbergast und wischt sich mit einem Ärmel die Lippen ab. »Aber wenn Sie Ihrer Freundin helfen wollen, dann wäre es nicht schlecht, wenn Sie mir bei ein paar Fragen behilflich sind, mit denen ich mich rumschlage.« Er winkt mit dem Sandwich ins Nirgendwo. »Wollen Sie nicht Platz nehmen?«

Ein paar Meter weit entfernt, unten im Flur: erlösende Kloschüsseln. Chuck zieht einen Stuhl von der Wand und lässt sich gegenüber von Arbergast nieder. Was er nicht alles aus Freundschaft tut.

Arbergast überfliegt seine Notizen. »Letzten Freitag«, beginnt er, »gibt es einen Unfall im Fanny-Briggs-Building. Achtzehn Stockwerke tiefer Fahrstuhlschacht. Hochmodern. Stadt hat Millionen in den Bau gepumpt, ist das Baby vom Bürgermeister. Diese Lila Mae Watson inspiziert das Ding, bescheinigt ihm besten Zustand. Folgen Sie mir?«

»Sie haben mir noch nichts Neues erzählt.«

»Durch diese große Klappe kommt ihr Jungs zu eurem Ruf. Warum also kriegt die Watson den Auftrag? Sie hat eine saubere Akte. Im Grunde unanfechtbar. Aber Fanny-Briggs, das ist ein Leckerbissen. Etwas, das Chancre vermutlich als Belohnung guter Dienste einem seiner treuen Vasallen zuschustern würde. Ich frage mich: Warum sie?«

»Sie haben es ja schon erwähnt, sie macht gute Arbeit«, sagt Chuck und schlägt ein Bein übers andere. »Sie hatte es verdient.«

»Verdient oder nicht, das ist schnurzpiepegal«, grunzt Arbergast. »Ein Fahrstuhl stürzt ab, gerade als der Bürgermeister eine Probefahrt machen will. Das macht die Sache zu einem prominenten Debakel. Wenn man will, dass einer abgeht, dann hätte man das nicht besser planen können.«

»Vielleicht«, gibt Chuck zu. Dieser AIA-Typ wird interessanter, als es noch vor ein paar Minuten den Anschein hatte. Er bemerkt flache Mulden an den Schläfen des Mannes, wo ihn eine Zange zwischen den Beinen seiner Mutter herausgezerrt hat.

»Nehmen wir den Fahrstuhl selbst«, fährt Arbergast fort. »Hochmodern, wie schon gesagt. Die Spurensicherung hat noch keinen Bericht über das abgegeben, was sie vom Boden des Schachtes gekratzt haben, aber ein oder zwei Sachen kann ich Ihnen verraten. Das Kabel ist gerissen. Ein nagelneues Metallkabel von Arbo. An dem Ding könnte man ein Frachtschiff aufhängen, aber irgendwie reißt es. Die Kabine selbst war mit dem neuen Sicherheitsbremssystem von United ausgerüstet. Ich war dabei, als United die letzten Tests mit diesen Babys gemacht hat, und es sind süße Dinger. Offizielle Schätzung lautet 2,5 Meter pro Sekunde, aber sie schaffen das Doppelte. Sie haben nicht funktioniert. Und das ist nur der Anfang. Dieser Fahrstuhl ist abgestürzt, und zwar in total freiem Fall. Das ist seit fünf Jahren nicht mehr passiert, und damals war es in der Ukraine, und wer weiß, wie rückständig sie da mit den Sicherheitsbestimmungen sind. Wahrscheinlich werden die Kabinen von Maultieren hochgezogen, ist alles drin. Als das in diesem Land zum letzten Mal passiert ist, da waren Sie noch gar nicht auf der Welt.«

»Sie denken offenbar an Sabotage.«

»Sie sagen es.« Arbergast schleudert den letzten Sandwichkrümel in seinen Schlund. »Irgendjemand hat da rumgepfuscht. Und Watson ist die Person, die sich die Fahrstühle zuletzt angeschaut hat.«

»Sie haben das nicht ganz richtig durchdacht, Inspektor«, sagt Chuck. Er drückt geistesabwesend auf seine Leistengegend – muss das Wasser halten. »Warum sollte Lila Mae – Inspektor Watson – grünes Licht für die Fahrstühle geben, wenn sie sie hätte sabotieren wollen?«

»Keine Ahnung. Wollte uns hinters Licht führen. Sich ein Alibi verschaffen.«

»Das ist nicht ganz wasserdicht, fürchte ich.« Wasserdicht. »Sie müssen jemand anderen finden, dem sie das in die Schuhe schieben können.«

»Sie müssen Folgendes kapieren, mein Sohn: Ich werde das dem in die Schuhe schieben, der die passende Schuhgröße hat.« Arbergast kreuzt die Arme vor dem frisch gefüllten Bauch. »Als Mitglied des Amtes für Innerbetriebliche Angelegenheiten ist das meine vorrangige Aufgabe. Ich hab niemand anderen. Und sagen Sie mir eins, Rolltreppenjockey: Wo steckt sie?«

»Keine Ahnung«, antwortet Chuck.

»Sie hätte sich nach ihrer Schicht melden müssen. Die Mechaniker sagen, sie habe ihr Fahrzeug am Freitag nach ihrer Schicht zurückgebracht, aber sie war nicht bei der Stechuhr.«

»Das ist nichts Besonderes. Ich gehe auch nicht immer zur Stechuhr. Manchmal ist man einfach zu müde.«

Arbergast nickt rasch. »Vorausgesetzt natürlich, dass sie im Radio nichts vom Unfall gehört hat. Aber warum ist sie am nächsten Tag nicht gekommen? Spätestens am nächsten Nachmittag hätte sie davon erfahren müssen. Es stand in allen Zeitungen.«

»Dazu ist sie nicht verpflichtet. Morgen ist ihre nächste Schicht, und dann muss sie, den Verordnungen gemäß, erscheinen.«

»Und sie ist nicht mal neugierig?« Jetzt lächelt er. »Kein bisschen? Es geht um ihre Karriere.«

»Sie müssen eins wissen: Lila Mae ist anders als wir beide.«

»Sie ist farbig.«

»So meine ich das nicht, Inspektor. Sie sieht die Dinge anders. Es ist nicht leicht für sie, hier zu arbeiten. Schauen Sie sich nur die Zeitung an – Chancre hat der Presse ihren Namen genannt. Wenn es einer seiner Jungs gewesen wäre, hätte er diesen Schakalen nie erzählt, wer das Fanny-Briggs inspiziert hat.«

»Er hat die Gelegenheit für seinen Wahlkampf ausgenutzt«, winkt Arbergast ab. Er stößt so laut auf, dass der Rülpser fast zu sehen ist. »Das ist Politik. Wissen Sie was, ich werde Ihnen was sagen. Chancre ist mir ziemlich egal. Er geht über Leichen. Er ist ein mieser Typ. Und die Intuitionisten und ihr Hokuspokus sind mir auch ziemlich egal. Was mir nicht egal ist, ist das, was am letzten Freitag, um zirka fünf nach halb vier Uhr nachmittags, im Fanny-Briggs-Building passiert ist. Ist mir egal, dass der Bürgermeister den König von Siam herumgeführt hat. Ich will nur wissen, was mit dem Fahrstuhl passiert ist. Irgendjemand hat da seine Hand im Spiel gehabt. Aber gründlich. Und diese Lila Mae war als Letzte da oben. Sie muss was wissen. Mehr als das, was sie in ihrem Bericht geschrieben hat. Mir persönlich gefällt es nicht, dass Watson hier der Sündenbock ist, aber sie ist alles, was ich in der Hand habe, und ich muss mich an das halten, was ich in der Hand habe. Warum tun Sie Ihrer Freundin also keinen Gefallen und schicken sie zu mir, sobald sie morgen ihre Karte in die Stechuhr steckt. Oder sie wird noch mehr Ärger kriegen, als sie schon hat.« Arbergast erhebt sich, in seiner Pranke steckt die letzte Ausgabe des Magazins. »Muss jetzt den Chef abchecken. Sie haben mich lange genug aufgehalten.«

Nachdem er seine Blase erleichtert hat (für dieses Mal), ruft Chuck in Lila Maes Mietshaus an. Er hat Lila Maes Mietshaus nie gesehen, aber er sieht das Telefon vor sich, das im leeren Flur klingelt und klingelt.

Im Flur, draußen vor ihrem Raum, hallt lautes Gelächter, rumpeln bauchige Gluckser, die sie schon oft im Büro gehört hat. Sie hört, wie die Stahltür sich hinter ihr mit einem Quietschen öffnet. Chancre sagt zu den Männern draußen vor der Tür: »Chinese und Nonne, oh, das ist großartig, Jungs, das ist großartig«, und dann steht er im Raum. (Sie nennt es Zelle.)

Auftritt Chancre in seinem Sonntagsanzug aus weißem Tuch, das Herren aus dem Süden bevorzugen. Er lässt sich auf dem Stuhl gegenüber von Lila Mae nieder und wischt mit einem blauen, punktreichen Taschentuch über seinen fetten Nacken. »Gibt nicht gerade viele Fenster hier drin, hm?«, sagt er und mustert den Raum voller Abscheu. Es gibt keine Zigarettenmädchen mit Schürzen, strahlendem Lächeln und Netzstrümpfen.

Sie schweigt.

»Habe gehört, Sie sollen heute Fultons farbiger Lady einen kleinen Besuch abgestattet haben«, sagt Chancre. Er inspiziert den feuchten Schmutz, den er gerade in sein Taschentuch gerieben hat. »Ihre alten Jagdgründe, stimmt's? Fahre auch nach Brigdehook, wann immer ich kann. War Vorsitzender des 35. Klassentreffens. Können Sie das überbieten?«

Auf der anderen Seite des Tisches ist nicht viel zu hören.

»Schon recht, Sie reden nicht sehr viel. Hab gehört, dass Sie lieber den Mund halten. Schon okay. Sicher nicht einfach für Sie in der Behörde. Ist manchmal ein ziemlich grober Haufen – muss es ja wissen, hab sie dazu erzogen.« Seine feuchten Lippen öffnen sich. Leicht gelbe Zähne. »Aber Sie haben sich mehr als bewährt. Glauben Sie nicht, dass mir Ihre gute Arbeit nicht aufgefallen ist. Bobby hat Ihnen immer sehr gute Noten gegeben. Gefällt Ihnen die Arbeit in unserer Behörde, Miss Watson?«

»Ich mag meinen Job«, antwortet Lila Mae. Ihre Stimme ist dünn. Er ist rosig und fett. Auf den Werbeplakaten der United-Fahrstuhl-Kompanie haben sie die Pockennarben auf seinen Wangen und die geplatzten Äderchen auf seiner Nase wegretuschiert. Dreidimensional gesehen ist er ein Klops, eine Hand voll rohes Fleisch. Man sagt, dass Hunde ihm hoffnungsvoll folgen.

»Bin froh, das zu hören«, sagt Chancre fröhlich. »Sie haben eine große Karriere vor sich, ist mir klar. Wenn Sie nur keinen falschen Schritt tun. Und es ist leicht, einen falschen Schritt zu tun.«

»Wollen Sie meine Stimme gewinnen?«, fragt Lila Mae. »Eine Wahlkampfrede unter vier Augen?« Was wäre Chancre ohne das Geld von der Industrie, seine gegrillten Porterhouse-Steaks, blutig und weich, die Gläser mit Whiskey? Was wäre er, wenn die Black Box aus dem Schlamm auftauchen, die Oberfläche durchstoßen und ihm und seinen Kumpanen Fultons letzten Fluch ins Gesicht schleudern würde?

Chancre lächelt und lehnt sich auf dem Stuhl zurück. Der Stuhl beschwert sich über die Masse des Mannes, und Lila Mae würde ihn liebend gern zusammenbrechen und Chancre auf dem Fußboden landen sehen. Chancre sagt: »Ich brauche Ihre Stimme nicht. Nicht zu diesem Zeitpunkt. Lever hat keine Chance mehr, diese Wahl für sich zu entscheiden. Dafür habe ich gesorgt.«

»Und was wird sein, wenn morgen *Lift* erscheint und Ihre Anhänger von der Black Box erfahren?«

Er lächelt noch einmal. »*Lift* bringt nichts über Fulton. Man könnte sagen, dass sie den Inhalt der Ausgabe leicht verändert haben.«

Lila Mae antwortet nicht darauf. Sie hört Schreie aus dem Nebenraum, eine zuknallende Tür und Pssts lachende Schergen draußen im Flur. Sie behalten sie hier, schüren den Skandal, setzen Lever noch mehr zu. Der Mann macht keine halben Sachen, denkt sie.

»Worüber haben Sie mit der Haushälterin gesprochen?« Chancre wechselt das Thema.

Das Folgende ist neu für die normalerweise wortkarge Miss Watson: Sarkasmus. Sie sagt: »Über die neuen Puffer, die United nächsten Monat rausbringt.« Keine wirklich harte Stichelei, aber Sarkasmen fallen ihr nicht leicht.

»Ich weiß, dass Sie es nicht dabeihaben, weil man Sie schon gefilzt hat. Haben Reed und Lever es schon?«

»Wen haben Sie dazu gekriegt, im Maschinenraum des Fanny-Briggs-Building herumzuwerkeln? Pompey?«

»Wenn Sie es wirklich hätten«, überlegt Chancre laut, »dann hätte Reed Sie nicht zum Institut geschickt.«

»Total freier Fall – das ist ein bisschen zu viel des Guten, oder nicht? Das ist kein normaler Unfall. Selbst dem AIA wird das auffallen.«

Chancre schüttelt seinen Kopf. Er sagt belustigt: »Ich weiß nicht, was Reed Ihnen erzählt hat, um Sie auf seine Seite zu ziehen, aber wir haben nicht an den Fahrstühlen im Fanny-Briggs-Building rumgepfuscht. Habe ich gar nicht nötig. Den Vorsitz habe ich in der Tasche – im Augenblick kümmern wir uns nur noch um die Kleinigkeiten.«

Lila Mae grinst. »Genau, wie Sie Pssts Männer nicht zu meinem Apartment geschickt haben.« Ein Blick reicht. Chancre hat sich durch die Hierarchie der Behörde nach oben geboxt, als Fachmann aller Händel, als ältester aller alten Knochen. Hat seinen Kumpels fröhlich auf den Rücken geklopft, schallend gelacht und mit dem Bürgermeister Nutten gejagt, als der noch Stellvertretender Staatsanwalt irgendeines Distrikts und genauso hungrig wie Chancre war. Sie erinnert sich daran, dass er den ehemaligen Vorsitzenden der Gilde, »Boss« Holt, wegen moralischer Unregelmäßigkeiten aus dem Feld geschlagen hat. Der alte Bastard machte am Abend vor der Wahl einen Rückzieher. Chucks Sammlung von Anekdoten enthält bestimmte Bilder: Holt bei einer geheimen Tändelei mit einem langbeinigen Tanzmädchen. Man hatte ihn reingelegt.

»Reed hat Sie wirklich umgedreht, was?«, sagt Chancre. Er faltet sein Taschentuch zusammen, faltet es noch einmal. »Eine abgekartete Sache also? Warum hätten wir bis nach dem Unglücksfall mit der Durchsuchung Ihrer Wohnung warten sollen? Wenn wir, wie Sie behaupten, Fanny-Briggs tatsächlich sabotiert haben, warum hätten wir dann warten sollen, bis Ihnen jemand steckt, dass wir hinter Ihnen her sind? Nehmen wir an, Sie wären durch einen seltsamen Zufall im Besitz der Entwürfe. Dann hätten Sie die, als braves kleines Mädchen, Reed und Lever übergeben, und es wäre gar nicht nötig gewesen, Ihre Wohnung zu durchwühlen.« Das Taschentuch steckt in seiner Tasche, da, wo es hingehört. »Bis zum Unfall vom Freitag haben Sie in der ganzen Sache keine Rolle gespielt, und selbst danach waren Sie kein wirkliches Problem, bis Sie zu diesem Ashram gegangen sind, den Sie und Ihre Kumpel Clubhaus nennen, und man Sie losgeschickt hat, um mit Fultons Dienstmagd zu reden.« Jetzt kichert er. »Ihr Intuitionisten seid wirklich verrückt. Vielleicht solltet ihr lieber die Einbildung von den

Tatsachen trennen als den ›Fahrstuhl von seinem Fahrstuhlsein‹.«

Sie lehnt sich zurück und ballt ihre Hand im Schoß zur Faust, unter dem Tisch, wo der aalglatte alte Knacker sie nicht sehen kann. Warum diese Strategie? Die ausgeklügelte Entführung, die Fahrt durch die Industriebrache, das Festhalten in dieser Grotte – alles, um ihre Angst zu schüren. »In Ihrer Pressekonferenz haben Sie für sich so viel wie möglich aus dem Unfall rausgeholt«, sagt sie. Achtet während des ganzen Gelabers auf seine Augen.

»Steht doch eine Wahl vor der Tür, oder? Ich muss das Beste daraus machen.« Chancre lässt die Maske des Politikers fallen und blickt Lila Mae tief in die Augen, wählt eine andere Taktik, als wüsste er, was sie denkt. »Sehen Sie mal, Lila Mae Watson: Ihre Freunde haben Ihnen einen Haufen Ärger eingebracht. Wo werden Sie in zwei Wochen sein? Sie werden in meiner Behörde sein. Die Jungs machen es Ihnen nicht leicht, ich weiß. Aber Sie haben noch Glück gehabt. Sie hätten sehen müssen, was sie mit Pompey gemacht haben, um ihn kleinzukriegen. Jetzt ist er mein Mann. Trotzdem bin ich nicht wie der Rest dieser Kerle. Ich stehe ganz auf Ihrer Seite. Vielleicht glauben Sie das nicht, ist aber so. Ich bin für die Emanzipation der Farbigen, aber in kleinen Schritten. Man kann nicht alles übers Knie brechen – das würde im Chaos enden.« Er fuchtelt mit den Fingern in der Luft vor Lila Mae herum. »Ich will Sie zu einem Beispiel machen. Für das, was Ihre Leute erreichen können. Das treibt Sie doch an, oder? Etwas zu beweisen?«

Lila Mae sagt: »Im Gegenzug für was?«

Chancre hält einen Augenblick lang inne, lässt sie zappeln, antwortet: »Tun Sie Ihren Job. Dienen Sie der Behörde. Reed lässt Sie rumlaufen und nach Fultons Black Box suchen – wenn Sie das Ding also zufällig finden, dann geben Sie es uns. Was wird es denen denn langfristig nützen? Vielleicht bringen sie ein paar Unentschlossene auf ihre Seite, aber die Empiriker sind immer die Partei der Fahrstuhlinspektorengilde gewesen, und sie werden es immer sein. Sie glauben, was Ihnen aufgetischt wird, und Sie glauben, dass Lever und seine Leute ›Freunde der Farbigen‹ oder so was wären, aber sie sind nicht anders als andere auch. Sie wollen auch nur so viel wie möglich aus dem System rausschlagen. Genau wie ich. Und genau wie Sie.« Er ruft: »Joe, mach auf. Wir sind fertig hier.«

Und wieder an Lila Mae gewandt: »Wir sind fertig hier, oder?«

»Ich kann gehen?«

»Wir spendieren Ihnen sogar eine Fahrt. Gibt nicht viele Busse in dieser Gegend.«

Sie hört, wie sich hinter ihr die Tür öffnet. Chancre steht schon. »Wir verstehen uns also?«

Lila Mae sagt: »Und wenn ich nicht mitspiele?«

Chancre streckt sich und seufzt. »Ich dachte, ich wäre deutlich genug. Besonders in Wahlkampfzeiten. Ich will, dass Sie Fultons Black Box finden und mir geben. Weil ein Nigger nichts zählt. Weil Sie, wenn Sie das nicht tun, mich das nächste Mal, wenn Sie hier unten sind, nicht zu Gesicht bekommen werden. Sie werden mit einem von Pssts Männern reden, und die kann man nicht falsch verstehen.«

Lila Mae hat die Begebenheit ganz vergessen. Aber egal. Passiert ist es trotzdem. Und zwar wie folgt:

Es war eine Nacht gegen Ende August, eine Nacht, die erfüllt war vom Klappern der Fensterläden und vom Knacken der Äste, Mahnungen, dass der Herbst vor der Tür stand, irrigerweise als Fortsetzung süßer Sommervergnügungen missverstanden, die in winzigen Zimmern gestaute Hitze und verschwitzte Unterarme. Aber er lag schon auf der Lauer. Der Herbst kommt immer, und jene erste Spätsommernacht war eine Mahnung, ein kleines: »Hallo, meine Liebe, bald welken die Blätter.« Jene Nacht, gegen Ende ihres sechsten Sommers, war die Nacht der alljährlichen Heimsuchung.

Der Wind stritt sich mit dem Haus herum, und sie konnte nicht schlafen. Das Rascheln trockener Blätter auf dem Feld gegenüber vom Haus war nur eine untergeordnete Stimme im Streit, etwas, das am Rande mitsprach – nur zu Lila Mae sprach und ihr ein Glas Wasser für ihre trockene Kehle empfahl. Unten im Haus war es still, und es war spät. Diese Erkenntnis stellte sich dem strengen Befehl ihrer Mutter entgegen, bei Einbruch der Dunkelheit im Bett zu sein. Und dort zu bleiben. Die Dunkelheit war schon längst über sie hereingebrochen, und sie lag tatsächlich wie befohlen im Bett. Und hatte Durst. Wahrscheinlich schliefen ihre Eltern schon. Seit jenem letzten Geräusch, dem lauten Quietschen der Schlafzimmertür ihrer Eltern, als sie sich zur Ruhe begeben hatten, hatte sie nichts mehr gehört. Es war ihre übliche Zubettgehzeit. Sie hatte schon oft über diesen Raubzug nachgedacht, sich aber immer dagegen entschieden: ein Glas Wasser zu stehlen. Die Möglichkeit einer strafenden Hand veranlasste sie jedes Mal dazu, von jener aufrührerischen Tat abzusehen, davon, ein Glas Wasser holen zu gehen, wenn sie eigentlich im Bett sein sollte. Aber nicht heute Nacht. Heute Nacht hatte der Herbst angeklopft, und das bedeutete, dass ein weiterer Sommer vorbei war. Mehr oder weniger jedenfalls. Ein oder zwei heiße Tage waren noch drin, doch es wären heiße Tage unter dem braunen Leichentuch des Herbstes. Ein weiterer Sommer war vorbei. Sie konnte die Sommer zählen, und das bedeutete, dass sie älter geworden war, jedenfalls flüsterten verführerische Stimmen ihr das ein. Alt genug, versuchte ihre trockene Kehle sie zu überzeugen, um in Kauf zu nehmen, bei einem mitternächtlichen Raubzug wegen einem Glas Wasser ertappt zu werden. Sie warf das Deckbett mit entschlossenem Schwung zurück. So sei es: ein Glas Wasser.

Geräuschlos öffnete sich die Tür. Das hatte sie gewusst – so weit war sie schließlich schon bei ihren früheren, im Sand verlaufenen Expeditionen gekommen. Sie blickte den Flur hinab in Richtung des elterlichen Schlafzimmers und sah keinen Lichtstreif unter dem Türspalt. Sie schliefen. Sie hielt inne, wusste, dass ihre Eltern allgegenwärtig waren wie Luft und vielleicht ein fledermausartiges Hörvermögen besaßen. Sie hatte etwas über Fledermäuse gelernt, dass sie im Schlaf kopfüber an Wäscheklammerklauen hängen und dass sie große Ohren haben, weil sie augenlos sind. Sie hörte die Bettfedern nicht, die immer quietschten, wenn sich ihr Vater aus dem Bett hievte, um Nachforschungen über ein Mädchen anzustellen, das verbotenerweise sein Zimmer verlassen hatte. Knarr – die Dielen knarrten. Sie nahm ihren Mut zusammen, trat in den Flur, und die Dielen knarrten. So laut, dass sie gleich vor ihr stehen würden, um ihr eine zu verpassen. Nein, doch nicht. Es war immer noch still in ihrem Zimmer. Wenn sie ganz langsam ging, auf ihren kleinen Zehen, dann knarrten die Dielen nicht. Nach den ersten vier erfolgreichen Schritten wurde sie mutiger, übte mit ihren Füßen schnelleren Druck auf die verräterischen Dielen aus. Unter ihren Zehen konnte sie den Dreck fühlen, obwohl sie ihrer Mutter an diesem Nachmittag beim Fegen zugeschaut hatte, und sie hatte mit sicherer, starker Hand gefegt. Aber es gab unsichtbaren Dreck, und sie fühlte ihn. Die Bettfedern quietschten nicht. Als sie zur Treppe kam, fiel ihr ein, dass die Stufen sehr laut waren, wenn man mitten darauf trat, aber nicht so laut, wenn man dicht an der Wand ging und sich von der Mitte fern hielt, wo sie nicht so stabil waren. Unnötig, darauf hinzuweisen, dass sie sehr durstig war, als sie schließlich unten ankam, denn es hatte sie viel Zeit gekostet, den Gefahren der Treppe auszuweichen. Sie erinnerte sich an ein halbes Gebet, und sie murmelte das halbe Gebet vor sich hin, während sie die Treppe hinabstieg. Die Mühe, sich an die andere Hälfte des Gebets zu erinnern, konnte sie sich jetzt nicht machen. In der Kirche bewegte sie sowieso bloß die Lippen aus Schein, nuschelte und sprach nur ab und zu laut, damit ihre Eltern sie nicht schlugen. Sie hörte kein Geräusch aus dem Zimmer oben, also schien ein halbes Gebet manchmal auszureichen. Oder wirkte überhaupt nicht, so oder so. Sie fragte sich, wovor sie sich bei all den früheren Malen gefürchtet hatte, als sie nachts Durst bekommen und hatte hinuntergehen wollen, es aber doch nicht getan hatte. Fragte sich dasselbe, als sie über den Wohnzimmerteppich trottete und langsam die Küchentür öffnete. Nachdem sie sich um den Küchentisch mit den scharfen Kanten herumgetastet hatte, griff sie in die Spüle nach einem Glas, und in dem Moment riss ihr Vater ein Streichholz an, laut und rauh an einem Bein vom Küchentisch, und entzündete die Kerze. Sie hätte sich fast in die Schlafanzughose gemacht. Dachte, sie sind wirklich überall. Sie zog ihren Arm rasch zurück und stand vor den Händen ihres Vaters.

Er hatte vor einem Glas Whiskey im Dunkel gesessen. Die schwarze Schmiere, von der Arbeit am Auto, bedeckte seine breiten Arme bis hinauf zu den Ellbogen. Sie sah, dass er halb über dem Tisch hing, dass seine Lippen lautlose Wörter formten. Er sah sie aus trüben Augen an. Ihr Vater stieß den Holzstuhl fort vom Tisch und klopfte auf seinen Schoß. Er befahl ihr herzukommen. Sie zögerte eine Weile, weil sie Angst hatte, dass die Schmiere auf seiner Hose ihren Schlafanzug beschmutzen könnte und sie Ärger mit ihrer Mutter bekäme, aber ihr Vater befahl ihr zu kommen, also setzte sie sich auf seinen breiten Schoß. Er klopfte mit einem Finger aufs Papier, das auf dem Tisch lag, und fragte sie: »Bringen sie dir das Lesen bei, Mädchen?«

Sie nickte und blickte auf das gelbe Papier vor ihr auf dem Tisch. Es waren Zeichnungen darauf und Wörter.

Ihr Vater sagte: »Dann sag mir, was da steht«, klopfte wieder aufs Papier und hinterließ den Teil eines schwarzen Fingerabdrucks auf der Seite.

Sie schielte hinab aufs Papier, das im Kerzenlicht gelb wirkte. Über und unter den Zeichnungen ballten sich die Wörter zu kleinen Klumpen und machten ihr Angst. Sie würde Ärger bekommen. Da standen viele Wörter, die sie nie zuvor gesehen hatte, also suchte sie nach solchen, die sie schon kannte und an denen sie sich festhalten konnte. Hier und da fand sie welche. Bei. Das. Sie kämpfte. Wusste nicht, wo sie anfangen sollte, denn die Wörter, die sie schon gelernt hatte, standen weit auseinander und nicht so dicht beisammen, dass sie sich eine Stelle hätte aussuchen und dort beginnen können. Es war ganz egal, wo sie anfing. Also entschied sie sich für eine Zeichnung oben auf der Seite, eine, die aussah wie der Webstuhl ihrer Mutter, und verband die winzigen Buchstaben miteinander, nahm immer einen auf einmal und verknüpfte ihn mit dem nächsten. Da, wo der weiße Fleck war, war das Wort zu Ende. Der Wind ließ immer noch die Fenster in ihren Rahmen klappern, und die Blätter rauschten. Sie sagte zögernd: »Un ... john ... lah ... sten ...«

Dann sprach ihr Vater. Die Wörter rumpelten hinter ihrem Rücken in seinem Brustkasten. »Union-Lastenaufzugsmotor.« Ihr Vater las weiter: »›Arbos patentierter Lastenaufzugsmotor mit zwei Getrieben, in Verbindung mit Sicherheitsplattform, geeignet für mehrstöckige Kaufhäuser, Speicherhäuser, Schiffsdocks, Minen etc. Geschwindigkeit der Plattform auf Wunsch bis dreißig Meter pro Minute zu steigern.‹ Das bedeutet, dass er stark und schnell ist«, fügte er hinzu. Ihr Vater zeigte auf eine andere Zeichnung, die aussah wie zwei kleine Wasserfässer, die von einem Holzrahmen miteinander verbunden wurden. Ihr Vater las vor: »›Kombination von zwei Getrieben zum Heben von Lasten. Für die Universallastenaufzugsmaschine, wie unten abgebildet, mit Hinweis auf den zusätzlichen Riemen, der für den sofortigen Stopp der Maschine sorgt, wenn das Getriebe ungebührlich erschüttert wird, etwa durch das Reißen eines Riemens bei laufendem Motor.‹ Das heiß, dass der Fahrstuhl angehalten wird, wenn irgendwas schief geht. Damit er nicht kaputtgeht.« Er blätterte weiter im alten Katalog der Arbo-Fahrstuhl-Kompanie, las ihr die Namen vor: Universalhebemaschine, Metropolitan-Fördermotor, Ersatzfördermotor, Automatische Sicherheitstrommel, Lastenaufzugskombination mit Bewegungsschrauben – Letzteres kam ihr vor wie eine fette Fledermaus aus Metall, die wie auf der Zeichnung unter der Decke hing. Ihr Vater las ihr jedes einzelne Wort auf der Seite vor, und als er fertig war, sagte er: »Du solltest deiner Lehrerin richtig zuhören. Du solltest deiner Lehrerin richtig zuhören, damit du lernst, was sie dir beibringt.«

Er schüttelte sie von seinem Schoß und trank seinen Whiskey aus. »Warum bist du runtergekommen?«, fragte er sie. Jetzt sprach er laut, flüsterte nicht mehr wie beim Lesen.

»Ich wollte ein Glas Wasser holen.«

»Dann mach das und schaff deinen Arsch wieder ins Bett«, sagte er.

Sie stand mit ihrem Glas Wasser im Wohnzimmer, da hörte sie, wie er die Kerze ausblies. Als wäre er der Herbst.

Totales Chaos. Ihr Schreibtisch durchwühlt, seltsam traurige Socken baumeln aus einer Schublade. Auf dem Teppich liegen Papiere herum, deren pendikulare Ecken alle Winkel aufweisen, die der Spielraum von 360 Grad zulässt. Ihre Topfpflanze ist enttopft worden, ein Jammerbild aus Wurzeln und Erde. Ihr Plastikpfirsich, die einzige Schuld, die

Lila Mae in Sachen Nippes gemacht hat, liegt unbeglichen auf dem Boden. Ein paar ihrer Bücher sind unauffindbar, Ettingers *Winden und Flaschenzüge* gleicht einem Schmerzensmann mit gebrochenem Rückgrat, *Das Gegengewicht und seine Wirkungen* verbirgt sich zwischen Spinnweben unter dem Heizkörper. Kissen sind umgedreht worden und zeigen ihre sauberen Seiten. Fensterläden hängen schief und unempfindlich gegen Schmerzen in ihren Rahmen. Ein Chaos. Unordentlich.

Lila Mae schließt die Tür ihres Apartments. Das ist nicht der Stil von Psst, es sei denn, sie hätten ihrem Gespräch mit Chancre Nachdruck verleihen wollen. Als hätte es nicht gereicht, sie in das Speicherhaus zu verschleppen. (Markham hat wahrhaftig die Dreistigkeit besessen, seine Chauffeursmütze vor ihr zu ziehen, als man sie hier abgesetzt hat.) Die zwei Männer, die damals bei ihr gewesen sind, haben eine heilige Ordnung gehalten. Offenbar waren sie schon eine ganze Weile da, bevor sie dazukam, denkt Lila Mae, und sie hatten keine Spuren hinterlassen. Respektvolle Gäste. Diese neuen Männer hielten es offenbar für unnötig, ein Geheimnis aus ihrer Arbeit zu machen, es war ihnen egal. Sie glaubten, dass sie die Entwürfe habe, es zumindest einen Hinweis darauf gebe, einen Satz in einem Notizblock, der sie auf ihre Spur bringen könnte. Auf die Spur der Black Box.

Eigentlich hat sie nicht vorgehabt, zum Haus der Intuitionisten zurückzukehren. Sie wollte in ihr Apartment, wollte auf ihrem Sofa sitzen, wo sie so viele Stunden verkocht hat, bis sie zu Dampf wurden und sich verflüchtigt haben. Wo sie mehr Frieden findet als irgendwo sonst in der Stadt. Chancres Worte schlagen Wellen, stören sie selbst hier noch. Sie glaubt, dass er versucht, sie auf seine Seite zu bringen, aber er begreift nicht, dass ihre Treue nicht Reed und Lever gehört. Ihre Treue gehört Fulton, seinen Worten, und jetzt steckt sie drin in der Sache, weil ihr Unrecht getan worden ist. Weil sie ihren Namen beschmutzt haben. Chancre wird sie nicht aus dem Konzept bringen.

Wird sie heute Nacht hier schlafen? Wird Natchez noch im Haus der Intuitionisten sein, und wird sie sein beruhigendes Klopfen an ihrer Tür hören?

Seit dem Frühstück hat sie nichts mehr gegessen, und jetzt ist es nach Mitternacht, und die Fenster der Nachbarn sind dunkel. Der Häuserblock, wo sie wohnt, ist ein Block von Malochern, wo die Deckel fest auf den Mülltonnen aus Metall liegen, weil es sich so gehört in diesem Land, wohin sie gesegelt sind, um sich hochzuarbeiten. Hier liegen die Dinge anders als auf den trauten Inseln, die sie verlassen haben. Sie haben gepackt, haben ein ganzes Leben als Opfer für ein besseres Dasein in ein paar schmutzige Beutel gestopft. Sie gehen früh zu Bett, denn in diesem Land kommt man nur durch harte Arbeit nach oben. Das hat man ihnen jedenfalls erzählt.

Die Tür vom Gefrierschrank steht auf, die Schnauze einer Milchflasche ragt heraus, ihr Inhalt wölkt weiß auf den Küchenfliesen. Sie schnappt sich eine Dose mit Büchsenfleisch aus dem Regal, gräbt etwas von dem grauen Zeug aus, schmiert es auf eine Scheibe Brot, zerquetscht das Fleisch mit der Unterseite eines Löffels, bis es zu einer klumpigen Schicht wird. Fleisch und Brot haben dieselbe Konsistenz. Der vom Hunger verursachte Schwindel entströmt ihrem Kopf durch irgendwelche inneren Schleusen. Sie isst und denkt: Ihre Wohnung am Freitag aufzusuchen und sie heute in Trümmer zu legen ist vollkommen überflüssig, außer, um ihre Angst zu schüren. Um abstrakten Drohungen Nachdruck zu verleihen. Sie sieht sich in ihrem Zimmer um, sieht die Dinge an, die sie berührt haben – kein Hinweis darauf, wann sie hier gewesen sind. Sie können ihre Wohnung noch Freitagnacht, nachdem sie verschwunden ist, in ein Chaos verwandelt haben, oder irgendwann am Samstag, bevor sie sicher waren, dass die Entwürfe sich nicht in ihrem

Besitz befinden. Chancres süffisantes Geschwätz: Wir haben den Fahrstuhl nicht sabotiert, wir waren nicht in ihrer Wohnung. Wer denn sonst? Eine Borste gräbt sich in ihren Gaumen. Das, was von einem Tier übrig ist, wenn es zermahlen wurde – ein paar zähe Teile. Sie wird sich nicht so leicht kleinkriegen lassen. Er wird sie nicht dazu bringen, Reed zu misstrauen, denn sie hat Reed nie getraut.

Das Gemälde ist nicht angerührt worden. Sie nimmt es von der Wand, stellt die Kombination des Schlosses ein und öffnet den Safe. Alles noch da. Sie denkt: Diese weißen Männer sehen sie als eine Bedrohung an, nehmen sie aber nicht wirklich ernst. Sie sind gerissen, doppelzüngig. Sie betrachten sie als ein Maultier, das Informationen von hier nach dort schafft, aber nicht schlau genug ist, um auf die Idee zu kommen, sich die Inhalte genauer anzuschauen. Ein Vieh. Schwarz.

Sie geht in ihr Schlafzimmer und legt die Matratze wieder auf den Federkasten. Sie schläft gleich in ihren Kleidern ein. Das Laken hat sich an einer Ecke gelöst und schneidet in ihren Nacken. Eine weiche Guillotine.

Sie packt den Kopf des Greifen und lässt ihn auf die Platte knallen. Wahrscheinlich war er ein Geschenk der Greif-Fahrstuhl-Kompanie, denkt Lila Mae, der inzwischen liquidierten britischen Firma. Es ist nie sehr weise, sich auf die Seite der Intuitionisten zu schlagen.

Nach einer Weile wird die schwere Tür des Hauses der Intuitionisten geöffnet, und sie sieht Natchez. Nach einem ersten Augenblick der Überraschung macht er ein erfreutes Gesicht. Er sagt: »Da sind Sie ja wieder, Lila Mae«, und zieht die paneelierte Tür weit auf.

»Haben Sie mich vermisst?«, fragt Lila Mae, bevor sie sich bremsen kann. Den Impuls unterdrückt.

Natchez winkt sie ins Foyer. »Mr. Reed ist gestern rumgerannt wie ein Huhn mit abgeschlagenem Kopf.« Er mustert sie, stellt dann fest: »Aber Sie scheinen noch ganz zu sein.«

Sie sieht sich in einem langen Spiegel auf der gegenüberliegenden Seite der Halle. Sie ist ganz. Noch jedenfalls.

»Darf ich?«, fragt Natchez, und zögernd reicht Lila Mae ihm ihren Trenchcoat. Er muss seinen Job machen. Seine Arbeitgeber haben immer ein Auge auf ihn. Egal wo sich die beiden befinden, immer stehen sie im Kreuzfeuer der grausamen Blicke aus den vergilbten Porträts jener Männer, deren Gesichter sie aus Lehrbüchern kennt, Gemälden, die ihre Gegenstände mit einem letzten Pinselstrich brauner Farbe einbalsamiert haben. Die Gnadenfrist, die ihr gewährt wurde, gilt nur vorübergehend: Sie ist hier nicht erwünscht. »Sie sind im Wohnzimmer«, sagt Natchez. Sollte er sich Gedanken über Stellung und Arbeitsplatz machen, so zeigt sein Gesicht jedenfalls nichts davon.

Sie gehen zum Wohnzimmer, Natchez ein paar Schritte hinter ihr. Sie möchte, dass er neben ihr geht, gleichberechtigt. »Ist Ihr Onkel noch krank?«, fragt sie.

»Es dauert ein bisschen, wenn er seine Anfälle hat«, antwortet Natchez. »Er ist bald wieder in Ordnung.«

Die Tür zum Wohnzimmer steht ein Stückchen offen. Sie sieht ein langes Bücherregal, sie hört: »Hier stehe ich vor Ihnen, ein Jünger wie Sie, hier stehe ich, um über die Verderbnis der sichtbaren Welt zu sprechen.« Sie dreht sich um, weil sie sich von Natchez verabschieden will, aber er ist schon verschwunden. Sie klopft leicht an und tritt ein. Auf einmal mit festem Schritt. Mr. Reed und Orville Lever erheben sich aus ihren braunen Lederarmstühlen, als sie eintritt. Wie es die Höflichkeit einer Dame gegenüber gebietet. Der Kamin zwischen ihnen flackert lebhaft und warm, erhitzt ihr kaltes Blut. Draußen ist es nicht gerade kühl. Mr.

Reed legt den Ordner vor seine Füße und sagt: »Orry, ich darf dir Miss Lila Mae Watson vorstellen.« Lila Mae fällt es schwer, in seiner Miene zu lesen. Stein.

Lever streckt eine Hand aus. »Mr. Reed hat mir viel von Ihnen erzählt, Miss Watson. Sie haben viel für uns getan.« Trotz seines grauen Haares und der losen Falten im Nacken wirkt Lever wie ein frostgeschädigter Schössling. Aufschläge und Kragen schlackern um Handgelenke und Hals, und seine Hose bauscht sich ballonartig über kleinen Knien. Sie ist sich nicht sicher, ob er schon bei ihrer letzten Begegnung so verbraucht ausgesehen hat, aber das war lange vor dem Wahlkampf. Lila Mae denkt, dass sie vermutlich noch schlimmer aussehen würde, wenn sie den ganzen Tag lang reden müsste, sie, die es verabscheut zu sprechen. Im Gegensatz zu Chancres Gangsterfrack trägt er einen Nadelstreifenanzug im Saville-Row-Schnitt. Der Kampf zwischen beiden entspricht der Auseinandersetzung zwischen Billardhalle und Akademie, Boxen und Schach. Die Intuitionisten haben sich einen passenden Kandidaten ausgesucht.

»Orry«, sagt Mr. Reed, »warum gehst du nicht nach oben und übst allein weiter? Damit nutzt du deine Zeit vermutlich sinnvoller, als wenn du dir Sorgen über diese Geschichten machst.«

Lever nickt und sammelt sein Redemanuskript ein. »Ja, ja«, stimmt er müde zu. »Du hast Recht. Wenn du mich brauchst, ich bin oben.« Er wendet sich der Fahrstuhlinspektorin zu. Er ist einer dieser durchscheinenden Weißen, unter der Oberfläche seiner Haut zeichnet sich jede Vene ab. »Miss Watson, es war mir ein Vergnügen. Ich hoffe, wir sehen uns bald wieder.«

Sobald sich die Tür hinter ihm geschlossen hat, führt Reed Lila Mae zu Levers Sessel, und sie sinkt hinein. Er scheint sich eng um ihren Körper zusammenzuschließen. Reed sagt: »Wo haben Sie gesteckt, Miss Watson? Wir haben uns Sorgen gemacht, als Sie gestern nicht mit Sven zurückgekehrt sind.« Seine Stimme ist tonlos, enthüllt kein Gefühl.

»Ich wollte auf eigene Faust zurückkommen«, antwortet Lila Mae. Sie hat keinen Zweifel an der Wirkung ihrer Maske, an den Kadenzen, die ihre Stimme für Weiße wie Mr. Reed reserviert. »Ich bin schon lange nicht mehr beim Institut gewesen.«

»Ich dachte schon, es wäre Ihnen etwas passiert.«

»Ich fürchte, Mrs. Rogers war keine große Hilfe.«

Mr. Reed nickt heftig. Seine Gedanken kreisen um sich selbst. »Sven hat erzählt, sie habe Sie eingelassen. Sie sind der erste Mensch, mit dem sie mehr als zwei Worte gewechselt hat, seit wir das Päckchen erhalten haben. Was hat sie Ihnen erzählt?«

»Sie behauptet, nichts vom Entwurf zu wissen«, sagt Lila Mae. »Da ist sie eisern geblieben. Sie sagt, sie habe schon alles rausgerückt, was sie gehabt hat.«

»Glauben Sie ihr?«

»Schwer zu sagen. Ich glaube, dass sie niemandem traut.«

Mr. Reed lehnt seinen Kopf zurück an den Sessel, schlägt die Beine übereinander, denkt darüber nach. »Der Poststempel. Der Poststempel auf dem Päckchen stammte aus dem Postamt des Instituts. Ich war mir sicher ...« Einen Moment lang ist er mit den Gedanken woanders. »Glauben Sie, dass sie die Sachen zurückhält, weil sie Geld für sich herausschlagen will?«

Lila Mae schüttelt den Kopf. »Nein, ich glaube nicht, dass das der Grund ist«, sagt sie. »Ich habe ihr Gesicht gesehen. Ich glaube nicht, dass sie noch einmal mit mir spricht.«

Mr. Reed schweigt. Er steht auf und geht hinüber zum Schreibtisch. Er verharrt dort, dann fällt ihm etwas ein, und er versucht, gleichmütig auszusehen, als er eine Schublade aufschließt. Lila Mae kann nicht sehen, was er tut, aber sie kann es hören. Na, was haben Sie da drin, Mr. Reed? Er zieht eine Zeitschrift aus einem Stapel Papier und reicht sie Lila Mae. Sie blickt auf das Cover von *Lift*, mit dem idiotischen Bild vom Weihnachtsmann, und geht das Inhaltsverzeichnis durch. Sie ist sich bewusst, dass Mr. Reed sie beobachtet, und tut so, als würde sie nach dem Artikel über Fulton suchen, obwohl sie von Chancre darüber informiert worden ist, dass er nicht erscheinen wird. Schließlich blickt sie auf und fragt: »Wo ist er?«

»Genau die Frage, die ich gestellt habe, als ich die Zeitschrift heute früh von der Türschwelle aufgelesen habe. Ich habe mit dem Chefredakteur telefoniert, ich kenne ihn. Die Zentrale hat mir mitgeteilt, er habe sich heute krankgemeldet. Also habe ich darum gebeten, mit dem Reporter, Ben Urich, verbunden zu werden, und mir wurde gesagt, dass er heute nicht zur Arbeit gekommen sei.«

»Wollen Sie sagen, dass Chancre seine Finger im Spiel hat?«

Er sieht sie an. Verdächtigt er sie? Seine Augen sind Löcher. Er sagt: »Das wäre die logische Folgerung. Unser Gegner hat einen langen Arm.« Mr. Reed lässt sich wieder im Sessel nieder. »Ich dachte, Sie würden nach Ihrem Besuch im Institut hierher zurückkommen.«

»Ich habe mich entschlossen, in meinem eigenen Bett zu schlafen«, antwortet Lila Mae.

»Sind wir nicht übereingekommen, dass das nicht sehr weise ist, Miss Watson? Angesichts des gegenwärtigen Klimas?« Mit einem knochigen Finger malt er eine unsichtbare Hieroglyphe auf die Sessellehne.

Sind wir nicht übereingekommen. Als wäre sie ein Kind. »Ich wollte in meinem eigenen Bett schlafen.« Sie sagt: »Gibt es irgendwelche anderen Anhaltspunkte?«

»Ich habe ein oder zwei Ideen, was die Identität unserer geheimnisvollen Person betrifft«, sagt Mr. Reed. »Aber ich will noch nicht darüber reden. Augenblicklich sind meine

Theorien noch zu unausgereift. Jedenfalls denke ich, dass die Vorbereitungen für die Revue unsere Gegner bis mindestens Mittwoch voll beschäftigen werden. Haben Sie vor, dorthin zu gehen?«

»Zur Revue?«

»Sie treten nicht auf, oder?«

Die Fahrstuhl-Revue. Das hat sie ganz vergessen. »Ich war noch nie dort«, teilt sie ihm mit.

»Ich habe auch immer versucht, darum herumzukommen. Vulgäre Veranstaltung. Aber da die Wahl nächste Woche ansteht, ist es wichtig für Lever, dort aufzutauchen. In diesen entscheidenden letzten Tagen.«

»Natürlich«, sagt Lila Mae. Es wäre nicht weise, wenn sie dorthin ginge, denn es ist eine behördliche Feier, und im Moment gilt sie im Büro als verdächtiges Subjekt.

Steht ihr die Besorgnis ins Gesicht geschrieben? Mr. Reed sagt: »Sie haben sich dazu entschlossen, heute nicht zur Arbeit zu gehen, vermute ich.«

»Offensichtlich nicht.«

»Das wird keinen guten Eindruck beim Amt für Innerbetriebliche Angelegenheiten machen. Das war ein Fehler.«

»Das lassen Sie mal meine Sorge sein. Sobald wir die Box haben, ist das sowieso egal, stimmt's?« Sie schiebt ihm den Schwarzen Peter zu.

»Sicher«, sagt Mr. Reed. »Aber ich weiß nicht, wie Chancre die Sache in den Boulevardblättern ausschlachten wird.«

»Das lassen Sie mal meine Sorge sein«, sagt sie. »Was steht als Nächstes an?«

Mr. Reed ist auf den Beinen. »Wenn Sie wirklich helfen wollen ... wenn Sie meinen Rat nicht beherzigen und nicht mit dem AIA reden wollen, dann ist es am besten, wenn Sie unsichtbar bleiben. In ein paar Tagen werde ich mehr Informationen haben, und dann können wir darüber reden.«

Sie nickt. Zögernd. Sie weiß nicht, ob Mr. Reed mehr Vertrauen zu ihr hat als sie zu ihm. Vielleicht ist er am letzten Abend in ihrem Apartment gewesen, um nach ihr zu suchen, und hat das Chaos gesehen? Vielleicht will er sie nur aus dem Weg haben, jetzt, da sich ihr Job als farbiger Lockvogel für Mrs. Rogers erledigt hat. Als jene, die ihre Sprache versteht.

Er sagt: »Unser Zimmer oben steht Ihnen weiterhin zur Verfügung. Ich meine, dass das augenblicklich die beste Lösung ist.«

*Unser.* Wollen sie auf Eis legen, von Feinden und gefährlichen Einflüssen fern halten in dieser entscheidenden Zeit.

»Ganz meine Meinung«, sagt sie.

Mr. Reeds Blick senkt sich hinab auf Papiere, er legt seinen Stift an. Sie ist entlassen. Lila Mae geht steif aus dem Wohnzimmer. Jeder Raum, den sie in letzter Zeit betritt, ist eine Zelle, denkt sie, als sie die Treppe zum Gästezimmer hinaufgeht. Jeder Raum ist eine Fahrstuhlkabine ohne Knöpfe, die von einem hinterfotzigen Maschinenraum kontrolliert wird. Es geht runter, kein anderer steigt ein, sie kann nicht aussteigen. Oben auf der Treppe klopft ihr jemand auf die Schulter. Es ist Natchez. Er fragt: »Darf ich Sie heute Abend besuchen? Ich muss was mit Ihnen besprechen.«

⩯

Sie hat gemerkt, dass er nervös war, als er sie fragte, hat es an der ausgedehnten Pause gemerkt, die zwischen den Worten »Hast du vielleicht Lust, den neuen Film im Royale zu sehen« und »mit mir« entstand, eine Pause, die das Lied, das im Radio lief, weidlich ausnutzte – es zwängte Überleitung und Refrain dazwischen. Sie willigte ein. Sie waren schon oft zusammen im Kino gewesen. In guten oder schlechten Filmen, im Laufe vieler Jahre. Lila Maes Eltern mochten Grady Jun., und Grady Jun's Eltern beteten Lila Mae an. Grady Jun. hielt häufig vor ihrem Haus an, um mit Marvin Watson zu plaudern. Über das Angeln oder die ewige Frage, wann genau sich der Bezirk dazu durchringen würde, endlich die Straßen im Stadtteil der Farbigen pflastern zu lassen. Normalerweise unterhielten sie sich auf der Veranda, wie es Marvin Watson mit Freunden hielt. Und er sah Grady Jun. als einen solchen an. Auch Lila Mae und Grady Jun. waren Freunde, und er hatte sie soeben um ein Rendezvous gebeten. Nachdem sie eingewilligt hatte, bezahlte sie wie üblich, wenn sie kurz beim Drugstore anhielten, selbst ihren Schokoshake. Und er bezahlte seinen Vanilleshake, und für den Rest des Nachmittags gingen sie ihrer Wege.

An der Art, auf die er sie anlächelte, als sie die Haustür öffnete und die Nachtluft hereinströmte, erkannte sie, dass an diesem Tag etwas anders war. Lila Mae und Grady Jun. waren zusammen aufgewachsen, hatten sich gemeinsam die Knie aufgeschlagen und das Laufen gelernt, indem sich jeder am schwankenden Beispiel des anderen aufgerichtet hatte. Dieses Lächeln war ein nicht ganz astreiner Halbmond, und es war Lila Mae bisher, in all den Jahren ihrer Freundschaft, nicht aufgefallen, dass Grady Jun. so etwas in petto hatte. Sie hatte es nie zuvor in ihrem Leben gesehen, könnte man sagen. Er fragte: »Bist du fertig?«, und schon saß Lila Mae auf dem Beifahrersitz des roten und rostigen Pick-ups seines Vaters. Er war mit Pausbacken auf die Welt gekommen, und die Etappe des Erwachsenwerdens war für ihn ein langer und geheimer Kampf um natürliche Proportionen gewesen. Bevor Lila Mae im Auto Platz nehmen konnte, musste sie Grady Sen.'s Werkzeugkasten vom Sitz räumen, und auf dem holprigen Weg zum Kino krachten ein Schraubenzieher und ein Hammer bei jedem Schlagloch aneinander. Und die Straße hatte viele Schlaglöcher. Der Mond war gerade über die Linie der Baumwipfel gestiegen.

Sie wusste, dass ihnen weder viel Zeit fürs Kino noch für anderes mehr blieb. Im Herbst würde Grady Jun. zur Hauptstadt aufbrechen, um das College zu besuchen. In jenem

Sommer hatte Lila Mae ihn nicht oft zu Gesicht bekommen. Die meiste Zeit über hatte er im Steinbruch gearbeitet, um für Bücher und alles andere zu sparen, was er oben im Norden zu brauchen meinte. Die Sommer waren seit langem schon nicht mehr die alten gewesen, dachte Lila Mae bei sich. Es gab keine Schule, aber auch nichts anderes, das sie hätte ersetzen können. Die Straßen schnurrten zusammen, und den Orten gegenüber, zu denen sie führten, hatte sie dasselbe Gefühl wie gegenüber ihrem Haar, wenn sie es auf dem Badezimmerfußboden liegen sah, nachdem ihre Mutter es geschnitten hatte. Sie ahnte, dass die Veränderung, die in ihr vorging, mit der Veränderung verwandt war, die in Grady Jun. ablief. Sie machten immer alles gemeinsam. Er sprach nicht viel, als sie zum Royale fuhren.

Sie gingen zum Seiteneingang des Royale, wo sich die Treppe befand, die zum Balkon führte, der für die farbigen Zuschauer reserviert war. Hinauf zum Himmel der Nigger, und als Lila Mae in die Tasche griff, um ihre Karte zu bezahlen, kam Grady Jun. ihr zuvor und bezahlte für sie beide. Grady Jun., der jeden Cent genau im Kopf behielt, den Lila Mae ihm jemals geschuldet hatte, und jedes Mal, wenn sie sich sahen, die zwei oder drei Cent von ihr zurückverlangte, die sie sich für Süßigkeiten oder Comics oder was auch immer gepumpt hatte. Er war ein komischer Typ. Er wollte Zahnarzt werden, eine pragmatische Wahl. Lehrer, Arzt, Prediger, Bestattungsunternehmer. Was auch immer ein farbiger Junge in dieser Welt anstreben kann. Farbige haben immer schlechte Zähne, haben immer eine pflegebedürftige Seele. Sterben auch immer. Sein Vater war Zimmermann, machte jede Arbeit, die er auftreiben konnte. Seine Mutter putzte in der Stadt für die Familie des Richters. Schrubbte Steinstufen. Grady Sen. hatte jedem seiner Werkzeuge einen Namen gegeben, aber er nannte sie nie in Gesellschaft eines anderen Menschen. Ein Zahnarzt. Aber zuerst musste er aufs College gehen, was kein großes Problem war, denn er war ein netter und fleißiger Kerl, und das farbige College in der Hauptstadt suchte Jungen wie ihn. Die Zukunft der schwarzen Rasse.

Es war der dritte Mond des Sommers, und er hing über der Linie von Baumwipfeln, als wäre die Nacht eine Farm und er ein Farmer, und als würde er sich Zeit lassen auf seinem Weg durch die Felder, als wüsste und verstünde er, dass sie ihm gehörten und nur ihm, als kennte er sämtliche ihrer Geheimnisse.

Sie kannte den Film noch nicht und kannte ihn doch. Auf diese Art nahm Lila Mae Filme wahr. Manchmal unterschieden sich ihre Titel, aber die Schauspieler waren meist die gleichen, und wenn es nicht die gleichen waren, dann sahen sie gleich aus. Irgendwann bemerkte Lila Mae, dass sie und Grady Jun. dieselbe Armlehne benutzten. Sie war sich sicher, diese Armlehne für sich beansprucht zu haben, als die Lichter erloschen waren, und es war ihr nicht aufgefallen, wann sein Arm zu ihr herübergewandert war. Jetzt war sie sich der Lage ganz bewusst. Wie hatte er es geschafft, seinen Arm da hinaufzubugsieren? Sie bewegte ihren Arm nicht. Sie merkte, dass sein Arm sich gegen den ihren zu drücken begann. Eine leichte Wärme entstand. Druck und Wärme ließen nach und nahmen dann wieder zu, als fasse sein Arm erneut Mut und erinnere sich an den Sinn der Aktion. Auf dem Bildschirm weinte eine weiße Lady mit langem, dunklem Haar, als sie erkannte, dass die Konvention sie von ihrem Geliebten trennen würde. Schließlich nahm Lila Mae ihren Arm fort und legte ihn auf ihren Schoß. Ein paar Minuten später seufzte Grady Jun.

Was Lila Mae betraf, so hatte sie eigene Pläne für die Zukunft und hatte damit begonnen, Nachforschungen anzustellen.

»Toller Film, das«, sagte Grady Jun., als sie nach Hause aufbrachen.

»Richtig klasse«, kam das Echo von Lila Mae.

Als sie die Stadtgrenze hinter sich gelassen hatten, sagte Grady Jun.: »Toller Film, das. Aber ziemlich kurz.«

»War doch ein normaler Film«, sagte Lila Mae.

»Nee, nee«, sagte Grady Jun. »Hab auf die Uhr geschaut, als wir aus dem Kino raus sind. War noch nicht mal anderthalb Stunden lang. War kurz.« Es gab keine Straßenlaternen mehr und nur wenige Häuser, deren Fenster Licht spendeten.

»Kann sein«, antwortete Lila Mae.

Grady Jun. räusperte sich und starrte auf die Straße. »Als ich heute Morgen deinen Vater getroffen hab, hab ich ihm gesagt, dass ich dich um elf bei der Veranda absetze, aber elf ist es noch lange nicht, und wir sind schon auf dem Rückweg.«

Er war auf einen Feldweg abgebogen, die holperige Piste, die zu Millers Senke führte. Sie war unzählige Male an dem überwucherten Eingang vorbeigekommen, und manchmal hatten ihr Vater oder ihre Mutter einen Witz gemacht, den sie nicht kapiert hatte. Ein oder zwei Witze kannte sie allerdings selbst: dass die Hälfte aller Einwohner des Stadtteils der Farbigen weder laufen noch atmen würde, gäbe es Millers Senke nicht, und mehr als eine Hochzeitszeremonie war ein oder zwei Monate, nachdem die frisch zu Vermählenden ein bisschen Kurzweil in Millers Senke getrieben hatten, mit großer Hektik durchgeführt worden. Es gab noch einen Weg zur Senke, einen Pfad durch den Wald, auf dem die Kinder spielten. Jedes Mal, wenn die Lichtung zwischen den Bäumen hindurchschimmerte, hielten die Kinder an und rasten zurück in den Wald. Es war ihnen zwar nicht verboten worden, dorthin zu gehen, aber die Kinder kapierten, dass es nicht ihr Ort war. Es wäre ein guter Platz zum Spielen und Toben gewesen, und im lebhaften Wind, der aus Richtung Steinbruch wehte, hätte man gut Drachen steigen lassen können. Aber die Kinder kapierten, was Sache war, und sie suchten sich andere Orte zum Spielen.

Lila Mae fühlte sich verraten, als sie und Grady aus dem Wald kamen. Sie sah, dass es überhaupt keine Senke war, sondern eine große Lichtung, die an der Schmolllippe des Steinbruchs auslief. Die Spannung, für die das verbotene Abenteuer gesorgt hatte, verpuffte rasch. Die Mulde war weder aufregend noch Angst einflößend noch langweilig. Es war einfach ein Ort, wo keine Bäume wuchsen und das braune Gras in der Sonne schmorte.

»Toller Film, das«, sagte Grady Jun. noch einmal. Er räusperte sich wieder.

»Ja, stimmt«, sagte Lila Mae. Für eine Weile waren das die letzten Worte, die gesprochen wurden. Sie war sich seines Atems bewusst, nahm alle Geräusche im Auto überdeutlich wahr, jede kleinste Regung. Der Motor klackte noch ein paar Sekunden lang, während er abkühlte. Insekten zirpten, und Nachtvögel tauschten Vertraulichkeiten aus. Über der roten, geschwungenen Motorhaube des Autos konnte sie den weißen Stein am jenseitigen Rand des Steinbruchs sehen. Er sah aus wie Mondgestein. Sie hatte abgehoben von der Erde, irgendwann, als sie geblinzelt hatte, und jetzt befand sie sich zusammen mit Grady Jun. auf dem Mond, und darum war es so kalt. Weil es kalt ist auf dem Mond. Und still.

Grady legte ihr eine zitternde Hand auf die Schulter, und sobald sie dort lag, sobald er einen Ort gefunden hatte, um sie abzulegen, hörte sie auf zu zittern. Sie hatte das Gefühl, als werde es von ihr erwartet, ihn anzuschauen, und sie tat es. Zuerst stießen seine Lippen gegen ihre Nase, dann gegen ihre Wange, dann zielte er besser und presste seine Lippen auf die ihren. Seine Lippen waren trocken und rissig. Sobald sie richtig platziert waren, bewegte er sie nicht mehr, und die beiden, Lila Mae und Grady Jun., saßen für eine Weile so da, mit aufeinander ruhenden Lippen. Dann zog er seine Lippen zurück, starrte aus der Windschutzscheibe und legte die Hände fest ums Steuer. Lila Mae suchte für ihre Füße wieder den richtigen Platz neben dem Werkzeugkasten.

Grady sagte: »Wird wohl elf sein jetzt.«

Lila Mae sagte: »Wahrscheinlich.«

In ihrem Haus schauten sie aus dem Fenster, als ein Pick-up-Laster hielt. Sie konnten sehen, wie ihr Vater den Vorhang des Verandafensters aufzog und winkte.

Grady sagte: »Tut mir Leid. Wollte nicht, dass du sauer bist.«

Lila Mae sagte: »Ich muss rein«, und die ganze Nacht hindurch verfluchte sie sich, weil sie wusste, dass sie nie mehr zusammen mit Grady Jun. ins Kino gehen würde. Sie war überhaupt nicht sauer, aber das sagte sie nicht. Er hätte sie kennen müssen nach all der Zeit. Sie war überhaupt nicht sauer, sie wollte, dass er sie noch mehr küsste. Aber das sagte Lila Mae nicht.

Sie hat Jacke und Krawatte abgelegt und den obersten Hemdknopf geöffnet. Natchez hat keine bestimmte Zeit genannt. Die Minuten schleppen sich auf Mitternacht zu. Im Kopf baut sie Fahrstühle auseinander und bildet sich ein, dass es vor und nach dem Auseinanderbauen einen Unterschied bezüglich der Masse gibt. Dass die Masse wieder dieselbe ist, wenn der Fahrstuhl zusammengebaut wird. Fulton hat nichts dergleichen geschrieben, es ist eine Folgerung, die sie aus dem zweiten Band von *Theoretische Fahrstühle* gezogen hat. Sie ist zwar eine Intuitionistin, aber kein Anhänger jener neuen Ergänzungen zu Fultons Werk, die aus Übersee kommen und in den unter ihr gelegenen Zimmern vom epigonalen Intuitionistenpack diskutiert werden. Man watet durch den Schlamm neuer Ideen, und manchmal findet man festen Boden, aber sie zieht ihre eigenen Schlüsse vor. Sie glaubt, dass ihre Schlussfolgerungen der spirituellen Seite von Fultons Worten treu bleiben, während sich der Rest der Gemeinde an den abgelegeneren Apokryphen berauscht. Ein unvorhergesehener Verlust von Masse. Ein Mysterium.

Als er sich durch die Tür schlängelt, hält er ihr ein Stückchen Schokoladenkuchen entgegen. »Dachte, Sie würden ein Stück von Mrs. Gravelys Kuchen mögen«, sagt er. Er trägt immer noch die Uniform eines Dienstmanns, ein weißes Trapez, das sich eng an seinen Torso schmiegt. Er setzt sich neben sie aufs Bett. »War ein fantastisches Abendessen«, fügt er hinzu, »das Sie verpasst haben.«

»Ich hatte keinen Hunger«, sagt Lila Mae über die Gabel hinweg.

»Sie haben viele Sorgen, was?«, sagt er.

»Könnte man so sagen.«

»Es stört Sie doch nicht, dass ich raufgekommen bin?«

»Nein, ich freue mich.« Schon halb auf, der Kuchen.

Natchez blickt zur Tür, um sicherzugehen, dass er sie geschlossen hat, und sagt: »Ich weiß nicht, was Mr. Reed Ihnen da unten über Ihre Wohnung erzählt hat, aber es war nicht so, wie er gesagt hat.«

Sie stellt den Teller auf den Nachtschrank. »Was meinen Sie damit?«

Natchez holt tief Luft und schaut wieder zur Tür. Immer noch zu, denkt Lila Mae. Er sagt: »Gestern, als Sie nicht mit Sven zurückgekommen sind, ist er ausgeflippt. Er ist durchgedreht – ich wusste nicht, dass dieser kleine weiße Mann zu so was fähig ist, aber er hat Mr. Lever und Sven angebrüllt und ihnen alles Mögliche an den Kopf geworfen. Er hat gesagt, Sven hätte auf Sie warten sollen. Dann hat er gesagt, Sie müssten irgendeine Abmachung mit Chancre – so heißt er, glaub ich – getroffen und ihn hintergangen haben. Ich stand draußen im Flur. Dann ist er zum Telefon gegangen und hat irgendwelchen Typen gesagt, sie sollen Ihre Wohnung durchsuchen und es finden. Er hat ihnen Ihre Adresse gegeben.«

In ihrem Magen dreht sich der Kuchen um. »Das hat er gesagt?«

»Ich hab vermutet, dass er von der Black Box spricht«, sagt Natchez. »Als er ›es‹ gesagt hat.«

Alles faul. »Was wissen Sie von der Black Box?«, fragt sie.

Natchez lächelt. »Eine ganze Menge«, sagt er. »Fulton war mein Onkel.«

Der Junge träumt von Orten, die nicht sind wie dieser, Orte, wo es keinen Schlamm, sondern gepflasterte Straßen gibt, wo nicht Holzwände die Kälte abhalten, sondern die Mauern von Gebäuden, die aus der Erde brechen wie uralte, aus dem Schlaf gerissene Götter. Die Nacht in den Orten, von denen er träumt, ist weder unendlich noch Furcht erregend, noch macht sie ihn klein, denn die Häuser sind so hoch, dass es weder Nachthimmel noch Sterne gibt, sondern nur das Dunkel. Draußen im Freien können ihn die Menschen nicht sehen, weil die Menschen in ihren Löchern eingesperrt sind, übereinander gestapelt wie in einem Bienenstock. Sie sprechen nicht. Keiner weiß, was der andere treibt. Keiner weiß, wo der andere herstammt.

Es gibt eine Welt jenseits der sichtbaren.

Er begreift, dass sie ihm eine tiefe, ja schmerzliche Liebe entgegenbringt. Sie ist seine Mutter. Aber er sieht ihr nicht ähnlich, außer um die Augen herum. Die Augen von Mutter und Sohn wollen sich vorm Gesicht verstecken. Wenn sie gemeinsam zur Stadt gehen, behält sie ihn dicht hinter sich, hält ihn hinter ihrem Rücken fest, als wollte sie ihn vor den Blicken der Weißen beschützen. Als glaubte sie, sie würden ihn ihr wegnehmen, sobald sie ihn sähen. Jetzt, da er älter und größer ist, tut sie das seltener, aber es kommt ihm so vor, als wäre es immer schon unnötig gewesen. Die Weißen sehen die Farbigen nicht, selbst am helllichten Tag, mitten in der Stadt. Wenn er nicht viel in der Sonne gewesen ist, ist er so hellhäutig wie die Weißen, und vielleicht hat sie deshalb Angst gehabt, aber er ist so oft in der Sonne, wie er kann, und meist ist seine Haut von einem leichten Nussbraun. Aber nie lässt die Sonne seine Haut so dunkel werden wie die seiner Mutter und seiner Schwester. Wenn er sich fern hält von der Sonne, wie im Winter, wenn das Licht gedämpft und kraftlos ist, schläft das Dunkel in seiner Haut.

Er begreift, dass seine Schwester ihn liebt, obwohl sie nicht denselben Vater haben, und wenn sie sich über ihn ärgert, erinnert sie ihn daran, und das soll ihm wehtun. Aber es tut ihm nicht weh, weil er seinem Vater nie begegnet ist und es ihn ebenso gut überhaupt nicht geben könnte. Und wenn es ihn nicht gäbe, dann wäre es sinnlos, irgendwelche Gefühle ihm gegenüber zu haben. Man kommt auch so klar, wie wenn kein Essen im Haus ist. Man kommt klar. Außerdem taucht ihr Vater nur ab und zu auf, und wenn, dann nimmt es meist ein schlimmes Ende.

Der Wald hat ihm immer Angst gemacht. Er umzingelt das Haus, draußen, marschiert darauf zu. Er ist der Einzige, der weiß, dass Bäume und Büsche auf das Haus zumarschieren, um ihn zu holen. Das hat er vom Mond erfahren. Das Mondlicht wirft die Bewegung der Zweige auf die Wand seines Zimmers, und er sieht zu, wie die Schatten sich schütteln und ihn bedrohen. Noch bevor er sprechen konnte, hat der Mond ihm schon zu verstehen gegeben, dass seine gemeinsame Zeit mit Mutter und Schwester kurz ist: Wenn er diesen Ort nicht verlässt, wird ihm Schlimmes widerfahren. Er gehört nicht hierher, und der Wald verjagt ihn. Der Wald erzählt ihm, was Menschen ihm nicht sagen wollen.

Seine Schwester sagt, sie habe gewusst, dass er kommen würde, als ihre Mutter verzweifelt nach Hause zurückkehrte. Sie sagt, sie habe es am Schweigen und am Weinen ihrer Mutter nach dieser Nacht erkannt, dass etwas Neues in ihrem Haus Einzug halten würde, und wie sich herausstellte, war er es. Ihre Mutter ging nicht in die Stadt zur Arbeit, und die Nachbarn brachten ihnen Essen und nahmen seine Schwester in jenen Nächten bei sich zu Hause auf, wenn ihre Mutter laut wurde, weinte oder ihr Bett nicht verlassen wollte. Dann kam er, und ihrer Mutter ging es besser, sobald sie ihn sah, und sie ging wieder zur Arbeit in die Stadt. Um für jemand anderen zu arbeiten. Seine Schwester wischte ihm den Po ab, wenn er gekackt hatte, obwohl sie nicht viel älter war als er.

Manchmal sind farbige Babys für eine kurze Zeit nach der Geburt hellhäutig, aber er wurde auch mit zunehmendem Alter nicht dunkler. Als er geboren wurde, war sein Haar sehr kraus, aber als er älter wurde, glättete es sich. Seine Schwester zog ihn damit auf, dass er Haar wie die Weißen habe, doch einmal bekam es ihre Mutter mit, und sie schrie ihre Tochter an, das nie wieder zu sagen. Und sie tat es nicht. Später am Abend, als sie im Bett lagen, sagte sie, es tue ihr Leid. Nahm es auf in ihre Gebete an Gott, es tut mir Leid, was ich gesagt habe. Der Junge vergab seiner Schwester, weil er ihre Worte nicht als Beleidigung aufgefasst hatte, bis ihre Mutter wütend geworden war. Seine Schwester hatte ja bloß die Wahrheit gesagt.

Er besitzt ein paar Bücher, die er gestohlen hat, und sie enthalten Anweisungen. Er versteht nicht alle Wörter, also erfindet er Bedeutungen für jene, die er nicht kennt, wobei er die Wörter zur Hilfe nimmt, die sich um die unbekannten Wörter herum befinden. Später entdeckt er, dass er mit seinen Deutungen richtig gelegen hat. Er hat nie Probleme damit gehabt, die Anweisungen zu begreifen. Sie bedeuten: hinauf.

Es gefällt seiner Mutter nicht, dass er allein zur Stadt geht, aber alle Straßen führen dorthin. Also. Die Farbigen kennen ihn und verwechseln ihn nicht mit jemand anderem. Eines Tages ist er in einem Geschäft in der Stadt und hält eine Süßigkeit für einen Penny in der Hand. Vor ihm steht ein alter, farbiger Mann, der zwei Apfelsinen in der Hand hat. Der alte Mann steht vor ihm in der Schlange, und der Junge wartet gern. Dann geschieht das Seltsame: Der alte, farbige Mann tritt beiseite, damit er seine Süßigkeit bezahlen kann. Er glaubt, der Mann habe noch etwas vergessen, aber nachdem er seine Süßigkeit bezahlt hat, hat der Mann seinen Apfelsinen nichts hinzugefügt. Er braucht lange, um zu begreifen, was das heißt. Er begreift es erst lange, nachdem er seine Süßigkeit aufgegessen hat. Die Erkenntnis ist sauer.

»Das könnte er sein«, gibt Lila Mae zu. Auf dem Bild stehen zwei farbige Frauen und ein weißer Mann im schräg einfallenden Sonnenlicht auf der Veranda eines alten Holzhauses. Die ausgetretenen Stufen grinsen. Sie denkt noch einmal darüber nach: Er ist noch kein Mann, er versteckt die Hände auf jungenhafte Art in den Hosentaschen. Sein schwarzes Haar ist offenbar unter einem Pisspott zurechtgeschnippelt worden, hängt strähnig und gezackt auf der Stirn. Auf dem nächsten und übernächsten Foto kann Lila Mae seine Augen überhaupt nicht erkennen. Er trägt den braunen Filzhut, sein Markenzeichen, und der Schatten, den die Krempe wirft, verbirgt seine von der Mutter geerbten Augen. Er ist umgeben von weißen Männern in ihren ersten Anzügen, die lose und schüchtern um die Handgelenke hängen, die Würde ist noch nicht ganz ausgewachsen, aber bald ist es so weit. Eine Schar von Hähnen mit geschwellten Kämmen, die Schnäbel voll mit frisch erworbenen Phrasen – das Abschlussfoto der Pierpoint-Schule für Ingenieurwesen. Auf dem Familienfoto verschwindet der Arm seiner Mutter hinter seinem schlanken Hals (wo es gefaltet wurde, haben sich flusige, weiße Knicke gebildet), auf dem Abschlussfoto steht er Schulter an Schulter mit seinen Schulkameraden. Auf beiden ist er willkommen, kein Eindringling, von seiner Umgebung akzeptiert. Doch auf dem letzteren Foto kann sie seine Augen nicht sehen.

»Das ist er«, sagt sie. Sie nimmt das nächste Foto von Natchez' Stapel, hält es fest in der Hand. Im Hintergrund die Höhle, vor Beginn der Herrschaft von Reißzwecken und zettelbedeckten Wänden, dem Brokat bürokratischer Ausrüstung. Er steht inmitten seiner Kampfesbrüder, der ersten Kämpen der Fahrstuhlinspektionsbehörde, jener Männer, die diese frisch vertikalisierte Stadt vor der Bauchlandung bewahren wollen. Sicherheitshaarschnitte beherrschen das Bild, aber es bleibt unklar, welche Frisur er bevorzugt, der Filzhut verbirgt seine Augen. Als er Vorsitzender der Gilde war, waren die Wände des Büros nicht wie heute mit Bildern von Chancre und städtischen Großbürgern geschmückt. Eines zeigt Chancre mit der Schweineherde seiner Familie, alle im Sonntagsstaat. Auf diesem Foto sind die Wände kahl. Keine weiteren Hinweise darauf, dass es ein Leben vor diesem gegeben hätte. Er blickt fort von der Kamera, schaut besorgt auf den Stapel von Berichten, der auf seinem breiten, eichenen Schreibtisch liegt. Das Nachrichtenblättchen der Ehemaligen, das seine Ernennung zum Rektor des Instituts für Vertikalen Transport mitteilt, zeigt eine Porträtaufnahme, die sie schon oft auf Schutzumschlägen oder den Seitenrändern von Textbüchern gesehen hat. Auf diesem Foto schaut er direkt in die Kamera, stolz, furchtlos oder mit leerem Blick, seine Augen Abgründe, die es mit dem Abgrund des Objektivs aufnehmen wollen. Er fordert die Maschine zum Duell heraus, kein Versteckspiel mehr: Der bessere Mensch gewinnt die Wirklichkeit. Sein Gesicht ist ins mittlere Alter hinübergereift, wo die Züge zusammenzusacken beginnen, aber es ist derselbe Mann wie auf dem ersten Foto.

»Warum?«, fragt Lila Mae. »Aber egal.«

Natchez mischt die Fotos seiner Mutter auf seinem Schoß zu einem Haufen. »Er hat ihr Briefe geschickt. Das Zeug hier.« Er tippt auf die Erinnerungsfotos. »Wenn er in der Zeitung erwähnt wurde. Wenn er einen neuen Job hatte. Wie Sie sehen können, hat sie alle aufbewahrt. Nach ihrem Tod habe ich sie in einer Kiste gefunden. Mit diesem Band umwickelt.«

Er schürzt seine Lippen. Lila Mae blickt auf die Umschläge: Selbst damals hat die Behörde diese cremefarbenen Umschläge mit der schlechten Gummierung benutzt. Die im Büro stammen vermutlich aus demselben gammeligen Bestand. »Wenn sie Post von ihm bekommen hat«, fährt Natchez fort, »war sie ein paar Tage lang außer sich, und ich musste auf Zehenspitzen gehen, weil sie mich sonst wegen irgendwelcher Kleinigkeiten geschlagen hätte, die ihr normalerweise nichts ausgemacht hätten. Sie hat mir erzählt, dass ihr Bruder weggelaufen ist, als er sechzehn war, und dass sie ihn danach nie wieder gesehen hat.«

Ihre Hand greift nach dem Foto, das ihn zusammen mit Natchez' Mutter und Großmutter zeigt. »So lange her«, murmelt sie. Diese beiden Frauen im Stich zu lassen. »Wer war sein Vater?«, fragt sie.

»Ich wusste immer, dass sie nicht denselben Vater haben, aber ich wusste nicht, dass seiner weiß war. Sie hat nie davon gesprochen. Aber es ist wohl so.« Seine Gedanken schweifen ab, dann sagt er: »Irgendjemand aus Natchez vielleicht. Ein Weißer aus Natchez. Oma Alice hat bei den Weißen geputzt.«

Sie hören, wie sich unten jemand bewegt, und sie reden nicht weiter. Sie warten. Sie starrt die Tür an, nicht den Mann neben ihr. Aber sie kann spüren, dass er sie anschaut.

Die ganze lange Zeit hindurch, die es braucht, bis die Geräusche sich in einen anderen Teil des Hauses entfernen.

»Sie ist im letzten Sommer gestorben«, fährt Natchez flüsternd fort. »Erst da habe ich herausgefunden, wer mein Onkel war.« Sie kann ihn wieder ansehen. »Und der Mann, der hier arbeitet? Ihr Onkel mit dem tauben Bein?«

Der Ansatz eines Grinsens. »Ich habe ihm ein bisschen Geld gegeben, damit er sich ein paar Tage nicht blicken lässt. Ich wollte in dieses Haus kommen.«

»Sie wollen die Black Box.«

»Es ist mein Geburtsrecht. Als sein Neffe habe ich Anspruch darauf, so sehe ich die Sache. Ich bin sein einziger lebender Verwandter. Nach allem, was ich mitbekommen habe, ist er eine große Nummer bei diesen Fahrstuhlleuten. Der große James Fulton. Und dann die ganzen Sachen, die sie in den letzten Tagen angezettelt haben, Mr. Reed und der Rest, dass man Sie losgeschickt hat, um mit der Frau da zu reden. Sie wollen die Maschine, die er erfunden hat. Aber sie steht mir zu.«

»Dann ist alles klar«, entscheidet Lila Mae. Es stimmt, es ist kein Gerücht mehr. Es gibt die Box irgendwo. »Wie haben Sie davon erfahren?«

»Es steht in seinem letzten Brief an meine Mutter«, antwortet Natchez. »Ich hab ihn zu Hause, zusammen mit dem Rest ihrer Sachen. Er hört sich total verrückt an, schwafelt über dies und das, aber dann sagt er, dass er den perfekten Fahrstuhl erfunden habe. Dass sie alle staunen werden, wenn sie ihn sehen. Aber er ist schon vor Jahren gestorben, und das Ding ist noch nicht aufgetaucht, oder? Irgendjemand muss es haben, denn niemand benutzt es.« Er gestikuliert vage in das Zimmer hinein. »Ich wollte sehen, was diese Weißen hier für Leute sind, also bin ich hergekommen. An meinem ersten Tag stoße ich auf Sie.«

Seine Wörter verebben. Wer sonst weiß, dass Fulton ein

Farbiger war? Mrs. Rogers? Hat er es ihr erzählt? War sie seine Geliebte, wie vermutet wird? Was nicht alles über Farbige erzählt wird, wenn sie nicht mehr sind. Was Fulton wohl gemacht hat, wenn sie weiße Sprüche geklopft haben? Hat er über die »Frage der Farbigen« gesprochen und über die Pflicht, einer rückständigen Rasse dabei zu helfen, mit der Zivilisation der Weißen gleichzuziehen? Sie aus dem Tintenfass Afrika zu hieven? Oder hat er geschwiegen und nur höflich zu ihren Niggerwitzen gelächelt? Ein paar eigene gerissen? »Vorsicht«, sagt Natchez, »das ist mein Fleisch und Blut.« Sie hat das Foto in ihrer Faust zusammengeknüllt, hat den alten Knicken neue, ungeometrische hinzugefügt.

»Kann ich auf Sie zählen?«, fragt er, dicht neben ihr auf dem Bett sitzend.

»Wobei?«

»Man hat unser Volk immer nur ausgebeutet. Ich weiß nicht, ob ihnen klar ist, dass er farbig war, aber wenn sie es wissen, werden sie die Wahrheit unter Verschluss halten. Das werden sie nie zugeben. Die da unten würden nie eingestehen, einen Nigger anzubeten. Würde sie auf den teuren Teppich kotzen lassen. Sie würden lieber sterben, als das zuzugeben.« Lila Mae blickt auf den Stapel von Fotos auf seinem Schoß. Fulton – ein Spion in weißen Gefilden. Genau wie sie. Aber sie sind verschieden. Sie ist eine Farbige. Natchez sagt: »Wenn ich sie über seine Erfindung reden höre, dann sagen sie immer, es wäre die Zukunft. Die Zukunft der Städte. Aber es ist unsere Zukunft, nicht ihre. Unsere. Und wir müssen sie uns zurückholen. Was er erfunden hat, dieser Fahrstuhl, ist von Farbigen erfunden worden. Er gehört uns. Und ich werde ihnen zeigen, dass wir kein Nichts sind. Denen da unten und dem Rest werde ich zeigen, dass es uns noch gibt.«

Nachdem er gegangen ist, kann Lila Mae nicht einschlafen. Weil sie sich daran erinnert, wie es sich angefühlt hat, als er ihre Hand in die seine genommen und gesagt hat: »Wenn ich das mache, brauche ich dich.«

Brauche ich dich.

# runter

# Teil eins

Menschen, die es nach Luxus gelüstet, entscheiden sich oft für Rot und Gold, Farben, die von den Schwämmen ihrer Hirne schon vor langer Zeit als Bestandteile des königlichen Spektrums aufgesogen worden sind. Heutzutage gibt es in den Städten keine Könige mehr. Zwei Stockwerke hohe, rote Tücher hängen an maschinengefertigten Haken von der Decke herab bis zum Fußboden, werden an der Taille von goldenen Schärpen mit goldenen Fransen eingeschnürt. Goldene Bordüren fassen die Kanten roter Tischtücher ein, ein Muster, das im Kleinen auf den Servietten seine Wiederholung findet, die über den Hosenlätzen der Männer ausgebreitet sind. Auf dem dicken, roten Teppich unter ihren Füßen wälzen sich goldene Geschöpfe, Flüchtlinge einer unbekannten Mythologie, in Flüssen von Lava. Rot und Gold, Verdammnis und Gier. Golden sind die Trompeten und Saxofone, rot die Wangen und Nasen der Musiker vom Ausposaunen melancholischer Melodien. Für den Fall, dass irgendjemand in die Irre geht, für den Fall, dass sich jemand fragt, welches Spektakel sich in Speisesaal Nummer drei des Winthrop Hotel abspielt, bietet ein bescheidenes Plakat, das gleich im Eingang hängt, die Erklärung an: »Fahrstuhl-Revue«. Goldene Schrift auf rotem Grund. Der glücklos Umherirrende, eigentlich unterwegs zur Cocktailbar des Hotels, ist somit gebührend gewarnt worden.

Rick Raymond und die Blütenträume, elegant gewandet

in weiße Smokings, spielen in getragenem Tempo Weisen mit betrüblichen Texten auf Instrumenten, die noch nicht abbezahlt sind. Rick Raymond fällt auf, dass die Fahrstuhlinspektoren nicht tanzen. Das Tanzen ist in ihrem Clan kein festes Gesetz, man kennt die geschmacklosen Früchte gekonnter Unbeholfenheit. Sie wissen nicht, wohin mit den Füßen, haben ungezählte seelische Narben, die seit den peinlichen Fehltritten aus Jugendtagen frisch geblieben sind. Sie sind ein Kollektiv, das nicht tanzt. Was eine Schande ist, denn trotz ihrer brüchigen Seelenlage lieben sie die Musik. Es ist genau jene Musik, die sie nicht mehr im Radio hören können, jene Musik, die von neuen Rhythmen in die Reiche knisternder Frequenzen verdrängt worden ist. Sie entgleitet ihnen. Doch Rick Raymond und die Blütenträume sind ihr gewogen. Sie haben schlimmere Auftritte als diesen überlebt. Die unangenehme Mortonswieg-Hochzeit, um ein Beispiel aus jüngster Zeit zu nennen. Bei einem Publikum, das so viel Sitzfleisch hat wie dieses, das so darauf bedacht ist, dass die leeren Gläser immer wieder neu gefüllt werden, braucht sich die Band keine Sorgen wegen ärgerlicher Nachfragen zu machen. Die Musik, die für die folgenden Einlagen gefordert ist, ist einfach, das Niveau dieser Feier eher niedrig. Ein Abend ohne Ärger vor einem betrunkenen Publikum – Rick Raymond ist froh, denn seine Band ist eine berüchtigte Bande von Unfähigen.

Rick Raymond schiebt den blauen Kragen seines Smokinghemds fort vom Kinn, denn er kratzt. Er singt von einem Mädchen namens Mary Lou und ihren blauen Augen, die lassen keine Ruh. Die Band staubt eine Menge Engagements ab, weil Rick einem bekannten Sänger und Matinee-Idol verblüffend ähnlich sieht. Er ist sich nicht zu schade, jenem Sänger ein paar berühmte Tanzschritte abzuschauen, so wie jetzt, als er den Ständer des Mikros umschlingt, als wäre er ein Mädchen, das butterweich in seine Arme schmilzt, als streichelte er über unsichtbares blondes Haar. Deine Augen so blau, schnulzt er.

Du singst so saftig wie ein Steak, Rick Raymond, aber sieh dir nur diese Schweine an. Im Champagner dieses Spektakels fehlen ein paar Perlen. Die Schnauzen dieser Männer graben sich in ihre Teller, sie schlingen Krabbencocktails runter, die aussehen wie in Blut schwimmende Knochen. Ihre Smokinganzüge weisen ausnahmslos dieselben breiten Revers auf, und ein genauerer Blick auf die Etiketten an den Innentaschen würde zeigen, dass sie allesamt auf den Bügeln der Gebrüder Ziff gehangen haben, 10 % Rabatt, wenn Sie einen Freund mitbringen. Die Krabbencocktails sind schon Nachschub, sind den fettigen Bataillonen winziger Hot Dogs und stupsnäsiger Frühlingsrollen gefolgt (die Snacks drängten sich auf silbernen Tabletts zusammen, schwammen in kleinen, braunen Ölpfützen, verströmten Fruchtwasser). Diese Appetithäppchen besänftigen die Mägen der Männer, die durch den plötzlichen Zufluss kostenlosen Whiskeys in furzende Verwirrung gestürzt wurden. Getränke zuerst, dann Appetithäppchen, dann Getränke, dann eine Revue und Getränke, dann Essen und Getränke, wie üblich anlässlich ihres hochheiligen Feiertags, dieser so erhabenen Veranstaltung, der 15. Jährlichen Fahrstuhl-Revue. Schönste Nacht des Jahres für diese Schamanen vertikaler Vehikel.

Rick Raymond singt von Peggy Sue und ihrer Liebe, sie lässt ihm keine Ruh. Finger graben die letzten Reste der Cocktailsoße aus den Schalen, Zungen schlecken die Finger ab. Und jetzt Zigarren! Zeitig an diesem Morgen trafen die Fahrstuhlinspektoren pflichtbewusst und federnden Schritts einer nach dem anderen in der Höhle ein, um dem Wirrwarr auf ihren Schreibtischen ins Gesicht zu sehen (Denkschriften über Kabinen mit auffälligem Verhalten, Kurzberichte über verkabelte Ausreißer). Entdeckten fünf

Zigarren inmitten dieses Papierwustes, fünf Zigarren pro Nase vom großen Boss Chancre, zu eben dieser Stunde zu rauchen, jetzt, in diesem Saal. Holt hatte dieses Ritual während seiner Amtszeit eingeführt, aber das hat inzwischen jeder vergessen. Chancre hat die Großzügigkeit seines Vorgängers übertrumpft, indem er fünf spendiert, nicht die mickrigen vier. Graublaue Genien entwischen den Schlünden und Mündern der Fahrstuhlinspektoren und halten Zwiesprache unter der Decke. Beraten sich, besprechen Erkenntnisse über die Luftströmungen in diesen nördlichen Regionen, frei von jeder Art von Atemzwang.

Die Fahrstuhlinspektoren sitzen an den Ecken runder Tische, rauchen Zigarren und tauschen falsche Informationen darüber aus, welche ihrer Kumpane an diesem Abend auftreten werden, und keiner von ihnen braucht darauf hinzuweisen, wie wichtig dieser Abend ist, denn es ist das 42. Jubiläum der Fahrstuhlinspektionsbehörde. Pensionierte Inspektoren prahlen mit ihren einträglichen Pfründen im Privatsektor, die Außendienstler bringen ihre älteren Kollegen auf den neuesten Stand der Stimmung auf der Straße. Sie flüstern über Unregelmäßigkeiten, wispern sich zwielichtige Vertraulichkeiten zu, erzählen Malochermärchen, berichten von Großtaten, und heimlich linsen sie zum Tisch des Amtes für Innerbetriebliche Angelegenheiten hinüber, der aus strategischen Gründen ganz hinten im Saal platziert worden und nur halb besetzt ist. Die Jungs vom AIA sind heute Abend nur aufgrund der Reste alter Gemeinsamkeiten eingeladen worden, es ist eine höfliche Geste. Sie sind unerwünscht, und sie wissen es. Meist kommen sie wegen des kostenlosen Essens, der freien Getränke und der Nutten in der Cocktailbar am anderen Ende des Flurs.

Pretty Baby, beichtet Rick Raymond, du machst mich verrückt. Sie haben ihre Frauen zu Hause gelassen, die Frauen jedenfalls, die diesen Männern noch geblieben sind.

Fahrstuhlinspektion macht Ehe und Familie nicht gerade leicht. Ab und zu und immer öfter, als die Nacht näher herantaumelt, greift einer der Inspektoren unbeholfen nach einem der Zigarettenmädchen, die insgesamt gesehen blond und jung und von ihrem Schöpfer entweder mit außergewöhnlich großen Brüsten oder übermäßig langen Beinen bedacht worden sind, niemals aber mit beidem zugleich. Kreischen und lächeln, wenn die Bärentatzen sie packen. Auf jede Begrapschung folgt ein Chor lautstarken Gegröles vom Rest des Tisches. Und der Mann stimmt ins Gelächter seiner Kumpane ein und tut so, als kratze ihn der Misserfolg nicht, doch im Inneren kocht es. Weil diese kleinen Griffe nach Arsch und Titte kein Witz sind: Es handelt sich um echten Hunger. Wie es nicht anders sein kann, blüht die Fantasie. Ihr Bauchladen mit Zigaretten, Süßigkeiten und Pfefferminzdrops, dem demütigenden Abfall seines Lebens – dieser Bauchladen trennt sie voneinander, und es ist eine willkürliche Trennung. Kann dieses junge Mädchen dazu überredet werden, ihm seine Wampe zu vergeben, sein schütteres Haar, sein Genuschel? Dieses vergebende, kurzsichtige junge Mädchen stellt den Bauchladen ab. Er flüstert. Schweigend stimmt sie zu, es steht ihr alles in die Augen geschrieben: Ihre Augen sind groß vom Wissen um seine Bedürftigkeit. Vergebend. Draußen vor dem Speisesaal, an der Rezeption, zwinkert ihm der Angestellte männerwisserisch zu. Der Zimmerschlüssel liegt rot und golden in seiner Hand.

Lila Mae sammelt die leeren Teller von den Tischen ihrer Arbeitskollegen ein. Niemand erkennt sie.

Es ist so weit. Rick Raymond klopft ans Mikrofon, und die Männer verlassen die Gerüchteküche und applaudieren. Mehr als einer von ihnen lässt jenes Pfeifen aus öligen Lippen ertönen, das man nur in einer Menge hört. Rick Raymond sagt ins Mikro: »Willkommen bei der Fahrstuhl-Revue, Inspektoren!« Seine Worte werden von dröhnendem Grölen übertönt. »Macht's euch bequem, Gentlemen, der Spaß beginnt. Freut ihr euch des Abends, Jungs?« Noch mehr Grölen, ein oder zwei Gläser zerscherben. »Tja, dann passt auf, dass ihr nicht abhebt, denn die erste Einlage ist ein *Fahrstuhl* zum Himmel!« Die Snare-Drum überschlägt sich, um diesen Witz zu unterstreichen. »Darf ich vorstellen: frisch zurück von einer zweiwöchigen, ausverkauften Tour durch Australien – der Große Luigi!« Dankbare Rufe und staunende Juchzer aus den Reihen der Versammelten, Köpfe drehen sich, um Chancre an seinem Tisch bei der Bühne anzupeilen. Schließlich haben sie ihm das zu verdanken, daran zweifelt keiner. Der Große Luigi legt los, singt was aus einer Oper oder so, sie können die Worte ohnehin nicht verstehen – wichtiger als der Gesang ist der Auftritt des Mannes, das Zeichen, das Chancre eine Woche vor der Wahl damit setzt. Der berühmte Tenor ist eine internationale Sensation. Er hat vor Staatsoberhäuptern gesungen, Diplomaten, Diktatoren von Ländern, die klein, aber unermesslich reich an Bodenschätzen sind, und jetzt singt er hier, anlässlich der jährlichen Revue der Fahrstuhlinspektionsbehörde. Dies ist Johnny Pssts Geschenk an Chancre. Der Mafioso kann heute Abend nicht dabei sein, nicht angesichts des wachsenden Interesses der Polizei an seinen diversen Machenschaften, aber er kann einen Botschafter aus der Unterwelt schicken, um seine Macht zu demonstrieren und dadurch indirekt diejenige Chancres. Mehr als einer im Saal grübelt darüber nach, welche Verbindung zwischen dem Mob und dem Großen Luigi besteht (gehört er dazu?), aber man gibt es bald auf: Das ist Johnny Pssts Sache, sinnlos, darüber nachzudenken. Chancre formt großmäulig die Worte nach, die der Tenor singt, auch wenn es bei genauerer Betrachtung offensichtlich ist, dass er noch nie eine Note des Liedes gehört hat. Der Schein ist alles. Der Große

Luigi hebt den Kopf, um dem staubigen Kronleuchter etwas zuzuträllern – ist keine große Bühne hier. Er musste seinen Auftritt im Vorratsraum der Küche vorbereiten, neben einem Stapel von Erbsenkonserven. Die langen, weißen Schwänze seines Smokings fegen unmotiviert den Bühnenboden. Als die letzte Note verklingt, ist Chancre schon auf den Beinen und befiehlt seiner Truppe, stehend tosenden Beifall zu spenden. Der Tenor nickt kurz, schlägt die Hacken zusammen und verschwindet so schnell, wie es seine dünnen Beine erlauben.

Rick Raymond springt in die Bresche. »Da fühlt man sich klein, wie? Was für ein Talent, Freunde! Wird schwer für die nächste Nummer sein, dagegen anzustinken. Aber was soll's. Diese Mädchen werden euch schon von den Sitzen reißen. Ein lauter Fahrstuhlinspektorenapplaus für die United-Fahrstuhl-Sicherheits-Girls!« Ist nicht nötig, diese Männer zum Applaus aufzufordern, denn sie schlagen die Hände in freudiger Begierde zusammen, dass es nur so kracht, und jubeln und grölen nach Kräften. Dies ist der fünfte Auftritt der Sicherheits-Girls, und jeder davon war ein Triumph niederer Instinkte. Unklar, was die Sicherheits-Girls zwischen diesem Abend und der jährlichen Fahrstuhlmesse treiben. Vielleicht üben sie die Schritte und Hüftschwünge, das einladende Lächeln. Auch diese Attraktion hat einen tieferen Sinn: Chancre greift der Anzeigenkampagne von United unter die Arme. Er hätte das auch für Arbo oder American tun können, aber er tut es für United, und die Firma ist ihm dankbar.

Rick Raymond und die Blütenträume helfen kräftig mit und spielen die Melodie aus einem Filmmusical, die vor ein paar Jahren beliebt war. Die zwanzig Sicherheits-Girls in ihren kurzen, engen und knallroten Kostümen fügen ihre fitten Körper und knapp danebenliegenden Stimmen hinzu. Der Text ist verändert worden. Anstelle des vertrauten

»Lass deiner Liebe freien Lauf« werden die Fahrstuhlinspektoren mit »Fahr immer mit dem Fahrstuhl rauf« belohnt.

Das geht von meinen Schulden ab, denkt Lila Mae.

Er hatte ihr einen Zettel geschrieben und sie gebeten zu kommen. Auf dem Zettel stand: »Wir treffen uns bei der Fahrstuhl-Revue. Ich habe eine Überraschung für Dich. N.« Sie hat den Zettel jetzt in ihrem rechten Schuh versteckt, und trockener Schweiß hat ihn verklumpt.

Heute Morgen, nach einem Dienstag voller Angst und ziellosem Grübeln, fand sie den Zettel unter ihrer Tür. Es gab nichts zu tun, weder Arbeit noch Hausputz. Sie verbrachte den größten Teil des Tages unten im Wohnzimmer, im Schoß eines monströsen Ledersessels. Las zum wiederholten Male Fulton, vertiefte sich in die Grimoiren. Von Zeit zu Zeit bot ihr Mrs. Gravely eine Kleinigkeit zu essen an, von Zeit zu Zeit nickte oder lächelte Natchez durch die Tür und fuhr fort mit der Hausarbeit. Mr. Reed und Lever waren geschäftlich unterwegs, aber Natchez machte sich trotzdem noch die Mühe ausgefeilter Geheimnistuerei. Sie fand das liebenswert und jungenhaft, und sie wartete darauf, dass er sie am Abend besuche. Doch er kam nicht. Heute Morgen fand sie dann seinen Zettel unter ihrer Tür.

Die wuchtigen Regale, mit denen das Wohnzimmer ausgestattet war, enthielten den gesamten Corpus intuitionistischer Weisheit, von allerneuesten Pamphleten, die aus dem fernen Rumänien herausgeschmuggelt worden waren, bis zu hoffnungsvollen Protokollen intuitionistischer Gesellschaften in Ländern, die noch nicht mit vertikalem Fortschritt gesegnet waren. Die Quelle all dessen waren die Bücher, die auf ihrem Schoß lagen, die zwei Bände von *Theoretische Fahrstühle,* und jetzt hatte all das eine andere Bedeutung bekommen. Fultons wahre Hautfarbe quoll durch den Einband der signierten Erstausgabe des Hauses und färbte die Worte seiner Jünger, gab ihnen einen neuen Sinn.

Diesen Schatten konnte nur sie sehen. Sie hatte die richtige Lesart gelernt, doch sie durfte es niemandem sagen. Sie begriff, dass die Bibliothek leer wäre, wenn diese Gelehrten wüssten, dass Fulton ein Farbiger war. Niemand hatte ihn zum Idol erkoren, seine Bücher wären vermutlich nie gedruckt worden, oder es würde sie unter einem anderem Namen geben, dem Namen jenes weißen Abkupferers, dem Fulton, wäre er dumm genug gewesen, seine Theorien womöglich anvertraut hätte. Sie las die Worte auf ihrem Schoß, *das horizontale Denken in einer vertikalen Welt ist der Fluch unseres Volkes,* und hasste ihn. Sie war an der Nase herumgeführt worden. Was sie für die reine Wahrheit gehalten hatte, hatte sich als geschwisterliches Schulterklopfen entpuppt. Und war nicht länger rein. Blutsverwandtschaft verbindet, es kann gar nicht anders sein, und wie soll man einen kritischen Abstand dazu bekommen? In diesem Land ist Blutsverwandtschaft schicksalhaft, und nicht sie hatte den Intuitionismus erwählt, wie sie immer geglaubt hat. Er hatte sie erwählt.

Beim Abendessen war sie allein, saß am Kopfende eines langen Mahagonitisches, umringt von leeren Stühlen. Natchez servierte ihr eine dünne, braune Brühe, dann rosa Lammfleisch und eine gelbe Gemüsepaste, deren Bestandteile sie nicht identifizieren konnte. Natchez sagte nicht mehr als das, was er pflichtgemäß sagen musste, übermittelte ihr das geheime Einverständnis aber mit bedeutungsvollen Blicken. Er führt sich auf, als spielten wir Spionin und Spion, dachte sie. An diesem Abend kam er nicht. Er schob einen Zettel unter ihrer Tür durch und bat sie, zur Fahrstuhl-Revue zu kommen.

Sie hatte keinen Plan, und das passt nicht zu ihr. Sie starrte auf die vornehme, weiße Markise des Winthrop Hotels, sah zu, wie die Portiers in ihren roten Fräcken um die Ankommenden und Abfahrenden herumscharwenzelten, die

Finger geübt zum Gruß an die Schirme ihrer schwarzen Mützen legten. Sie kann es sich nicht leisten, von ihren Kollegen erkannt zu werden, nicht nach drei Tagen unentschuldigten Fehlens. Sie nahm das Gebäude in Augenschein. Angesichts der bescheidenen vierzig Stockwerke und der seriösen, zurückhaltenden Verzierungen der Fassade schätzte sie das Alter des Winthrop Hotel auf dreißig Jahre, vermutete, dass die Fahrstühle verlässliche Arbo-Regals waren, die späten Modelle mit eichenvertäfelter Kabine und Messinggeländern. Mit Fahrstuhlführern, die das Rad mit sicherem Griff gepackt hielten. Sie entdeckte den Dienstboteneingang in der Gasse an der Nordseite des Gebäudes.

Ein dünner Mann mit Schmollgesicht sah von seinem Klemmbrett auf und teilte ihr mit: »Sie sind spät dran.« Er huschte rasch auf sie zu und packte sie beim Arm. Sie ließ es zu, dass er sie anfasste, ließ es zu, dass er sie den Flur entlangführte, vorbei an Wänden in jenem berühmten Grau, das die Gäste von Gefängnissen und Schulen im ganzen Land der Wirklichkeit entfremdet. Sie bogen um eine Ecke, um noch eine, und der Mann ging schnell, es schien ihr, als fürchtete er diese engen Gänge, die schwankenden Berge von Geschirrtüchern und die Tellerstapel. Sie hielten vor einer schwarzen Tür, deren angeschlagene Kanten verschiedene Farbschichten diversen Alters enthüllten. Er sagte: »Hier drin dürften Sie Ihre Uniform finden«, und fügte nach einem prüfenden Blick hinzu: »Wir müssten Ihre Größe haben.« Ihre Hand griff nach dem Türknauf, und der Mann machte auf dem Hacken kehrt. Er sagte: »Teilen Sie der Agentur mit, dass sieben Uhr sieben Uhr ist und dass wir uns, wenn das nicht klar ist«, im Weitergehen suchte er nach der passenden Drohung, »nach etwas anderem umsehen werden.« Das Winthrop Hotel hatte tatsächlich Kleidung in ihrer Größe, vormals von ihrem Dienstmädchen-Double getragen, das den Blickkontakt mit den Menschen, denen sie zu dienen hatte, beim Bettenabziehen und Schrubben von Toiletten sicher geflissentlich vermied. Es war das erste Mal seit Monaten, dass sie in ein Kleid schlüpfte. Sie fühlte sich nackt auf Fußknöchelhöhe, und als sie die Schultern schüttelte, um es sich im schwarzen Kleid bequem zu machen, griff sie unwillkürlich nach ihren Hals, um die Krawatte zu richten. Doch ihre Finger stießen auf weiße Spitzen. Ihr Anzug hing zusammen mit den Mänteln und der Alltagskleidung der restlichen Dienerschaft an einer Stange. Die Kleidung war schlicht, und man sah ihr die raue Liebkosung geduldigen Rubbelns während ungezählter Waschprozeduren in Schüsseln und Wannen an. Ihre Jacke hing flach auf dem Bügel, doch dank der scharfen Falten schien sie noch immer ihre Gestalt zu enthalten. Sie trug nicht die passenden Schuhe, aber es war ihr egal. Sie werden nicht auf meine Schuhe schauen, dachte sie. Sie werden mich überhaupt nicht anschauen.

Die Feuerprobe kam, als sie zum ersten Mal an die Schwingtür der Küche klopfte und in den Speisesaal schlurfte, nachdem ihr der Küchenchef eine Platte mit Mini-Pizzen zugewiesen hatte. Er hatte sie beim Eintreten mit den scharfen Worten »Los, an die Arbeit« begrüßt. Sie ist zum ersten Mal bei der Fahrstuhl-Revue. Sie hat begriffen, dass dies ein Abend für die ganze Behörde ist, außer für sie. Sie hat sich die Mühe gemacht, ihr Haar oben auf dem Knopf zu einem Knoten zu binden, hält das im Nachhinein aber für unnötig. Sie sehen sie nicht. Die farbige Küchenhilfe bringt das Essen und räumt die Tische ab, der weiße Kellner füllt die Getränke nach. Sie fragen den weißen Kellner, was in der Cocktailbar los ist, doch sie fragen die farbige Küchenhilfe nach nichts, außer danach, was das Tablett mit Vorspeisen zu bieten hat. Essen. Sie sehen dunkle Haut und eine Dienstmädchenuniform. Als Inspektorin steht sie Hausmeistern und Verwaltern gegenüber, die sie nicht sehen, bis sie ihre Kennmarke hervorzieht. In der Höhle schwitzt sie täglich neben diesen Männern über Papierkram. Hier drin sehen sie sie nicht. Sie ist die farbige Küchenhilfe.

Natchez schrieb von einer Überraschung. Wo ist sie?

Sie kommt mit einer neuen Gabel für Martin Gruber zurück, um jene zu ersetzen, die er quer durch den Saal auf Sammy Ansen geschleudert hat. (Um Pompeys Tisch auszuweichen, macht sie Umwege. Sie will es nicht übertreiben mit ihrer Maskerade, erwägt aber Strychnin. Er säuft wie ein Loch. Er ist keiner von denen, die nach den Gazellenbeinen der weißen Zigarettenmädchen greifen. So blöd ist er nicht.) Sie hat alle sichtbaren Spuren von der Gabel gewischt, die auf ihre kürzliche Reise durch Schmutz und Schmierkram der Mülltonne hindeuten könnten, und sie malt sich die ausufernde Metropole von Bakterien aus, die in seinem Magen aufblühen wird. Unsichtbar und hinterhältig. Genau wie sie. Sie legt die Gabel neben Grubers Teller, und er sieht sie nicht mal an, starrt wie gebannt auf die Lust versprechende Schnittstelle, wo sich die Beine eines ganz bestimmten Sicherheits-Girls vereinen.

Rick Raymond sagt: »Ich glaube, nach diesem Auftritt brauchen wir alle eine kalte Dusche, was, Jungs?« Lüstern kreischt das Saxofon. »Wir sollten wohl besser einen anderen Gang einlegen, damit ihr Jungs ein bisschen abkühlt. Die nächste Nummer wird vermutlich dafür sorgen. Meine Herren, die Fahrstuhl-Revue ist stolz, Ihnen die Rückkehr von Mr. Gizzard und Hambone auf die Bühne verkünden zu können!«

Die Blütenträume legen einen schnellen Ragtime ein, als zwei Männer von rechts kommend die Bühne betreten. Die Inspektoren schnappen über. Der hagere Mann trägt ein weißes T-Shirt und eine graue Hose. Der fette Mann möchte gern ein Dandy sein, doch sein Anzug in Dunkelrot und Grün ist zu klein für ihn und entblößt Fußknöchel und Handgelenke. Im Takt der Musik schnellen ihre Ellbogen gleichzeitig vor und zurück, und ihre Füße hüpfen über die Bühne. Ihre Gesichter sind mit verkohltem Kork schwarz angemalt worden, und weiße Fettcreme bläst ihre Lippen zu absurder Größe auf. Lila Mae steht still da, hält ein leeres Glas in der Hand. Unter der Gauklerschminke erkennt sie im fetten Mann Big Billy Porter, im hageren Mann Gordon Wade.

Als der Applaus aussetzt, hören sie auf mit dem Herumtänzeln und schlagen sich schwungvoll auf die Schenkel. Big Billy Porter (offensichtlich Mr. Gizzard) sagt: »Hambone, olla Nigga, wo hastn das Hut da her aufm Kopp?«

Wade antwortet: »Habs ausm neuen Hutschäft inner Elm Strass.«

»Sach ma, Hambone, und hatta viel teua?«

»Weiß nich, Mr. Gizzard – war kein Schäftsmann nich da! Sach ma, haste schon den gehört, übern fein Schennelmann?«

»Was 'n Schennelmann is das?«

»Diesa fein Schennelmann schleicht annem Abend nach Haus spät, und da kommta zu dies Nigga, was auffer Strass liegt.«

»Echt wahr, Hambone? Beschnapst, der?«

»Äugt aus wie du anner Samstagnacht, ganz beschnapst von Kopp bis Fuß! Und diesa fein Schennelmann willem helfen, fragt er das Nigga also, was da lag: ›Wohnen Sie hier?‹« Und der Schnapsmann sagt: ›Sicha, Sir.‹ Unner Schennelmann fragt das Nigga: ›Kann ich Ihnen die Treppe hinaufhelfen?‹ Und das Nigga sagt: ›Sicha, Sir.‹ Wennse zus zweite Stock kommen, fragter: ›Ist dies ihr Stockwerk?‹ ›Sicha, Sir‹, sagt das Nigga. Denn fängter Schennelmann zu denken an, ich will nich das Weib von das Nigga sehn – die schmeiß mich sicha mit heißen Haferschrot, weil ich ihrn Mann beschnapst spät nach Haus bring, so. Also machta erste Tür auf, was er sieht, und stößt das Nigga da rein, geht wieder runter dann. Aber ach, sieh mal an, was siehter, alzer wieda draußn steht?«

»Kein Ahnung nich, Hambone – was siehta?«

»Als der Schennelmann sich wieda draußen hat, da liegtn anderes Nigga beschnapst auffer Strass. Also fragt ern Schnapsmann: ›Wohnen Sie hier?‹ ›Sicha, Sir.‹ Also nimmtern mit die Trepp rauf und stecktn inne selbe Tür wies letzte Mal. Geht wieda runta dann. Und rat mal – da isn anderer Nigga auf der Strass wieda! Also geht er zu ihm hin, aber fast war er da, als das Nigga zum Polizmann rübermacht un brüllt: ›Um Gottz willen, retten Se mich vorm weißen Mann. Der macht nichz anderes die Nacht lang ganz, als mich die Treppe raufschleppen unnen Fahrstuhlschacht runterwerfen!‹«

Obwohl sie weiß, was sie sehen wird, schaut sie zu Pompey hinüber. Er bekommt den Mund vor Lachen nicht mehr zu. Er schlägt auf den Tisch und schüttelt den Kopf.

Big Billy Porter alias Mr. Gizzard sagt: »Hambone, dassis schreckbar. Is doch wunnerscheulich!«

»Wunnerscheulich? Mr. Gizzard, Sie meinen wohl abscheu-lich!«

»Ab-scheulich, von-scheulich, bin ich alles. Sach ma, Hambone, was meinste, soll ich den Leuten hier ma von den alten Mann zähln, der zus Dokta geht?«

»Mr. Gizzard, hört sich wie ne klasse Idee an, das! Ich binner neunzig Jahr Mann, und Sie sinner Dokta.«

»Hallo, Dokta!«

»Was 'n los mit ihm, jung Mann?«

»Bin nich mehr jung, können das Bettzeug im Schrank lassen. Ich hab michn echt hart Problem.«

»Und? Was isses?«

»Tja, Dokta, jeds Mal, wenn ich bei mein alte Frau will … dann is das erste … is gut, echt gut … Aber wennich ans Ende vom zweiten komm, dann muss ichn Paus machen von mindstens zehn Minut ... dann geh ichn dritts Mal drauflos, aba das braucht mir son lang Zeit, dassich schwitz und ganz zittrig werd ... undz vierte is ganz unmöglich! ... Manchmal denk ich, ich fall tot um, gleich da!«

»Mal halt, Nigger, wie kannst du es wagen, in deinem Alter davon zu reden, drei-, vier- oder auch nur zweimal Sex zu haben?«

»Was kann ich denn machen, Dokta? Hab doch keine Wahl – das verdammte Haus hat keinen Fahrstuhl nich, und sie wohnt aufm vierten Stock!«

»Hambone, das is zu viel für mir! Wir machn uns besser aufn Weg, bevor mirs Bauch platzt. Willste, dass ich dir vonnem Mann im Fahrstuhl erzähl, bevor wir gehn?«

»Welchs Mann in welchs Fahrstuhl, Mr. Gizzard?«

»Da isn Mann innem Fahrstuhl ganz bei sich allein, Hambone. Das Kabin hält an, und einsteigt dies wunnerschön Fraunzimma, mit de lang Haarn und de schön Augs. Zwei Stock höher drückt sen Stoppknopp. Zieht se all ihr Zeug aus und sagt zu das Mann, was da drin war: ›LASS MICH SPÜRN, DASS ICH NE FRAU BIN!‹ Also der Mann, zieht er all sein Zeug aus auch, wirfts aufn Haufen vonne Frau und sagt: ›Dann mach die Wäsche!‹«

»Mr. Gizzard, ich glaub mich, das Frau von dirs ruft Ihn Namen.«

»Na, dann los, Hambone. Is Essenzeit, und das Huhn, dasse geschmirgelt hat, wird bald verdutzt sein!«

Dafür ernten sie tosenden Applaus. Wade wirft seine Mütze ins Publikum, und zwei Inspektoren prügeln sich darum. Die Küchentür schlägt hinter Lila Maes Rücken zu. Die anderen farbigen Hilfen in der Küche reden nicht über das, was sie gerade gesehen haben. Sie stecken dreckige Teller in ein Gestell gleich neben der Geschirrspülmaschine, knabbern an übrig gebliebenen Krabben. Auch Lila Mae sagt nichts dazu, redet sich ein, sie würde schweigen, weil sie die stille Frau nicht kennt, mit der sie zusammengearbeitet und kein Wort gewechselt hat, weil sie sich so auf die Revue konzentriert hat. Sie macht sich vor, dass ihr Schweigen darin seinen Grund habe, redet sich ein, dass es daran liege, dass sie sich hier eingeschlichen hat und auffliegen würde, wenn sie mit ihnen spräche. Es gibt Dutzende möglicher Ausreden. Sie denkt, die anderen Frauen seien schon geschlagen genug, es könnte zu viel für sie sein, über die Sache zu reden. Doch alle von ihnen, Lila Mae eingeschlossen, halten die Klappe aus demselben Grund: weil dies die Welt ist, in die sie hineingeboren worden sind, und man nichts daran ändern kann. Zwischen den Schwingtüren sieht Lila Mae, wie sich Pompey die Tränen aus den Augen wischt und sich Halt suchend an Bobby Fundle lehnt. Er lacht tatsächlich so sehr, dass er fast umfällt. Als Lila Mae den Speisesaal wieder betritt, trägt sie eine Karaffe mit Wasser. Am Tisch des Amtes für Innerbetriebliche Angelegenheiten blickt Arbergast rasch auf. Irgendetwas an der Frau, die gerade sein Wasserglas nachgefüllt hat, kommt ihm komisch, vor. Seine Haare sträuben sich, die Ohren stellen sich auf.

Zu diesem Zeitpunkt sind die Jungs am Ende. Chuck zum Beispiel ist schon vor längerem zusammengeklappt, und sein Kopf ruht auf einem weißen Teller. Rosa Finger reißen an Krawatten, öffnen die obersten Knöpfe würgender Hemden. Rick Raymond bewegt sich furchtlos durch diesen Wald aus Bäumen mit schlaffen Blättern, sagt: »Ich weiß, dass ihr hungrig seid, Jungs, aber wir haben noch eine Nummer in petto, bevor wir euch auf die Futtertröge loslassen. Darf ich Ihnen, meine lieben Inspektoren, ohne viel Umdum den Mann präsentieren, der diesen Abend möglich gemacht hat: den Vorsitzenden der Fahrstuhlinspektionsbehörde, Mr. Frank Chancre!« Dumpfe Schädel wirbeln in Richtung des Tisches vom großen Boss. Aber er ist nicht dort. Sie sehen seine Adjudanten und Günstlinge, die dort sitzen, um den Versammelten zu zeigen, wer es unter seinen Schutzmantel geschafft hat, wer aus ihren Reihen Eintritt erhalten hat ins Reich seines Wohlwollens, aber keinen Chancre. Die Lichter unter der Decke erlöschen, bis auf jene, die die Bühne beleuchten. Wie es die Art seiner Zunft ist, trommelt der Drummer erwartungsvoll.

Lila Mae füllt Wasser in leere Gläser.

Rick Raymond beißt auf den Fingernägeln.

Inspektor Arbergast vom Amt für Innerbetriebliche Angelegenheiten verlässt seinen Platz.

Im Schatten am Rand der Bühne sieht man Schemen von Männern, die irgendetwas zu ziehen scheinen. Seile schweben in der Luft, im Licht sind feine Härchen zu erkennen, deutlich wird eine Bewegung nach rechts. Langsam wird Chancre aus dem linker Hand liegenden Mulm des Dunkels auf die Bühne gezogen, er steht auf einer hölzernen Plattform. Sein Kostüm ist allen Anwesenden von den Radierungen der Weltausstellung von 1853 bekannt: Er trägt genau dieselben Sachen wie Otis, als er der Welt den ersten Sicherheitsfahrstuhl präsentierte. Er steht auf einem Nachbau jener berühmten Erfindung, die Hände in die Hüften gestemmt, genau wie auf den Werbeplakaten der United-Fahrstuhl-Kompanie. Die Männer am Rand der Bühne schnaufen den Fahrstuhl mühsam Zentimeter um Zentimeter weiter, um die Spannung anzuheizen. Lila Mae kann es nicht fassen, dass er die Dreistigkeit besitzt. Es auch nur zu wagen, sich mit Otis zu vergleichen, ihre Erinnerung an diesen großen Tag mit dem Horror seiner Korpulenz zu beschmutzen. Sie hätte gern gesehen, wie Mr. Reed auf diese Szene reagieren würde, doch nachdem er zu Beginn der Veranstaltung ein paar Runden gedreht hatte, um Hände zu schütteln, flohen Mr. Reed und der nimmermüde Kandidat die Revue. Sie hätte wirklich gern ihre Gesichter gesehen.

Der Fahrstuhl befindet sich jetzt mitten auf der Bühne,

hölzern und göttlich, trotz der Pervertierung durch Chancres Gestalt. Dies ist das Ding, mit dem alles begann, das die Metropolen ermöglichte, sie hineinführte in den Tumult der Moderne. Die Grundlage der Ersten Vertikalen Revolution. Die Versammelten spüren, wie Schauer über ihre Haut rauschen. Dies ist das Ding, mit dem alles begann – dieser Augenblick, ihre heilige Mission auf den herzlosen Neonboulevards der Stadt, vorbei an den wütenden Fratzen von Miets- und Kaufhäusern, Wolkenkratzern und Bürogebäuden. Selbst nach Jahren im Außendienst, trotz des allmählichen Ertaubens ihrer Seelen aufgrund der schmutzigen Arbeit, erleben sie, dass diese großartige Schöpfung ihnen eine Gänsehaut verpasst. »Meine Herren«, beginnt Chancre, »wir leben in einer Zeit großer Gefahren. Nationen geraten aneinander, und lauter Lärm ist über dem Land zu hören.« Arbergast ist schon ein gutes Stück von seinem Platz entfernt, hat die Gestalt fast erreicht, die ihm aufgefallen ist. Er meint, die Frau zu kennen, die unbewegte Silhouette im dunklen Saal. »Babys werden hungrig schlafen gelegt. Was wir in unserer Jugend als gegeben angesehen haben – sichere Schulen für unsere Kinder, sichere Wohngegenden, sichere Straßen –, schwindet zusehends, versinkt im moralischen Sumpf, in den sich unsere Gesellschaft verwandelt hat. Aber es gibt ein Licht am Horizont, einen Lichtstrahl in dieser Dunkelheit, eine Sache ist noch sicher. Und das liegt an Ihnen, meine Herren, es liegt an Ihrer guten Arbeit.« Arbergast sieht, dass sie nicht merkt, wie er sich auf sie zubewegt. Sie ist wie gebannt (in Wirklichkeit starr vor Schrecken) angesichts von Chancres Rede, genau wie der Rest. Fast hat er es erreicht, sein Ziel. »Meine lieben Fahrstuhlinspektorenbrüder, diese Nacht ist die Ihre. Es ist ein schmutziger und undankbarer Job, und Sie haben ihn weit über das Maß der Pflicht hinaus erfüllt. Meine Herren, es ist Ihnen zu verdanken, dass Bürger«, hier hält er inne, um eine Schere aus der Jacke zu ziehen und sie an das Seil zu halten, das seine Plattform vor der Macht der Schwerkraft bewahrt, »vertikale Verkehrsmittel in dieser ruhmreichen Metropole benutzen und sagen können: ›Vollkommen sicher, meine Damen und Herren, vollkommen sicher.‹« Da baumelt er, und der Ton seiner Stimme signalisiert dem gebannten Publikum, dass er Otis' heilige Verkündigung noch einmal wiederholen wird, sobald er das Seil durchschneidet und von der Sicherheitsfeder gerettet wird. Arbergast greift nach der Schulter einer Frau, sie dreht sich um, er sieht das Gesicht von Lila Mae Watson. Er hört einen lauten Krach. Er sieht, wie Chancre sich vor Schmerzen auf der Bühne windet, wie er sein Knie packt und ungläubig auf sein Bein starrt, das sich in einem unmöglichen Winkel von ihm abspreizt. Die Sperrklinken sind nicht in den inneren Führungen eingerastet, und der Vorsitzende der Fahrstuhlinspektionsbehörde ist gestürzt. Die Inspektoren hält nichts mehr auf den Sitzen, sie stürmen zur Bühne. Ihre Rufe hallen im Saal. Chancre schreit. Arbergast schaut auf seine Hand, die noch vor wenigen Sekunden auf dem Stoff einer Dienstmädchenuniform des Winthrop Hotel lag. Seine Hand ist leer. Sie ist verschwunden.

Wenn die Kunden Huntleys Kaufhaus verlassen, sind ihre Gelüste weitgehend gestillt. Griffe von Plastiktüten schneiden in Hände, die Arme sind voll, man schleppt Geschenke: neue Armbanduhren mit Leuchtziffern auf dunklem Radium, damit man auch im Finstern weiß, wie spät es ist; superscharfe Gürtel in neuen Pastelltönen aus Übersee, topaktuell, sofort zugreifen; hochhackige kubanische Pumps und Handtaschen aus Alligatorleder, glatt und rau zugleich im Licht, sinnliche Griffigkeit; Hüfthalter von hypnotischer Verführungskraft, Luftgewehre und Mützen mit Fuchsschwänzen. Man schleppt sich krumm an all dem Zeug, und was es so schwer macht, ist das *Jetzt,* die ganze unsichtbare Jetzt-Last unten in den Beutesäcken, neben Quittungen und Gutscheinen für das nächste preisreduzierte Populuxprodukt. Marvin Watson schiebt die Metalltür auf, sie klemmt immer ein bisschen, aber er weiß schon, wie er sie aufkriegt, drückt den Türarm runter und ruft: »Zweiter Stock: Damenbekleidung, alles für die kleine Miss, Damenschuhe und Tischdecken.« Die Tiere drängen an ihm vorbei, stoßen Nachbarn, Freunde und die Nichte des Bürgermeisters aus dem Weg, zertrampeln kleine Kinder unter hochhackigen kubanischen Pumps, weil sie dieses Stockwerk erreichen wollen, an das kommen wollen, was das Stockwerk vor ihnen ausbreitet. Zwei durstige Frauen in höflich aufgelöstem Zustand warten darauf, Marvins Fahrstuhl besteigen zu können. Sie wollen zur nächsten Station der heutigen Einkaufstour, sind fertig mit dem zweiten Stock. Ihre Haltung verrät postsexuelle Lässigkeit, sie fächeln sich mit Werbebroschüren Luft zu, kriegen den Hals nicht voll, wollen das, was in den oberen Stockwerken ist, bevor sie nach Hause zu Mann und Kindern zurückkehren müssen. Sie wollen höher hinauf, und Marvin Watson, Fahrstuhlführer von Kabine Nr. 2 in Huntleys Kaufhaus, ist der Mann, der das für sie erledigt. Er bringt sie auch runter, wenn sie wollen, muss sein Baby aber erst zum obersten Stockwerk rauffahren. Manchmal stellt man ihm Fragen: »Wo kann ich ein Spielzeug für meinen Sohn finden? Er ist sechs.« Und: »Wo sind die Damentoiletten?« Ohne ihn dabei anzusehen. Sie befinden sich in einem Fahrstuhl, sind also Fahrgäste und müssen mitspielen, deshalb blicken sie starr geradeaus oder auf den wandernden Pfeil, der die Stockwerke anzeigt, niemals aber nach links oder rechts auf den farbigen Mann, der den Kontrollhebel bedient. Deshalb sieht er ihre Gesichter nur, wenn sie in die Kabine einsteigen, sekundenlang erfreut, weil ihr Transportmittel da ist, bis ihnen plötzlich die Fahrt selbst einfällt. Dann eilen sie in das Vehikel, wenden sich um und starren so bald wie möglich den einzigen Ausgang an. Meist ist er ehrlich, erzählt ihnen, dass sich die Restaurants im ersten und vierten Stock befinden, aber ab und zu flunkert er. Lässt sie auf einer falschen Fährte durchs Labyrinth irren. Diese Hölle voller Krimskrams.

Hier hat er zwanzig Jahre lang gearbeitet, mit dem Kontrollhebel sieben Stockwerke angesteuert, die Türen geöffnet und geschlossen. Hat Ingenieurswesen am farbigen College unten im Staat studiert, blickte nach Norden: auf die großen Städte, von denen er wusste, dass sie kommen würden, Zitadellen, die wie Vulkane und Berge aus den Eingeweiden des Planeten stoßen würden, um nach dem Himmel zu greifen. Er wusste, was kommen würde, hatte eine schöne Frau und ein Kind, das in dieser Frau schlief. In Zeitschriften hatte er vom neuen Arbeitsgebiet der Fahrstuhlinspektion gelesen, und für einen Mann wie ihn, einen fleißigen Kerl, wie er einer war, schien es eine gute Chance zu sein. Als er eintrat, reichte ihm die Sekretärin ein Päckchen. Er gab es ihr zurück und sagte, er sei wegen eines Jobs gekommen. Sei kein Botenjunge. Als er vor dem Tisch des Mannes stand, blickte der Professor nur für einen Augenblick von seinen Papieren auf, nur für die Zeit, die man braucht, um zu sagen: »Wir nehmen keine Farbigen.« Er wich Marvins Blick aus und wandte sich rasch wieder seinem Papierkram zu.

Der alte Huntley stellte ein, jedenfalls war das in der Zeitung zu lesen. Er brauchte ein paar farbige Jungs, um seine Fahrstühle zu bedienen.

»Dritter Stock«, sagt er zur tollwütigen Meute hinter seinem Rücken, »Kinderbekleidung, Sportwaren, Kinderschuhe«, und ein Regenbogen vielfarbiger Hüte zischt an ihm vorbei. Ist doch kein Wettrennen. Manchmal fragt er sich, was geschähe, wenn er den Hebel umlegte, während sie aus seiner Kabine stürmen, aber er weiß, dass die Nr. 2 sich nicht rührt, weder rauf noch runter, solange die Türen offen sind. So sind sie nun mal konstruiert.

Er wollte mit Fahrstühlen zu tun haben, also hat er den Job bei Huntley angenommen. Musste zusehen, wie der Norden immer weiter entschwand, bis der einzige Norden, der ihm noch blieb, der Rücken der Straße war, die über den Hügel kippte.

Der Mann betritt die Kabine im ersten Stock und erklärt: »Fahrstuhlinspektionsbehörde.« Er klappt seinen Ausweis auf, diese goldene Nova, hält ihn aufgeregten Hausfrauen vor die Nase, die plötzlich befürchten, ihr nachmittäglicher Ausflug könnte kompliziert werden. »Alle raus.« Er ist eine Autorität. Die weißen Männer dieser Stadt tragen ihre eigene Uniform, während sie über Plätze schreiten und Steinstufen hinaufsteigen, kleine Totems der Eitelkeit, die ihre Frauen in genau diesem Geschäft für sie ausgesucht haben: seidene Krawatten aus Frankreich, handgeschnitzte Spazierstöcke aus dem schwärzesten Kongo, kuriose Fliegen, gemustert mit Pflaume und Pfirsich. Dieser Mann aber, begreift Marvin, ist nicht von hier. Um das zu kapieren, reicht ein Blick auf den grauen Filzhut, der schräg über den Brauen hängt, die Krempe hinabgebogen, um die Augen zu verbergen, und genau dort Schatten werfend, wo Schatten hingehört, ein Blick auf den eleganten Nadelstreifenanzug in europäischem Schnitt, mithin ein Blick auf die Oberfläche seiner Autorität. Man schaue ihn sich an: Er ist ein Fahrstuhlinspektor, der aus der Hauptstadt hier runtergekommen ist, um ihr Nest wieder in Schwung zu bringen, die Sache in die Hand zu nehmen, auf Rost abzuklopfen.

Marvin steht gemeinsam mit dem Besucher in der leeren Kabine. Jenseits des Schachts wimmeln die Leute umher wie wütende Ameisen, eine Legion aus Trieb und Bedürfnis. Marvin trägt dieselbe Uniform, die er schon viel zu viele Jahre lang getragen hat, einen roten Lakaienrock mit zwei

Knopfreihen, der hier und da aufribbelt und sich über seinem Bauchansatz spannt. Alte Flecken, die nicht mehr rauszukriegen sind. Die Schäden sind im schlechten Licht der Kabine nicht zu erkennen, also ist Huntley Jun. der Ansicht, dass die Uniform es noch tue. Marvin wendet sich dem Inspektor zu und sagt: »Ist eine echte Schönheit, diese Kabine. Hab jetzt seit über zwanzig Jahren mit diesem Baby zusammengearbeitet, und es hat mich nie versetzt. Manchmal hakt es, wenn ich am dritten Stock vorbeikomme – ich glaube, es stimmt was nicht mit dem Kopierwerk. Und ich muss mich manchmal anstrengen, damit er genau auf richtiger Höhe hält – ich sage immer wieder, dass die Anzeige neu eingestellt werden muss, aber das sind Pfennigfuchser hier, und sie wollen nichts machen.«

»Du auch«, sagt der Inspektor.

»Was?«

»Raus hier. Der Tag, wenn ich einen Nigger brauche, um mir zu sagen, wie ich meinen Job machen muss, ist mein letzter Arbeitstag. Raus jetzt.«

Marvin Watson verlässt seinen Fahrstuhl. Der Fahrstuhlinspektor wirft die Tür hinter ihm zu, und Marvin hört, wie er sich innen mit dem Gitter abmüht. Manchmal hakt es. Man muss wissen, wie es zu behandeln ist. Der Inspektor flucht und kämpft weiter mit dem starrköpfigen Metall. Marvin will ihm gute Ratschläge durch die Tür zurufen, überlegt es sich aber anders. Ungefähr zu dieser Zeit macht Bobby Pause. Bobby schuldet Marvin Geld und ist ihm schon seit längerem ausgewichen. Marvin macht sich auf zur Hintertreppe, pfeift die ganze Zeit über zur Musik, die im Hintergrund läuft.

Helllichter Tag, der Chrom der Autos schlägt Funken, die Flossen der Wagen vor ihr durchschneiden den strahlenden

Tag. Es hat zu lange geregnet, die Stadt hat zu lange im Quecksilberlicht vor sich hin gedämmert. Regenschirme stehen erschöpft hinter geschlossenen Schranktüren, die Pfützen abgeperlter Tropfen trocknen unter achtlos abgelegten Galoschen. Süß ist die Luft in der Stadt heute.

Sie sitzt im stadteigenen Auto. Vor ein paar Stunden, noch bevor die müde Tagesschicht zur Arbeit schlich (heute besonders müde, als Folge der Exzesse der letzten Nacht und der Erschöpfung nach dem katastrophalen Höhepunkt), entdeckte sie Jimmys Beine. Sie ragten unter einem der Sedans der Behörde hervor. Sie gab ihm einen leichten Tritt und hörte, wie sein Kopf gegen die Unterseite des Autos knallte. Er rollte unter dem Fahrzeug hervor, und sein übliches Lila-Mae-Lächeln verflog, als sie ihm sagte, sie brauche für ein paar Tage ein Auto und er müsse sie decken. Harter Poker in der Werkstatt heute Morgen. Sie hatte vorher noch nie mit ihm geflirtet, um ihn nicht zu ermutigen und eine Situation zu provozieren, in der sie wenig Erfahrung hat. An diesem Morgen aber flirtete sie, streichelte mit mutiger Hand seine jugendfrische Wange, zuckte nicht vor seinem ruinösen Gebiss zurück (Jimmy ist nie beim Zahnarzt gewesen) und wich auch längerem Blickkontakt nicht aus. Er gab ihr den Schlüssel und versicherte ihr, er werde die Sache schon deichseln. Sie versprach ihm, vorsichtig mit dem Auto umzugehen, belog ihn wie üblich.

Sie ist nicht bei der Stechuhr gewesen. Sie ist jetzt außer Dienst. Sie fährt ziellos die berühmteste Straße der Welt entlang und ist ziemlich zufrieden mit sich. Während ihrer drei Jahre bei der Behörde hat sich Lila Mae nie einen Tag freigenommen, und sie entdeckt, dass die Stadt an einem Nachmittag mitten in der Woche anders ist. Dass es inmitten der vertrauten Stadt eine geheime Stadt gibt, gedankenlose Nachmittage. Bauarbeiter der Stadt in orangefarbenen Overalls bessern die Straße aus, kümmern sich um schadhaften Asphalt. An diesem Tag haben die Schlaglöcher eine neue Bedeutung, sie können diesem stadteigenen Auto nichts anhaben, lösen keine behördlichen Papierfluten aus, sondern haben ein gemeinsames Geheimnis mit den Reifen. Ein erschütterndes Geheimnis, dafür aber ein umso intimeres. Sie fährt und schaut sich die Geschäftsfronten an, die bettelnde Werbung der Ladenbesitzer, aber ihr Blick bleibt auf Augenhöhe. Alles, was höher liegt, ist heute nicht ihr Job. Heute braucht sie sich keine Gedanken über jene andere Stadt zu machen.

Sie hält bei einer Telefonzelle, die den Dutzenden gleicht, an denen sie schon vorbeigekommen ist. Es gibt keinen Grund dafür, diese auszuwählen. Sie hatte einfach Lust anzuhalten. Die Zelle ist leer, abgesehen von einem Zettel, der auf der Metallkonsole unter dem Telefon liegt. Lila Mae nimmt ihn in die Hand und glättet die Knicke. Es ist die Zeichnung einer Gestalt mit großem, rundem Kopf, der außer einem Lächeln keine Züge aufweist. Durch die schmutzigen Scheiben beobachtet sie die Menschen. Sie gehen langsamer als morgens, wenn sie zur Arbeit muss, und abends, wenn sie Feierabend hat. Ihr Gang ist auch anders als das Schlendern an Wochenenden. Es sind Blechmännchen und Plüschpuppen, die nach vielen Stunden im Spielzeugladen aufwachen. Sie zählt langsam bis zehn und atmet zehnmal tief durch. Er nimmt ab. Heute findet sie das lächerliche Zittern in seiner Stimme süß. »Hier ist Lila Mae«, sagt sie.

Chuck beginnt zu flüstern, und sie sieht ihn vor sich, wie er sich in der Höhle abwendet und über den Hörer krümmt. »Wo hast du gesteckt?«, wimmert er. »Hier steht alles Kopf.«

»Ich war immer in der Nähe.«

»Jeder hat gefragt, wo du bist. Geht's dir gut?«

»Mir geht's gut, Chuck.«

»Ist ein Irrenhaus hier!« Er erinnert sich wieder und senkt die Stimme. »Letzten Abend, bei der Revue …«

»Ich weiß, Chuck. Hab davon gehört.«

»Er liegt im Krankenhaus. Mit gebrochenem Bein.«

»Er wird's überleben.« Durch die Scheibe sieht sie, wie die schläfrigen Städter in Trance auf dem Bürgersteig wandeln.

»Das ist nicht der Punkt. Du kapierst das nicht. Die Wassertonne behauptet, dass Lever den Fahrstuhl sabotiert hat, dass sie es Chancre für Fanny-Briggs heimzahlen wollten. Absturz für Absturz. Wade hat sogar dich im Verdacht.«

»Chuck, du musst was für mich tun.«

Er beißt sich auf die Lippen und schweigt einen Augenblick lang. Dann sagt er: »Du solltest wirklich ins Büro kommen. Ich hab mit diesem Kerl vom AIA gesprochen, und er will deine Version der Sache hören. Ich glaube, er wird dir zuhören. Ich glaube, wenn du einfach mit ihm redest …«

»Darum rufe ich an, Chuck. Was hat er über den Absturz gesagt?«

»Dass irgendetwas faul ist und du wahrscheinlich dazu benutzt wirst, um die Sache auszubaden. Er hat nicht viel in der Hand. Schau mal, du kannst ihm sagen, du wärst todkrank gewesen. Oder dass du aus Angst vor dem, was die Zeitungen geschrieben haben, nicht gekommen bist. Er wird dir zuhören.«

»Chuck, ich möchte, dass du dich an ihn ranmachst. Ich muss wissen, was er sonst noch in der Hand hat und was bei der Auswertung des Unfalls herausgekommen ist.«

»Wo bist du? Ist das ein Feuerwehrauto?«

»Ich ruf dich wieder an, sobald ich kann, Chuck, um zu hören, was du für mich hast. Pass auf dich auf.«

Lila Mae schließt langsam die Tür der Telefonzelle, ganz im Bann der neuartigen Gesetze dieses Nachmittags. Selbst das Feuerwehrauto, das gerade eben außer Sichtweite verschwindet, wirkt langsam und schwach, kämpft sich durch eine wässrige Lethargie. Sie lässt das Auto an. Fährt.

Eine Stunde nach Chancres Unglück stieß sie auf den Witz. Sie hatte das Winthrop Hotel auf dem Weg verlassen, auf dem sie gekommen war, durch den Dienstboteneingang, nachdem sie ihren Anzug aus dem Umkleideraum geholt hatte. Und nachdem sie an einigen Häuserblocks vorbeigerannt war (was für ein Bild: eine Magd, die zur Zeugin des Mordes an ihrem Herrn geworden ist oder ihn selbst ermordet hat), lehnte sie sich an die Fensterscheibe eines Automatenrestaurants. Drinnen ließ der mitternächtliche Ausschuss der Straßen die Köpfe über Kaffeebechern und Wettformularen, knochenharten Tunfischsandwiches und Reiseführern zur Hölle hängen. In der Damentoilette schlüpfte sie wieder in ihren Anzug. Sie warf Münzen in die Kaffeemaschine, zog sich eine ausgedörrte Fleischpastete. Saß an einem leeren Tisch und las das Plakat auf dem Metallständer: *Wir können Ihr Leben ändern. Für zehn Cent pro Tag.* Das war der Witz. Sie lachte. Sie lachte über Chancres fetten Arsch, der sich vor Schmerzen auf der Bühne gewälzt hatte. Lachte über das besoffene Gerempel ihrer Kollegen, als sie ihrem Boss zur Hilfe eilen wollten, über die Idiotie der Wahlkampagne der Intuitionisten und Mr. Reeds europäische Vorlieben. Sie lachte, weil Fulton ein Farbiger war und es kein Mensch wusste, darüber, dass sie jetzt einen Verbündeten hatte. Beim Gedanken an Natchez verebbte ihr Lachen, ging über in ein stetes Grinsen. Beim Gedanken an ihn und ihr Geheimnis.

Eine benommene Mrs. Gravely (ihr Gesicht beschmiert mit Schönheitscreme für die Nacht, was sie an Hambone und Mr. Gizzard erinnerte) ließ sie ein, und sie suchte ihre Sachen zusammen. Auf der Kommode, einer sanften Pyramide, lag ein weiterer Zettel von Natchez. *Hoffentlich hast Du Dich gut amüsiert,* stand darauf, außerdem eine Telefonnummer. Sie stellte den Zettel in einer Nische ihrer Brieftasche seinem älteren Bruder vor. Lila Mae entschlüpfte dem Haus der Intuitionisten.

Ihre Wohnung sah so aus, wie sie sie verlassen hatte: vergewaltigt. Sie zog ihren Koffer unter dem Bett hervor und packte ihn noch einmal, diesmal für eine längere Abwesenheit. Sie wusste nicht, wann sie wieder zurück wäre. Nach dem letzten Abend konnte man nicht wissen, wann Pssts Jungs zurückkehren würden, um Chancres Drohungen Nachdruck zu verleihen. Sie zögerte in der Tür. Dachte, sie hätte etwas vergessen. Hatte sie nicht. Sie besaß keine Glück bringenden Hasenpfoten oder Puppen aus der Kindheit, die sie immer noch aufhob, um die Ungeheuer der Erwachsenenwelt abzuwehren. Nur Kleidung. Dann fiel es ihr ein – sie schnappte sich ihre Ausgabe von *Theoretische Fahrstühle.* Sie schloss die Tür ab. Bis zur Straße waren es nur drei Treppen, und sobald sie wieder im Licht des Morgens stand, fühlte sie, wie ihre Vernunft zurückkehrte. Sie versuchte, sich daran zu erinnern, wann Jimmy zur Arbeit ging.

Das Nachmittagslicht zieht sich vom Himmel zurück, und der Wind, der durch die heruntergekurbelten Scheiben des stadteigenen, grünen Sedans weht, murmelt wieder Herbst. Zum ersten Mal an diesem Tag hebt Lila Mae ihren Blick über Augenhöhe. Sie parkt unter dem wuchtigen Quadrat des Hotelschildes. Sie ist noch auf der Insel, eine gute Meile von ihrer Wohnung entfernt. Tief in der Stadt der Farbigen (noch eine Stadt in dieser Stadt, immer eine Stadt mehr). Der Manager sieht vom Tisch auf. Sie sagt: »Ich brauche ein Zimmer.«

Der kleine Pompey, dieser Pisser, kommt mit einer Zeitung unter dem Arm strammen Schrittes die Straße herauf. Er hält bei einem Papierwarenladen an und kauft etwas, das nach einer Packung Kaugummi aussieht. Langsam zählt er das Wechselgeld ab und geht wieder auf die Straße. Geht am schaumig weißen Licht von Harrys Frisörladen vorbei, den stotternden roten und grünen Neonlampen der Belmont Cafeteria. Die Bürogebäude speien ihren Inhalt auf den Bürgersteig, und die hin und her hastenden Leiber erschweren es ihr, Pompey im Blick zu behalten. Natchez sagt: »Bist du sicher, dass er es gewesen ist?«

Lila Maes Augen schwingen wie ein Metronom zwischen Pompey und der Straße hin und her. Langsam, um sich weiter konzentrieren zu können, sagt sie zum Mann auf dem Beifahrersitz: »Wenn er es nicht getan hat, dann steckt er so tief mit drin, dass er weiß, wer es war. Wen sollten sie sonst losschicken? Bin mir sicher, dass sie sich vor Lachen ausgeschüttet haben. Als wären wir Hunde, die in einer Arena kämpfen.« Sie denkt, spricht es aber nicht aus, überleg doch mal, was sie deinem Onkel angetan haben. Haben ihn so verrückt gemacht, dass er seine wahre Identität geleugnet hat.

»Und was, wenn er in die nächste Straße einbiegt?«, fragt Natchez. »Ist eine Einbahnstraße.«

»Dann musst du ihm zu Fuß folgen, bis ich ihn in der nächsten Straße wieder abfangen kann. Er kennt mich, aber dich kennt er nicht.«

Pompey biegt nicht in die nächste Straße ein. Er geht weiter Richtung Norden, kaut rosa Kaugummi.

Sie sind zu einer Übereinkunft gekommen, Natchez und Lila Mae. Sie werden einander helfen: Natchez tut, was er kann, um Lila Mae dabei zu helfen, herauszufinden, wer die Nummer 11 sabotiert hat, und Lila Mae unterstützt Natchez mit ihrem Fahrstuhlfachwissen bei seiner Suche nach der Black Box seines Onkels. Sie hat nichts von den neuen Hinweisen erfahren, die Mr. Reed hinsichtlich der Box hat, seit er sie kaltgestellt hat, also werden sie mit den Informationen weitermachen, die sie bekommen können. »Und das sind die Seiten aus Fultons Tagebuch«, sagte Natchez am Telefon, gerade bevor sie dasselbe sagen wollte. Sobald sie Kopien derjenigen Seiten Fultons ergattert haben, die sich im Besitz von Reed, Chancre und *Lift* befinden, müssen sie das Beste daraus machen. Sie hoffen, dass Lila Maes Vertrautheit mit Fultons Denken die Worte zum Geständnis zwingen, sie dazu bringen wird, zu gestehen, wer den Entwurf hat, wenn sie alle Seiten beisammenhaben. Und was die Reinwaschung von Lila Maes Weste betrifft – jetzt sind sie Pompey auf den Fersen. Folgen dem Hauptverdächtigen.

»Erzähl mir von deiner Stadt«, sagt sie urplötzlich, während sie Pompey im Visier behält.

»Warum erzählst du mir nicht von deiner Stadt?«, erwidert Natchez. »Oder wenigstens, warum du hierher gezogen bist.«

Lila Maes kleine Hände krampfen sich um das Steuer, und sie fragt sich noch einmal, ob die Neuigkeit vom Fanny-Briggs schon ihre Eltern erreicht hat, wie groß die Wahrscheinlichkeit ist, dass es die Nachricht in die Zeitungen dort unten geschafft hat. Wenn die anderen Fahrstuhlführer bei Huntley sich die Zeit mit solchen Gerüchten vertreiben und wenn er es auf diese Weise erfahren haben sollte, dann würde das Telefon draußen im Flur vor ihrer Wohnung klingeln, und sie wäre nicht da, um abzunehmen. Sie sagt missmutig: »Das wird dich kaum interessieren. Ist ziemlich langweilig.«

»Doch, es interessiert mich.«

Lila Mae atmet leise durch die Nase. Sie lenkt den Sedan an einem Krankenwagen vorbei, der in der zweiten Reihe parkt. »Ich bin hierher gezogen, weil die Fahrstühle hier sind. Die richtigen Fahrstühle.« Sie zeigt auf die hoch aufragenden Konstruktionen mürrischer Gebäude, die das Auto umzingeln. »Midtown hat einen alten Baubestand. Aber downtown gibt es Hochhäuser, die hundert Stockwerke haben. Und Fahrstühle, die in jedem Stock anhalten, bis ganz oben.« Das erinnert sie zum Glück an etwas, das sie ihn fragen wollte. Dem Gespräch eine andere Richtung geben. »Wieso hast du das Ding bei der Revue gedreht?«

»Wollte sie wohl warnen. Ihnen einen Vorgeschmack auf das geben, was ich mit ihnen machen werde.« Er dreht ihr die Knie zu und lehnt sich in die Nische zwischen Beifahrersitz und Tür. »Ich wollte es ihnen heimzahlen. Wegen der Sachen, die sie meinem Onkel angetan haben, bis er durchgedreht ist. Wegen dem, was sie dir angetan haben.« Sie blickt weiter auf die Straße, fühlt, dass er sie anschaut. »Du weißt, dass du das Haus der Intuitionisten nicht hättest verlassen müssen«, sagt er. »Ich dachte, du hättest kapiert, dass es mir lieber gewesen wäre, du wärst dageblieben, damit du mit Mr. Reed und den anderen wieder ins Reine kommen kannst.«

»Hab keine Lust, von ihrem Wohlwollen abhängig zu sein.«

»Sind aber doch deine Bosse, oder? Selbst wenn sie deine Wohnung durchwühlt haben. Du musst mit ihnen klarkommen.«

Sie schüttelt den Kopf. Pompey entzieht seinen Schuh dem Tentakel einer Zeitung, der ihn gerade angegriffen hat. »Ich will bloß meinen Namen reinwaschen – und dass du bekommst, was dir zusteht. Woher hast du gewusst, wie man das machen muss mit dem Fahrstuhl? Ihn abstürzen lässt?«

Natchez lacht. »Ziemlich einfach im Vergleich mit den Maschinen, die sie heute benutzen. Hat es dir gefallen?«

»Du weißt doch, dass es mir gefallen hat, Natchez.«

Er klatscht mit der flachen Hand auf die Konsole, lächelt breit. »Musste in den letzten Wochen eine Menge über Fahrstühle lernen. Mehr, als ich wissen will. Begreife nicht, wie du so einen Job machen kannst, um ehrlich zu sein.«

»Man gewöhnt sich an sie. Wie an Menschen. Man weiß

nie, an wem man Gefallen findet.« Sprich jetzt bloß nicht weiter, Lila Mae. »Dann tauchen sie eines Tages auf, und man mag sie.« Das ist überhaupt nicht typisch für sie. »Man lernt sie kennen, und mit jeder Begegnung mag man sie mehr.«

»Wie bei dir und mir, Lila Mae?« Sie zuckt nervös mit den Augenbrauen, und er sagt: »Schon gut. Fahr weiter. Als ich dich zum ersten Mal gesehen habe, dachte ich, du wärst eins von diesen hochnäsigen Mädchen aus dem Norden. Für die es nur darum geht, was man für sie tun kann und wie viel Geld man macht und so weiter. Aber du bist nicht wie ...«

»Da, sieh mal«, weist Lila Mae ihn an, geht vom Gas. »Er hält an.« Pompey klopft ans Fenster einer Tür in diskretem Braun. Er blickt misstrauisch über seine Schulter. Lila Mae und Natchez haben auf der anderen Straßenseite gehalten, auf jener Seite, die in Richtung Uptown führt. Sie kann den goldenen, halbmondförmigen Schriftzug auf der milchigen Scheibe lesen: Pauley's Social Club. Die Tür öffnet sich, und Pompey verschwindet im Dunkel.

»Ist eine Bar«, schlägt Natchez vor. »Eine von den alten Flüsterkneipen aus der Prohibition. Kehrt auf einen kleinen Schluck ein, bevor er nach Hause geht.«

»Er geht nicht nach Hause«, sagt sie. Lila Mae blickt auf zum Straßenschild: Pompey ist vom Büro aus elf Blöcke weit gelaufen. Dann sieht sie das Auto. »Siehst du das dunkelblaue Auto, das davor parkt?«, fragt sie. Sie kennt es, erkennt auch das ausdruckslose, bullige Gesicht des Fahrers wieder. »Der Mann, der da drinsitzt, ist Lazy Joe Markham. Einer von Johnny Pssts Jungs. Der Mob.« Der Fahrer starrt geradeaus, sein Blick folgt den Steigungen und Neigungen der Straße, fließt vorbei an den Häusern von Downtown, landet im schwarzen Fluss.

»Eine Kneipe vom Mob? Was macht so ein Nigger in einem Treffpunkt vom Mob?«

»Werden wir bald erfahren«, sagt Lila Mae. »Hast du den Fotoapparat?«

»Gleich hier.«

Sie ist erleichtert, weil Natchez nicht wieder anfängt zu reden. Nicht, dass sie das, was er sagt, nicht mag, aber in diesem winzigen Auto ist es zu viel für sie, und nach so langer Zeit geht es ihr zu schnell. Sie hat einen Vertrag mit der Stadt geschlossen, der jenem gleicht, den sie kürzlich mit Natchez gemacht hat. Ein Austausch von Diensten. Sie sorgt dafür, dass die Stadt vertikal und intakt bleibt, und die Stadt lässt sie in Ruhe. Und man schaue sie sich jetzt an: Am letzten Freitag hat sie ihren Vertrag mit der Stadt nicht erfüllt, hat versagt, und wie sieht der Lohn der Metropole aus? Sie hat ihr Natchez geschenkt. Als sie ihn abgeholt hat, hat sie in seinem Gesicht nach Spuren von Fultons Eigensinn gesucht, irgendetwas, womit sie ihn in ihrer Welt verankern kann. Im sanften Höcker seiner Nase und in der parabolförmigen Symmetrie seiner Ohren konnte sie Fulton nicht erkennen. Er hat sein eigenes Gesicht. Gehört nicht zu ihrer Fahrstuhlwelt, ist aber eine Verbindung zu jenem Ort, wo der Rest der Einwohner dieser Stadt lebt. Durch einen Riss im Baldachin der Gebäude kann sie ein kleines Luftschiff sehen, es kriecht über den Himmel, primitiv und noch nicht voll entwickelt. Die Zukunft liegt in der Geschwindigkeit von Düsentreibstoff, in Düsenjägerstahl. Für dieses lächerliche Insekt gibt es keinen Platz mehr am Himmel.

Er holt sie zurück: »Er geht wieder los.«

Pompey watschelt fort von Pauley's Social Club. Lila Mae, Natchez und Joe Markham beobachten ihn, als er in einer blassgrauen Growley-Fahrstuhl-Mechanikeruniform und mit einem Werkzeugkasten in der rechten Hand in Richtung Uptown geht. Sie lässt das Auto an.

Pompey hat Werkzeug.

❦

An Kreuzungen und verstopften Straßenabschnitten spiegelte die Gosse die bitteren Pastelltöne des Neonlichts der Metropole zwischen Kleinwagen und Lastern. Regenbogen, zerhackt zu Erde und Dreck. Lila Mae folgte einer Spur von Kippen. Einen Block entlang, um die Ecke und noch weiter. Sie war in die Irre gegangen. Zum einen war es keine Spur, die ein einzelner Mensch hinterlassen hatte, und außerdem sind Kippen nicht so verlässlich wie Fußspuren. Sie waren aufs Pflaster des Bürgersteigs verbannt und dort von den Massen der Fußgänger zertreten worden, verschiedene Marken, manche mit Spuren von Lippenstift oder Speichel, halb aufgeraucht, zerfetzt, von Hacken zerstoßen oder weggeworfen, um bis zum Filter herunterzubrennen. Alle paar Schritte lag eine neue. Vielleicht führte die Spur zur U-Bahn. Sie führte überall dorthin, wo je ein Mensch hingegangen war. Es war ihre erste Arbeitswoche.

Später begriff sie, dass er sie kommen sah. Ihre Hände fummelten ängstlich in den Hosentaschen herum, ihre Schritte waren zögernd, sie sah nach den Straßennummern. Eine leichte Beute. Sie hielt verwirrt an der Ecke. Lila Mae war sich sicher, dass sie am Morgen genau hier aus der U-Bahn gestiegen war. Geißelte sich. Dies war ein lächerlicher Fehler, keiner von denen, die sie sich erlaubte. Den vorangegangenen Sonntag hatte sie damit verbracht, auf dem Sofa sitzend die Karte der U-Bahn zu entschlüsseln, hatte ihr unklares System auf die paar verstreuten Stadtteile übertragen, die sie schon kannte. Unwichtig, dass sie den ganzen Mechanismus verabscheute. In Maulwurfslöcher zu schleichen: ästhetisch gesehen schwach, ganz zu schweigen davon, dass dieses horizontale Herumirren einfach atavistisch war. An der Kreuzung schloss sie die Augen. Lila Mae konnte die Karte sehen, die in ihrer Wohnung über ihren Knien hing, und den Wirrwarr der Fahrtrouten – doch sie konnte sich nicht an die Haltestellen erinnern. Die Straßennummern. Als sie die Augen öffnete, stand er vor ihr. Er sagte: »Guten Abend.« Er hatte einen Fuß auf den angeschlagenen, grünen Sockel eines Laternenpfahls gestellt, mit einer Hand wischte er Dreck von seinen weißen Gamaschen. »Guten Abend«, wiederholte er.

Sie musterte ihn. Dreißig vielleicht (ein älterer Mann), gekleidet wie ein Gangster. Er trug einen dieser neuen, eng sitzenden Anzüge, die ihr immer öfter aufgefallen waren, seit sie in die Stadt gezogen war. Es war ein irgendwie europäischer Schnitt, der dicht am Körper saß und dank ein oder zwei Polsterschichten kantige Schultern hatte. Wie viele ihrer Lohntüten von der Stadt würden draufgehen, um so einen Anzug zu kaufen? Die perfekte Spitze seines seidenen Halstuchs passte genau zu dem in die entgegengesetzte Richtung weisenden Pfeil des Taschentuchs, das aus seiner Brusttasche hervorschoss: zwei Hälften eines Diamanten. Er hatte das Gesicht eines Jungen, schien ihr, oder das Gesicht eines Mannes, das durchdrungen war von jungenhaftem Schalk, und das von offensichtlich gut entkräuseltem Haar bekrönt wurde. Das ist die Art Mann, die es hier in der Stadt gibt, sagte Lila Mae zu sich selbst und verbannte ihre Verwirrung in die hinteren Gefilde ihrer Gedanken. Wachsam bleiben. Sie sagte: »Ich suche die U-Bahn.«

»Wo wollen Sie hin?«, fragte er und beförderte seinen Fuß per Handschlag vom Laternensockel.

»Ich suche den Zug in Richtung Uptown«, sagte sie. Die Ampel schaltete hörbar klackend um, und die Fahrzeuge schossen in Richtung Downtown.

Wenn sie gewollt hätte, dann hätte sie jetzt, gleich jetzt über die Straße gehen und diesem jungen Herrn den Laufpass geben können, bevor er auf dumme Gedanken kam. Sie sah ihm wieder ins Gesicht. Er hatte etwas Nettes, wild wuchernde Augenbrauen und eine bewusst ungekämmte Haarpartie, die sein gepflegtes Erscheinungsbild ein wenig aufmischte. »Das ist ein paar Blöcke weiter«, sagte er. »Ich werde Sie begleiten – eine so schöne Dame wie Sie sollte um diese Nachtzeit nicht allein unterwegs sein.«

Genau diese Zeile, erinnerte sich Lila Mae, hatte sie in dem Film gehört, den sie vor kaum zwei Tagen gesehen hatte. »Das ist nicht nötig«, sagte sie. Wartete darauf, dass die Ampel grün wurde.

»Ich würde mich die ganze Nacht lang verfluchen, wenn ich es nicht täte«, sagte er, und als die Ampel auf Grün sprang, er seinen Arm weit über die Straße streckte, bitte nach Ihnen, und neben ihr hertrottete, wies sie ihn nicht ab. Bloß ein Spiel, großstädtischer Charme. Er fuhr fort zu reden (obwohl sie ihm nicht antwortete, geradeaus auf die nächste Ecke starrte und nach dem Eingang zu den Zügen suchte), erzählte Lila Mae, dass er gerade von irgendeinem geschäftlichen Treffen gekommen sei, dass das Treffen gut gelaufen sei, obgleich es ihn traurig stimme, dass es so lange gedauert habe, weil er selten freie Zeit habe, wenn er in die Stadt komme. Es gebe so viel zu sehen hier, nicht zuletzt die Menschen. Sie seien echte Typen. Er kenne niemanden, sagte er und verlieh seiner Stimme einen leicht theatralischen Leidenston, und sie lächelte darüber. Ihr selbst zum Trotz und obwohl sie sich gewappnet hatte. Sie ging schnell, aus Angst, das wusste sie. Sie wusste nicht, wie sie sich in einer solchen Situation verhalten sollte. Am letzten Freitag um diese Zeit hatte sie ihre paar Habseligkeiten in Kisten gepackt, im schwachen Licht der Glühlampe ihrer Hausmeisterklause. Lila Mae und ihr Begleiter überquerten eine weitere Straße. Er streckt dem Verkehr seine Hand entgegen, halt, obwohl die Ampeln die Autos ruhig hielten. Galante Ironie. Auch über diese Geste lächelte sie, versteckt allerdings, denn sie hatte ihr Pokergesicht aufgesetzt. Er sagte, sein Name sei Freeport Jackson, und fragte nach dem ihren, wenngleich, fügte er hinzu, er es verstehe, wenn sie ihn nicht nennen wolle. Dies sei eine gefährliche Stadt, und man könne nie wissen. Sie nannte ihm ihren Namen auf die abgehackte Art, die, wie sie nach einiger Übung entschieden hatte, der Ton ihrer Arbeitsstimme sein sollte, jener Stimme, in der sie zu Hausverwaltern sprechen würde, während sie das goldene Abzeichen ihrer Behörde aufklappte. Er sagte: »Lila Mae Watson, darf ich Sie bis zur U-Bahn begleiten?« Sie sagte, das tue er ja schon. Sie kamen an einem Drugstore vorbei, der die ganze Nacht über aufhatte, und sie war erstaunt, denn so etwas hatte sie noch nie gesehen. Aber in dieser Stadt brauchen die Menschen wohl zu jeder Nachtstunde was, dachte sie. Es wird ein bisschen dauern, bis ich mich an diese Stadt gewöhne.

Dann kam er in Sicht. Der Eingang ihrer U-Bahn-Station. Freeport sagte: »Da sind wir. Bei Ihrer Haltestelle. Und bei meiner – mein Hotel ist gleich hier.«

Die Pomade in Freeports Haar fing das Licht des Chesterfield Hotels ein und glänzte wie der Rücken eines Frosches. Sie standen direkt vor der Korona des Hotels, jenem hell erleuchteten Bogen, der das Reich dieses ehrwürdigen Etablissements vom aufgesprungenen Straßenpflaster der Metropole abgrenzte. Lila Mae sagte: »Sie hatten genau denselben Weg wie ich.«

Er zwinkerte, bog seine Finger zur Pistole und schoss auf sie. »Möchten Sie vielleicht noch einen mit mir trinken?«, fragte Freeport. »Die Hotelbar muss man gesehen haben«, sagte er, »oder waren Sie schon mal drin?« Der rubinrote Teppich, erfahren darin, die tätlichen Übergriffe der grauen Stadt abzuwehren, flutete Stufen hinauf zum messingglänzenden Hoteleingang, hinauf zum innen erstrahlenden Licht. Sie hatte vom Chesterfield gelesen. Wie die meisten Menschen. Während seines letzten Besuchs war der Präsident hier abgestiegen. Man halte ständig eine Suite für ihn frei, hieß es in der Zeitung. Sie hatte nicht gewusst, dass auch Farbige hier übernachten durften. Hinter Lila Mae verschwand die missmutige, unterirdische Schlucht, freigegeben für die Misshandlung durch sämtliche Bürger der Stadt, abgerissen und schmutzig. Freeport sagte: »Das ist das Mindeste, was ich tun kann, um Sie dafür zu entschädigen, mich nach Hause begleitet zu haben.«

»Ich dachte, Sie hätten mich begleitet«, sagte Lila Mae.

»Ganz genau«, sagte Freeport lächelnd und lud sie mit einer Handbewegung ein, den Teppich zu betreten. Natürlich dürfen Farbige hier übernachten. Dies ist der Norden. Sie sah zum Portier auf, an ihm vorbei und durch das Glas, wettete mit sich selbst – und hielt inne. Sie konnte es nicht wissen, es war also sinnlos, Vermutungen über die Art der Fahrstühle anzustellen. Sie sagte: »Ein Glas trinke ich mit«, und trat ins Licht. Ließ die Schlucht verächtlich hinter sich.

Er führte sie rasch in die Cocktailbar, gestattete ihr nur einen kurzen Blick auf die berühmte und sagenumwobene Lobby des Chesterfield Hotels, von der sie gelesen hatte. Im Ahorn-Saal herrschte an diesem Freitagabend gedämpfte Stille, er war erfüllt vom leisen Gemurmel edel gewandeter Paare, jedenfalls kam es Lila Mae so vor, und während Freeport ihre Getränke bestellte, zählte sie die um zarte Frauenhälse geschlungenen Pelze und Perlenhalsketten. Die Behörde hatte eine Kleidervorschrift. Ihr neuer Anzug gefiel ihr, doch er schien hier nicht ganz angebracht zu sein. Es war nicht etwa so, dass sie zu Hause in einer verschlossenen Truhe Pelze und Juwelen aufbewahrte, aber trotzdem.

»Und wie vertreiben Sie sich die Zeit, wenn Sie nicht gerade nach der U-Bahn suchen?«, fragte Freeport voller Ernst. Der Klavierspieler berührte mit seinem Kopf fast die Tasten.

»Ich arbeite für die Behörde«, antwortete sie. »Ich arbeite

für die Fahrstuhlinspektionsbehörde.« Das allererste Mal, dass sie es je gesagt hatte. Ging ihr schwer von der Zunge.

»Fahrstühle«, sagte er und heuchelte Interesse für die Arbeit, mit der sie sich den Tag vertrieb. Aber er heuchelte nicht schlecht, während er die Wölbungen unter ihren gut gestärkten Revers abzuschätzen versuchte, das darunter verborgene Potenzial, fuhr fort, mit dem Kopf zu nicken oder an sein Kinn zu fassen, als sie erzählte, dass es ihre erste Arbeitswoche sei und sie sich noch nicht so ganz im Büro zurechtfinde, aber allmählich Fortschritte mache. Zum Beispiel gelernt habe, dass sich die einzige Damentoilette drei Stockwerke unter der Höhle befinde und »Höhle« der Name sei, den die Inspektoren aus Gründen, die ihr noch unklar seien, ihrem wüsten Büro gegeben hätten. Am Montag solle sie ihren ersten Fall bekommen – die ganze Woche über sei sie mit einem Kollegen herumgefahren, einem Muffel mit Eulengesicht, den sie nicht besonders möge und dem es nicht besonders behagt habe, mit einer Farbigen zusammenzuarbeiten, geschweige denn, mit einer im Auto zu sitzen. Sie vermute, dass es lange dauere, bis sich manche Dinge änderten, selbst in dieser Stadt. (Lila Mae erzählte ihm nicht, dass Gus Crawford, der betreffende Seniorinspektor, die ganze Fahrt über nicht mit ihr gesprochen hatte. Kein einziges Wort, nicht einmal, um sie aus dem Wagen der Behörde zu jagen, damit sie einen Kaffee hole, oder um sie wegen ihrer unschuldig anfängerhaften Fragen zu rüffeln, kein einziges Wort. Stattdessen hatte er sie immer nur ein bisschen müde als »Frischling« bezeichnet, wenn er von neugierigen Hausmeistern und Verwaltern auf sie angesprochen worden war, die, da sie wie üblich erwarteten, Schmiergeld zahlen zu müssen, fragten, wer denn diese unerwartete Begleiterin sei. Die Hausverwalter nutzten die Gelegenheit und ließen ihre Brieftaschen stecken.) Aber nächste Woche würde sie ihren ersten Fall und die entsprechende Akte bekommen. Freeport nickte. Er teilte ihr seine Befürchtung mit, dass der Fahrstuhlschacht sicher furchtbar schmutzig sei und es schwierig sein müsse, sich nicht dreckig zu machen. Sie versicherte ihm, dass sie den Schacht nicht zu betreten brauche – dass sie das durch Intuition erledigen könne. Sie wusste, dass er keinen blassen Schimmer hatte, was sie damit meinte, fuhr aber trotzdem fort, ließ die Namen von Otis und Fulton fallen, erwähnte die gegnerischen Schulen von Empirie und Intuitionismus. Er löcherte sie nicht mit lästigen Nachfragen. Er nippte an seinem Boilermaker und forderte sie auf, ebenfalls zu trinken, da er schon Nachschub bestellt hatte, obwohl ihre Violet Mary noch so gut wie unberührt war. Das andere farbige Paar in der Hotelbar sah afrikanisch aus. Die Frau trug eine extravagante, rote, fließende Robe, der Mann einen Khakianzug mit vielen Taschen. Sie wechselten kaum ein Wort miteinander und tranken Wasser. Die neuen Bürger für die neue Stadt, die kosmopolitischen Lieblinge auf Ausgang in der City, stießen mit Martinigläsern an, strichen über silberne Zigarettenetuis mit ihrem Monogramm und nannten den Barkeeper bei seinem Namen. Sie hatte schon vor langer Zeit auf die Vertikalität gesetzt, auf ihre jetzigen Erscheinungsformen und jene, die Fulton in seinen heiligen Schriften ankündigte, hatte sich aber nie Gedanken über die Bürger gemacht. Darüber, was für Menschen hier lebten. Freeport Jackson erwog, den letzten Zentimeter seines Cocktails zu vernichten. Die eleganten Männer und Frauen tauschten über Gin hinweg Geschwätz aus, alkoholische Hitze brannte auf ihren Wangen, weiße Gesichter verfärbten sich rosig, sie prosteten sich zu, zogen über Dritte her. Reiche Weiße, ein afrikanisches Paar, Freeport Jackson mit der Beute dieses Abends. Unmöglich, ein Gebäude nach den Prinzipien eines Martiniglases zu errichten, dachte Lila Mae bei sich, eines, das mit zunehmender Höhe breiter wird, es würde umfallen, idiotisch. In diesem Raum weiteten die Gespräche sich nicht aus. Jedes Paar blieb für sich. Keine grölenden Rotten, die versammelt waren, um Jubiläen oder den im Radio übertragenen Wettstreit zwischen Universitäten zu begießen. (Sie erzählte ihrem Begleiter nicht, dass sie heute Abend so lange nach Dienstschluss noch unterwegs war, weil sie entdeckt hatte – es war ein kleines Büro, und man konnte den Magen des Knaben auf der jenseitigen Seite knurren hören –, dass sich die Inspektoren an jedem Freitagabend in einer nahe gelegenen Kneipe namens O'Connor versammelten, um derbe Geschichten über diverse Fahrstühle und die Häuser, in denen sie wohnten, auszutauschen, Witze über Vertikalität und ihre schlimmen Folgen zu reißen, ihr Glas im Gedenken an jene Inspektoren zu heben, die in treuer Pflichterfüllung abgestürzt waren. Erzählte ihrem Begleiter nicht, dass ihre Aufregung wegen des allwöchentlichen Kameradschaftstreffens sie bei Dienstschluss gemeinsam mit dem Rest ihrer Kollegen in den Fahrstuhl der Behörde getrieben hatte, um zum besagten Etablissement aufzubrechen, weil sie in einem Augenblick naiver Freude – neues Apartment, neuer Job, neue Stadt – angenommen hatte, dass sie willkommen wäre. Sie ging zwei Meter hinter ihnen, vor sich ihre Rücken. Ihr Kollegen luden sie nicht ein, gemeinsam mit ihnen an O'Connors abgewetzten Tischen Platz zu nehmen, ließen durch nichts erkennen, dass sie erwünscht war, und Lila Mae hockte mit zivilen Trunkenbolden und vor sich hin murmelnden irischen Nationalisten an der Bar, nippte Bier und lauschte den Geschichten der Fahrstuhlbrigade über verlorene und gewonnene Schlachten. Niemand vermisste sie, als sie sich hinausschlich und ein halb geleertes Bier zurückließ, mit dem sich gleich darauf einer der scharfäugigen Trunkenbolde den Rachen putzte, und sie machte sich auf, die U-Bahn nach Hause zu suchen. Niemand außer dem Barkeeper bemerkte ihr Verschwinden, und er behielt es für sich.) Keine Rowdies in der Bar des Chesterfield. Nur in Gespräche vertiefte Männer und Frauen in smarter, sorgfältig geschneiderter Abendgarderobe.

Wer zum Teufel ist dieser Mann überhaupt? Freeport bestellte noch ein Getränk, Lila Mae sträubte sich, er sagte: »Ich verkaufe Schönheitsartikel. Wir wollen doch alle hübsch sein, habe ich Recht oder nicht?« Er tauchte seine Finger zärtlich in die geglätteten Wellen auf seinem Kopf. »Und irgendwer muss das Zeug ja verkaufen. Aber das wissen Sie natürlich. Sie verkaufen schließlich auch was. Mensch, wir verkaufen beide dasselbe – Seelenruhe. Ich würde nie versuchen, Ihnen was anzudrehen. Sie haben es nicht nötig, sieht man ja. Aber die meisten Leute schon. Ich bin jetzt seit sieben Jahren im Geschäft. Sieben Jahre – mannomann – überrascht mich immer noch, wenn ich dran denke. Rauf und runter im Nordwesten. Ich habe eine gute Tour. Ich mache die ganze Strecke. Aber jetzt bin ich hier – hier in der Stadt –, weil ich gerade einen Großhändler getroffen habe. Die Firma, für die ich arbeite, Miss-Blanche-Kosmetika – wir haben ganz klein angefangen, und ich war von Anfang an dabei. Es läuft so gut, dass wir uns entschlossen haben, zu expandieren und uns einem der wichtigeren Großhändler anzuschließen. Wir sind unterwegs gewesen, um die Sachen zu verkaufen, haben uns krumm geschuftet, an Haustüren geklopft – aber ein Großhändler, das wäre die Sache. Ich habe die Verantwortung dafür, dass alles vertraglich geregelt wird. Schwarz auf weiß. Ich darf Ihnen natürlich nicht verraten, mit wem wir verhandeln – die Wände haben Ohren, Sie wissen, was ich meine, oder? –, aber wir stehen so kurz vor dem Abschluss«, er deutet es mit seinen manikürten Fingern an, »so kurz davor, die ganze Sache klar zu haben. Ich habe es im Gefühl. Sie wissen ja, wie das ist, Sie sind im Fahrstuhlgeschäft und so weiter, und Sie wissen, wann was stimmt und wann nicht. Und ich glaube, dass es jetzt stimmt. Ich glaube, ich liege richtig.«

»Und was genau verkaufen Sie?«

»Hauptsächlich Mittel zur Aufhellung der Haut und zum Glätten von Haar. Unsere Kundschaft ist farbig, wissen Sie, und die Frauen, die wir versorgen, wollen gut aussehen. Darum habe ich gleich am ersten Tag dafür gesorgt, dass ich derjenige bin, der die Stadt kriegt. Montagnachmittags fahre ich mit einem Dutzend Koffer voller Kram im Auto hierher – man muss sie erwischen, wenn die Männer nicht zu Hause sind –, und am Montagabend bin ich ausverkauft. Ausverkauft! Einfach so. Sogar Überraschungsbesuche mache ich nicht mehr. Ich habe meine Stammkundinnen, und die zeigen es ihren Freundinnen, und dann wollen ihre Freundinnen wissen, wo sie das Zeug herkriegen können. Mundpropaganda. Die Jungs, die Lexika und Staubsauger losschlagen, haben solche Verkaufszahlen nicht, das sag ich Ihnen.«

Als der Kellner ihnen mitteilte, dass die Bar schließe, und Freeport sie auf einen Drink in sein Zimmer einlud, willigte sie ein. Weil die Sache schon entschieden war. Sie war eine Inspektorin. Dies war eine Untersuchung. Freeport zog einen Schein unter seinem goldenen Geldclip hervor und stellte ihr immer noch halb volles Glas darauf. Seine Augen wanderten im Raum umher, suchten nach Dieben. »Man weiß ja nie, wenn Weiße in der Nähe sind«, sagte er kichernd. Sagte »Und Ihnen einen angenehmen Abend, guter Mann« zum Kellner, als sie die Cocktailbar verließen, er unsicheren und sie sicheren Schrittes. Nach der gedämpften Beleuchtung in der Bar musste sie die Augen zusammenkneifen, als sie ins grelle Licht der Lobby traten. Freeports Finger packten ihren Ellbogen. Lila Mae wandte sich den Fahrstühlen zu – sie sehen aus wie Uniteds, dachte sie, die besonders breiten Türen –, und Freeport sagte: »Dachten Sie – dachten Sie, ich wohne hier? Könnte ich mir nie leisten. Nein, ich wohne gegenüber.«

»Natürlich«, sagte Lila Mae. Als sie die Stufen zur Straße

hinuntergingen, wünschte ihnen der Portier einen angenehmen Abend. Freeport nickte.

Er hatte nicht gelogen. Sein Hotel befand sich genau neben dem Eingang zur U-Bahn, nur auf der gegenüberliegenden Straßenseite. Der Pförtner im Hotel Belair wünschte dem Paar keinen angenehmen Abend, obwohl der kugelrunde Kadaver hinter dem Gitter der Loge bei ihrem Anblick eine Augenbraue hochgezogen haben mochte. Von den fünf anderen Hotelinsassen, die rund ums Radio in der Lobby hockten, wurden Lila Mae und Freeport weit herzlicher begrüßt. Sie wandten ihre Aufmerksamkeit vom Boxkampf ab und sahen dem Paar zu, das die Treppe hinaufging, die dünnen braunen Bademäntel der Herren verhunzt durch Brandlöcher von Zigaretten und unzählige Löffel fettiger Suppe. Sahen zu, als der Mann seine Hand um die Taille der Frau legte, sie in feuchtlippiger Vorfreude von ihnen fort- und dann die Treppe hinaufführte. Drei stille Treppenfluchten hinauf, vorbei an Haltern, in denen einst Feuerlöscher gehangen hatten, deren Zweck jedoch von anonymen Schurken mit unklarer Absicht missbraucht worden war. Gingen vorbei an öden Wänden, die jede Aussage verweigerten. Lila Mae roch die abgestandene Luft. Freeport pfiff. Kein Fahrstuhl, dachte sie. Freeport sagte: »Eine Sekunde, meine Liebe«, während er mit dem Schloss kämpfte. Es wollte seinen Verführungskünsten nicht erliegen. »Es klemmt«, sagte er, »kleinen Moment noch.«

Sie hatte schon kleinere Zimmer gesehen, hatte in kleineren Zimmern als diesem gelebt und würde in Zukunft vermutlich genauso verdächtige Zimmer bewohnen. Nach wenigen Minuten der Stille hörten sie wieder den Straßenlärm durchs offene Fenster, er durchdrang die schmutzig grüne Jalousie: Gehupe, Pfiffe, Gekrache. Das Geschnaube der Stadt. Sie erblickte das Bad und seine kalten Fliesen: Freeport hatte drei Paar erschöpfte Socken über der Stange des Duschvorhangs zum Trocknen aufgehängt. Freeport schoss zum Tisch neben dem unordentlichen Bett und zog eine Flasche aus einer braunen Tüte. Zerknüllte die braune Tüte und warf sie in den Metalleimer, der unter dem einzigen Fenster stand. »Kleiner Schluck gefällig?«, fragte er. »Kleiner Gutenachttrunk?« Und putzte den Rand eines Glases mit seinem Taschentuch, hielt das Glas ins Licht. Sie sagte ihm, sie werde sich im Bad ausziehen. Die Tür ließ sich nicht schließen, entweder lag es daran, dass sie verzogen war, oder an zu vielen ehrgeizigen Anstrichen, und entlang der Füllung schimmerte ein Band weißen Lichts. Durch den Spalt konnte sie hören, wie er sich rasch aus den Klamotten herausfummelte, hörte das Knacken und Quietschen des Bettes, als er sich hineinlegte. Lila Mae hängte ihre Hose über die Stange neben die Socken des Mannes und legte Jacke, Hemd und BH darüber. Sie spürte, wie der Schweiß unter ihren Füßen das Desinfektionsmittel des Hotels auf dem Badezimmerfußboden in eine klebrige Masse verwandelte. Sie warf noch einen letzten Blick in den Spiegel: Lila Mae hatte ihr Pokergesicht aufgesetzt, jene starre Maske, die sie selbst erfunden hatte. Sie kommt ihr heilig vor, und so soll es sein, genau das ist ihr Zweck. Sie passt zum Bild, das sie von sich selbst hat.

Er sagte irgendetwas, aber sie überhörte es, denn es hatte nichts mit diesem Fall zu tun. Sie kümmerte sich nicht um seinen Atem, der ätzend war und sich schwer auflöste, eine tief hängende, faul dünstende Wolke. Sie notierte im Kopf die Details der Untersuchung, seine Finger und Küsse, die Art, wie er sich langsam auf sie wälzte, unbeholfen, als wäre er ein Seehund und besäße keine Arme, um sich abzustützen. Ihre erste Untersuchung. Lila Mae legte eine Akte für ihre erste Untersuchung an und notierte die zweckdienlichen Details. Die Sprache des Berichts bestand aus dem malmenden Satzbau der Bürokratie. Eine Sprache, die die Details aufbewahrte, alles andere aber nicht, all das, wofür es keine Wörter gab. Er wachte nicht auf, als sie sich anzog und verschwand, und damit hatte sie gerechnet.

Vor einer Woche um diese Zeit, am Abend, als der Unfall geschehen war, hatte sie in einem schwankenden U-Bahn-Zug gesessen und auf eine Zeitungsschlagzeile gestarrt. Die Spätausgabe brachte die Fanny-Briggs-Story auf der ersten Seite. Schuppenflechte überwucherte das Gesicht des Mannes, ließ seine Haut so rau werden wie das Papier des Boulevardblattes. Seine Augen tasteten das billige Blatt ab. Er blätterte die Seiten langsam um, bewegte sich weiter zu anderen urbanen Katastrophen, dem nächsten Unglück anderer. Hinter der ersten Seite schlug die Zeitung mit den Flügeln, doch die Schlagzeile blieb die gleiche, blieb am selben Platz, hing vor ihr in der Luft. ABSTURZ.

Jetzt liegen die Dinge anders. Es gibt eine Schlagzeile, »Bettwäsche für Tippelbrüder«, sie tanzt in einer Straße in Midtown einer Windhose auf der Nase herum. Doch Lila Mae zieht ihre Sache durch, denn die Zeitung enthält ihren Namen, und sie will ihren Namen wiederhaben.

Sie ist eine halbe Stunde zu früh da und parkt den Sedan gegenüber von Bickfords glänzenden Fenstern. Als sie Chucks unverkennbaren Gang ausmacht (eine absurde Choreografie wackelnder Hüften und Schultern und Überstunden machender Socken), sucht sie die Straße nach Anzeichen seines Schattens ab, nach den schweigenden Männern, die ihm folgen könnten. Wartet weitere zehn Minuten, nachdem er sich an einen Tisch am Fenster gesetzt hat (den Blicken ausgesetzt), und betritt dann Bickfords – er ist weder von Chancre, dem Amt für Innerbetriebliche Angelegenheiten noch sonst jemandem verfolgt worden.

»Na, was hast du für mich, Chuck?«, fragt sie unvermittelt und zwängt sich hinter den Tisch.

»›Na, was hast du für mich?‹«, beschwert sich Chuck. »Ist das alles, was du mir zu sagen hast? Ich hab dich seit einer Woche nicht gesehen.«

Sie bildet sich ein, dass dies die Stimme ist, die er häuslichen Katastrophen vorbehält. Winselnd, verärgert. »Tut mir Leid, Chuck. Passiert eine Menge im Moment.« Sie legt sich die Serviette über den Schoß. Im Bemühen, ein paar Theatergäste anzulocken, hat sich das Restaurant kürzlich zu steifen Stoffservietten aufgeschwungen. Bickfords ist ein merkwürdiger Laden: zwei Blocks östlich der Speicherhäuser, zwei Blocks westlich der Hochhäuser. Die bescheidenen Tage von Bickfords, als Hort fettiger Löffel, neigen sich ihrem Ende zu, das echte Geld ist mit der Verköstigung von Familien zu machen, man muss die einfältigen und ziellosen Touristenmassen einfangen, wenn sie vorbeiirren. Keine gesundheitsgefährdenden Tagesgerichte auf blauen Tellern mehr, keine handgeschriebenen Schilder, auf denen der Chefkoch seine Tageslaune verkündet. Besseres Geschirr, Gabeln mit geraden Zinken, durchscheinende Lampenschirme über den fliegendreckverkrusteten Glühbirnen. Die Speisekarte ist nicht wieder zu erkennen.

»Immerhin siehst du gut aus«, sagt Chuck, er kriecht ihr in den Arsch und will eine Entschuldigung rausleiern. »Für eine, die untergetaucht ist.«

Untergetaucht: Ist sie wohl, denkt sie. »Wie steht's dieser Tage um die Stimmung im Büro?«

»Ziemlich hektisch seit Chancres Unfall. Hardwick hat uns richtig angepeitscht, aber das hilft auch nichts. Chancre ist immer noch im Krankenhaus, also machen sie sich Sorgen darüber, dass die Wahlkampfkampagne ins Stocken kommen könnte. Ist ein echter Tiefschlag für ihre Moral.«

»Hab gesehen, dass es in der Zeitung stand.« Und es hat sie gefreut, das zu sehen. Mal schlägt die Presse nach diesem, mal nach jenem.

»War ein ziemlich aufsehenerregender Absturz«, sagt er. »Nach Fanny-Briggs war die Sache fast gelaufen – hatten den Intuitionisten eins reingewürgt und so weiter –, aber durch diese Sache mit dem Fahrstuhl von Otis haben die Intuitionisten wieder zugelegt. Gibt sogar Leute, die meinen, Reed und Lever würden hinter der Sache stecken.« Braucht nicht viel, denkt Lila Mae, um sich vorzustellen, dass Reed den Streich von Natchez für sich ausnutzt. »Und angesichts dieser Sache und der Gerüchte wegen Fulton«, fährt Chuck fort, »ist der Wahlausgang wieder unsicher. Hast du von Fultons Zeug gehört?«

Ihr fällt nicht ein, welche Miene sie jetzt aufsetzen müsste. »Die Gerüchte über die Black Box?« Wenn Reed und Lever Hinz und Kunz signalisiert haben sollten, dass die Box irgendwo ist, dann müssen sie ihr dicht auf der Spur sein. Sie vielleicht sogar schon haben. Wenn sie noch mit im Spiel wäre, würde sie es wissen. Lila Mae fragt sich, wie sie wohl auf ihr Verschwinden aus dem Haus reagiert haben.

»Genau«, sagt Chuck. »Offenbar hätte *Lift* diese Woche eine Story darüber bringen sollen, aber sie ist nicht gedruckt worden. Es gibt natürlich alle möglichen Spekulationen deswegen, aber unter dem Strich ist es so, dass einige von uns wieder Hoffnung auf Lever setzen und ein paar der Unentschlossenen auf unsere Seite kommen. Glaubst du, dass es stimmt, Lila Mae? Dass sie irgendwo ist?«

»Könnte sein.«

»Stell dir nur vor – Fultons Black Box. Weißt du, was das heißt? Die Zweite Vertikale Revolution steht bevor. Alles um uns her, alles da draußen wird verschwinden. Alles«, sagt er erregt, schaut Lila Mae an, als teile sie sein Bild von der Zukunft. Sie aber ist, um das Mindeste zu sagen, bedrückt. Chuck lässt einen Finger in seine Kaffeetasse gleiten und fischt ein langes, schwarzes Haar heraus. »Einige der Jungs haben geunkt, dass der perfekte Fahrstuhl uns überflüssig machen würde, aber irgendeine Art von Wartung und so gibt es sicher immer. Am kommenden Dienstagabend dürfte es ziemlich spannend werden. Wirst du wählen?«

»Muss erst mal sehen, wie die Dinge laufen. Sind die Untersuchungsergebnisse schon bekannt?«

Er schüttelt seinen Kopf. »Noch keine Autopsie. Du kennst sie ja – sie sind so glücklich, wenn sie mal was zu tun haben, dass sie die Sache endlos lange melken und alle auf die Folter spannen. Sieht aber so aus, als würden sie ihre Ergebnisse am Montagmorgen vorstellen.«

Montag, das wäre perfekt für sie, denkt sie. Bis dahin dürfte sie das aus Pompey herausgeholt haben, was sie braucht, und das, zusammen mit dem Untersuchungsbericht, müsste ausreichen, um sie zu entlasten. Natürlich könnte die Spurensicherung bestochen werden – sie arbeiten für die Stadt –, aber sie sind dem Büro des Bürgermeisters unterstellt, und der Bürgermeister wird sich davor hüten, sich in den Wahlkampf der Fahrstuhlinspektoren einzumischen, egal, was er und Chancre am Kochen haben. Die Wahl ist eine Familienangelegenheit, und die Inspektoren nehmen Familienangelegenheiten sehr ernst. »Und was ist mit Arbergast?«, fragt Lila Mae. »Irgendwas Neues?«

»Da liegt der Hase im Pfeffer, Lila Mae«, sagt Chuck besorgt. »Nach allem, was ich weiß, hat er nichts in der Hand. Nicht jetzt, wo du verschwunden bist. Keiner erzählt ihm was. Wenn die Spurensicherung ihren Bericht vorstellt – und ich glaube, wir wissen beide, dass es Sabotage war –, bist du immer noch die Tatverdächtige Nummer eins. Du hast dich seit einer Woche nicht mehr blicken lassen.« Er spricht quiekend. »Wenn der Bericht rauskommt, dann wird er die Cops mit reinziehen, denn dann wird es offiziell zu einem Fall für die Polizei. Und du stehst unter Verdacht, Lila Mae. Du stehst unter Verdacht.«

»Das war schon vorher so. Jetzt haben sie bloß einen Grund, um den Strick aus der Tasche zu ziehen.«

»Warum kommst du nicht ins Büro, Lila Mae«, sagt Chuck. Fast bettelnd.

»Lass uns nicht wieder davon anfangen.«

»Ich kann dir helfen. Sprich mit Arbergast. Er wird dir helfen. Du bist eine von uns.«

Eine Minute lang überlegt sie, ob sie Chuck gekauft haben. Gibt mehrere Parteien, die dafür infrage kämen. Aber sie hat ihn angerufen, weil sie ihm vertraut, und sie braucht dies Vertrauen. Sie ist bereit, die Folgen zu tragen. »Nächsten Montag wird alles wieder okay sein«, sagt sie. Sie glaubt es wirklich.

»Du willst mir nicht alles erzählen, was?«

Sie vertraut ihm – man sehe ihn sich jetzt bloß an. Ihn hat keiner gekauft. Sie wünschte sich, ihm alles erzählen zu können, und irgendwann in der nächsten Woche wird sie ihm alles erzählen, was sie erfahren hat ... Nein. Bestimmt nicht. Sie weiß, dass sie ihm nichts von Fulton erzählen wird. Sie kann es nicht. Sein Gesicht sagt es ihr: die mürbe Miene, die verschwommene Eindimensionalität eines Objekts im Hintergrund eines Fotos. Ihre Freundschaft, vor einem Augenblick noch so wirklich, kommt ihr plötzlich unwirklich vor. Sie hat ihn hinter sich gelassen. Sie wird ihm nichts erzählen. »In ein paar Tagen ist alles vorbei, Chuck«, sagt sie. »Dann erzähle ich dir alles.«

»Und die Polizei?«, fragt Chuck.

Sie schürzt ihre Lippen, dann fällt es ihr ein. »Noch eins, Chuck – was weißt du über die Nummer 366 in der Achten Straße?«

»366 ...« Er wölbt eine Wange von innen mit der Zunge, eine Angewohnheit, die Lila Mae schon immer ein wenig eklig vorgekommen ist. »Das Haus kenne ich«, sagt er schließlich. »Hab's heute Morgen auf der Liste gesehen. Ist nächste Woche fällig für eine Inspektion. Maberley macht's.«

»Es ist ein neues Gebäude. Hat es noch keiner von der Behörde gesehen?«

»Nein, es ist ein Checkup. Maberley hat es vor ein paar Wochen wegen irgendwelcher mutwilliger Beschädigungen auf die Liste gesetzt.«

Fünf Minuten später sitzt sie wieder im Auto, eine halbe Stunde später ist sie in ihrem Zimmer in der Friendly League Residence in den Außenbezirken. Dies ist ihr kleinstes Zimmer bisher. In Liverpools »reisende Wohnzimmer«, aus der Zeit der Jahrhundertwende, mit Raum genug für einhundert Passagiere und geschmückt mit rauchigen Spiegeln und weichen Kissen, hätten drei dieser Räume gepasst (ein Fahrstuhl im Fahrstuhl, ein Fahrstuhlpassagier). Die Kellergelasse der Friendly League Residence, inoffizieller Aufbewahrungsort jedes abgestoßenen Möbels der Stadt (aus dem Sperrmüll gerettet, gerettet aus ausgebrannten Souterrains), haben diesen Raum mit einem leprösen Polsterstuhl und einem Schreibtisch ausgestattet, der sich geradezu anbietet für die Abschiedsbriefe selbstmordsüchtiger Bürger. Hohe, braune Schranktüren verbergen das Wandbett, das jetzt hochgeklappt ist. Nach all den Jahren, in denen ausgemergelte Gäste daran herumgerüttelt haben, hängt es schief in den Scharnieren und klemmt.

Sie hat die anderen Gäste nicht gesehen, kann sie sich aber vorstellen. Die Gezeiten der Stadt spülen die nicht sattelfesten Bürger an dieses abgelegene Ufer, an einen Strand, auf dem mitleidslose Gebilde wie die Friendly League Residence aufklüften. Alte Männer in grauen Klamotten, mit Bärten wie abgestorbenes Gras, schlurfend und gebückt. Die Alibilosen. In der letzten Nacht wurden die Flure von zerrüttetem Gehuste heimgesucht, es stahl sich aus zahllosen Zimmern, ein verschleimter Chor des Todes. Es hielt sie wach, um das Mindeste zu sagen, und als sie schließlich einschlief, tauchte es in ihren Träumen als Donner und Regen auf, der über dem Haus ihrer Kindheit niederging. In ihren Träumen konnte sie ihr Haus wegen dieses Regens nicht verlassen. Am nächsten Morgen, sobald sie die Sonne erspäht hatte, die über die Reihen niedriger Mietshäuser schielte, deren Kolonnen in Richtung des fernen Nordens der Insel trotteten, hin zum schwarzen Fluss, schüttelte sie die Nacht rasch ab. In dieser Gegend gab es nicht viele Fahrstühle. Dieser Ort, eine weltvergessene Ebene, die ebenso gut noch befeldert und bewäldert sein könnte, ist zur Vertikalitätslosigkeit verdammt worden. Nein, Chancre und Lever werden sie hier nicht aufspüren. Gegen zehn Uhr morgens waren die anderen unsichtbaren Gäste sämtlichst aus ihren Zimmern geschlurft, und sie wartete noch eine weitere Stunde, bevor sie sich aus ihrem Gelass wagte, meinte, dass es nun sicher sei. Unten sah der Manager nicht von seinen Comics auf, als sie die Haustür aufstieß und hinter sich zuknallen ließ. Ihn kann nichts mehr überraschen.

Den Nachmittag verbrachte sie in der Stadt. Downtown, im Katasteramt, auf der anderen Seite der Insel, genau gegenüber vom Fanny-Briggs-Building. Sie durchquerte schnellen Schrittes den Schatten, den das neue Gebäude über die Federal Plaza schleuderte, die Augen abgewandt von jenem Bauwerk, und trat rasch durch die Drehtür des Katasteramts. Lila Mae hielt der Angestellten, einem verhutzelten Weiblein, das sich nicht mal die Mühe machte, ihre Identität zu überprüfen, da sie darin vertieft war, einen riesigen Papierberg mit einem glänzend stählernen Gerät zu bearbeiten, dem Siegel der Stadt, ihre Kennmarke hin. Lila Mae konnte deutlich erkennen, wie das spiegelverkehrte heilige Siegel den bürokratischen Müllberg segnete. Sollte die Behörde eine Warnung hinsichtlich ihrer Kennmarke ausgegeben haben, dann hatte sie dieses Büro offensichtlich noch nicht erreicht. Als sie mit den riesigen Grundbüchern des Katasteramts fertig war, brach sie auf, um Chuck bei Bickfords zu treffen, und der hohe Schatten des Fanny-Briggs-Building hatte sich in die Luft erhoben, war nicht mehr zu unterscheiden von der Nacht.

In ihrem Zimmer in der Friendly League Residence liest sie im zweiten Band von *Theoretische Fahrstühle.* Liest: »In diesem hektischen und chaotischen Jahrhundert schläft die Rasse. Wütend geschlossene Lider, die sich nicht öffnen wollen. Angstvolle Augenbälle schießen darunter hin und her. Sie werden bewegt von den Träumen. Während dieser Träume des Erhobenwerdens begreifen wir, dass wir vom Vertrag mit der heiligen Vertikalität träumen, und hoffen, uns beim Erwachen an alle Klauseln zu erinnern. Doch wir erinnern uns nie, und das ist der Fluch, der auf uns liegt.« Früher dachte sie, er verstünde unter »Rasse« alle Menschen. Fulton hat eine Vorliebe für das königliche »Wir«, es durchzieht *Theoretische Fahrstühle.* Aber jetzt? Was heißt jetzt »wir«?

Sie bringt sich selbst die richtige Lesart bei.

Als jemand an die Tür klopft, schließt sie das Buch (die Seiten stoßen sich gegenseitig ab, so eifersüchtig und vereinnahmend sind sie, was die Berührung durch Lila Mae angeht). Sie erwartet Natchez, der sie auf den neuesten Stand seiner Suche nach den Seiten aus Fultons Tagebüchern (und mehr) bringen soll. Aber es ist nicht sein Klopfen, und es ist auch nicht seine Stimme, die krächzt: »Amy, Amy, Baby, es tut mir Leid.« Das letzte Wort zerrinnt, läuft wie Spucke an der Tür herunter. »Tut mir Leid, ich wollte das nicht. Mach auf, und ich zeig's dir. Es ist nur – manchmal, wenn ich da hingehe ... es ist so mies da, so mies, und ich komm nicht wieder raus.« Der Zwischenfall ist beendet. Der Mann klatscht mit der Hand gegen die Tür, und sie kann hören, wie er den Flur hinabgeht, langsam, in weichen Klamotten, vielleicht im Bademantel, der als Besen oder Schwanz hinter ihm auf den dreckigen Fliesen herschleift.

Als schließlich Natchez' Klopfen die alte Tür erschüttert, muss sie nicht erst durch den Spion schauen, um sicherzugehen. Sie öffnet die Kette, schließt auf, und er starrt angewidert den Flur hinab, und – sie erkennt Fultons Profil, den kantigen Übergang von Braue zu Stirn, das knotige Kinn. Er trägt einen schlicht geschnittenen, hellblauen Anzug, jene Art Anzug, den sie mit den Anzügen von Männern in farbigen Stadtteilen in Verbindung bringt, ein Anzug für Kirche und sonstige Anlässe, vermutlich der einzige, den er besitzt. Er wendet sich ihr zu und sagt. »Hast dir ein nettes Hotel ausgesucht, Lila Mae.«

»Dein Anblick tröstet über einiges hinweg«, sagt sie.

Natchez zieht nervös an seinen Ärmelaufschlägen. »Ich hab dir nicht viel mitgebracht. Keine Ahnung, warum ausgerechnet dies«, sagt er schulterzuckend, blickt auf zur angegilbten Decke. Er zieht schwungvoll einen Blumenstrauß hinter dem Rücken hervor, einen Gewitterguss von Veilchen. »Hab sie unterwegs gesehen. Ich dachte, du könntest was für dein Zimmer brauchen, und ich glaube, ich hatte Recht.«

Nein, ihr fällt nicht ein, wann jemand ihr das letzte Mal ... hat sie überhaupt je? Sie kann sich partout nicht erinnern. Sie schließt die Tür hinter ihm ab und blickt sich in ihrem winzigen Zimmer um. Dauert nicht lange. »Danke«, sagt sie. »Leg sie auf die Fensterbank. Ich hab nichts, wo ich sie reintun könnte.«

Er legt seinen Hut, einen verstaubten schwarzen Homburg, neben die noch in Papier eingewickelten Veilchen. Unter ausgedehntem Quietschen zieht er sich einen Stuhl her vom Tisch, setzt sich. »Du hättest was Besseres als das hier finden können. Selbst mein Zimmer ist besser als das, und ich hab kein Geld für was Vernünftiges gehabt. Ich mein – kein Geld für ein vernünftiges Zimmer.«

»Wegen mir brauchst du nicht höflich zu tun, Natchez.« Er hat sich den einzigen Stuhl des Zimmers geschnappt. Sie kämpft mit dem ausklappbaren Bett, und es gleitet zu Boden. »Wir kommen ja aus derselben Ecke«, fügt sie hinzu, sitzt auf dem Gebirge des Bettzeugs.

Er wirkt nervös, reibt die Hände auf den Knien. »Hast du heute irgendwas gefunden? Als du in der Stadt warst, mein ich?«

Vielleicht ist er wirklich ein bisschen nervös, denkt Lila Mae. Sie hat sich nie eingebildet, eine beeindruckende Person zu sein (so wenig kennt sie sich selbst), aber er ist neu in der Stadt, und vielleicht ist das die Erklärung. »Ich glaube, ich weiß, warum Pompey letzten Abend zu dem Gebäude gegangen ist«, sagt sie. 366, Achte Straße. Bis dorthin waren die beiden Pompey gefolgt, nachdem er Pauley's Social Club verlassen hatte. »Das Gebäude gehört Ponticello Food – sie haben eine Fabrik für Tomatenkonserven auf der anderen Seite vom Fluss. Ich bin mir ziemlich sicher, dass Psst seine Finger mit drinhat. In jedem Fall hab ich genug Sachen gegen ihn in der Hand. Zusammen mit den Fotos, die wir gemacht haben. Vielleicht kann ich ihn ja dazu bringen, zu gestehen, dass er das Fanny-Briggs sabotiert hat.«

»Ich komme mit«, antwortet Natchez. »Um wie viel Uhr?«

»Ich brauch deine Hilfe nicht – ich meine, ich kann's allein machen. Ich arbeite mit ihm zusammen. Ich kenne ihn ganz genau. Ich schaff das schon.«

»Um wie viel Uhr? Ich komme mit.« Er hat die Arme vor der Brust gekreuzt.

»Du musst deine eigenen Sachen erledigen.« Er meint es gut, aber sie ist kein Kind mehr. »Wie war's heute im Haus? Hast du's gefunden?«

»Mann, sie haben nichts geahnt. Ich hab gewartet, bis Mrs. Gravely losging, um fürs Abendessen einzukaufen. Reed und der alte Lever waren den ganzen Tag außer Haus. Hat bloß fünf Minuten gedauert, bis ich seine Aufzeichnungen gefunden hab. Leute, die sich für so schlau halten, sollten doch wenigstens die Schublade abschließen – sie waren genau in der Schublade, die du mir genannt hast.« Er zieht die kleine, schwarze Kamera aus seiner Tasche und schwenkt sie in der Luft. »Als ich seine Handschrift erkannt hab, hab ich gleich Fotos gemacht.«

Lila Mae lehnt sich aufgeregt nach vorn. »Kann ich sie sehen?«

Natchez steckt die Kamera wieder ein. »Hab sie noch nicht zum Entwickeln gebracht. Ich wollte warten, bis ich die aus der Behörde und die vom Fahrstuhl-Magazin kriege.«

»Vielleicht solltest du besser entwickeln lassen, was du hast«, sagt Lila Mae, »und für Chancre und *Lift* jeweils einen anderen Film nehmen. Dann geht dir nicht alles verloren, wenn was passiert.«

Sein Gesicht zieht sich ein wenig zusammen. Auf seinem Gesicht glänzt die rote Neonreklame des Schnapsladens auf der gegenüberliegenden Straßenseite, geht an und aus. »Ja, du hast wohl Recht. Ich bring ihn morgen zum Entwickeln.«

Hat es sich angehört, als wolle sie ihm etwas vorschreiben?, denkt Lila Mae. Sie hat nur versucht, praktisch zu denken. »Nur für den Fall«, sagt sie sanft, »mehr meine ich nicht.«

»Nein, du hast Recht. Ich werd's machen.«

»Bist du sicher, dass sie in der Behörde sind? Vielleicht haben sie sie irgendwo anders hingebracht.«

»Ich werd sie schon finden«, sagt Natchez. »Wenn sie da sind, werd ich sie finden, und wenn sie irgendwo anders sind, dann find ich sie auch. Mach dir Gedanken über das, was du zu tun hast, und ich mach mir Gedanken über das, was ich zu tun hab.«

»Ich sag dir was – wenn ich mit Pompey gesprochen hab, werde ich zu *Lift* gehen und versuchen, die Aufzeichnungen zu finden, die sie haben. So sparen wir Zeit.«

Er sieht verärgert aus, denkt Lila Mae. So bockig und trotzig, wie sie ausgesehen hat, als er sie unbedingt zu Pompey begleiten wollte? Er sagt: »Ich mach das schon, Lila Mae. So haben wir's vereinbart, oder? Du hast genug um die Ohren. Wenn die Filme entwickelt sind, kannst du mir helfen, herauszufinden, was mein Onkel geschrieben hat, okay?«

Sie wünscht sich, ihm nicht gesagt zu haben, was er tun soll. Sie ist falsch verstanden worden. »Natchez – möchtest du was essen?«

Er runzelt die Stirn. »Eigentlich gern«, sagt er, »aber ich muss zurück zum Zug. Ich hab morgen einen langen Tag.« Er steht auf und schiebt den Stuhl wieder an seinen Platz. »Ich weiß, dass du eins von diesen modernen Mädchen aus der Stadt bist, Lila Mae, aber ich, ich mag's langsam. Weißt du? So bin ich erzogen worden. Lass uns – lass uns morgen Abend mal richtig ausgehen. Wenn wir alles erledigt haben, dann lass uns mal so richtig ausgehen. Keine Fahrstühle, keine Black Box, kein Onkel. Nur wir beide. Wir können essen gehen, und dann kannst du mich ja vielleicht zu einem dieser Clubs mitnehmen, die du immer besuchst.« Natchez lächelt. »Ich hab das ganze Gehalt von Mr. Reed, und bisher hat es mir bloß ein Loch in die Tasche gebrannt.«

»Gern«, sagt Lila Mae.

In der Tür küsst er sie rasch auf die Wange. »Gute Nacht, Lila Mae«, sagt er. »Und lass die Tür abgeschlossen, wenn du dir schon kein netteres Zimmer suchen willst.«

Das moderne Mädchen aus der Stadt schließt hinter ihm die Tür ab.

»Ich weiß, was du gemacht hast«, sagt sie Pompey. »Ich weiß, was du mit dem Fahrstuhl im Fanny-Briggs gemacht hast.«

Sie ist seit dem Morgen dort gewesen, hat ihre Schuhe auf der Gummimatte gerieben. Lila Mae war überrascht, als sie erfuhr, dass Pompey nur zwei Blocks weit von ihrer Wohnung entfernt wohnt, aber in der Vergangenheit hatten ihre Gespräche aus nicht viel mehr als dem Austausch kurzer Bürobotschaften bestanden (nie sind *Fertig mit dem Aufzug?* und *Hängt die neue Liste schon?* mit so viel Gift und Galle ausgesprochen worden). Nur zwei Blocks weit entfernt von ihrem Apartment im Bertram Arms, und es könnte eine völlig andere Gegend sein. Das Leben hier, die entspannte Stimmung dieses sorglosen Sonntagnachmittags – es erinnert sie an ihre Kindheit, den südlichen Himmel über den Myriaden süßer Vergnügungen im farbigen Stadtteil. In ihrer Straße kennt sie niemanden. Die Einwanderer aus der Karibik haben einen gemeinsamen Code, eine ausschweifende und geheime Choreografie, die sie nicht versteht. Aber dies sind amerikanische Farbige. Während sich der Nachmittag vor ihren Autofenstern entrollt, grüßt jeder Nachbar einen Nachbarn, Hüte werden mit extravaganter Geste gelüpft, bezahlt wird mit der Währung des Lächelns, es gibt keine Fremden hier. Eine Ausreißerin entfernt sich zwei Schritte von ihrer Mutter, stürzt fast, schlägt sich fast die jungfräulichen Knie auf dem Straßenpflaster auf – wäre da nicht die sichere Hand von Mr. So-und-so, der weiter oben in der Straße wohnt, der diese Straße nie verlässt, der immer eine hilfreiche Hand leiht oder Lutschbonbons oder geheime Weisheiten mit den Kindern teilt. Die Mutter dankt ihm, verspricht ein Törtchen. (Sämtliche Ruchlosigkeiten werden hinter den Hauswänden verborgen, sind dem

Drinnen vorbehalten. Die Nachbarn hören alles, mischen sich aber nicht ein, heben jeden Fluch und Schlag als Vorrat an Getratsche für langweilige Stunden auf.)

Dic luftigen Vignetten der Straße lenken Lila Mae ab, als sie draußen vor Pompeys Mietshaus Wache schiebt. Der Mann mit dem roten Hut, der sich an der Ecke gegen einen Laternenpfahl lehnt, seine geschickten Hände. Die Zeit, die ein Käufer schätzungsweise braucht, um seine Geschäfte im Laden an der Ecke zu erledigen (sieben Minuten). Er verlässt sein Haus nicht. Sie weiß, dass er da ist, weil er das Telefon abgenommen hat. (Sie hat ihn ihren Atem hören lassen.) Sie verbringt Stunden damit, sich zu sammeln. Stellt sich vor, die grauen Steinstufen hinaufzuspringen, auf den Klingelknopf des Apartments 3a zu drücken. Aus dem Nirgendwo bricht ein Stoffballspiel über sie herein, so plötzlich wie ein Sommergewitter, in der Zeit, die sie braucht, um von Pompeys Stufen zu ihrer Uhr zu blicken. Zehn schreiende Kinder, ein halber Besen, ein schmutziger Stoffball. Offenbar ist ihr Auto die dritte Grundlinie, es fällt ihr auf, als ein Junge auf ihren Kofferraum patscht – in Sicherheit. Erschrocken fährt sie auf dem Sitz herum, und im Rückfenster ist sein rundes, aufgeregtes Gesicht zu sehen: »Tut mir Leid, Lady!«, jault er. Deine Mama ist so schwarz, du wirfst wie 'n Mädchen, nee, nee, er hat mich nicht abgeschlagen, ich war schon hier.

Das Stoffballspiel verschwindet so schnell, wie es gekommen ist, die Jungs machen sich auf zu einem neuen und plötzlich dringenderen Zeitvertreib. Lila Mae hat sich entschieden. *Jetzt.* Da öffnet sich die Tür der Nr. 327. Pompey hält sie für eine wuchtige, runde Frau in knallblauem Rock und zwei Jungen auf, die sich lautstark streiten. Die Familie Pompey. Sie hat sich gedacht, dass er verheiratet ist – Pompey bekommt gutes Geld von der Stadt, und er ist nicht der Typ, um groß über die Stränge zu schlagen, in alkoholischer, ehebrecherischer oder sonst welcher Hinsicht –, aber sie hat nicht mit den Kindern gerechnet. Sie sehen aus, als wären sie fünf oder sechs Jahre alt, sind kurzbeinig und streiten sich mit schlagenden Argumenten. Mrs. Pompey hat die unselige Angewohnheit, sie in kurze Hosen gleicher Farbe zu stecken, die sich nur um eine Größe voneinander unterscheiden. Vielleicht prügeln sie sich deshalb, schlagen jeder nach den neuerdings unverhüllten Beinen des anderen. Zwergenhafte Gegner. Pompey senkt den Blick, grollt und packt seine Söhne bei den Schultern. Ihre Köpfe neigen sich gleichzeitig in Richtung seiner Hände, eine weit verbreitete Reaktion auf den Griff nach der Schulter, wie Lila Mae aufgefallen ist, ein Instinkt, dessen Grundstein wohl schon vor Äonen durch den strafenden Daumen eines Hominidenpatriarchen mit schräg abstürzender Stirn gelegt worden ist. Sie hören auf, sich zu prügeln, hören auf, sich zu winden, sobald ihr Vater seinen Griff lockert und sie anweist, sich zu benehmen. Die Jungen schaffen es ohne Zwischenfall die Stufen hinab bis zum Bürgersteig, während Pompey seiner Frau einen Abschiedskuss auf die Lippen drückt. Damit hat sie auch nicht gerechnet – dass Pompey, ihr heutiges Opfer, eine liebevolle Seite haben könnte. Diese Seite verfehlt ihre Wirkung nicht, aber sie schiebt das Bild beiseite. Sie hat geschäftlich mit dem Mann zu tun.

Während seine Famile um die Ecke verschwindet, sitzt Pompey auf den Stufen und zieht eine Zigarre aus der Hemdtasche. Sie erlaubt ihm zwei blaue Züge, schlüpft dann aus dem behördeneigenen Sedan und ist die Stufen hinauf, bevor er ihr Kommen bemerkt hat. Sie steht über ihm, als sie seine piefigen, miefigen Gedanken mit einem scharfen »Ich weiß, was du gemacht hast!« unterbricht.

»Watson? Was machst du denn hier?« Er verschluckt sich am Rauch, ist ebenso überrascht angesichts des Anblicks von Inspektorin Watson vor seiner Haustür wie angesichts der Tatsache, dass sie einen Rock trägt. (Ihre Mutter hat ihn vor Jahren genäht. Auf dem weißen Stoff dümpeln üppige, rote Rosen, er liegt eng an, passt wie angegossen. Sie hat ihn jahrelang nicht getragen, es gab nie einen Anlass. Hat nie jemanden wie Natchez getroffen, den sie später am Abend noch sehen wird, wenn sie ihre jeweiligen Missionen beendet haben. Wenn sie ihre Nase auf das Kleid drückt, bildet sich Lila Mae ein, kann sie noch den tief in der Baumwolle sitzenden Schweiß ihrer Mutter riechen.)

»Ich weiß, was du mit dem Fahrstuhl im Fanny-Briggs gemacht hast. Ich weiß, dass Chancre es dir befohlen hat«, sagt sie tonlos.

»Keine Ahnung, was zum Teufel du meinst, Mädchen.« Sein Gesicht erstarrt. »Und jetzt verpiss dich von meinen Stufen, bevor ich zum Telefon greife und dem AIA sage, dass sein Erzfeind Nummer eins endlich aufgetaucht ist!« Er wirft einen raschen Blick die Straße rauf und runter, um zu sehen, welche seiner Nachbarn Zeugen dieses Zwischenfalls werden.

Sie denkt, dass er vermutlich abwägt, ob er noch Zeit hat, durch die Tür zu verschwinden und sie ihr vor der Nase zuzuschlagen. Nichts da. »Jetzt hör mir mal gut zu, alter Mann«, sagt sie, beugt sich über ihn, »ich bin diejenige, die dir sagt, was Sache ist. Ich hab gesehen, wie du in Pssts Club gegangen bist, und ich hab gesehen, wie du in deiner kleinen Handwerkeruniform zur Nummer 366, Achte Straße, gelatscht bist. Du hast hinter Pssts Wartungsgang hergeputzt, damit sie die Inspektion überstehen und damit Pssts Machenschaften keine unnötige Aufmerksamkeit beim FBI erregen.« Pompey lehnt sich zurück gegen das Hindernis von Lila Maes Körper, und Lila Mae beugt sich noch tiefer hinab, beißender Rauch steigt ihr in die Nase. »Ich weiß, dass die Nummer 366 Psst gehört – und die schlampige Arbeit, die seine Jungs bei den Fahrstühlen machen, wäre genau der richtige Anlass für das FBI, um eine Hausdurchsuchung durchzuführen, wenn er nicht für die Kontrolle durch unsere Behörde vorsorgt.« Sie lässt die Fotos, die ihn zeigen, als er Pauley's Social Club betritt und die Nr. 366 in der Growley-Fahrstuhlreparaturuniform betritt und verlässt, in seinen Schoß fallen. »Du bist Chancres Mann. Also – wenn du nicht zugibst, was im Fanny-Briggs passiert ist, dann werde ich diejenige sein, die beim AIA anruft. Und beim FBI.«

»Mit dem Fanny-Briggs hab ich nichts zu schaffen«, sagt er mit heftig zitterndem Kopf, als versuchte er, das wegzuschütteln, was auf den Fotos zu sehen ist. »Damit hab ich nichts zu schaffen gehabt.«

»Weißt du was, Pompey? Ich hab's wirklich satt, dass ihr Leute mir ständig Lügen auftischt. Ich hab die Nase voll davon, mich mit euch Leuten rumzuschlagen.«

»›Euch Leuten‹? Und welche Leute sollen das genau sein?«

»Hör auf damit, Haare zu spalten, Pompey. Ich kenne deine Masche.«

»Ich hab nichts mit der Nummer elf gemacht. Ich hab keine Ahnung, was passiert ist. Wenn du das AIA oder das FBI anrufen willst, dann los, mach's doch. Weil ich mit dem Fanny-Briggs nichts zu schaffen habe.«

Sie richtet sich auf. Unglaublich, dieser Mann. »Willst du sie decken? Du würdest in den Knast gehen, um sie zu decken, nach allem, was sie dir angetan haben?«

Er drückt die Hosenträger fort vom Leib, als wären es Ketten, lässt sie zurückschnellen. Pompey hält sich die Zigarre vor Augen, starrt auf die glühend rote Spitze. »Das ist eine von Chancres Zigarren«, sagt er. »Chancres. Schmecken wie Scheiße, aber sie haben einen spanischen Namen, also sagt keiner was. Alle wissen, dass sie wie Scheiße schmecken, aber wir rauchen sie trotzdem, weil er sie uns geschenkt hat.« Jetzt sieht er auf zu ihr. Aufgeplatzte Adern durchziehen seine Augen. »Ich mach den Job. Wir alle machen ihn. Vor drei Monaten ruft mich der Mann in sein Büro. Hab keine Ahnung, was er will. Hab nie mit ihm geredet, obwohl ich länger dabei bin als die meisten der weißen Jungs. Er fragt mich, ob ich Geld brauche. Ich sag ihm: klar – er ist der Boss, vielleicht gibt er mir endlich die Gehaltserhöhung, um die ich gebeten habe. Er fragt mich, ob ich irgendwas von seiner Freundschaft mit Johnny Psst gehört hab. Nennt das Freundschaft, hat die Riesenlatschen auf dem Tisch, als wüsste ich nicht, was läuft. Als wär ich irgendein dummer Nigger. Ich sag, ja, es gibt Gerüchte, die Jungs munkeln davon. Dann fragt er mich noch mal, ob ich Geld brauche, sagt mir, ich könnte ein paar Dollar verdienen, wenn ich ein Auge auf Pssts Wartungsteam hab, weil die immer schlechte Arbeit machen – keiner von denen hat je einen Maschinenraum zu Gesicht bekommen, bevor sie angefangen haben mit der Wartung – und weil Psst, wegen der Untersuchung vom FBI, keinen Ärger haben will. Er kann sich's nicht leisten, irgendjemanden in der Behörde zu bestechen, nicht jetzt. Alles, was ich tun muss, ist, mir die Gebäude anschauen, die auf der roten Liste stehen, und dafür sorgen, dass sie bei der Behörde durchgehen, wenn die noch mal kontrolliert. Wenn Pssts Jungs Scheiß gebaut haben, und meist ist das so, dann bring ich das wieder in Ordnung, weil ich weiß, worauf die Behörde achtet. Ich hab das Geld gebraucht, also hab ich angenommen. Mach's jetzt drei Monate. Chancre sagt, nur noch drei Monate mehr, und die Sache hat sich beruhigt. Also hab ich's gemacht.«

»Es ist gegen das Gesetz«, bellt Lila Mae. »Du hast einen Eid abgelegt.«

»Komm mir nicht mit Eiden«, keift er. »Ich hab zwei Jungs. Einer ist fünf, der andere sieben. Ich bin hier in der Gegend aufgewachsen. Sie hat sich verändert. Wahrscheinlich hast du mich den ganzen Tag lang beobachtet. Hast du gesehen, wie die Kinder Ball gespielt haben? In zehn Jahren wird die Hälfte von ihnen im Knast sitzen oder tot sein, und die andere Hälfte wird rumsklaven, nur um das Dach überm Kopf zu behalten. In zehn Jahren wird es hier nicht mal mehr Kinder geben, die auf der Straße Ball spielen. Wird nicht mehr sicher genug sein. Geh doch mal die Straße runter. Wirst schon riechen, dass die Kinder Gras rauchen. Einfach so draußen, als würden sie keine Scham kennen. Hast du den jungen Mann mit dem roten Hut an der Ecke gesehen? Er verkauft's ihnen. In ein paar Jahren wird er kein Gras mehr verkaufen, sondern irgendein anderes Gift. Meine Kinder werden nicht hier sein, wenn das so weit ist. Ich brauche Geld, um sie von hier wegzubringen.«

»Warum sollte ich dir glauben, Pompey?«, fragt sie drohend. »Du bist genauso schlimm gewesen wie der Rest, seit ich zur Behörde gekommen bin. Schlimmer. Hast zusammen mit ihnen über mich gelacht. Und meist lachst du lauter. Wenn du es nicht warst, wen hat Chancre dann losgeschickt?«

»Ich weiß nichts darüber!« Er steht fast auf, bremst sich aber, setzt sich wieder und bläst in die schwelende Glut. »Und was dich angeht, wie soll ich mich denn verhalten, wenn ich sehe, wie du dich aufführst? Wie eine verdammte Königin. Immer schön stolz. Ich hab zwei Kinder.«

»Ja, das hab ich verstanden. Du hast zwei Kinder. Und du buckelst für diese Weißen wie ein Sklave.«

»Was ich gemacht hab, hab ich gemacht, weil ich keine andere Wahl hatte. Sie machen die Gesetze. Du kommst daher, läufst rum, als würde alles dir gehören. Als würdest du nicht ihnen gehören. Aber du gehörst ihnen. Und wenn nicht Chancre, dann Lever. Ich war der erste Farbige in der Behörde. Ich war der erste farbige Fahrstuhlinspektor in der Geschichte. In der Geschichte! Und du wirst nie, nie wissen, welche Hölle sie mich haben durchmachen lassen. Du glaubst, du hast es schlecht? Du hast keine Ahnung. Du bist da, weil ich den Anfang gemacht hab. Mein ganzes Leben lang wollte ich Fahrstuhlinspektor sein. Das war alles, was ich wollte. Und ich hab's geschafft. Ich war der erste Farbige, der die Kennmarke der Behörde bekommen hat. Und aus dem, was ich wollte, haben sie Scheiße gemacht, und ich musste sie fressen. Du hast es leicht gehabt, du Rotznase, und zwar wegen mir. Wegen dem, was ich für dich getan hab. Und jetzt kommst du hierher und pisst mich an. Ich weiß nicht, wonach du suchst, In-spek-to-rin Wat-son, aber ich hab's nicht. Es ist nicht hier. Du musst schon woanders suchen, auch wenn's dir nicht schmeckt. Erinner mich noch an die Zeit, als dies ein gemischter Block war hier. Hatten einen Delikatessenladen von Polacken an der Ecke. Ist jetzt geschlossen.« Er blickt sie wieder an. Er schnippt die Asche von seiner Zigarre und nimmt einen tiefen Zug. »Kannst ihnen alles über mich erzählen. Ruf die Bullen vom AIA, mach, was du willst. Ich werd hier auf der Treppe sitzen, bis ich diese Zigarre aufgeraucht hab. Und ich werd wie immer am Montag zur Arbeit gehen und sehen, was passiert. Lila Mae Watson oder keine Lila Mae Watson.«

Als sie das Auto von der Bordsteinkante lenkt, sitzt er immer noch so da. Starrt auf das Mietshaus gegenüber, seine Hände liegen auf den Knien. Ein dünner alter Herr mit hölzernem Spazierstock, seit Ewigkeiten unterwegs auf dieser Straße, hält an, um ihm zuzuwinken, und Pompey erwidert den Gruß. Die Fotos liegen zu seinen Füßen. Ascheflocken von Chancres Zigarre ergattern eine Freifahrt mit dem Wind, drehen Pirouetten, sind auf und davon.

ST. ROLAND, DER ZIMMERMANN, geb. in Taranto 1179, gest. in der Nähe von Neapel 1235. Hauptquellen für das Leben Roland des Zimmermanns sind seine Briefe und Entwürfe fantastischer Apparate, die zahlreich erhalten waren, bis sie im Jahre 1873 bei einem Brand zerstört wurden. Sie zeichnen ein Bild dieses Mannes und der widrigen Umstände, unter denen er bescheiden und selbstlos arbeitete. Er trat in Bologna dem Klerus bei und wurde dort zum Priester geweiht. Seine Bemühungen, die Botschaft Jesu als Missionar den Muslimen zu verkünden, scheiterten. Erst im Jahre 1219, als er die Kreuzritter von Gautier de Brienne nach Ägypten begleitete, fand dieser Wunsch ein gewisses Maß an Erfüllung. Er appellierte persönlich an Sultan Malek al-Kamel, hatte aber weder Glück mit den Sarazenen noch mit den Kreuzrittern, und nach einem Besuch im Heiligen Land kehrte er nach Italien zurück.

Als er im Jahre 1225 in der Kirche von San Febronia betete, erschien ihm die Heilige Jungfrau Maria und verkündete ihm: »Erhebe die Menschen in Sein Reich.« Dies verstand er wörtlich und glaubte fortan, dass Kirchen zwei Stockwerke haben müssten – ein unteres, das Opfer, Buße und Spende vorbehalten sei, und ein oberes, das dem Beten dienen solle. Im folgenden Jahr gründete er den Orden der Allmählichen Erhebung, fand jedoch nur wenige Anhänger. Auf der Suche nach Sündern suchte er Gefängnisse, Hurenhäuser und Galeeren auf und betrieb seine Mission weiter in Weilern, dem Hinterland und an Straßenecken. Er bekehrte niemanden, außer einer berüchtigten Büßerin, einer spanischen Frau, die ihren Vater im Verlaufe eines Streites wegen einer Wette ermordet, sich dann als Mann verkleidet und im französischen Heer gedient hatte. Es wird berichtet, dass er einmal eine Familie von Hühnern aus einer brennenden Scheune gerettet habe. Ein Ausspruch, den er tat und der seither selten wiederholt worden ist, lautet: »Lasst uns ein Bein heben, und Er wird uns den Rest des Weges tragen.«

Im Jahre 1235 fiel er beim örtlichen Vogt wegen aufdringlichem Bekehrungseifer in Ungnade und wurde dazu verurteilt, zu Tode geprügelt zu werden. Seine Wunden heilten sofort nach jedem Schlag, woraufhin man ihn bei lebendigem Leibe verbrannte. Bei seinem Begräbnis umringten alle Armen Neapels den Sarg, worin sein Herz lag, das aus der Asche geborgen worden war. Das einfache Volk hatte seine Beerdigungsprozession mit der eines anderen heiligen Mannes verwechselt, der in derselben Nacht gestorben war. Sein Wappen zeigt drei Treppen. Er ist der Schutzheilige der Fahrstuhlinspektoren.

Wie bescheiden, denkt sie. Keiner will sich mit einer so erfolgreichen Sabotage schmücken. Sie glaubt Pompey, und seine Geschichte passt zu der von Chancre. (Sie ist eine gute Meile entfernt von ihrem Ziel, sie fährt langsam, hetzt sich nicht, richtet nur die Hälfte ihrer Aufmerksamkeit auf den Verkehr in der Stadt.) Wenn sie es nicht waren, überlegt sie, wer war es dann – denn wenn niemand dafür verantwortlich ist, dann ist sie nachlässig gewesen. Und sie macht nie einen Fehler. Sie erwägt: Chancre hatte keinen Grund, um zu lügen. Wenn er unverfroren genug war, sie entführen zu lassen und so sein Bündnis mit Johnny Psst zu enthüllen, dann gäbe es keinen Grund, zu verschweigen, dass er an der Nummer 11 herumgepfuscht hat. (Nummer 11, das vergessene Opfer dieses Dramas, eine so verheißungsvolle Kabine, in so jungen Jahren von uns genommen, in der Blüte ihres Lebens. Wer weint um die Nummer 11? Lila Mae ist so sehr mit der Frage beschäftigt, welche Folgen der Unfall für sie hat, dass sie keinen einzigen Gedanken an die Hinterbliebenen verschwendet, die schluchzende Familie der Fahrstühle, die ein liebes Mitglied verloren hat, sich nicht einmal von ihm hat verabschieden können.) Pompey. Sie war sich so sicher, was Pompey anging, diese schlurfende Peinlichkeit in Person. Sie legt ihr fehlgeschlagenes Gespräch zu den Akten. Sie muss eine Verabredung einhalten. Lila Mae bemerkt ein langes schwarzes Haar, das wie eine Schlange auf ihrem Kleid liegt. Lässt es aus dem Fenster fallen.

Pompey ist ein kleiner Mann, der in einer endlosen Stadt auf einer schmutzigen Treppe sitzt. Sie hat eine Verabredung und vor dieser Verabredung noch etwas zu erledigen. Das moderne Großstadtmädchen hat ein Restaurant ausgesucht, das, wie ihr einfiel, Chuck ihr mal beschrieben hat, einen Tiki-Treff, wo (angeblich) hawaiianisches Gras von Bambushaltern baumelt und Lampen mit vielfarbigen Schirmen schimmern. Nach Mitternacht wird dort getanzt, und Lila Mae hofft, dass dies die Erwartungen erfüllt, die Natchez hinsichtlich ihres sozialen Lebens hat, trotz der Tatsache, dass es in toto Chucks abenteuerhungrigen Ausflügen in jene Stadt abgeschaut ist, die er zu seiner neuen Heimat gemacht hat. Sie erblickt ihre Augen im strengen Rechteck des Rückspiegels: winzig und kalt, uralte schwarze Meteoriten, die aus dunklem Dreck starren. Sie hätte am letzten Abend netter zu Natchez sein sollen – nach so vielen Verstellungen hätte sie auch die Verkleidung der Freundlichkeit aus dem Schrank holen können, wo sie für Notfälle hängt. Natchez ist neu in der Stadt, und sie erinnert sich an ihre ersten, langsamen Schritte in dieser Betonwüste, wie sie aufsah zu den aufgeschlagenen Knien der Gebäude, die über ihr aufragten. (In diesem Augenblick beschleunigen genau dieselben Gebäude den Sonnenuntergang. Die Nacht in der Stadt geht der eigentlichen Nacht voraus, was diesen grimmigen Monolithen zu verdanken ist, diesen gnadenlosen Bollwerken, die sie gegen die Natur errichtet haben.) Lila Mae denkt, dass sie das für ihn sein sollte, was sie selbst nie gehabt hat, als sie hier angekommen ist. Ganz einfach eine Freundin, eine helfende Hand – also wird sie, bevor sie sich zum Essen treffen, ins *Lift*-Gebäude eindringen und die Seiten aus Fultons Tagebuch suchen, die im Besitz von Ben Urich sind. Rote Ampeln blitzen eine Warnung. Sie hält an der Kreuzung, denkt, dass sie tun wird, was sie kann, um ihm seine Mission zu erleichtern, die Suche nach dem, was ihm durch Geburt zusteht.

An der Ecke zu ihrer Rechten steht ein zum Tode verurteiltes Gebäude. Untertrieben kleine rote Schilder verkünden seinen Abriss, ein billiger Bretterzaun umgibt es, der die Bürger vom demnächst fälligen Gemäuer fern halten soll. Während das grüne Licht der Ampel zur Blüte heranreift, hat sie Zeit zum Nachdenken, darüber, welches Bedürfnis dieses Wesen geschaffen hat, das jetzt nur noch eine leere Hülle ist. Seine ausgedörrte Haut ist verrußt von den Autoabgasen aus Jahrzehnten. Schwierig, einen Blick dahinter zu werfen. Speicherhaus, Bürogebäude, Fitness-Center. Überflüssig und zum Tode verurteilt, bald schon ersetzt von einer dieser neuen Ausgaben aus Stahl und Glas. Chuck hat Recht, denkt sie. Sie hatte nicht an alle Folgen der Zweiten Vertikalen Revolution gedacht. Sobald wir die Black Box abliefern, werden sie diese Stadt zerstören. Die jetzigen Knochen werden das Mark der neuen Erfindung nicht aufnehmen können. Sie werden die Stadt dem Erdboden gleichmachen, den Schutt in weniger beliebte Gegenden karren und neu anfangen müssen. Wie wird es aussehen? Die glänzende Stadt wird unzählige Arme und tausende von Augen besitzen, wird die Veränderbarkeit selbst sein, wird errichtet sein aus einer beweglichen Masse, die wir uns noch nicht vorstellen können. Sie wird gleiten, fliegen, fallen, wird keine stählernen Armaturen brauchen, überhaupt kein Rückgrat haben. Architekten-Astronomen werden diese Heliopolis so anlegen, dass sie die Wanderung der Sterne am Himmel mitvollzieht. Der Finger des Sprengmeisters liegt auf dem Zündknopf. Um die Knöchel herum Narben vergessener Zigaretten. Alle Menschen sind verschwunden. Sie überlegt: eine Zigarette davor oder danach? Nach der Explosion wird der Himmel staubgesättigt sein. Sie entscheidet: davor.

Wenn Natchez und Lila Mae die Black Box finden.

Hinter ihr Hupen. Zeit, sich von diesem Ort des Sterbens zu entfernen, das Tier seinem langsamen Dahinsiechen zu überlassen. An praktischere Dinge zu denken. Was wird *Lift,* dieser Wachhund der Fahrstuhlindustrie, favorisieren, fragt sie sich. Rustikale Grummans mit filigranen Kabinen und kurioser Innenverkleidung, welche die Geschichte der heiligen Maschine erzählen? Oder sterile Arbo-Aufzüge, glatt und spartanisch, geboren aus den Anforderungen der Geschwindigkeit, Überschallfahrstühle? Sie entscheidet sich für die Letzteren und wird herausfinden, dass sie richtig gelegen hat, als sie an Billy, dem Nachtportier von *Lift,* vorbeigeschlichen ist, der von der letzten Lernstoffladung seiner Fernuniversität abgelenkt wird, insbesondere seiner abschließenden Aufgabe, einem fünfseitigen Aufsatz über Brautwerbung und viktorianische Moralvorstellungen.

Sie parkt, schaut auf die Uhr. Halb acht Uhr an einem Samstagabend. Die Bürger planen ihre wochenendlichen Erholungsriten. *Lift* erscheint monatlich, und die letzte Ausgabe ist gerade ausgeliefert worden. Sie hofft, dass niemand oben ist. In den stillen Stockwerken über ihr sind die meisten Fenster dunkel. Als sie aufblickt, ist das Gesicht des *Lift*-Building eine Planke, die sich nach steuerbord neigt, über ein Meer voller Haie. Sie stößt die Tür auf.

Der Nachtportier sitzt hinter einem grauen, geschwungenen Schreibtisch. Auf seiner Stirn perlt Schweiß, und das braune Haar über seinem zerfurchten Gesicht ist feucht. Verbissene Konzentration. Er scheint vor geistiger Anstrengung außer Atem zu sein, in jedem Fall körperlich aus der Form geraten: Die Knöpfe seiner dunkelblauen Uniform deuten auf einen ständigen Grenzkonflikt mit seiner weichen Wampe hin. Er hält ein billiges Taschenbuch in Händen, von dem sein Blick sich nicht löst. Auf seinem Cover gräbt ein junger Schornsteinfeger seine Taschen auf der Suche nach Pennys um. Sie sagt: »Lila Mae Watson. Ich bin gekommen, um Ihre Fahrstühle zu inspizieren.«

Billy hebt sein Taschenbuch hoch in die Luft und fragt: »Was ist ›Paraffin‹?«

»Eine wachsartige Substanz, die für Kerzen benutzt wird. Wollen Sie meine Kennmarke sehen?«

Billy, immer noch von der Sorge um das Paraffin-Dilemma geplagt, sagt: »Ist das nicht ein bisschen spät?«

»Nachtschicht. Weder Regen noch Hagel. Wenn ein Fahrstuhl Probleme macht, sind wir zur Stelle, egal wo.« Sie hält ihm ihre Kennmarke dichter vor die Nase. »Besser so?«

»Ich brauch 'ne Brille, um ehrlich zu sein. Lesebrille jedenfalls.« Er runzelt sein Buch an und winkt sie durch. Auf der Tafel mit den Namen der im Haus ansässigen Firmen, die gleich neben den Fahrstühlen hängt, findet sie den weißlettrigen Namen von *Lift* – achter Stock. Sie versucht, sich vorzustellen, welches Gesicht er machen wird, wenn sie ihm erzählt, dass sie die Seiten von *Lift* hat. Natchez hätte sie gerne mit zu Pompey begleitet, hat ihr aus dem Instinkt heraus, sie beschützen zu wollen, gesagt, sie solle sich aus diesem Herumschnüffeln heraushalten. Sie möchte seine Augen sehen, wenn sie den Film über den Tisch schiebt, vorbei an der winzigen Götterfigur von Hawaii, die, beglimmert von der nahen Kerze, in altehrwürdiger Machtfülle aufscheint. Er kommt, ganz richtig: ein Arbo-Aufzug, schnittig und glitzernd.

Er scheint, fällt ihr auf, optimal zu arbeiten.

Im achten Stock gleiten die glatten Türen des Aufzugs auf, und sie sieht das auf Glas schwebende *Lift*-Logo. Der vordere Raum wird von drei Deckenlampen erleuchtet, die sich über einem breiten und stabilen Tisch befinden, an Arbeitstagen vermutlich der Platz der Empfangsdame, die ihre Fingernägel mit einem rostfreien Werkzeug feilt (der feine Staub treibt durch die Luft, sanft fortgewirbelt vom Sog der

Entlüftungsschächte). Sie stößt die Glastüren auf – nichts zu hören.

Lila Mae schleicht zur weißen Stuckwand, die den Empfangstisch vom anschließenden Nachrichtenraum trennt, späht dahinter, wirft einen raschen Blick in die Runde. Keiner da, der sie sehen könnte. Als würde sie ein Glas Wasser stehlen. Ungefähr zwanzig Tische, aufgereiht an der (wie sie bemerkt: Nord-) Wand, Inseln mit papierner Fauna, und kein schnüffelndes Wesen in Sicht. Sämtliche Schreibmaschinen schlafen, das Klackern ist verstummt. Halten den Mund. Auf einem Tisch, im hinteren Drittel des Raumes, schält eine Leselampe mit smaragdgrünem Schirm einen leeren Stuhl und eine geschäftige Schreibtischplatte aus dem Dunkel. Ist das Licht zufällig angeblieben, oder ist jemand hier? Das Gebäude summt, Wände und Fußboden. Dann sieht sie Augen, die sie aus dem Dunkel heraus mustern, aus Richtung der westlichen Wand, und sie zieht sich hinter das Bollwerk der Empfangsdame zurück. Ohne großes Interesse starrt sie einen roten Ball im Papierkorb der Sekretärin an. Sieht aus wie eine Valentinskarte, aber der Valentinstag liegt in weiter Ferne. Hinter der Trennmauer ist nichts zu hören. Ihre linke Hand ertastet einen Riss im Stuck, eine unsichtbare Narbe unter ihren Fingern, eine alte Wunde, die zweifellos eine Geschichte zu erzählen hätte, aber es gibt niemanden, der sie ihr erzählen könnte, und sie spricht nicht für sich selbst. In ein paar Schritten Entfernung wartet der Fahrstuhlschacht, gleich jenseits der Bürotüren, das Potenzial des Fahrstuhls wartet auf ihren Ruf. Aber sie hört keinen Laut, und da der Gedanke, Natchez von ihrer fehlgeschlagenen Mission zu erzählen, sie anwidert, späht sie wieder um die Mauer. Sie hat sich ans Zwielicht gewöhnt und erkennt, dass das, was sie für Augen gehalten hat, eine Trophäe ist. Ein Otis, um genau zu sein, die Auszeichnung für vertikale Bestleistungen. Zwei goldene

Knöpfe, zum Herbeirufen des Fahrstuhls, treiben in Quartz, ihr Abstand zueinander entspricht der Industrienorm. Die Trophäe liegt auf der Seite, oben auf dem banalen Baldachin eines schwarzen Aktenschrankes. Der begehrte Otis, im Besitz irgendeines Reporters, der Glanz billigen Ruhms: die Ernte harter Arbeit, eines Artikels über abgenutzte und gemeingefährliche Zahnräder in den Fahrstuhlschächten eines weit entfernten Königreichs. Nein, außer der verfluchten Trophäe ist niemand im Nachrichtenraum. Sie ist allein mit einer herrenlosen Schreibtischlampe, deren Stromverbrauch ein Kostenfaktor ist, der darauf wartet, im nächsten Budget des *Lift*-Magazins, dreißig Jahre Berichterstattung über die Fahrstuhlindustrie, aufgelistet und eliminiert zu werden.

Sie geht durch das Impressum des Magazins, das sich jetzt als eine Reihe schwarzer Namensschilder an den Schreibtischen der Reporter darstellt. Ein paar Namen erkennt sie wieder, hat sie unter Artikeln gelesen. Dies sind die Chronisten ihrer Mission: Hier verfassen die Barden ihre Gesänge, auf diesen Schreibmaschinen, bringen die düsteren Abenteuer, die die Inspektoren in den Fahrstuhlschächten zu bestehen haben, in Verse. Sie sucht nach Ben Urichs Namen – ihr fällt ein, dass Mr. Reed Urich als Autor des abgesägten Artikels genannt hat. Sie hat seine Artikel nie gemocht, denn er scheint von den schmutzigeren Aspekten ihrer Arbeit besessen zu sein, fixiert auf die Deals und Intrigen in Hinterzimmern, denen sie während ihrer Zeit in der Behörde nach Kräften aus dem Weg zu gehen versucht hat. (Und hier ist sie nun, schleicht auf Zehenspitzen, spielt die zentrale Rolle in einer Intrige.) Wenn Fultons Aufzeichnungen nicht in seinem Schreibtisch zu finden sind, wird sie sich in das Büro des Chefredakteurs begeben. Wird das Impressum hinaufwandern, bis zu den kleinen Buchstaben ganz oben. Bis zu jenem Menschen, der Bescheid weiß.

Da. Sein Tisch ist sauber und aufgeräumt, er sticht aus der Tischplattenanarchie seiner Schreiberlingskumpane hervor. Lila Mae gräbt in ihrer Handtasche (noch ein vernachlässigtes Artefakt aus ihrem Kleiderschrank, von dem sie für heute Abend den Staub gepustet hat) und findet die winzige Kamera. Birgt sie in ihrer Hand, als wäre sie ein schöner, schwarzer Frosch, den sie in einem Bach entdeckt hat. Lila Mae hat die Kamera heute Morgen von den sechzig Dollar gekauft, die sie in der Brusttasche ihres freitäglichen Anzugs entdeckt hat. Sie hatte das unangebrachte Bestechungsgeld ganz vergessen – so viel ist seitdem passiert –, aber sie war froh, es für etwas Nützliches ausgeben zu können. Ihre Hand liegt am Griff der ersten Schublade, als Ben Urich sagt: »Sie sind vermutlich Lila Mae Watson.« Unnötig, darauf hinzuweisen, dass dies ihre Pläne stört.

Big Billy Porter lacht und stößt auf die Anekdote seines Kumpels an. »Du glaubst vielleicht, das wär hart, mein guter Ned, aber jetzt erzähl ich dir mal, wie ich die Bastarde zum ersten Mal gesehn hab. Mein erster Monat auf Achse – das war noch, bevor's Akten für die Dinger gab, merk's dir gut, und die Behörde hatte noch nicht mal 'nen Fahrzeugpark. Wir mussten den Bus oder die U-Bahn nehmen – die haben uns morgens mit 'ner Tasche voll Kleingeld und drei Karteikarten losgeschickt, auf denen unsere Fälle standen. Mussten uns selbst zurechtfinden, Leute, und das war ein verdammtes Chaos. Eine Katastrophe nach der anderen. War also mein erster Monat auf Achse, okay, und ich muss die alte Jenkins-Textilfabrik draußen inspizieren. Ich weiß, dass es eine von diesen alten Otis-Maschinen sein muss – Ohren auf, Leute! –, denn das Gemäuer ist alt, wie alt, weiß ich aber nicht genau. Jenkins, Jenkins Junior, keine Ahnung, wer der Typ ist, aber er begrüßt mich auf der Laderampe. Als hätte er 'ne Ewigkeit auf mich gewartet, als hätte ich nichts Besseres zu tun, wie mich um das Uraltteil zu kümmern, was er da oben hat, okay? Ihr kennt diese Typen ja, Jungs. Sagt also zu mir: ›Wir haben ein kleines Problem mit dem Lastenaufzug‹, schüchtern wie 'n Pauker. Wie wenn ich das nicht wüsste. Jedenfalls, er führt mich rein, und wir gehn rauf zum Maschinenraum, und ich sag euch, Jungs, so was habt ihr noch nicht gesehn. Erst mal gibt's keine Fenster nicht, und man sieht auf den ersten Blick, dass seit Jahren keiner mehr da drin war. Der ganze Fußboden voller Mäuseköttel, Spinnweben unter der Decke. Und der Staub! Dachte, ich hust mich zu Tode. Jedenfalls, ich seh Kabel, die aus so 'nem alten Holzding ragen, sieht aus wie 'ne alte Kiste. Aber keinen Motor. Also frag ich den kleinen Typen, was zur Hölle das ist, und er spricht durchs Taschentuch wegen dem Staub und erzählt mir, sein Vater hat das Motorgeräusch nicht gemocht, also hat er ihn verschalen lassen, damit er nicht so 'n Krach macht. Und ich denk bei mir selbst: Vor 'n paar Jahren erst hat United 'nen Haufen Kohle gemacht, als sie mit derselben Sache rausgekommen sind, und hier hat's der verdammte Besitzer von 'ner Lumpenfabrik schon lange vorher gemacht. Man kriegt doch Patente für so was, und hier ist es, gut versteckt, irgendwo in diesem Müllhaufen von Stadtrand. Das sag ich ihm natürlich nicht, aber ich denk's. Also sag ich ihm, es tut mir Leid wegen der sensiblen Empfindlichkeit von seinem Dad und so weiter, aber ich muss einen Blick da reinwerfen. Der Junior reicht mir 'n Eisenrohr, das da im Staub liegt, und ich mach mich an die Kiste ran. Hebel da rum, versuch, 'nen Ansatz zu kriegen, und dann bricht das Ding plötzlich auf – und sie kommen alle rausgeflutet, tausende dieser kleinen schwarzen Bastarde. Und ich weiß, was ihr denkt – na klar, Billy, das, worüber ihr jammert, haben doch alle schon mal 'ne Bombe mit Kakerlaken hochgehen lassen. Aber so was habt ihr noch nicht gesehn, Leute. Tausende und abertausende von den Viechern, rennen das Rohr runter bis auf meine Hände, fließen übern Boden wie Wasser aus 'nem geplatzten Rohr. Ich spring zurück, und ich seh runter, und sie kommen meine Hosenbeine hochgekrochen, und ich kann sie unter den Klamotten fühlen, auf meiner Haut. Der andere Typ schreit – ist zurückgeschreckt, über was gestolpert, und da waren sie über ihn gekommen. Schreit wie am Spieß. Na, ich hab auch geschrien, wenn ihr's genau wissen wollt. Die müssen seit Jahrzehnten da drin gehaust haben, haben die Kabel vom alten Otis zerfressen und 'ne einfach klasse Kakerlakenzeit gehabt. Wir hatten damals keine Ahnung gehabt, dass sie Fahrstühle fressen – gab natürlich Geschichten, aber die Studie von der Behörde war noch lange nicht raus. Hab mir fast in die Hose geschissen. Ich bin aus dem Raum gerannt, hab die Tür hinter mir zugeknallt und bin abgehaun, wie wenn der Teufel hinter mir her wär. Stunden später sind noch Kakerlaken aus meinen Taschen gekrabbelt. Keine Ahnung, was mit Junior passiert ist. Vielleicht haben ihn die kleinen schwarzen Bastarde gefressen.«

Sie zupft an den Metallkugeln, die vom Lampenschirm herabhängen. Er sitzt auf der Tischkante, Hintern ein Briefbeschwerer. Der rechte Ärmel seines knallblauen Leinensackos ist bis zum Ellbogen aufgekrempelt, geballt zu einem unförmigen Bündel, der Arm darunter ein in weiß gehüllter Fremdkörper, der in rosa Fingerspitzen ausläuft. Schmutziger Gips. Sein Gesicht wirkt schlaff und erschöpft, ist bedeckt vom Staub grauer Stoppeln. Sie sagt: »Sie wissen, wer ich bin.«

»Ich dachte mir, dass Sie früher oder später kommen würden«, sagt er. »Als ich die Ausschnitte aus seinem Tagebuch bekam. Sie waren nicht im Büro, also mussten sie was im Schilde führen. Laut Ihrer Akte sind Sie eine ganz Ausgebuffte – dachte mir also, dass Sie kommen. Wenn ich in Ihrer Lage wär, ich würd dasselbe tun.«

Trotz seiner Verletzung versucht Ben Urich, den Schein großstädtischer Leichtlebigkeit zu wahren. Sein linker Zeigefinger hakt hinter dem Hosenbund, mach mal halblang, ist alles nicht so wild. »Sie sind ein bisschen durch den Wind«, sagt er. »War ich auch in den letzten paar Tagen, um ganz ehrlich zu sein. Seit ich den Artikel über die Black Box beendet hab.«

»Der nie erschienen ist.« Sie lässt die Kamera wieder in ihrer Handtasche verschwinden und zieht den Reißverschluss zu.

»Mein Chefredakteur war der festen Ansicht, dass wir ihn besser nicht bringen sollten.« Er hebt den weißen Klumpen, einst seine rechte Hand. »Und man hat mich sehr schnell von der Richtigkeit dieser Entscheidung überzeugt. Besser gesagt: Man hat sich bemüht, mich davon zu überzeugen.«

»Johnny Psst«, wirft sie ein.

»Wie viel von seinen Tagebüchern haben Sie zu Gesicht bekommen?«

»Noch nichts. Wollte gerade einen ersten Blick drauf werfen.«

»Ja, ja. Wie gesagt – ich hab mir gedacht, dass Sie bald auftauchen. Sie oder jemand anderes. Sind in der untersten Schublade. Unter den Pin-ups vom letzten Jahr.«

Die Schublade gleitet heraus, erzittert. Kracht laut im leeren Nachrichtenraum. Lila Mae hebt zwei Kalenderblätter, die berühmte Starlets in erotischer Pose zeigen, findet die Seiten darunter, zerrissen von Schatten. »Nehmen Sie sie ruhig«, sagt Ben Urich, als sie zögert. Sie erkennt das verkrampfte Schriftbild, die selbstzerfleischende, schneidende Handschrift. Sie hat sie unter Aufsicht des Bibliothekars im Institut studiert, in verriegelten Zimmern –

selbst sie hat sich in den frühen, kopfschwirrenden Tagen ihrer Bekehrung mit Fultons Handschrift vertraut gemacht. Kennt die Tinte. Ein ganzes Semester lang hat Lila Mae während der Seminare ihre Notizen in dieser Handschrift geführt, hat geglaubt, es würde sie ihm näher bringen. Als ob der mechanische Vorgang, der eine Idee der Welt der Materie übermittelt, schon die halbe Miete wäre. Sie hat seine Handschrift erlernt, die zurückhaltenden Rundschwünge und eingedrückten Vokale. Hier ist sie nun, auf dem vertrauten gelben Notizbuchpapier, das Fulton bevorzugte. Irgendwann einmal hat sie den Hersteller ausfindig gemacht, eine Fabrik jenseits des Flusses, die immer noch in Betrieb ist. Die Zähne an der Innenseite vervollständigen das Bild – die Seiten sind aus seinen Tagebüchern herausgerissen worden.

Sagt zu sich selbst: »Ist seine.« Sie könnte sich ebenso gut im Archiv des Instituts befinden oder in ihrem alten Zimmer über der Turnhalle, in der zweckentfremdeten Hausmeisterklause. So wirklich ist es. Sie entziffert diesen Strich, fällt Hänge und plötzliche Klippen hinab, landet auf der Mitte der Seite, stürzt an einer Reihe von Hieroglyphen vorbei, die ihr nichts sagen: *Weitere Tests wären zu diesem Zeitpunkt überflüssig. Sie funktioniert und muss nur noch den Städten übergeben werden.* Sie funktioniert.

»Haben Sie, was Sie wollten?«, schnarrt Ben Urich.

»Genau das Richtige.« Sie sieht nicht von der Seite auf. »Wer hat sie Ihnen geschickt?«

»Wenn ich das wüsste, würden wir nicht miteinander reden. Wenn Sie es wüssten, wären Sie nicht hier«, sagt er und reibt mit der gesunden Hand über den schmutzigen Gips, »also muss ich Sie wohl von der Liste streichen.«

Sie hört ihn kaum. Das cremefarbene Papier liegt in ihrer Hand. Sie könnte es auswendig lernen und später aufschreiben. Ihre Abschrift neben Natchez' Fotos legen und schauen, was dabei herauskommt. Sie wird ihm die Abschrift im Restaurant zeigen, sie ihm rüberschieben. Ihr Geschenk. Sie blickt noch auf die Seite ... *Prinzipien wären nötig – eine bestimmte Art zu denken –, die ich aufgegeben zu haben meinte.* Sie wiederholt den Satz insgeheim, prägt ihn sich unauslöschlich ein. Zur Ablenkung fragt sie: »Woher wussten Sie, dass ich komme?«

»War vorherbestimmt, könnte man sagen. Wie das mit meinen Fingern. Aus den Berichten entnehme ich, dass sie im Haus der Intuitionisten waren. Dass Sie mit Reed und Lever zusammengearbeitet haben, um sicherzustellen, dass Chancre und seine Chefs sie nicht zuerst in die Hand bekommen.« Er schweift ab. »Was bedeutet, dass die Intuitionisten sie noch nicht haben.«

»Ich hab das Haus verlassen.« *Ich habe sie verlassen, nur um zu ihr zurückzukehren und herauszufinden, dass sie sich nicht verändert hat. Sie funktioniert.*

»Mochten Sie das Essen nicht?«

»Ich mochte die Gespräche nicht.«

»Dann haben Sie einen anderen Partner gefunden. Einen Augenblick lang hab ich gedacht, Sie wären Arbos Art, mir zu sagen, dass man mich noch im Visier hat.«

Was er gesagt hat: Chancres Chefs. Schließlich, nachdem sie zu lange über die Einzelheiten nachgedacht hat, sieht sie auf von Fultons Notizen. »Arbo? Was haben die damit zu tun?«

Seine Augenbrauen sausen hoch. »Ich dachte, Sie wären pfiffig. Hundertprozentige Trefferrate.« Die höchste in der Behörde, fügt Lila Mae insgeheim hinzu. Nicht, dass jemand das je erwähnen würde. »Jedenfalls bis zum Fanny-Briggs. Wer, glauben Sie, braucht die Black Box wirklich?«

Sie starrt ihn an, die Seiten in ihrer kleinen Hand neigen sich in Richtung Fußboden.

»Ich sehe, dass Sie wirklich überrascht sind«, sagt Ben

Urich. Er greift in seine Tasche und holt eine glänzende Dollarmünze hervor. »Arbo und United – das sind die wichtigsten Spieler hier. Offenbar habe ich Sie aus der Fassung gebracht. Warum setzen Sie sich nicht?« Sie lässt sich langsam auf Ben Urichs Stuhl nieder, wo er im Schmutz wühlt, wo er enthüllt. Durch die Fenster in der Nordwand sieht sie die dunklen Scheiben der gegenüberliegenden Büros. Niemand da.

»Das ist eine echte Überraschung«, sagt Ben Urich. »Immerhin sind Sie der Schlüssel zum Ganzen.« Er wirft wie üblich die Münze, ist aber noch nicht an seine linke Hand gewöhnt. Als sie herabfällt, greift er daneben, und das Silber entrollt ihm ins Dunkel.

»Was wollen Sie damit sagen, Urich? Was zum Teufel soll das heißen?«

Sie spricht mit seinem Rücken. Er hockt auf den Knien und versucht, seinen Dollar zu bergen. »Wer braucht die Black Box dringender als United und Arbo«, fragt er eine Staubflocke, »die größten Fahrstuhlhersteller im ganzen Land? Auf der Welt. Arbo hat mir die Hand gebrochen, damit ich die Finger von der Story lasse, in Gottes Namen.«

»Arbo. Arbos sinkender Absatz.«

»Es läuft schlecht für sie, so viel ist sicher. Verkäufe im Ausland um fünfundvierzig Prozent gesunken, im Inland um dreißig. Seit damals, als ihre Jupiter-Reihe gefloppt ist und United wieder groß rauskam. Hab's endlich!«, sagt er und kehrt zu seinem Tisch zurück. »Mann, wollen Sie einen Schluck Wasser oder so?«

»Seit United Chancre gekauft hat, um Werbung für ihre Produkte zu machen«, überlegt Lila Mae. Ihre Stimme ist leise, so weit fort wie die stillen Rotoren im Maschinenraum über ihr.

»Natürlich«, unterstreicht Ben Urich. »Jeder wichtigere Fahrstuhlmarkt auf diesem Planeten wendet sich um Rat an die Behörde dieser Stadt. Dies ist die berühmteste Stadt der Welt. Der Wahnsinns-Wolkenkratzer. Ich brauche Ihnen ja nicht zu sagen, dass alle Welt, jeder potenzielle Käufer und Möchtegern-Immobilien-Tycoon hier zuerst herkommt. In diese Stadt.«

Ihr fällt ein, dass Reed ihr, am ersten Tag im Haus der Intuitionisten, erzählt hat, dass Lever unterwegs sei, um mit den guten Leuten von Arbo zu reden, und der Kandidat sie deshalb nicht treffen könne. »Arbo«, sagt sie, »finanziert ihre Kampagne.« Demjenigen, dem der Fahrstuhl gehört, gehören die neuen Städte.

»Hoffentlich. Die Intuitionisten schwimmen ja nicht gerade in Geld. Wenn man diese ganzen Käse-und-Wein-Symposien abzieht, bleibt nicht viel übrig. Und das Haus habt ihr nur, weil der verrückte alte Dipth-Watney Mitleid mit euch armen Hunden hatte. Als Holt Vorsitzender der Gilde war, hat die Behörde Arbo gehört, und Chancre hat den Vorsitz mit dem Geld von United gewonnen. Kennen Sie die Geschichte von Holt und dem Mädchen aus der Gesangsgruppe? – War eins der United-Sicherheits-Girls. Haben Sie geglaubt, es würde nur um Philosophie gehen? Was besser ist – Intuitionismus oder Empirie? Das ist allen scheißegal. Arbo und United machen die Spielregeln. Nur das zählt wirklich. Die ganze Welt will vertikal werden, und sie sind die Jungs, die das für sie erledigen. Wenn man den Fahrpreis bezahlt.«

Er hat die Münze schon wieder verloren. Diesmal tut sie einen Hüpfer und schießt zur linken Seite des Tisches. Er kriecht wieder herum, fragt: »Was meinen Sie, wer hinter Ihrem Unfall letzte Woche gesteckt hat? United. Chancre hat vielleicht die Drecksarbeit erledigt, aber nur auf Anweisung von United. Die Fahrstühle im Gebäude sind von Arbo. Dann ist diese Sache bei der Revue passiert, als Chancre auf den Arsch gefallen ist. Da hat es Arbo ihnen für Fanny-Briggs heimgezahlt.«

»Das war nicht Arbo.«

»Wer dann? Der Geist von Elisah Graves Otis?«

Er weiß nicht alles. »Sie haben gesagt, Arbo hätte ihre Finger gebrochen«, sagt Lila Mae. »Warum sollten sie das Erscheinen Ihres Artikels verhindern? Wenn sie die Intuitionisten unterstützen – und Fultons Box ist todsicher eine intuitionistische Erfindung –, warum sollten sie dann verhindern, dass die Wahrheit ans Licht kommt? Das macht doch keinen Sinn. Die Gilde erfährt davon, man wählt Lever, und Arbo hat seinen Mann.«

»Haben sie alle überzeugt?«

»Sie haben alle überzeugt.«

Blickt noch immer auf den Fußboden. »Können Sie mir mal kurz helfen hier?«

Sie überhört ihn.

»Lassen Sie mich eins fragen, Miss Watson: Wer hat den Entwurf?«

»Keine Ahnung.«

»Wenn sie ihn nicht haben, dann haben sie die Sache nicht unter Kontrolle. Angenommen, er wäre nicht intuitionistisch. Nehmen wir einfach mal an, er wäre empirisch. Oder er ist intuitionistisch, aber Chancre findet ihn zuerst, mithilfe von Psst und United, und er hält ihn unter Verschluss. Zerstört ihn. Wo ist dann Arbo? Ich sag's Ihnen, dann ist Arbo am Ende. Finit. Bitte, mein Französisch zu entschuldigen. Mein Artikel verkündet der Öffentlichkeit, dass die intuitionistische Black Box kommt und dass sie bald gefunden wird. Das schürt die Hoffnungen aller wahlberechtigten Inspektoren, diesen Haufens verbitterter Bastarde, und dann taucht sie nicht auf. Sie werden ihr Missfallen am Dienstag zum Ausdruck bringen, an den Wahlurnen. Da ist er«, sagt er, steht wieder. Zur Dollarmünze, als er sie wieder ans Licht bringt: »Willst dich vor mir verstecken, was, kleiner Kerl?«

»Sie müssen alles tun, um Ihre Story zu unterdrücken, bis sie den Entwurf haben.«

»Sonst sind sie am Arsch. Chancre kann es drehen und wenden, wie er will. Selbst vom Krankenhaus aus. Das Gerücht ist sowieso durchgedrungen. ›Noch ein Witz der Intuitionisten.‹ Laut meiner Quellen hat er für Montag schon eine Pressekonferenz angesetzt. ›Wenn meine Gegenspieler die Black Box haben, dann sollen sie uns das Ding doch zeigen.‹ Auf den Tisch damit, oder der Ofen ist aus.«

»Wo ist der Entwurf?«

»Das ist genau die Frage.«

»Ihre Hand.«

»Sie haben mich direkt vorm Büro geschnappt«, sagt Ben Urich und zuckt bei der Erinnerung kurz zusammen. »Ich hab mich gewehrt, hab's ihnen nach Kräften gegeben, aber als ich wieder zu mir komme, sitze ich hinten in einem Auto. Sie haben angefangen, mir einen Finger nach dem anderen zu brechen. Es waren zwei Typen, zwei Vollidioten. Haben einen auf Mafia gemacht, aber mir war klar, dass sie nicht von der Mafia waren. Konnte ich an ihren Hemden erkennen. Es waren Jungs aus einer Firma, haben die Downtown-Uniform getragen, bis hin zum Oxford-Hemd aus Baumwolle. Die Typen von der Mafia, Pssts Jungs, haben ihren eigenen Stil. Kaufen sich genau die gleichen teuren Anzüge, die ihre Bosse tragen, mit denselben protzigen Revers, und Hemden aus billigem Mischgewebe. Kriegen alles im selben Laden – Finelli oder Mulberry.«

»Sie haben Ihre Finger gebrochen.«

Die rosa Fingerspitzen am Ende vom Gips wackeln auf und ab. »Letzten Samstag. Sie haben mich direkt vor diesem Büro geschnappt und mir zugesetzt, haben mir gedroht, wenn ich nicht die Finger von der Story lasse, dann. Haben meine Hand kaputtgemacht – meine Schreibhand natürlich – und mich bei meinem Apartment abgeladen, als hätte ich ein Rendevouz mit ihnen gehabt. Um mir was klar zu machen. Aber dann hab ich mich an ihre Hemden erinnert und angefangen, ein bisschen zu recherchieren.«

»Und Sie haben herausgefunden, dass sie von Arbo sind.« Natürlich, natürlich.

»Ich hab ein paar Fotos, die ich vor einigen Jahren gemacht hab. Als sie angefangen haben, diese neuen Bremsen, die unter die Kabine montiert werden, an Firmen im Ausland zu verkaufen, an Trottel, die nicht wussten, dass sie in den Staaten noch nicht zugelassen worden waren.« Er legt die Münze auf den Tisch und wühlt in einer anderen Schublade herum. »Die Fotos sind hier irgendwo«, sagt er. »Da.« Er blättert den Stapel glänzender Bilder durch. »Bin ziemlich schnell auf die Männer gestoßen. Das sind sie, wie sie das Büro mit dem Rest von Arbos harten Burschen verlassen. Da.«

Sie hat Angst, darauf zu schauen. Es ist ein grobkörniges Schwarzweißbild, das einen winzigen Ausschnitt der Stadt einfängt. Fünf kräftige Männer stehen um einen dunklen Sedan herum. Sie hält das Foto unter die Lampe, sieht, wie ihre Hände zittern, und befiehlt ihnen, ruhig zu sein. »Jim und John«, sagt sie.

»Sie kennen sie?«

»Sie waren am letzten Freitag in meinem Apartment. Haben es durchsucht.«

»Liegt nahe, wenn man bedenkt, was auf den Seiten von Fulton steht, die ihnen unser anonymer Absender zugeschickt hat.« Er lässt die Münze auf seiner gesunden Hand hüpfen, kratzt seinen Mut zusammen, um noch einen Anlauf für sein liebstes Freizeitvergnügen zu nehmen. »Jim Corrigan und John Murphy. In den Personalakten von Arbo werden sie als ›Berater‹ geführt, aber es gibt Polizeiakten über sie. Einbruch und unbefugtes Eindringen, schwere Tätlichkeiten, Industriespionage, was Sie wollen. United hat die Jungs von Psst und Arbo diese Kerle. Jim steht sogar unter Mordverdacht, aber die Anwälte von Arbo haben ihn rausgehauen. Erinnern Sie sich an den Fall LaBianco, ist ein paar Jahre her?«

»Wer ist das?« Sie tippt auf ein Foto. Ihre Hände zittern nicht.

»Raymond Coombs. Noch ein ›Berater‹. Wird meist ins schwere Gefecht geschickt, weil er ein großer, farbiger Typ ist und einschüchternd wirkt. Warten Sie mal – ich glaube, ich hab noch eine bessere Aufnahme von ihm.« Er kramt in den Fotos herum. Es ist eine Aufnahme seines Kopfes. Die Augen des Mannes blicken nach links, sanft und verloren. »Kennen Sie ihn?«, fragt Ben Urich.

»Er hat mir gesagt, sein Name sei Natchez.«

»Nach allem, was ich gelesen habe, möchte ich ihm nachts nicht allein auf der Straße begegnen. Harter Bursche. Muss er vermutlich auch sein – ein Farbiger, der mit Weißen zusammenarbeitet. Wahrscheinlich wie Sie.« Die Münze liegt in seiner Hand, einladend, Angst einjagend. »Aber das brauche ich Ihnen ja gar nicht alles zu erzählen. Nach allem, was Sie zu wissen scheinen, sind das sicher alte Hüte.«

Sie kann nicht denken. Stellt Natchez' Foto eine Frage.

»Weil Ihr Name in seinen Tagebüchern auftaucht. Sie sind das Bindeglied.«

»Ich hab nicht ...«

»Schauen Sie noch mal in die Schublade. Auf meine Fotos von den Seiten, die Arbo geschickt worden sind.«

Unter dem Pin-up-Kalender liegen noch mehr Fotos. Sie hält sie unter die Lampe. Ihr Kopf schmerzt.

Ben Urich entschließt sich, es zu wagen: wirft die Münze in die Luft. »War nicht leicht, diese hier zu kriegen, das sag ich Ihnen. Es steht auf dieser Seite, am Rand«, sagt er. Seine Hand schießt vor. Schnappt sich die Münze.

Sie liest ihren Namen.

»Kopf«, sagt Ben Urich.

*Lila Mae Watson ist es.*

»Vielleicht können Sie mir jetzt mal sagen, was das heißt«, sagt Ben Urich.

»Hey, dürfen wir auch ein Wörtchen mitreden?«, fragt John Murphy. »Oder brauchen wir so was wie 'ne Einladungskarte?« Jim und John stehen hinter ihnen, kaum einen Münzwurf weit entfernt. Jim grinst sie an, John stemmt die Hände in die Hüften, als wäre er etwas beunruhigt. Er sagt: »Denn wir haben einen langen Weg hinter uns, und es wäre einfach unhöflich, wenn ihr uns wieder wegschickt.«

Sie rennt. Jim macht einen Satz auf Ben Urich zu, der aus seiner gemütlichen Sitzlage aufgeschreckt ist. Als er zurück auf den Tisch fällt, zielt er mit einem Fuß auf die Rückseite des Stuhls, gibt ihm einen Tritt, und er rollt auf Johns Beine zu, der bei der Verfolgung von Lila Mae ins Stolpern kommt und mit dem Kopf gegen eine Tischkante kracht. Ben Urich bleibt auf dem Tisch liegen, Johns Finger um seinen Hals. Ben Urich löffelt seine Suppe aus. Ben Urich löffelt seine Suppe immer aus.

Die Fahrstuhltüren öffnen sich, von Lila Mae aus ihrem sanften Schlummer im vehikularen Äther geweckt. Sie knallt die Handfläche auf den Schalter fürs Erdgeschoss (schwarz, von Grau durchsetzt, festes und griffiges Plastik, Arbo-Stockwerksschalter, schwarzgrau, City-Reihe, Nr. 1102), sieht, wie John hinter der Trennwand hervorschießt, seinen Kopf reibt, sie langt zum Schalter fürs Schließen der Türen (der ein Signal durch das gutmütige Kupfer des Kabels im Arbo-Router, City-Reihe, Nr. 1102, zum Wahlschalter im dreißig Meter über ihr befindlichen Maschinenraum schickt) und lehnt sich gegen die Rückwand des Arbo-Executive. John holt sie nicht mehr ein. Er sieht, wie sich die schwarzen Gummilippen der Fahrstuhltür vor dem Kabineneingang schließen. Er nickt Lila Mae zu und saust auf die Tür zum Treppenhaus zu.

❦

Es ist nicht besonders schwierig, einen Fahrstuhl einzuholen, wenn es nur um ein paar Stockwerke geht. Der Fahrstuhl bewegt sich in gemessenem Tempo durch den Schacht, das sowohl von der Fahrstuhlinspektionsbehörde als auch von der Amerikanischen Vereinigung der Fahrstuhlhersteller nach heißen Spitzengesprächen abgesegnet worden ist. Die Kabine ist sicher, aber die Kabine muss auch dann ein Gefühl von Sicherheit vermitteln, wenn die Fahrgäste sehen, wie sich die Türen schließen, wenn sie sich entmaterialisieren, um in die tieferen Regionen des Schachtes abzutauchen. Wenn sie ihre Welt verlieren und eine neue gewinnen. Doch Lila Mae sieht ihren Verfolger nicht, als sie ins grelle Licht des Erdgeschosses hinausstürzt. Es ist nicht schwierig, einen Fahrstuhl einzuholen, aber eine frische Kopfverletzung kann es erschweren, insbesondere, wenn man einäugig eine Treppenflucht nach der anderen nehmen muss.

Lila Mae setzt über die Beine von Billy, dem Nachtportier, hinweg, der kaltgestellt auf den weißen Fliesen liegt, eine marineblaue Schildkröte. Sie erreicht die Straße. Sie hört, wie hinter ihr die Tür des Treppenhauses aufgestoßen wird. Auf der anderen Straßenseite steht der Sedan der Behörde. Sie hätte Zeit, ins Auto zu steigen – der Schlüssel liegt in ihrer Hand, in diesem Moment, kühl und schwer –, aber das Auto ist von einem großen LKW eingezwängt worden, aus dem lastgebeugte farbige Männer saubere Tischtücher laden, die sie in den Wareneingang von Mings Orientalischem Restaurant tragen. Instinktiv schießt sie nach rechts und läuft ein paar Schritte, bevor ihr einfällt, dass die von Menschen, von Theaterbesuchern und Cops wimmelnden Boulevards zu ihrer Linken liegen. Aber es ist zu spät. Sie schätzt ihren Vorsprung ab – ist nicht viel. Sie springt nach rechts, durch eine Tür, die sich zu einer Treppe hin öffnet. Will außer Sicht sein, bevor er auf der Straße ist. Zu dumm, dass es nur ein paar Türen weit vom *Lift*-Building entfernt und eine offensichtliche Zuflucht ist. Unsichtbar für sie verkünden elegant geschwungene Neonlettern über ihrem Kopf: »Happyland. Ein Dollar der Tanz«. Sie ist die Treppe hinauf.

Lila Mae hört Musik.

Sie stößt die zerkratzten Schwingtüren oben am Ende der Treppe auf und lässt die Musik heraus.

Sie geht langsam, wie eine, die gerade einem Regenguss entkommen ist und sich an die plötzliche Wärme und den abziehenden Sturm gewöhnen muss. Die beiden Rausschmeißer, zwei Gorillas in limonengelben Sportsakkos, die auf Metallhockern in der Nähe der Tür rumhängen, bemerkt sie kaum. Unter ihren Nasenlöchern wuchert das dichte Gebüsch schwarzer Schnurrbarte, eine undurchdringliche Vegetation auf felsigem Grund. Sie nicken Lila Mae schweigend zu. Sie stützen die Ellbogen auf die Knie, sie starren auf den Spalt zwischen den Schwingtüren. Es gibt keinen Anlass, sie hinauszuwerfen.

Auf einer runden, hölzernen Plattform am entgegengesetzten Ende des Raums, so weit entfernt, dass der Eindruck einer am fernen Horizont aufragenden Stadt entsteht, bewegen sich die Arme des Dirigenten. Er hat den Tänzern seinen Rücken zugekehrt, und sie können sich sein Gesicht nur anhand des strähnigen grauen Haars ausmalen, das widerspenstig über seinen Jackenkragen ragt. Die Schwänze seines Fracks. Er fährt mit der Hand durch feuchte Luft, und die Augen der Musiker flitzen zwischen den Notenblättern und der Spitze seines Taktstocks hin und her, sie achten auf die Akzente, die er in diesem Treibhaus setzt. Auch sie sehen die Tänzer nicht an, ihre trägen Bewegungen, die unvermeidlich verzerrte Umsetzung der Melodien, die sie spielen. Denn sie wissen, dass die Tänzer aus Fleisch und Blut sind und niemals das verkörpern können, was die Musiker ihren gravitätischen Instrumenten entlocken. Wissen, dass immer etwas auf der Strecke bleibt, was den Menschen angeht. Die Männer, die nicht tanzen, sitzen auf einer Reihe roter Stühle, die aus dem Schutt eines abgerissenen Theaters geborgen worden sind, vor einer Wand. Sie hocken auf dem Operngestühl, immer mit zwei oder drei Plätzen Abstand, beobachten die Tanzfläche, bedauern Zwischenfälle. Die Frauen hier sind auf Tätlichkeiten vorbereitet worden, auf schwierige Kunden. Aber das ist unnötig – diese Männer, in gebrochener Haltung und abgetragenen Anzügen, an dicken Krawattenknoten erstickend, sind leicht zu nehmen. Im Management weiß man, dass sie aus dem Regen hierher fliehen, mit fixen Ideen im Kopf, und sich den Frauen nähern, nach einer Weile, sobald sie eine geeignete Verkörperung ihrer schalen Wunschvorstellungen erspäht haben. Die Frauen haben in Ramschläden Regale mit billiger Ware durchstöbert, haben sich mit großen Punkten oder obskuren Blumenmustern bedruckte Baumwollkleider ausgesucht. Dicke Arme und dünne Arme, aufgedunsene Hüften und ausgemergelte Hälse. Die Musik bedrängt sie, und ein Mann wählt eine Frau, und sie tanzen für einen Dollar.

Sie blickt zur Tür. John hat die Rausschmeißer noch nicht kaltgemacht. Die Rausschmeißer starren die Tür an, Rücken zu den Tänzern. Sie widmen ihre Aufmerksamkeit durchgedrehten Triebtätern und voll gedröhnten Wirrköpfen, die den Charakter dieses besonderen Etablissements nicht erfassen. Sie kann sich vorstellen, wie der in die Mangel genommene John röchelnd am Fuß der Treppe liegt. Wenn er die Gorillas, denkt sie, nicht umbringt oder irgendwie außer Gefecht setzt, sie mit zwei Fetzen rohen Fleisches ablenkt.

Er ist der einzige farbige Gentleman, der auf einen Tanz wartet. Er beobachtet die Tänzer, die schwebenden Paare, mit starrem Blick. Sein Anzug ist abgewetzt, glänzt auf Knien und Ellbogen. Es ist ein alter Anzug. Er sieht sie erst, als seine trockene Hand in der ihren liegt und seine Arme ihrem Zerren nachgeben. Kommt zögernd auf die Füße und wird von ihr auf dieTanzfläche geführt. Das Stück ist schon halb vorbei, doch es packt sie rasch. Sie kennen einander nicht. Steif und behutsam legt er seinen Arm um ihre Taille, nimmt ihre Hand. Sie steht stocksteif da. Ihre Füße gehorchen der Musik, und sie befürchtet, er könnte fallen, so zerbrechlich ist er. Er hat sein grauschwarzes Haar sorgsam mit Pomade geglättet und in eine Flut erstarrter Wellen verwandelt. Sie ahnt, dass er diesem Stil seit Jahr und Tag treu ist. Strähne um Strähne stürzt sein Haar ins Grau, als wäre das Alter der lockende Grund eines Fahrstuhlschachts. Mäuse und Staub. Er verströmt einen schwachen Duft nach rauchigem Eau de Cologne. Sein Nadelstreifenanzug ist rot und grau gestreift. Ihr Tanzpartner ist dünn, fast luftig. Aus seiner Brusttasche schießt der rubinrote Blitz eines Taschentuchs, und vielleicht haben die roten Streifen des Anzugs einmal dieser noch unverblassten Farbe entsprochen, die ihre Augen blendet, die ein Echo besserer Tage und schönerer Zeiten ist.

Sie kennt das Stück nicht. Die anderen Tänzer schon, tun zumindest so und schwingen Beine und Hüften, wie sie es nie vermocht hätte. Wie der Rest ihrer Amtsbrüder in der Behörde tanzt sie nicht gern. Er führt. Sein Arm schlingt sich um ihren Rücken. Seine Hand liegt rau in der ihren, die Hand eines Arbeiters, zerfurcht von Schufterei. Sie erinnert sich an die häuslichen Pflichten in ihrer Kindheit, wie sie mit einem Eimer zur Wasserpumpe draußen gerannt ist. Es ist lange her, seit sie mit den Händen gearbeitet hat. Er sieht zu ihr auf. Seine Haut hat einen leicht rötlichen Ton, vielleicht hat er indianische Vorfahren oder stammt aus der Karibik. Erste Generation. Die Tänzer rund um sie herum sind Luftballons, vorangetrieben von unsichtbaren Strömungen, langsam und leuchtend bunt in der Ödnis dieser Zuflucht, Hüllen, die sich hin- und herwiegen. Schlaffe Teppichfetzen. Die Frauen sind Profis, die Männer Getriebene. Die Männer denken: Dies ist die letzte Nacht auf Erden, und ich verbringe sie in den Armen einer schönen Frau. Die Frauen sind nicht unbedingt schön, aber möglich ist alles. Die Frauen zählen das Geld, sie denken an die Rechnungen, die oben auf dem Eisschrank warten. Allmählich werden die Rechnungen beglichen, Dollar um Dollar.

Die Gesichter der anderen Frauen sind geschminkt, ihres nicht, aber es scheint ihm gleich zu sein. Seine Zähne sind bernsteinfarben und rissig. Er führt, und sie lässt sich führen und schaut zu den Rausschmeißern, die sich noch nicht gerührt haben. Die Rausschmeißer starren auf die Tür wie sie auf den Kopf ihres Tanzpartners: ins Leere. Seine Ohren sind rosa und braun, Babyohren, obwohl er so alt ist. Haare ragen aus den Muscheln. Das erste Stück geht zu Ende. Er sieht zu ihr auf und sucht dann in seinen Taschen nach Geld. Der Lohn für den Tanz. Sie schüttelt ihren Kopf. Das nächste Stück beginnt, und er hält ihr die Handflächen hin: Sollen wir? Das langsamere Tempo gefällt ihrem Partner. Seine Schritte sind sicherer, sein Griff ist fester. Seine Erinnerung arbeitet, ihm fallen Worte ein: *Das ist unser Stück.* Durch Zufall der reinen Erinnerung eingebrannt. Reine Erinnerung ist eine machtvolle Substanz, sie strahlt aus. (Sie hört den Aufruhr an der Tür nicht. Die Rausschmeißer haben auf einen Eindringling eingeschlagen, irgendjemanden, der den besonderen Charakter dieses Etablissements nicht erfasst hat.) Was ist sie jetzt für ihn: seine Frau, seine Tochter, eine alte Liebe? All jene Frauen, die es in seinem Leben nicht mehr gibt. Was von ihnen übrig geblieben ist, ist dieses Musikstück. Hinter seinen Schultern durchleben die Tänzer noch einmal die elementaren Dramen. Streit wegen nichts. Heißblütiges Reiben am anderen. Was bedeuten sie einander, die Frauen, die hier arbeiten (Blasen an den Füßen, die wunde Hoffnung auf eine bessere Zukunft), und die Männer, die mit Kleingeld in den Taschen hierher kommen (was verloren wurde, soll wiedergewonnen werden)? Der Dirigent dreht ihnen seinen Rücken zu, reckt geisterhaft die Arme.

Was ist er für sie? Ein Gespenst. Sie fragt ihren Partner, der jetzt nicht ihr Partner ist, sondern ein Toter, der nur mithilfe dessen antworten wird, was von ihm übrig ist, seinen Worten: »Warum hast du es getan?«

»Du wirst es schon begreifen.«

»Ich werde es nie begreifen.«

»Du hast es schon begriffen.«

Ein weiteres Stück in gemäßigtem Tempo. Im Ballsaal weiß man es zu schätzen. Sie hat ihrem Partner die Führung abgenommen, sie weiß nicht, wann es passiert ist, und jetzt lenkt sie die Schritte. Seine Augen sind geschlossen, und sie sieht die kleinen, braunen Knoten auf den straffen Lidern. Hier, im Auge des Sturms, ist es sicher. Draußen, am Fuße der Treppe, auf der Straße, zieht sich die Stadt vor dem wütenden Angriff der Nässe zurück. Dem Blasen schlagenden Prasseln. Keine große Heiterkeit auf den Straßen heute Abend. Es kam ganz überraschend. Laut Wettervorhersage war ein bisschen Regen zu erwarten, mehr nicht. Nicht das hier. Die Gullys laufen über, die Gullys ersaufen und spucken Müll aus, Arztrechnungen und Kontoauszüge, die Wasser steigen, erreichen die Bordsteinkanten und fluten darüber hinweg. Die Bürger ziehen die Vorhänge auf und warten darauf, dass es zu Ende gehe. Fußböden von Lobbys und Delikatessenläden triefen.

Doch hier drinnen, im Schutz dieser rosig verblassenden,

roten Wände, ist es trocken. Es regnet auf ihre Brust, doch es ist kein Regen, es sind seine Tränen. Sie spürt, wie sein Brustkorb erzittert. Sagt: »Lass es raus.« Sie kann jedes seiner Haare erkennen, sieht deutlich die Venen unter seiner Kopfhaut. Sie führt. Ihr Schritt auf dem verzogenen Holzparkett ist fest. Hier drinnen ist es sicher. Im Windschatten der stürmischen Großstadt. Die Figur, die sie mit ihm getanzt hat, ist ein unregelmäßiges Quadrat, und sie wiederholt den Druck auf die Grenzen dieser Figur, als könnte die Wiederholung sie in etwas Wirkliches verwandeln, ihre Mauern zum Einsturz bringen, hinter denen sich eine andere Welt verbirgt. Die anderen Paare wiegen sich im Takt. Sie kreisen rund um sie und ihren Partner, folgen nah und fern ihren eigenen Umlaufbahnen. Jeder Partner, an den man sich presst, bedeutet Schutz und taktvolle Wärme. Die Stadt ist verschwunden. Der Raum ist eine Luftblase, die in trübem Brackwasser treibt. Noch wärmen die Lichter im Ballsaal die Herzen, die Band spielt weiter, die ganze geheimnisvolle Gnadenfrist hindurch. Die Körper der anderen bewegen sich sanft um sie und ihren Partner herum. Ein Aufschub, den das Gericht der Großstadt den Tänzern gewährt, hier, heute Abend, im Happyland, ein Dollar der Tanz.

# Teil zwei

Aus den verschollenen Tagebüchern von James Fulton:

»Im neunzigsten Stockwerk ist alles Luft, aber damit greife ich vor. Es beginnt im Erdgeschoss, mit Dreck, mit Dummheit. Als ob das unsere Bestimmung wäre. Als ob es das wäre, was Feuer oder Sprache uns verheißen. Im Griff dumpfer biologischer Zwänge herumzukriechen, so als wären wir nicht dazu bestimmt, zu fliegen. Uns zu erheben. Es beginnt im ersten Stock, aus der Perspektive des Wurms: Dreck. Was noch bevorsteht: eine Bewegung fort vom ersten Stock, fort von der Sicherheit, von allem, was uns je vertraut war, und dafür muss unsere Vorstellungskraft neu justiert werden. Um die kommenden Möglichkeiten zu erkennen. Vertrauen in die Kabine, die von Menschen wie du und ich gebaut worden ist. Das Vertrauen ist das Schwerste: Die Kabine wurde von Menschen wie du und ich gebaut, und Menschen wie du und ich sind schwach und machen Fehler. Sie haben falsche Vorstellungen von dieser Fahrt gehabt, haben sich hinsichtlich der dafür nötigen Ausrüstung geirrt. Im fünften Stock stellt sich das unausweichliche Nachdenken über die Gesetze der Physik ein, die Zerbrechlichkeit der dünnen Kabel, die die Kabine halten. Unsere eigene Zerbrechlichkeit. Der Fahrstuhl beschwert sich nicht, er klettert höher in einer sicheren Luftblase, nimmt ohne Zwischenfälle fünfzehn, sechzehn, sechsundzwanzig Stockwerke. Nun, das ist keine Beruhigung, der Unfall kann jederzeit passieren, und je höher man ist, desto schlimmer wird er sein. Kann irgendetwas den Sturz aus dieser Höhe überleben? Sie sagen, es gäbe Sicherheitsvorrichtungen, aber die können versagen, und die Dinge versagen oft. Schwindel im vierzigsten Stockwerk – so hoch haben wir es geschafft. Und trotzdem bleibt noch so vieles, wovon man sich zu verabschieden hat, wenn dies das Ende sein sollte. Dieses Stockwerk, das fünfzigste, wo all jene warten, die keine Absolution bekommen, die Toten, jene, denen Unrecht geschehen ist und die zu niedergeschlagen sind, um noch Trost zu empfangen. Jene, die am Weg zerbrochen sind, am unheimlichen Ruckeln des Weges, den ihr zurücklegen musstet wegen dieser Fahrt. Aber da ist nichts zu machen. Es gibt nur die Fahrt. Im fünfundsiebzigsten Stockwerk gibt es kein Umkehren mehr. Sicherheitsvorrichtungen sind unnötig, denn diese Fahrt führt nur noch aufwärts. Was vor sich geht, das Zurücklassen einer Welt, ist gar nicht so schlimm, und außerdem gibt es tragfeste Kabel und eine gute Kabine, verlässliche Verbündete. Selbst der Gedanke *Hätte ich nur mehr Zeit* hat hier kein Gewicht mehr, denn nichts ist mehr von Gewicht, alles ist bedacht worden, der Motor kann jede Schwankung der Masseverhältnisse ausgleichen, die zwischen Kabine und Gegengewicht auftritt, das ist seine Aufgabe, und welcher Wunsch könnte ein so großes Gewicht haben, dass die Maschine nicht mit ihm zurechtkäme? Man genießt es nun schon ein wenig. Die Wände lösen sich auf, der Boden, die Decke. In der Vertikalität verlieren sie ihre Festigkeit. Im neunzigsten Stockwerk ist alles Luft, und der Unterschied zwischen uns und unserem Fortbewegungsmittel wird mit jedem Zentimeter, den wir höher steigen, weiter verwischt. Alles leuchtet, und die Lasten und Sorgen, mit denen man sich geplagt hat, sind keine Lasten und Sorgen mehr, sondern leuchtende

Helligkeit. Selbst das Dunkel des Schachts ist verschwunden, denn es gibt keine Unstimmigkeiten zwischen uns und dem Schacht mehr. Wie soll man atmen, wenn man keine Lungen mehr hat? Doch diese Frage ist ohne Belang, der letzte Einwand der Rationalität ist schon vor Stockwerken zusammen mit der Stimme der Erde verstummt. Keine Zeit, keine Zeit für einen letzten Gedanken, *woran habe ich als Letztes gedacht, bevor ich gestern Abend eingeschlafen bin, der letzte Gedanke, was war es noch,* denn bevor man diesen Gedanken denken kann, leuchtet alles hell auf, und im perfekten Fahrstuhl hat man sich selbst hinter sich gelassen.«

An diesem Sonntagmorgen sind die Straßen mit Stille geteert. Niemand lebt mehr in den Tiefen des Geschäftsviertels. Es liegt zu viel Energie in der Luft. Manche haben es versucht. Beim Aufwachen fanden sie ihr Haar auf dem Kopfkissen, Fingernägel und Zähne, die lose im Fleisch trieben. Ganz abgesehen von der unlösbaren Aufgabe, vollständige Sätze zustande zu bringen. (Sie zurrt die Krawatte fest, fummelt am Kragen herum.) Keine Menschenseele lebt mehr in diesem Bankenviertel, keiner wohnt so dicht bei den städtischen Verwaltungstempeln. Die Straßen der Federal Plaza sind leer, und die Wolken, die das Licht verschlucken und silbern gedämpft wieder ausspucken, finden keine Schatten. Am letzten Abend hat sie ihr Auto für ein paar Stunden vor Mama's Bakery abgestellt, ist über die Polster auf die Rückbank geklettert und hat sich in einer Ecke zusammengerollt. Aber sie konnte nicht schlafen. Als die Dämmerung drohte, zog sie ihr Kleid aus. Bewaffnete sich mit ihrem montäglichen Anzug – es war natürlich der falsche Tag, aber in letzter Zeit ist ihr Kalender durcheinander geraten. Ein Herstellungsfehler. Der Anzug fühlt sich nicht so frisch an, wie sie es gerne hätte – was die chinesische Reinigung an Stärke hineingepumpt hat, hat sich leider verflüchtigt. Doch so weit sie es anhand eines Blicks in die winzigen Spiegel des Autos sagen kann, reicht ihr Anzug für ihr heutiges Vorhaben aus. Sie reibt ein bisschen Spucke auf eine trockene Stelle unter ihrem rechten Auge. Sie kämmt ihr Haar mit den Fingern.

Hier fing alles an. Vor einer Woche. In den Eingeweiden dieses Viertels.

Lila Mae hämmert (ihrer Rechnung nach) zehn Minuten lang an die Tür, bis der schlaftrunkene Nachtwächter endlich aus dem Dunkel der Lobby zur Glastür torkelt. Sein dichtes, braunlockiges Haar steht wild in alle Richtungen ab und bildet eine dichte Matte auf der rechten Hemisphäre seines Schädels. Dieselbe Seite seines Gesichts ist, wie sich herausstellt, blutleer und gemustert von wirren Falten. Lila Mae drückt ihre Kennmarke an die Scheibe. Er hält inne, um seine rechte Pobacke zu kratzen, löst dann den großen Schlüsselbund vom Gürtel.

»Ich dachte, ihr wärt endlich fertig mit der Nummer elf«, sagt er.

»Fertig wird man nie«, sagt sie, hat die Lobby schon halb durchquert. Straßenschuhe klappern wie Hufe auf dem künstlichen Marmor, Klang eines herandonnernden Bullen.

In der Ferne hört sie Schlüsselgeklirr, als der Nachtwächter die Eingangstür wieder abschließt. Seine Stimme im Nebel: »Soll ich Ihnen den Keller aufschließen?« Sie blickt nicht zurück. Sie hat ihn schon aus ihrem Bewusstsein gestrichen, hat ihm im Geist einen Tritt in den Hintern verpasst. Lila Mae steht in der Mitte von Fahrstuhlflur B. So viel Zeit ist noch nie zwischen zwei Inspektionen verstrichen, seit sie zur Behörde gekommen ist. Hat nie Urlaub genommen, und jetzt sind ganze neun Tage verstrichen, seit sie 125 Walker verlassen hat. Sie presst ihre Handflächen auf die Türen der Nummer 11 im ersten Stock des Fanny-Briggs-Building. Unter der grünen Industriefarbe spürt sie das Metall. Es ist kühl und schwarz. Raumtemperatur. In weiter Entfernung hört sie, wie der Nachtwächter eine Frage stellt, aber sie kann sie nicht verstehen, er ist zu weit fort.

Nichts.

Zuerst entscheidet sie sich für die Nummer 10, gleich neben dem in die Unterwelt Gestürzten. Sie drückt den Rufknopf und bildet sich ein, hören zu können, wie der Wahlschalter verschlafen erwacht, feucht noch vom Träumen. Ein Klicken. Dann entscheidet sie sich anders und geht zur Nummer 14, direkt gegenüber der 11 im Fahrstuhlflur B. Auch die 14 wird von zwei Nachbarn flankiert und teilt vermutlich die Angst eines Kindes, das zwischen zwei Geschwistern in der Klemme sitzt. Ein frechfröhliches Klingeln ertönt: Dieses Klingeln wird nie zynisch oder verbittert werden, wird sich die Fröhlichkeit bewahren, auch wenn es tausende von Malen erklingt. Es ist nicht so konstruiert worden. Die Nummer 14 heißt den Passagier willkommen, und der Passagier tritt ein.

Ein Jahr, nachdem man die Metropolitans, begleitet vom Trommelfeuer einer Werbekampagne, auf den Markt geworfen hatte, zog Arbo die Kabinen zurück, um ein kleines, aber nicht ganz unwichtiges kosmetisches Problem zu bereinigen. Offenbar war das Putzmittel, das vom Heer der städtischen Wartungsangestellten benutzt wurde, der Pseudo-Holzverkleidung im Innern der Kabine nicht bekommen. Nachdem sie ungefähr hundertmal mit Scrubbo geschrubbt worden war, begann sich die Verkleidung an manchen Stellen merkwürdig braungrün zu verfärben, Stellen, deren Form nicht wenige an Schimmel erinnerte. Krankheit. Kurz gesagt, das Putzmittel und die Verkleidung mochten sich nicht leiden. Eine Möglichkeit hätte darin bestanden, dem Besitzer der neuen Luxus-Metropolitans ein anderes, weniger ätzendes Putzmittel zu empfehlen, das die empfindliche Haut der Fahrstühle nicht angriff. Doch diese Möglichkeit fiel flach. Die Stadt hatte zu einem günstigen Preis in einem Discountmarkt einen Vorrat von Scrubbo ergattert, der für ein ganzes Leben reichte. Was es hinsichtlich einer Stadt bedeutet, dass ein Vorrat »für ein ganzes Leben« reicht, wurde nie genau definiert, aber es reicht wohl aus, darauf hinzuweisen, dass in den Kellern von Regierungsgebäuden und in den Hausmeisterklausen der ganzen Stadt unzählige Kisten mit jenem Mittel lagern, und sie alle zeigen dem Betrachter stolz das einnehmende Lächeln des Scrubbo-Maskottchens, dem kein Job zu schmutzig ist. Die Politiker weigerten sich, in dieser Scrubbo-Sache nachzugeben. Man hatte dafür bezahlt. Und tatsächlich wurde beschlossen, dass die Sache Arbos Fehler sei, weil die Kabinen ungenügenden Sicherheitstests unterworfen worden wären (es gibt keinen Beweis dafür und hat ihn nie gegeben, dass das unansehnliche Hautproblem der Kabinen und menschliche Krankheitsfälle in irgendeinem Zusammenhang stehen), und dass man erwäge, einen Prozess anzustrengen. Selbst in Arbos Türmen, hinter doppelter Verglasung, wusste man, aus welcher Ecke der Wind wehte. Sie tauschten die Verkleidung kostenlos aus, und bis zum heutigen Tag ist der Arbo Metropolitan jener Fahrstuhl, den die meisten Angestellten der Stadt mit ihrer drögen Schufterei in Verbindung bringen, eine Tatsache, die im Laufe der Jahre durch gewissenhafte Umfragen der United-Fahrstuhl-Kompanie untermauert wurde.

Dies sind neue Arbo-Metropolitans, bemerkt Lila Mae. Die Innenverkleidung weist nicht jene charakteristischen Kratzer auf, die von nachlässigeren Handwerkern von Arbo hinterlassen wurden, als sie die befallene Verkleidung auswechselten. Das hat sie schon bei ihrem ersten Besuch im Fanny-Briggs festgestellt. Sie befiehlt sich: Sieh die Nummer 14 nicht an. Sie ist eingestiegen, um sich ihre Inspektion der Nummer 11 in allen Details zurück ins Gedächtnis zu rufen, jenes Fahrstuhls, der jetzt ein paar Gebäude weiter grotesk deformiert im Leichenschauhaus auf Metalltabletts liegt. Sie darf sich nicht ablenken lassen, wenn sie es noch einmal durchleben will. Die Vibrationen des allmählichen Aufstiegs der Nummer 14 sickern durch ihre Schuhsohlen, lassen ihre Beinmuskeln erzittern. Sie ignoriert es. Sie fühlt es nicht. Schließt ihre Augen. Lila Mae streckt die Hand aus ins Dunkel und drückt aufs gewölbte Glas eines Schalters.

Das Gegengewicht der Nummer 14 beginnt seinen Abstieg im Schacht, zaghaft und wachsam.

Es ist das falsche Dunkel. Es ist das Dunkel dieses Tages, dieser Stunde und dieses Fahrstuhls, und Lila Mae muss in ein weiter entferntes Dunkel vordringen, jenes Dunkel, das sie bei ihrem ersten Besuch im Fanny-Briggs umschlossen hat. Aus Angst, abgelenkt zu werden, wagt sie nicht, die Wände dieses Fahrstuhls zu berühren, wie damals in der Nummer 11. Sie stellt sich vor, die Hand nach der verlässlichen Härte der Wand des toten Fahrstuhls auszustrecken, stellt sich vor, wie sich die Innenverkleidung an ihre Hand schmiegt. Jetzt, jetzt hat sie das Dunkel fast erreicht. Es ist ein Vorhang, der langsam vor das Dunkel dieses Tages fällt. Da. Dieses neue Dunkel ist das alte Dunkel der Nummer 11. Sie folgt dem sicheren und problemlosen Aufstieg der Nummer 11. Die Geister erscheinen auf ein Stichwort hin, schälen sich aus den Flügeln. Der Geist der Geschwindigkeit, der Geist der wilden Anstrengung des Hubmotors, der rote, kegelförmige Geist des Wählers, der den Aufstieg des Fahrstuhls im Schacht durch sein Ticken begleitet, der bernsteinfarbene, neuneckige Geist der Führungsschuhe, die, ohne zu stolpern, an den Führungen hinauflaufen. Sie alle sind kraftvoll und sensibel, und sie erzählen Lila Mae in ihrer eigenen, geheimen Sprache die Geschichte nahtloser Vertikalität. Sie schießen im Zickzack umher, schlagen Kreise, hüpfen von einem Fuß auf den anderen, fließen hin und her, für sie, ihre einzige Zuschauerin, die einzige, die je in den Rängen dieses Theaters sitzt. Sie drehen sich für sie im Kreis und wiederholen fehlerlos ihre Vorstellung vom letzten Donnerstag. Die Geister verlernen ihre Rollen nie. Lila Mae fährt ohne Zwischenfall nach oben, die Nummer 11 beschert ihr eine eindeutig gute Fahrt. Die Geister verbeugen sich, sie warten nicht auf ihren einsamen Beifall.

Sie öffnet die Augen. Die Tür gleitet auf, und herein drängt die abgestandene Luft des 42. Stockwerks. Sie drückt den Knopf fürs Erdgeschoss.

Nichts.

Und wenn nichts war und Chancre die Wahrheit sagt (inzwischen glaubt sie das, und Misstrauen ist genauso nutzlos wie Vertrauen), dann war es eine Unfallkatastrophe. Genau das werden die Trümmer der Spurensicherung verraten: nichts. Keine verräterischen Schnittspuren an einem unschuldigen Zentimeter des Koaxialkabels, keine Drähte, die von dem für seine Verlässlichkeit berühmten Blockierschutz abgesprungen sind. Rein gar nichts. (In ein paar Tagen, wenn die ganze Sache vorbei ist, wird es Lila Mae einfallen, Chuck anzurufen und ihn nach dem genauen Wortlaut des Untersuchungsberichts zu fragen, und seine Bestätigung wird ihr fremd vorkommen. Bedeutungslos.) In der Frühen Ausfallphase erwartet man so etwas nicht. Meist treten solche Zwischenfälle in der Zufälligen Ausfallphase auf, in der Pubertät also, als Ergebnis einer bösartigen Veranlagung. Ohne Anlass hat etwas im Fahrstuhl versagt und das Versagen aller anderen Bestandteile nach sich gezogen. Eine Unfallkatastrophe. Dinge, die aus den schwarzen, abgelegenen Regionen des Alls kommen und hier aufprallen, Kometen, die nach unzähligen vergeblichen Ellipsen auf diese zerbrechliche Welt knallen. Botschafter des Unerforschlichen. (Der Nachwächter des Fanny-Briggs-Building sieht sie aus der Nummer 14 stolpern, sieht sie blind durch die Lobby laufen und an der verschlossenen Eingangstür rütteln.) Sie liegt nie falsch, was den Intuitionismus angeht. Die Dinge werden ihr eingegeben. Was ihre Disziplin und die Empirie gemeinsam haben: Sie haben keine Erklärung für die Unfallkatastrophe. Haben die Geister versucht, sie zu warnen, hatten sie eine Ahnung, zuckten sie manchmal, um sie durch ihr merkwürdiges Flattern und Wackeln zu warnen, da es ihnen verboten war, ihr Wissen offen mitzuteilen? Sie hätte die Warnung sowieso nicht verstanden. Welche Zeichen die Geister ihr im Dunkel auch immer gegeben haben mögen, sie hat sie nicht verstanden. Sie stellt sich vor, dass die bevorstehende Unfallkatastrophe in der Zukunft Wellen schlägt, die zurückfluten und die Geister durch die drohende Gewalt aufschrecken. Unwichtig. Sie hat es nicht bemerkt. (Sie scheint ihn nicht zu sehen, als sie weiter an der Tür rüttelt, obwohl das Schloss nicht nachgibt. Sie versucht es weiter.) Chancre und Pompey haben nicht gelogen, und niemand sonst hat die Nummer 11 sabotiert, auch dessen ist sie sich sicher. Wie oft passieren hier Unfallkatastrophen? Die letzte in diesem Land, sie versucht sich zu erinnern, vor fünfunddreißig Jahren, irgendwo im Westen. Die zehn Fahrgäste (witzelnd und ziellos das Inspektionszertifikat überfliegend, Haustürschlüssel in Hosentaschen wiegend, das Pfeifen zu vermeiden suchend) hatten natürlich noch Zeit zu schreien, aber nicht viel mehr. Die Untersuchungsbeamten (und was für ein unerfahrener Haufen müssen sie gewesen sein, die Behörde war noch so jung damals) fanden niemals einen Grund. Total freier Fall. Was passiert, wenn zu viele Unwahrscheinlichkeiten zusammentreffen, wenn selbst mehrfache Sicherheitsvorrichtungen nicht ausreichen? Angesichts dieses Geheimnisses der neuen Städte kratzt man sich ratlos am

Kopf. Der letzte bekannte total freie Fall geschah in der Ukraine, und man fand schließlich heraus, dass es an der Unfähigkeit des Lieferanten gelegen hatte, die Bremsen an der Unterseite der Kabine zu montieren. Fünf Menschen kamen ums Leben. Sie kann sich nicht an die Marke des Fahrstuhls erinnern – welcher Hersteller in jener Gegend und zu jener Zeit am beliebtesten war. Es fällt ihr nicht ein. (Schließlich öffnet der Nachtwächter die Tür. Sie sieht ihn immer noch nicht. Er sieht sie die breiten Steinstufen hinunterstolpern, ein paar Mal beinahe stürzen.) Keiner ihrer Kollegen würde seinem ärgsten Feind eine Unfallkatastrophe an den Hals wünschen. Es ist ein abergläubischer Haufen, neidisch und gemein, was jeden Erfolg eines Kollegen angeht, aber einen derartigen Absturz als Rache herbeizusehnen würde bedeuten, es sich selbst zu wünschen – selbst in der Kabine zu sein und den ganzen freien Fall über gegen diese Unwahrscheinlichkeit anzuschreien. Man kann es nicht einmal als Unwahrscheinlichkeit bezeichnen, weil es jenseits jeder Berechnung liegt. Es ist Schicksal.

Sie werden keinen Grund für diesen Absturz finden, werden aufgrund der Seriennummer den Hersteller ausfindig machen und einem arthritischen Mechaniker auf die zitternden Finger schauen. Dies war eine Unfallkatastrophe.

»Arme Nummer elf«, sagt Lila Mae – ein Moment des Mitgefühls mit dem unglücklichen Opfer, das ist alles, bevor sie das Ereignis für ihre eigenen Zwecke umdeutet: Es war eine Unfallkatastrophe, und es war eine Botschaft für sie. Es war ihr Unfall.

Der Fahrstuhl hatte ihnen etwas vorgemacht. Der Nummer 11 war Langlebigkeit bescheinigt worden. Sie schien so kerngesund zu sein, dass die Qualitätskontrolle der Arbo-Fahrstuhl-Kompanie die Simulation nicht durchschaute, so kerngesund, dass die Bauunternehmer den Keim des Verderbens, der in der Kabine schlummerte, angesichts seiner mit routinierter Leichtigkeit vollzogenen Montage nicht wahrnahmen. So kerngesund, dass Lila Mae Watson, von der Fahrstuhlinspektionsbehörde, eine Frau, die nie falsch liegt, ihn nicht wahrnahm. Wusste es der Fahrstuhl selbst? Nach Fultons ganzem Anthropomorphismus: Kannte die Maschine sich selbst? Sie besaß die übliche Bandbreite an Fahrstuhlgefühlen, ja, aber wie stand es um echte Selbstwahrnehmung? Erlich, der verrückte Franzose, hat so etwas postuliert, aber er wird nie zu Konferenzen eingeladen, und seine Studien verstauben in den Bibliotheken seiner Verwandten. Hat sich der Fahrstuhl entschlossen, aus dem Leben zu scheiden? Zu lügen und sich selbst zu verraten? Selbst Fulton schlug einen Bogen um den Schrecken einer Unfallkatastrophe – obwohl er sich über das Unglaubliche ausließ, wagte er sich nie an das Unerforschliche. Lila Mae glaubt: aus Angst.

Sie hat ihren Bestimmungsort noch nicht erfasst, das, worauf sie sich zubewegt, obwohl es nur ein Ziel gibt, das sie auf dieser Strecke erreichen kann. Jetzt hat sie den Tunnel hinter sich gelassen, ihr Bestimmungsort könnte nicht offensichtlicher sein. Trotzdem hat sie ihn noch nicht erfasst. So abgelenkt ist sie durch diese letzte Inspektion, die ihr noch im Kopf herumschwirrt.

Ist seine Black Box immun gegen den Kometen einer Unfallkatastrophe? Alles ist jetzt durcheinander geraten, eine Maschinerie blendet die andere aus. Eine Sekunde lang bezweifelt sie, dass Fulton farbig war – vielleicht war es noch eine von Natchez' Lügen. Irgendetwas, das er und seine Bosse sich ausgedacht haben, um sie zu täuschen. Sie sieht es vor sich, die Szene steht am Himmel über dem Highway, ein paar Autolängen vor ihr: Reed und Natchez im unteren Wohnzimmer des Hauses der Intuitionisten, rauchigen, alten Scotch schlürfend, während sie das Netz, in dem sie gefangen werden soll, nach Löchern absucht. Natchez kennt das offene Fenster im Herzen eines farbigen Mädchens, er hat viele gehabt, und Reed kennt die dazugehörigen Scharniere des intuitionistisch gepolten Kopfes, weiß um seine Schwächen, die auch die ihren sind. Der weitere Verlauf ihres Plans: Natchez hat seine Aufnahmen der Seiten, die sich im Besitz der Intuitionisten befinden, nicht entwickelt, weil er keine Fotos aufgenommen hatte. Er hat sie die ganze Zeit hindurch studiert. Wollte sie davon abhalten, zum *Lift*-Gebäude zu fahren, weil er Angst hatte, sie könnte das Komplott aufdecken. »Ich hab eine Menge über Fahrstühle gelesen, seit ich das mit meinem Onkel herausgefunden habe.« Er wusste schon seit einiger Zeit alles, was er über Fahrstühle wissen musste.

Kein Verkehr an diesem Sonntagmorgen, und das ist gut so, weil sie der Straße überhaupt keine Aufmerksamkeit schenkt. Sie ist diese Strecke so oft gefahren. Sie wird nicht die falsche Abfahrt nehmen.

Hätte sie mit ihm zu Abend gegessen, dann hätte er ihr ausführlich von seinem Eindringen in Chancres Büro erzählt und mit seiner Gabel über dem zartblutigen Steak und dem schirmgeschmückten Cocktail herumgefuchtelt, hätte von seinem knappen Entkommen berichtet und davon, wie rasch er die Aufzeichnungen Fultons gefunden habe. Sobald sie gewittert hatten, dass sie nicht die einzigen Empfänger der geheimnisvollen Sendungen waren, hatten seine Kollegen bei Arbo zweifellos Kopien des gesamten Materials erhalten, das United und den Empirikern geschickt worden war. Haben ihre Wohnung in Trümmer gelegt, als sie sie der Zusammenarbeit mit Chancre verdächtigten, haben ihr Natchez aufgezwungen. Wenn sie den Intuitionisten nicht traut, dann vielleicht einem Stammesbruder und seinem Märchen von der Rückgängigmachung des Unrechts, das ihrer Rasse angetan worden ist.

Nein, Fulton war farbig. Das ist die reine Wahrheit. Natchez hat nicht gelogen. Sie hat es in den Büchern des Mannes erkannt, mithilfe ihrer neuen Lesart herausgeschält. In den letzten paar Tagen hat sie wie eine Sklavin das Lesen gelernt, ein verbotenes Wort nach dem anderen.

An diesem Sonntagmorgen fährt sie zu ihrer Alma Mater, dem Institut für Vertikalen Transport, um herauszufinden, warum ihr Name in Fultons Aufzeichnungen auftaucht. Um den einzigen Menschen zu fragen, der ihr eine Antwort geben kann, ihr erklären kann, warum Arbo ihr Vertrauen gewinnen musste. Warum ein Mann, dem sie nie begegnet ist, sie mit in sein Testament eingeschlossen hat.

Es gibt Millionen von Ereignissen, darunter auch Millionen von Unfallkatastrophen. Nicht verstanden als das, was selten passiert, sondern als das, was passiert, wenn man alles abzieht, was immer geschieht. Historisch gesehen sind es gute oder schlechte Omen, je nach Zeit und Ort, sie verlangen Reformen oder die Ausarbeitung universaler Richtlinien für die Fahrstuhlwartung, oder sie belehren die dumpf sich abrackernden Bürger der modernen Welt darüber, dass es noch eine Macht jenseits der Rationalität gibt. Dass der Teufel noch sein Unwesen auf Erden treibt und die Architektur kein Ersatz für das Gebet ist, für wunde Knie und das verzweifelte Hadern mit den Göttern.

Sie hört nicht, wie das Auto hupt, ganz zu schweigen von der Dringlichkeit des Hupens. Sie schert auf die rechte Spur aus und streift fast die Kunstholzkarosserie eines Kombis. Die Kinder auf dem Rücksitz schreien, rosa Lungen flattern, die Hände des Vaters krallen sich ans Lenkrad, doch abgesehen vom Tumult weniger Sekunden passiert nichts. Lila Maes Auto und das Auto der Familie stoßen nicht zusammen. Sie geht vom Gas und fährt an den Rand des Highways, Kiesel prasseln gegen die Unterseite des Wagens. Lehnt ihren Kopf vornüber auf das grüne Gummi des Lenkrads.

Arbo und Natchez sind nur unbeantwortete Fragen. Ihr

Eindringen in ihr Leben ist eine Angelegenheit von Ursache und Wirkung, folgt den logischen Bahnen der Gier, und es braucht nur die richtigen Informationen, um jene Fragen zu beantworten. Zeit, um die Fakten mit den Fingern auszusieben und den feinen Sand abzuschütteln, bis nur noch das in ihrer Hand liegt, was wirklich passiert ist. Was übrig bleibt, ist die Sache mit Fulton und dem Intuitionismus. Sie denkt darüber nach, wovor man nicht geschützt ist, wenn man für einen Weißen gehalten wird: der Person, welche die geheime Hautfarbe kennt, jener Person, der man zu einer unerwarteten Zeit auf einer ganz gewöhnlichen Straße begegnen kann. Wovor der Intuitionismus nicht schützt: der Unfallkatastrophe, der ein Fahrstuhl in einem unerwarteten Augenblick während eines ganz gewöhnlichen Aufstiegs zum Opfer fällt, jenem Augenblick, der das wahre Gesicht der Maschinerie enthüllt. Der farbige Mann, der als Weißer gilt, und der unschuldige Fahrstuhl müssen sich auf ihr Glück verlassen, auf den Zufall leerer Straßen und die Begegnung mit Fremden, die von nichts wissen, müssen die zufällige Begegnung mit demjenigen fürchten, der weiß, wer sie wirklich sind. Jenem, der ihre Schwächen kennt.

Sie glaubt den Dokumenten, die Natchez ihr gezeigt hat, selbst wenn seine Verwandtschaft mit Fulton als Lüge entlarvt worden ist. (Wieder auf dem Highway: Sie hat nicht angehalten, um über das Unglück nachzudenken, das nicht eingetreten ist, sondern über das, welches vor zehn Tagen passiert ist.) Fulton war farbig. Der Hass in seinen Büchern auf die korrupte Ordnung dieser Welt, das leidenschaftliche Verlangen nach der nächsten Welt und ihren neuen Regeln. Er war der perfekte Lügner, zu dem die Welt ihn gemacht hatte, der Verkünder einer genialen Fiktion, die von der Welt als Wahrheit geschluckt wurde. (Wieder auf dem Highway, auf dem Weg dorthin, wo sie hinwill.) In immer währender Angst vor dem Schatten, dem Schatten der Unfallkatastrophe, die ihn als das enthüllt hätte, was er wirklich war. Dem Schatten, der ihn umschließt und dunkel werden lässt.

Fast da, Lila Mae.

Die schwarzen Tore des Instituts für Vertikalen Transport stehen offen. Am Sonntag verlassen die Studenten den Campus, um die Messe in den benachbarten Kirchen zu besuchen. Die Kirchen dieser Stadt heißen alle Glaubensbrüder willkommen, egal, wo sie geboren wurden und welche Umstände und Entscheidungen sie hierher geführt haben. Sie fährt um den Campus herum zur Ostseite, nimmt das gedrungene Gebäude der Fulton Hall gebührend zur Kenntnis, das Gebäude für das Ingenieurswesen, selbst ihr altes Zuhause, die Turnhalle, die an einem Sonntagmorgen immer still daliegt. Als sie den Hang erreicht, vor dem die Wohnhäuser der Fakultätsangestellten liegen, ballen sich die Bäume respektvoll an den Straßenseiten zusammen. Sie parkt. Sie schließt die Tür des Sedans. Mrs. Rogers braucht nur eine Minute, um auf ihr Klopfen hin zu erscheinen. Lila Mae sagt zu der alten Frau: »Er hat es als Witz gemeint, oder? Die Sache mit dem Intuitionismus. Es war einfach ein grandioser Witz.«

Manchmal, wenn der Wind den Regen unters Dach der Veranda peitschte, wenn der Wind eine Wut auf dies oder das hatte, dann durchtränkte er die Vorderkante des Sofas. Aus diesem Grund roch das alte, braune Sofa immer so sauer – nach Feuchtigkeit und Schimmel. Trotzdem verfrachteten sie es nie auf den Pick-up und verurteilten es dazu, auf der städtischen Müllkippe zu vermodern. Es war ein altes Sofa, und es wurde geschätzt, weil seine Fehler und Vorzüge sich gegenseitig aufwogen, also ließ die Familie Watson es auf der Veranda stehen. Ein Beispiel seines Zaubers: Der Anstrich der Veranda blätterte unter dem Sofa nicht ab. Und noch eines: Auf der rechten Seite hatte sich eine Vertiefung gebildet, die passgenau für Marvin Watsons Hintern war, und als Marvins Hinterteil im Laufe der Jahre auszuufern begann, hatte sie sich ebenfalls verbreitert. Ein Wunder. Am Tag, um den es geht, saß Marvin auf seinem Stammplatz und ließ den Briefumschlag gegen seinen Schenkel klatschen. Als sein Warten belohnt wurde, als die untersten Stufen der Veranda unter ihren Schritten knackten, sagte er es ihr: »Deine Mutter ist einkaufen gegangen. Sie hat mir dies gegeben.«

Lila Mae hatte gehofft, den Brief am Kasten abfangen zu können und Zeit zu haben, um ihn zu lesen und ein paar Tage über die Worte nachzudenken, bevor sie ihren Eltern davon erzählt hätte oder auch nicht. Aber ihre Arbeit bei Mrs. Applebaum hatte das verhindert. Sie wusste nie, wann sie da wegkam. Sie hatte erwogen, Mr. Granger zu bestechen, den Postboten, der im farbigen Stadtteil die Briefe austrug, war aber zu dem Schluss gekommen, dass es zu kompliziert sei. Sie erkannte den roten Briefkopf des Instituts für Vertikalen Transport, den sie zum ersten Mal vor ein paar Monaten in der Stadtbücherei erblickt hatte, und sie sah die flusig gezackte Kante, wo ihre Mutter den Brief aufgeschnitten hatte, vermutlich mit einem der vielen stumpfen Messer des Watson-Haushalts. Als ihr Vater ihr den Umschlag reichte, sagte er: »Du hast mir gar nicht erzählt, dass du dich beworben hast.« Der Umschlag war aus gutem Papier. Dem dicken, eleganten Papier, das sie dort oben benutzten. Dort oben gab es keine billigen oder bankrotten Papiermühlen. Sie zog den Brief heraus, es war immer noch hell genug, um ihn lesen zu können, ohne Kopfschmerzen zu bekommen. Ihr Vater beobachtete ihre Augen. Er trug eine grobe Hose und ein schweres Hemd, jene Kleidung, die er in der Woche immer vor und nach der Arbeit anzog. Wenn er die Uniform von Huntleys abgelegt hatte. Die Kleidung, die er zu Hause trug, wechselte ab und zu. Alle paar Jahre wurde sie von neuen Ausgaben in anderen Farben ersetzt. Die Uniform von Huntleys allerdings blieb immer die gleiche. Einmal hatte Lila Mae sie gesehen. Eines Tages hatte er sie aus dem Kaufhaus geschmuggelt, um sie Lila Mae und ihrer Mutter zu zeigen. Farbige durften Huntleys nicht betreten, wenn sie etwas kaufen wollten. Nur, wenn sie dort arbeiteten. Sie las den Brief und steckte ihn wieder in den Umschlag.

Ihr Vater fragte: »Was wirst du Mrs. Applebaum sagen?«

»Ich hab ihr gesagt, dass ich vielleicht von hier weggehe, um die Schule zu besuchen. Das hab ich ihr schon erzählt, als ich angefangen hab.«

»Uns hast du nichts davon erzählt«, antwortete ihr Vater. Dann sagte er: »Gibt keinen Mangel an Leuten, die dich bei Mrs. Applebaum ersetzen könnten.«

Sie hatte den Entschluss gefaßt, als sie ihn auf dem Sofa sitzen sah. Als sie wusste, dass er es wusste. Lila Mae sagte: »Ich hasse den Gedanken, dich und Ma ganz allein zurückzulassen.«

Ihr Vater lehnte sich zurück, und das Innere des Sofas begleitete die Bewegung mit einem Grollen. Er sagte: »Mach dir keine Sorgen um uns. Da oben ist es nicht viel anders, Lila Mae. Da oben gibt es dieselben Weißen wie hier. Kann sein, dass es dir anders vorkommt. Aber es ist das Gleiche.«

Hier lebte er, hier erlebte er seine vehikularen Epiphanien, brütete in diesem Haus über den Zapfen und Bolzen seiner Mythologie. Mrs. Rogers hat sie im verwüsteten Wohnzimmer allein gelassen. Vor ihr grinst die Narbe eines wütenden Schnitts im Polster. Der Kaminsims ist abgefegt worden – sie kann die Jackenärmel der Männer darüber bürsten sehen, die ihr eigenes Apartment auf den Kopf gestellt haben –, und die Porzellanpferdsammlung ihrer Gastgeberin liegt zerscherbt auf dem Fußboden, Beine und Köpfe sind zerbrochen. Die Finger der Männer haben die Eingeweide von Sofa und Stühlen nach Fultons Tagebüchern und den Spargroschen von Mrs. Rogers durchwühlt, haben die zwei smaragdgrünen Lampen zerschlagen, um herauszufinden, ob etwas darin sei oder nicht, haben den Rahmen von Fultons Porträt auf muskulösen Schenkeln geknackt. Lila Mae reibt ihre Hände an den Hosenbeinen und betrachtet den Schaden. In der schalen Luft hängt noch Zigarrenrauch, und sie sieht einen Stummel, der auf dem Foto ausgedrückt worden ist, das Mrs. Rogers und ihre Kinder zeigt, in glücklicheren Tagen, an einem anderen Ort. Sie haben nichts gefunden, mussten aber alles versuchen, eine entschlossene Gang, die Häuser jener Menschen durchtobend, die das Gesuchte besitzen könnten. Ihre ergebnislose Brutalität kommt Lila Mae inzwischen bemitleidenswert vor, wie das Ringen eines Kindes um Aufmerksamkeit, eine feste Umarmung. Sie werden nie finden, was sie suchen.

Mrs. Rogers kehrt mit Tee und dünnen Butterplätzchen aus der Küche zurück. Lila Mae liest in den alten Falten auf ihrer Haut, den Verästelungen rund um Augen und Mund, den Spuren vergangener Gefühle. Das menschliche Gesicht ist nur zu zwei oder drei echten Ausdrücken imstande, und sie hinterlassen ihre Spuren. Lila Mae denkt, dass sie nur einen Ausdruck hat, und wie wird ihr Gesicht in vierzig Jahren aussehen. Rissiger Fels, die Wand einer trockenen Schlucht. Mrs. Rogers seufzt: »Die waren gründlich. Schönes Chaos, das sie angerichtet haben. Haben meine ganzen Pferde zerbrochen. Haben die Beine abgebrochen.« Sie würdigt die Unordnung auf dem Fußboden mit keinem Blick, widmet ihre ganze Aufmerksamkeit der delikaten Aufgabe, einen Zuckerwürfel aus dem Papier zu schälen. »Ich war in der Stadt und hab meine Schwester besucht, und als ich nach Haus komme, begrüßt mich das hier.«

»Am letzten Abend?«, fragt Lila Mae. »Wann sind Sie zurückgekommen?«

»Um elf ungefähr.«

Dann sind sie über das Haus hergefallen, kurz nachdem sie Ben Urich zurückgelassen hat. Als sie kapiert hatten, dass sie Bescheid wusste. Lila Mae ist schon eine praktizierende Solipsistin gewesen, als sie noch nicht einmal laufen konnte, und die neuesten Ereignisse dieses Tages fügen ihrer Lebensphilosophie irreparablen Schaden zu.

Mrs. Rogers zeigt auf einen Eimer in der Ecke. Ein grauer Wischlappen hängt über der Kante. Sie sagt zerstreut: »Einer von ihnen hat auf den Fußboden gemacht. Riechen Sie das nicht?«

»Ich rieche nichts«, sagt Lila Mae. »Haben Sie die Polizei gerufen? Den Wachdienst vom Institut?«

»Wozu? Wahrscheinlich sind die es gewesen.«

Lila Mae beugt sich auf ihrem Stuhl vor. »Es ist das erste Mal, oder? Als sie dem Institut erzählt haben, dass nach Fultons Tod hier eingebrochen wurde und man seine Tagebücher gestohlen hat, haben Sie gelogen, stimmt's?«

»Kann gelogen gewesen sein.« Mrs. Rogers zuckt mit den Schultern. Steht auf. Sie hat weder Tee noch Gebäck angerührt. Alles nur Ritual, schätzt Lila Mae. Ihre Gastgeberin sagt: »Oben habe ich das meiste schon fertig, aber hier unten noch nicht. Wollen Sie mir helfen?« Ein altes Haus und eine alte Frau. Sie muss die Gesetze dieses Hauses befolgen, ihre Ordnung unter dem spitzen Dach aufrechterhalten. Auch wenn sie darauf gepisst haben. Sie bückt sich langsam vor dem Kamin und sammelt eines ihrer zerbrochenen Pferde auf. Es kniet auf dem Bauch auf ihrer rauen Handfläche. Keine Beine. Mrs. Rogers lässt sich auf dem Fußboden nieder und sucht nach ihnen.

Lila Mae schnappt sich den Besen, der an der Lehne ihres Stuhls steht. Sie sucht sich eine Stelle aus und kehrt die Innereien des Sofas und zerfetztes Papier zu Haufen zusammen. Die alte Frau sagt: »Um Ihre Frage zu beantworten, ja, er hat sie zuerst zum Narren gehalten, aber am Ende war es kein Witz mehr. Es wurde zu einer Wahrheit.« Unter dem Zeitungsständer entdeckt sie eines der Beine des Vollbluts und hält es ans Licht. »Was James angeht, müssen Sie eins kapieren«, fährt sie fort, schwenkt das Bein im Licht, »ganz tief drinnen ist er immer ein echter Landmensch geblieben. Hatte seinen ganz eigenen Kopf und keinen Platz für was anderes drin. Das hat ihn zu dem gemacht, der er war.«

Nach allem, was passiert ist, glaubt Lila Mae, mit den unklaren Erklärungen der Frau leben zu können. Kein Grund, sie zu drängen. Lila Mae sagt: »Aber er war nicht der, der er war. Er galt als Weißer. Er war farbig.«

»Na, sieh mal einer an«, sagt Mrs. Rogers erschöpft, erlaubt sich einen kurzen Blick auf die Besucherin. »Nicht mehr dasselbe Mädchen wie das, das neulich an meine Tür geklopft hat, was? Mit stolzgeschwellter Brust. Sie haben irgendwas durchgemacht seitdem, hm?« Sie stellt das Pferd auf den Sims, wo es umkippt, auf die Seite rollt und den weißen Bauch und die Herstellungsnummer zeigt. »Ich hab's selbst nicht gewusst, bevor seine Schwester mal auf einen Besuch vorbeikam, und ich hab mit dem Mann unter einem Dach gelebt. Ich wusste, dass er nicht wie die anderen Weißen ist, für die ich sonst gearbeitet hab, aber ich hab nicht geglaubt … Eines Abends stand sie vor der Tür – vor fünfzehn Jahren? Zwanzig? Weiß nicht mehr. Egal. Es war, kurz bevor er das zweite seiner intuitionistischen Bücher geschrieben hat.«

Es fällt Lila Mae nicht schwer, diese Information einzuordnen. Zwischen der Veröffentlichung des ersten Bandes von *Theoretische Fahrstühle* und dem Beginn von Fultons Arbeit am zweiten Band lag eine achtmonatige Pause. Fultons Schwester hatte vor zwanzig Jahren an seine Tür geklopft. Wie mag sie ausgesehen haben? Was sagt man einem Bruder, den man seit Jahrzehnten nicht gesehen hat? Lila Mae fällt es schon schwer, mit Menschen zu reden, die sie eine Woche lang nicht gesehen hat. »Sie steht vor der Tür«, fährt Mrs. Rogers fort, »und sagt mir, sie muss mit James sprechen. Sie war eine von den Frauen, die unten geblieben sind. War sonnenklar, dass die Kleider selbst genäht waren, die sie anhatte. Ich schau sie an, von oben bis unten, denn ich weiß ja nicht, wer die Frau ist, und dann sag ich, ich muss erst mal fragen, ob Mr. Fulton Besuch empfängt. Ihm ist die Pfeife aus dem Mund gefallen – man kann noch immer die Stelle sehen, wo sie ein Loch in den Teppich gebrannt hat. Er fängt an auszuflippen, sagt mir, ich soll zum Einkaufen gehen – muss plötzlich Fisch zum Essen haben. Also geh ich, und als ich wiederkomme, ist sie weg, und James sitzt in seinem Arbeitszimmer und liest in seinen Tagebüchern, als wäre nichts passiert. Fragt mich, wann das Essen fertig ist, ganz ruhig. Später hat er mir erzählt, wer sie war, aber erst viel später.«

Hat sie Fotos mitgebracht oder schlechte Neuigkeiten: vom Tod ihrer Mutter? Wollte Geld für die Beerdigung. Was sagt man zu einem Bruder, den man seit vielen Jahren nicht mehr gesehen hat? Sie stellt sich vor, wie sie in diesem Zimmer miteinander reden. Die gleichen Möbel, das Tageslicht ist matt und kalt. Er sitzt auf dem Stuhl, auf dem Lila Mae gesessen hat, seine Hände umkrampfen die Lehnen. Dies ist der Moment, den er gefürchtet hat, seit er seine Stadt verlassen hatte. Der Moment, der seine wahre Identität enthüllt, die Unfallkatastrophe eintreten lässt. Aber seine Schwester hat ihn nicht bloßgestellt. Sie hat ihn nicht abstürzen lassen. Er wurde gerettet.

»Bald danach fing er an, sich komisch zu benehmen«, sagt Mrs. Rogers. Inzwischen hat sie vier Pferde und elf Beine geborgen. Sie liegen auf dem Sims wie auf einem Schlachtfeld.

Ihre Reiter sind tot oder krepieren. »Waren nur kleine Sachen, die man nicht so ohne weiteres bemerkt hätte, aber mit der Zeit fiel es auf.«

»Wie damals, als er den Kopf vom Provost bei der bahnbrechenden Feier in den Punsch getaucht hat.«

»Das war später, aber Sie liegen richtig«, sagt Mrs. Rogers. »Er war ziemlich guter Laune, weil sein erstes intuitionistisches Buch gut lief. Es war hart für ihn gewesen, aber schließlich hat er bekommen, was er verdient hat. Als er das erste Buch fertig hatte, hat er es den Leuten oben auf dem Hügel gezeigt. Seinen Kollegen. Und sie haben ihn einfach rausgeworfen – er konnte keinen dazu bringen, es ernst zu nehmen. Keiner von denen wollte es anrühren. Also hat er selbst für den Druck bezahlt, und alles begann. Sie haben ihm geglaubt.«

Sie kann sich nicht entscheiden, welches Porzellanbein zu welchem Porzellanpferd gehört. »Ich weiß noch, wie die erste Besprechung in einer dieser Fahrstuhlzeitschriften erschienen ist«, sagt sie und legt das nächste Bein neben ein kleines, weißes Pony, das mitten im Galopp in Scherben gegangen ist. »Er setzt sich auf den Stuhl, genau da, und fängt an, sie zu lesen. Ich war in der Küche und hab gekocht. Eine ganze Zeit lang hab ich nichts gehört, und dann hör ich ihn lachen. James war ein sehr ernster Mann, müssen Sie wissen. Er hatte einen Sinn für Humor, aber einen sehr eigenen. Wir haben jahrelang in einem Haus gelebt, aber ich glaub nicht, dass wir ein einziges Mal über dasselbe gelacht haben. An dem Tag hör ich ihn lachen, als ich in der Küche bin. Wie ich ihn noch nie hab lachen hören – als wäre es der beste, der allerbeste Witz, den er je gehört hat. Ich komm rausgelaufen und frag ihn, was so komisch ist. Und er sieht einfach zu mir auf und sagt: ›Sie glauben es.‹«

Offenbar meint sie Robert Manleys berühmte, überschwängliche Kritik in der *Continental Elevator Review*, die, wenn Lila Maes Erinnerung sie nicht trügt, Fulton zum »größten Visionär seit Otis« und zur »letzten Hoffnung gegen den gnadenlosen Todesmarsch der Modernität« salbte. Es war die erste Besprechung, die Fultons Ansatz als »intuitionistisch« beschrieb: postrational, dem Wesen nachspürend. Menschlich. Kein Wunder, dass er lachte. Sein Streich war geglückt. Auf der Grundlage dieser Besprechung schüttelte der Dämon seiner Mythologie seine steifen, bunt betupften Flügel aus und eroberte Stadt um Stadt, verkündete flüsternd Ketzereien, überschüttete die robusten Gebäude der alten Ordnung mit seinen Fäkalien. Kein Wunder, dass er lachte.

Mrs. Rogers holt Lila Mae aus ihren Gedanken zurück. Mrs. Rogers sagt: »So glücklich hab ich ihn nie gesehen. Er war eine ganze Woche lang glücklich, und länger hab ich ihn nie glücklich erlebt. Eines Abends dann sitz ich hier unten und mach meine Kreuzworträtsel. Ich konnte nicht schlafen, also hab ich die Rätsel gemacht. James kommt von oben runter, im Bademantel – ich dachte, er wär schon im Bett. Er kommt runter und sieht ganz durcheinander und aufgewühlt aus, und er sagt zu mir: ›Aber es ist doch ein Witz. Sie verstehen den Witz nicht.‹ Er dachte, irgendjemand würde es kapieren, aber es hat keiner kapiert.«

Sie nickt. »Sie hatten ihre ganzen Regeln und Gesetze. Sie hatten diese ganze lange Liste von Dingen, die beim Fahrstuhl untersucht werden müssen und was einen Fahrstuhl funktionieren lässt und so weiter, und er hat das gehasst. Er hat mir gesagt – mit genau diesen Worten –, ›sie waren alle Sklaven des Sichtbaren‹. Aber dahinter war eine Wahrheit verborgen, die sie nicht erkannt hätten, und wenn es um ihr Leben gegangen wäre.«

»Sie haben auf die Oberfläche der Dinge geachtet«, schlägt Lila Mae vor. Sie konnten seine Lüge nicht durchschauen. Erst Pompey hat es ihr ermöglicht, Fultons Streich zu begreifen. Der Unfall hallt noch immer in ihr nach, die letzten Klänge des Absturzes sind die neue Hintergrundmusik in ihrem Kopf. Sie war sich so sicher, dass Pompey die Nummer 11 sabotiert hatte – es passte wunderbar in ihre Schablonen. Hätte Chancre sie auflaufen lassen wollen, dann wäre jedes Mitglied der Behörde seiner Bitte gern gefolgt. Aber Lila Mae hat sich auf Pompey eingeschossen. Den Onkel Tom, den grinsenden Nigger, den Hausnigger, der die Schuld an ihrem schweren Stand in dieser Welt trägt. Pompey hat ihnen die Vorlage für alle Farbigen geliefert. Wie sie sich benehmen. Wie sie es den Weißen recht machen. Dass sie alles für Massa tun würden, weil sie so scharf darauf sind, ein Stück vom Traum zu ergattern. Sie hasste den Platz, auf den sie in dieser Welt gestellt worden war, die Stelle, die sie in der Ordnung der Dinge einnahm, und sie gab Pompey die Schuld daran, ihrem schleichenden Schatten im Büro. Sie konnte ihn nicht mehr im selben Licht sehen wie alle anderen Kollegen.

Ihr Hass. Fultons Selbsthass und die Lüge seiner weißen Haut. Die Wirklichkeit der Weißen fußt auf dem, was die Dinge zu sein scheinen – das ist die Sache der Empirie. Sie beurteilen die Dinge danach, wie sie sind, wenn man sie ins Licht hält, nach der Abnutzung des Rahmens, der Risse in der Motorverkleidung. Seiner Haut. Man stelle sich vor: Fulton, der große Reformer, der verlässliche Mann am Steuer der Fahrstuhlinspektionsbehörde, gibt seinen Vorsitz auf, als die Fahrstuhlkompanien versuchen, seine Gunst zu erkaufen und ihn für ihre Werbung einzusetzen. Man hat schon viele der Außendienstler gekauft – Hausbesitzer stecken Inspektoren Geld zu, damit sie Schäden geflissentlich übersehen. Ihre heilige Empirie hat keine Bedeutung mehr, wenn sie gekauft werden kann. Wenn man nicht einmal die wahre Hautfarbe eines Mannes erkennt, nur weil er behauptet, weiß zu sein. Und nicht einmal das. Sie sehen seine

Haut, und sie sehen einen Weißen. Der Rückzug hinter die Steinmauern des Instituts ändert nichts daran. Er ist immer noch nicht farbig. *Es gibt eine andere Welt hinter der sichtbaren.* Das hat er ihnen zu sagen versucht, und sie wollten es nicht hören. Trau den eigenen Augen nicht.

Mrs. Rogers sagt: »Er hat sich über ihre ganze Lebensweise lustig gemacht, und sie haben es nicht kapiert. Sein Witz kam ihm nicht mehr komisch vor. Als er das begriffen hat – dass es ein Witz war und sie das nicht kapiert haben –, war es kein Witz mehr. Bald danach hat seine Schwester ihn besucht. Er hat mir später erzählt, dass sie ihn in der Zeitung gesehen hat. Wie schon gesagt, danach wurde er wunderlich. Er fing an, das zweite Buch zu schreiben. Hat sich im Arbeitszimmer eingeschlossen und wollte nicht rauskommen. Ich musste sein Essen vor die Tür stellen, weil er zu den Mahlzeiten nicht runterkam. Das ging monatelang so. Und eines Tages ist er dann runtergekommen und hat gesagt, er ist fertig.«

Lila Mae wusste, dass er diesen Streich gespielt hatte, weil er sich selbst hasste. Sie verstand diesen Selbsthass. Sie hasste etwas in sich selbst, und sie ließ es an Pompey aus. Sie durchschaute Fulton jetzt. An Transzendenz glaubte er todsicher nicht. Seine wahre Hautfarbe hielt ihn am Boden fest, genau wie die Menschen am Boden festgehalten worden waren, bevor Otis seinen Sicherheitsfahrstuhl erfunden hatte. Für ihn, als einen farbigen Mann, gab es keine Hoffnung, weil die Welt der Weißen es nicht zulässt, dass ein Farbiger aufsteigt, und selbst als weißer Mann gab es keine Hoffnung für ihn, denn seine weiße Hautfarbe war eine Lüge. Heimlich versprüht er sein Gift auf den Seiten eines Buches. Er weiß, dass es die andere Welt, die er beschreibt, nicht gibt. Es wird keine Erlösung geben, weil die Männer, die diese Welt in der Hand haben, keine Erlösung wünschen. Sie wollen der Hölle so nahe sein wie möglich.

Lila Mae mustert die alte Frau. Sie ist mit ihrer Sammlung beschäftigt, versucht, die zertrümmerten Pferdefiguren zu reparieren. Sie wollen nicht stehen. Es wäre wohl angebracht, sie von ihrem Elend zu erlösen, aber das will sie nicht. Sie gibt sie nicht her. Vielleicht werden sie eines Tages wieder heil sein. Mrs. Rogers und Fulton, die als Arbeitgeber und Angestellte in diesem Haus leben. Sie kümmert sich um ihre farbigen Angelegenheiten, und er kümmert sich um seine weißen Angelegenheiten. Heimlich verwandt, doch sie weiß nichts davon. Nein, er glaubt nicht an den perfekten Fahrstuhl, begreift Lila Mae. Er erfindet eine Doktrin der Transzendenz, die eine Lüge ist, genau wie sein Leben. Aber dann passiert etwas. Es passiert etwas, das seinen Glauben weckt, ihn von den neuartigen, aber schwammigen Verallgemeinerungen in Band eins zur handfesten intuitionistischen Methodologie von Band zwei führt. Jetzt will er den perfekten Fahrstuhl, der ihn dieser Welt enthebt. Was seine Schwester ihm gesagt haben mag? Welche Wünsche er nach ihrer Begegnung gehabt hat? Nach Familie? Dass es in der Welt, die er erfunden hat, um seine Sklavenhalter zu parodieren, einen Bereich gäbe, wo er ganz er selbst sein könnte? Ein Witz ist sinnlos, wenn man ihn nicht mit jemandem teilen kann. Lila Mae denkt: Intuitionismus ist Kommunikation. Ganz einfach. Kommunikation mit dem Nicht-Ich. Als er Jahre später vor seiner Anhängerschaft Vorträge hält, sind sie sich nicht dessen bewusst, was er wirklich meint. *Die Fahrstuhlwelt wird wie der Himmel sein, aber nicht wie der Himmel, den ihr im Kopf habt.* Lila Mae hört draußen Autotüren zuknallen. Durchs Fenster sieht sie ihren alten Lehrer fürs Ingenieurswesen, Dr. Heywood, die Türen seines Autos abschließen. Zurückgekehrt aus der Kirche vom Gebet für die nächste Welt. Jenseits. Es ist ein Bedürfnis. Sie hat sich immer für eine Atheistin gehalten. Hat neben ihren Eltern in der Kirche gekniet und die Worte gesagt, die sie sagen musste, aber sie hat nie an sie geglaubt, und als sie in den Norden kam, ist sie nicht mehr zur Kirche gegangen. Sie hat sich immer für eine Atheistin gehalten und nicht begriffen, dass sie eine Religion hatte. Jeder kann eine Religion stiften. Nötig dazu ist nur das Bedürfnis der anderen.

Sie sind noch nicht weit in das linker Hand liegende Chaos vorgedrungen, das vermutlich von Arbos Schlägertruppe hinterlassen wurde. Was Lila Mae angeht, so hat sie in den letzten paar Minuten einen ganzen Berg Schutt zusammengekehrt, dann wieder zu einer dünnen Schicht auseinander gefegt, um ihn noch einmal zusammenzukehren. Mrs. Rogers hat sich mit ihrem dummen Nippes abgemüht, ihren zerbrochenen Pferden. Es ist sinnlos. Lila Mae fragt: »Warum steht mein Name in seinen Tagebüchern?«

Mrs. Rogers lässt sich auf dem Sofa nieder. Zu müde. Fasst an die Teekanne und runzelt die Stirn. Kalt. »Gegen Ende wusste er, dass er sterben würde. Er ist Tag und Nacht rumgerannt und hat versucht, sein letztes Projekt fertig zu kriegen. Nachts ist er rüber in die Bibliothek gegangen, die sie nach ihm benannt haben – er hat gesagt, er mag die Ruhe da.« Sie schaut auf ihre Hände. Sie liegen auf ihrem Schoß, Handflächen nach oben gekehrt, umgedrehte Krabben. »Er hat gesagt, dass er ein Licht in einem Zimmer gegenüber gesehen hat, und eines Tages hat er mich gefragt, ob ich den Namen der farbigen Studentin auf dem Campus weiß. Ich hab ihm gesagt, dass ich keine Ahnung hab, und mehr weiß ich nicht.« Blickt ihrem Gast jetzt in die Augen. »Sie sollten den Rest mitnehmen. Ich hab keine Lust mehr, ihn hier zu behalten. Wird mir zu viel.«

Sie steht auf und geht in die Küche. Lila Mae kann nicht sehen, was sie tut. Aber sie hört es. Hört ein Quietschen, sie braucht ein paar Sekunden, um es einzuordnen. Es ist ein alter Handaufzug, und er tut, was von ihm erwartet wird. In der Küche gibt es einen Speisenaufzug. Einen primitiven Handaufzug, der sämtliche Prinzipien der Vertikalität enthält.

Als die alte Frau zurückkehrt, trägt sie einen Stapel Notizbücher, Fultons geliebte Fontaines, die lose in ein fleckiges Stück Leder gehüllt sind. Die heiligen Schriften, ganz klar. Sie hat ein paar Backsteine aus der Rückseite des Schachts gezogen und eine flache, dunkle Höhle geöffnet. In der die Texte gewartet haben. Eine Minute lang stehen sie da, die zwei farbigen Frauen, Auge in Auge, eine Generation und einen halben Meter voneinander entfernt, und in den Lichtschäften, die der späte Nachmittag zwischen sie wirft, wirbeln staubige Geister. Lila Mae nimmt die Notizbücher. Sie haben ein ordentliches Gewicht. Sie fragt: »Warum haben Sie die Päckchen verschickt?«

Die alte Frau sagt: »Er hat Anweisungen hinterlassen. Er hat gesagt, wenn ich sie verschicke, wird jemand kommen.«

Sie hatte schon bei der ersten Wohnung Glück, die sie sich anschaute. Sie wollten im farbigen Teil der Stadt wohnen, nachdem sie sich so lange auf dem blassen, ihr fremden Gebiet des Instituts aufgehalten hatte. Als sie ihr Examen bestanden hatte, war Lila Mae auf sich gestellt. Sie brauchte eine Wohnung, denn sie hatte einen Job in der Stadt. Die erste farbige Frau in der Fahrstuhlinspektionsbehörde. Sie wollte allen Menschen auf dem Bürgersteig von ihrem Erfolg erzählen, der alten, würdevollen Dame, die auf der Treppe saß und sich mit einer Zeitung Luft zufächelte, dem stahläugigen Cop an der Ecke, dessen Knöpfe im Licht blitzten. Dass sie es geschafft hatte. Die erste Frau ihrer Rasse zu sein, die sich eine Kennmarke verdient hatte. Wollte sie an den Schultern packen und schütteln. Natürlich wäre es ihnen ganz egal gewesen. Keiner wusste, was diese Stadt stützte und in den Himmel wachsen ließ. Sie kannten sie nicht, und es war der erste heiße Sommertag.

Auf der Insel war dies der farbige Stadtteil, aber es war nicht die farbige Stadt, in der sie aufgewachsen war. Sie war über Nacht entstanden, als die Tunnel der Magnaten die Erdoberfläche durchbrachen und ein Schild aufgestellt wurde: U-Bahn-Haltestelle. Reihen- und Mietshäuser, die sich in geraden Linien von Fluss zu Fluss quer über die Insel erstrecken. Das war der Anblick, den die Gegend den ersten Bewohnern bot, und Lila Mae bot sich dasselbe Bild. Sie tauchte aus der Hitze des U-Bahn-Tunnels auf, stand an der Kreuzung und überlegte, wohin sie sich wenden sollte. Eine Straße war so gut wie die andere. Lila Mae entschied sich willkürlich für einen einladend aussehenden Wohnblock. Auf halbem Weg, nachdem sie dem weißen Sprühregen eines Hydranten ausgewichen war, sah sie das Schild. »Zimmer zu vermieten«, darunter schwang der kleine Nachsatz *Zimmer frei* an zwei eisernen Haken.

Der Immobilienhai, der sich das Areal dieser Straßen abgesteckt hatte, hatte sich für sechsstöckige, klotzig graue Mietshäuser mit italienisch angehauchten Fassaden entschieden. Platz für ganze Familien. Später lebten zwei oder drei Familien in einer Wohnung. Die Investition hatte sich gelohnt. Auf der Treppe saß ein hagerer Weißer mit feuchtem, schwarzem Haar und lauschte einem Pferderennen, das im Radio übertragen wurde. Er schrie den Moderator an, spie Flüche aus und wischte sich dabei den Schweiß mit einem Lappen von der Stirn. Lila Mae wollte geduldig warten, bis das Rennen gelaufen wäre, hoffte, dass der Ausgang keinen negativen Einfluss auf seine Antworten haben würde, wenn sie ihn fragte. Er trug eine graue Hose, die von roten Hosenträgern gehalten wurde, und ein schmutzig weißes, ärmelloses T-Shirt. Sie sah den Schriftzug über dem Türbogen: Bertram Arms. Er wartete nicht ab, bis das Rennen zu

Ende war, sondern ergoss einen weiteren Sturzbach von Flüchen und schaltete das Radio aus. Lila Mae sagte: »Entschuldigen Sie bitte, Sir, ich suche den Hausverwalter.«

Er musterte sie prüfend. »Sie wollen ein Zimmer?«

»Ja. Auf dem Schild steht ...«

»Ich weiß, was draufsteht. Kommen Sie mit rauf«, sagte er und packte das Radio. »Ich zeig's Ihnen.«

Die Eingangshalle trug noch immer den ersten Anstrich, schmieriges Grün, überzogen von einer gesunden Schicht Staub, den das geronnene Fett der Herde im Haus festgebacken hatte. Sie mochte den Geruch nicht, glaubte aber, sich daran gewöhnen zu können, wenn es sein musste. »Ist im fünften Stock«, sagte der Mann. »Fenster nach Osten. Die Seite des Hauses kriegt 'ne Menge Licht morgens.« Sie folgte ihm die glatten Stufen hinauf. »Keine Haustiere. Ein paar Mieter haben Haustiere, ist aber eigentlich verboten.« Die Hitze des Tages hing in den Fluren. Einige Wohnungstüren standen offen, damit frische Luft hindurchfluten konnte, aber Lila Mae konnte nicht hineinschauen, als sie höher stiegen. Die Zimmer waren ruhig. »Gibt Münzfernsprecher in jedem Stock. Meist kriegen die Leute ihre Nachrichten, aber man muss nett zu den Nachbarn sein.«

Er öffnete die Tür von Apartment 27. »Sehen Sie sich's selbst an«, sagte er. Er wartete draußen.

Besonders groß war es nicht, aber sauber, jedenfalls mehr oder weniger. Sie konnte noch die schwachen, staubverhangenen Umrisse der Bilder erkennen, die von früheren Mietern aufgehängt worden waren. Es gab zwei Räume, einen großen und einen kleineren, in den man ein Bett würde quetschen können. Sie hatte kaum Möbel. Wahrscheinlich haben sie die Apartments noch einmal geteilt, dachte Lila Mae. Sie könnte ein Bett hineinquetschen. In jedem Fall war es größer als ihr Zimmer im Institut, und in dem Käfig hatte sie drei Jahre lang gelebt.

Da die Fenster geschlossen waren, war es stickig. Lila Mae ging zu einem Fenster und ließ die Luft herein. Sie konnte ziemlich weit nach Osten schauen, bis ein paar hohe Gebäude die Sicht auf den Fluss versperrten. Sie hätte lieber einen Blick auf die richtig hohen Türme in der Innenstadt gehabt, aber das konnte warten. Ohne sich vom Fenster abzuwenden, rief sie: »Was haben Sie gesagt? Wie viel war's noch?«

»Fünfzehn Dollar und fünfundvierzig Cent pro Woche«, sagte der Mann. »Jeden Montag fällig. Und drei Dollar Pfand für die Schlüssel.«

Sie erwog das Apartment. Eigentlich ein gutes Geschäft, dachte sie. Bei ihrem Gehalt konnte sie es sich leisten. Ein neuer Anfang. Lila Mae glaubte, sich in der Stadt häuslich einrichten zu können.

Hier ist sie schon einmal gewesen. Auf dem Platz mit dem harten Belag, zwischen den steinernen Tieren. Unklar, ob die granitene Menagerie Arbos Idee war oder der Fantasie des Bildhauers entsprungen ist. Die Tiere – ein Nashornbaby, ein Löwe, eine Hyäne, mit gekrümmten Vorderbeinen, schrägen Nacken und irislosen Augen – blicken auf einen Horizont, der von den Gebäuden ausgeblendet wird, bücken sich, um in einer zubetonierten Oase zu trinken. Eine mögliche Symbolik, die auf Arbos industrielle Mission oder den Charakter der Kompanie hindeutet, geht völlig an Lila Mae vorbei. Die Tiere bewegen sich nicht. Männer und Frauen in konservativer Geschäftskluft halten Abstand zueinander, als sie über den Platz navigieren, auf die U-Bahn zusteuern, auf Wasserlöcher und Futterstellen. Potenzielle Beute, auf der tiefsten Bewusstseinsebene voller Angst vor dem Erwachen der Jäger, unwahrscheinlich zwar, aber dennoch eine Bedrohung darstellend.

Hier ist Lila Mae schon einmal gewesen. In ihrem letzten

Semester am Institut für Vertikalen Transport. Arbo lud die Examensklasse zum Anwerbungsgespräch ein, das sich in einem langen Raum mit Glaswänden abspielte, hoch über der Straße. Während Lila Mae und ihre Kommilitonen Kaffee nippten und an französischem Gebäck knabberten, beschrieb der lange Mann von Arbo, der in einem teuren, dunklen Anzug steckte, die fruchtbare Atmosphäre und die Aufstiegsmöglichkeiten, die der Fahrstuhlhersteller den Examinierten der berühmtesten Fahrstuhlinspektionsschule im ganzen Land zu bieten habe. Irgendwann einmal sei auch er aus dem Ei der Fahrstuhlschule geschlüpft und vom Eifer erfüllt gewesen, die Städte zu retten. Irgendwann einmal, enthüllte er, habe auch ihn das romantische Leben des Grabenkampfes gelockt, die berauschende Mühe, mit der man die Maschinerie zu Boden ringe und zum Geständnis zwinge, der heilige Kreuzzug gegen die Defekte. Arbo habe mehr zu bieten, sagte er und wies mit ausgestrecktem Arm auf den Ausblick hinter seinem Rücken, die niedrigen Gefilde jenseits der Stadt, die greifbar nahen Wolken. Arbo erschaffe die Zukunft, erzählte er ihnen, Inspektoren dienten der Zukunft. Die Studenten dachten über ihre schäbige Kleidung und das schmutzige Gelb der Wände in den behördlichen Büros nach. Die Anwerbungsgespräche bei den Fahrstuhlherstellern waren ein Ritual. Lila Mae betrachtete sie als letzte Prüfung, der ihre Treue zum Dienst an der Öffentlichkeit unterzogen wurde. Als Versuchung. In all den Jahren, in denen diese Prüfung stattgefunden hatte, hatte kein einziger Student je die Ohren dem Lockruf der Straßen verschlossen, dem moralischen Imperativ der anständigen Arbeit. Erst nachdem sie pflichtgemäß die Straßen durchstreift haben, sickern sie in die Welt der Fahrstuhlhersteller ein, im Schatten, wie widerwillige Ratten. Nur nachdem sie es ausprobiert und die mageren Pennys in der Lohntüte der Stadt gezählt haben, kehren sie zu Arbo, United und den anderen Kompanien zurück, besiegt, Hut in der Hand, um Erlösung und bessere Anzüge bettelnd. Wenn das Examen bevorsteht, verschicken die Fahrstuhlhersteller Einladungen, und die Studenten lauschen dem Teufel und halten stand.

Wie einer Firma angemessen, deren Reichtum ein Anzeiger für den Stand der Vertikalität ist, ist das Arbo-Gebäude eines der höchsten der Stadt. Doch die Firma kann das Gebäude nicht allein füllen, obwohl sie groß ist – wie immer überlässt man das der Stadt und anderen. Lila Mae muss den Sicherheitsbeamten am Empfangsschalter fragen, wo sich das Büro des Mannes befindet. Er schlägt es in einem Buch nach. Er schickt sie zum Fahrstuhlflur C, zu den Expressaufzügen. Arbo kann nicht das ganze Gebäude füllen, aber sie haben sich die obersten Stockwerke gesichert. Das lässt sie auf den Zehenspitzen stehen. Egal, wie hoch oben sie sind – der Himmel bleibt, lenkt sie ab und erinnert sie stets daran, dass die höchste Höhe noch nicht erreicht ist.

Der Expressaufzug, eines von Arbos neuesten Modellen, ist leer. In schweigender Verachtung lässt er die unteren Stockwerke hinter sich. Ignoriert sie. Lila Mae fährt allein. Sie fährt so selten zusammen mit Zivilisten, jenen Menschen, die ihrem Beruf seine Berechtigung verleihen. Oder ihrem früheren Beruf. Heute ist sie nicht zum Dienst erschienen. Nicht an diesem Montag.

Im achtzigsten Stock fragt die Empfangsdame, ob sie Lila Mae helfen könne. Ihre Stimme füllt fröhlich die Leere. Lila Mae sagt, sie wolle zu Raymond Coombs. Sie nennt ihren Namen. Die Frau wendet sich der wuchtigen, grauen Sprechanlage zu. Er ist wie vor den Kopf gestoßen, Wörter knistern in der abgestandenen Büroluft. Er weist die Empfangsdame an, sie durchzulassen.

Der Teppich unter ihren Füßen ist weich, dämpft die Tritte ihrer groben Schuhe. Im Flur kommt sie an einem Schaukasten vorbei, der eine Miniaturnachbildung von Arbos erstem Aufzug, dem Excelsior, enthält. Die Werbebroschüre, die auf einem Plakat an der Rückwand nachgedruckt worden ist, verspricht »eine herzerfrischende Hochzeit von Luxus und Leistung, die den Fahrgästen eine bequeme Fahrt ermöglicht, ans Ziel gebracht von einem der allerbesten mechanischen Fortbewegungsmittel unserer Zeit.« Die Flure sind still, alle Angestellten sind in ihren Büros oder außer Haus. Lila Mae hält vor der antiken Maschine inne. Schade, denkt sie. Über Bequemlichkeit wird nicht mehr nachgedacht. Der Zweck der Maschine wird nicht mehr versteckt, fort mit den Sofas und dem Schmuck der Nymphen und Greifen. Unter den Versprechungen des Herstellers sieht Lila Mae einen Zusatz des Charleston Hotel, das den Prototyp des Aufzugs erhalten hatte. Er lautet: »Die obersten Stockwerke können sich nun in die begehrenswertesten im ganzen Haus verwandeln, denn der Gast wird ruhig und bequem in weniger als einer halben Minute hinaufbefördert und genießt bei seiner Ankunft eine reine und linde Atmosphäre, die frei ist von Lärm, Staub und Rauch.« Das alte Charleston wurde schon vor Jahren abgerissen. War nicht hoch genug.

In Raymond Coombs' Büro fehlt eine Wand. Sie ist durch Glas ersetzt worden. Wären da nicht die Jalousien unter der Decke, man könnte den Eindruck gewinnen, hinter Coombs' Rücken gähnte die Leere. Seine Ärmel sind bis zu den Ellbogen aufgekrempelt. Er trägt ein frisch gebügeltes, weißes Oxford-Hemd, das hinter goldenen Hosenträgern sitzt – im Gegensatz zur Kleidung seiner Maskerade. Der groben Kluft eines Arbeiters. Jetzt wirkt er ganz wie ein Geschöpf der Firma. Seine Krawatte ist rot und grün und glänzt. Sie sagt: »Schönes Büro«, sieht an ihm vorbei auf den hunderte von Metern unter ihnen liegenden, schmutzigen Fluss.

Coombs sagt: »Man tut, was man kann.« Er schließt eine Akte auf seinem Schreibtisch. Um die Wahrheit zu sagen:

Die Störung bei der Arbeit überrascht ihn mehr als ihr Auftauchen in seinem Büro. Er nimmt die Brille mit dem Rahmen aus Schildpatt ab und steckt sie in die Hemdtasche.

Lila Mae bemerkt ein Foto an der Ostwand des Raumes, eine Porträtaufnahme des berühmten Reverends. Jenes Mannes, der im Süden so viel Krach schlägt. Sie zeigt darauf, sagt: »Das Bild darfst du hier aufhängen?«

»Meine Arbeitgeber gestatten mir eine gewisse Narrenfreiheit«, antwortet er schulterzuckend. »Ich erledige meinen Job, und der Rest ist ihnen egal. Möchtest du dich setzen?«

Sie bleibt stehen. »Wann hat es angefangen? Am Freitag damals oder schon früher?«

Er spitzt die Lippen und überlegt. »Sobald wir deinen Namen in den Tagebüchern gefunden haben. Ich persönlich habe dem nicht viel Gewicht beigemessen. Die Codeknacker unten haben zwei Tage mit dem Versuch verbracht, die Zahlenkolonne zu untersuchen, die wir am Rand einer Seite entdeckt haben. Hat zu nichts geführt. Offenbar hat Fulton bloß seine Wäschereirechnungen addiert. Er hat allen möglichen Mist notiert. Also, zuerst hat es überhaupt keine Bedeutung gehabt, dass dein Name in den Notizbüchern aufgetaucht ist, aber die da oben wollten, dass wir jeder Spur nachgehen.«

Die Sprechanlage summt. Raymond Coombs teilt der jungen Frau am Empfangstisch mit, dass er nicht gestört werden möchte.

Lila Mae deutet mit dem Kopf auf das Foto auf dem Tisch. »Deine Frau?«

»Seit zwölf Jahren verheiratet. Sie arbeitet drüben im Metropolitan Hospital. Sie ist Krankenschwester.«

»Kinder?«

»Ein Junge.« Coombs dreht das Foto so, dass sie es nicht mehr sehen kann. Seine Stimme ist ein oder zwei Oktaven höher als im Haus der Intuitionisten und in ihrem Hotelzimmer. Er sagt: »Wir wussten nicht, wie viel du weißt, wenn überhaupt etwas. Wir hatten schon Jim und John in dein Apartment geschickt, aber als wir vom Unfall im Fanny-Briggs gehört haben, dachte ich, es wäre klug, Reed loszuschicken, damit er eingreift. Ich dachte, die Nachricht von der Black Box wäre genug, um dich aufzuscheuchen. Um herauszufinden, was du weißt. Der Unfall hat dann alles verändert. Er war ein Glücksfall. Er hat es zu einer persönlichen Angelegenheit gemacht. Ja«, sagt er, und seine Finger gleiten über die Clubkrawatte, »ich muss schon sagen, dass der Unfall ungemein hilfreich war.«

Sein Blick wandert langsam über ihren Körper, bleibt an der braunen Ledertasche hängen, die sie vor dem Bauch hält. »Soll ich weiterreden?«, fragt er.

Sie nickt. Den Unfall hatte niemand vorhersehen können.

»Zuerst haben wir wirklich geglaubt, Chancre hätte die Nummer elf sabotiert«, sagt er. Ständig diese gezierte Aussprache. »Aber unsere Spione haben uns darüber informiert, dass er genauso überrascht war wie wir. Zum Glück hast du dich, mit ein bisschen Nachhilfe von uns, an dem Verdacht gegen ihn und an diesem Pompey festgebissen. Auf diese Weise warst du wenigstens berechenbar«, sagt er grinsend. »Wenn man einen Farbigen reinlässt, wird er integriert. Wenn man zwei reinlässt, gibt es einen Rassenkrieg, weil sie darum wetteifern, den Weißen die Füße zu küssen.«

Den Köder schluckt sie nicht. »Red weiter«, befiehlt Lila Mae.

»Als wir wussten, dass wir dich haben«, fährt er fort, »war mir klar, dass du uns noch nutzen kannst, obwohl wir nicht ganz sicher waren, was du über die Notizbücher weißt. Du hast ja mit nichts rausgerückt, aber das haben wir einfach dem zugeschrieben, was wir in der Akte der Behörde über dich gelesen haben – dass du keinem traust. Ich habe

Reed gesagt, er soll dich zu Fultons Magd schicken – die alte Eule hat auf keine unserer Avancen reagiert. Aber als du danach nicht wieder aufgetaucht bist, musste ich meinen Charme einsetzen. Das hat uns aus dem Takt gebracht.«

Er spricht nicht mehr wie ein Farbiger aus dem Süden. Wie Natchez. Und auch sein Gesicht ist nicht mehr dasselbe in diesem schillernden Licht, in dieser durchquirlten Luft. Sie hat das Leder fest im Griff. Sie fährt mit einer Fingerspitze auf dem Reißverschluss entlang. »Wie hast du das mit Fulton herausgefunden?«

»Vor ein paar Jahren, als wir merkten, dass seine späten Aufzeichnungen verschwunden sind, haben wir einfach ein paar Nachforschungen angestellt, für die es bis dahin keinen Anlass gegeben hatte. Haben herausgefunden, wo er herstammt. Seine Schwester war gerade gestorben. Sie hatte keine Erben, also haben wir ihren Besitz gekauft. Besitz natürlich im weiteren Sinne verstanden.«

»Es kratzt keinen, wo er herstammt.«

»Nicht besonders. Die Farbigen glauben, dass zwei unserer Präsidenten farbig waren. Wir schlagen ein bisschen Krach deswegen, aber es kommt nie etwas dabei heraus. In der Industrie wird es kein Mensch glauben, und jene, die es wissen, interessieren sich mehr für seine letzten Erfindungen. Auf dieser Ebene wird seine Hautfarbe egal. Auf der geschäftlichen Ebene. Wenn sie wollen, können sie Fulton in einen dieser Geschichtskalender der Farbigen aufnehmen – es ändert nichts an der Tatsache, dass mit seiner Erfindung Geld zu machen ist.«

»Du hast dir dein schönes Büro wirklich verdient.« Der goldene Schriftzug draußen auf seiner Tür lautet: *Raymond Coombs. Sonderprojekte.*

»Ich versuch's. Wenn ich richtig gut wäre, dann hätte meine Sabotage bei der Revue dafür gesorgt, dass du im Haus der Intuitionisten geblieben wärst. Dann hättest du dich sicher gefühlt, weil du gemeint hättest, ich könnte dich beschützen. Du wärst dort geblieben, wo wir dich unter Kontrolle gehabt und von Chancre fern gehalten hätten. Ich habe versucht, die Sache zu regeln – aber du hast deine eigenen Ideen gehabt. Die unabhängige Lila Mae.« Er hält inne, um Lila Maes Tasche zu mustern. Ihm dämmert offenbar, dass sie eine Waffe darin versteckt haben könnte. »Darf ich dich etwas fragen?«, sagt er und rollt seinen Stuhl fort vom Tisch, um mehr Bewegungsfreiheit zu haben. »Nur für den Fall, dass ich mich noch mal als Natchez verkleiden muss.«

»Schieß los.«

»Warum bist du zu *Lift* gegangen? Hast du geglaubt, der dumme Junge vom Land würde die Sache in den Sand setzen, oder wolltest du deinem neuen Beau bloß ein Geschenk machen?«

»Ich wollte nur helfen.«

»Ich werde beim nächsten Mal daran denken.«

Nur noch ein oder zwei Sachen zu klären. Die Fahrstuhlinspektorin will es genau wissen, obwohl Lila Mae inzwischen alles kapiert hat, was sie kapieren muss. Die Fahrstuhlinspektorin fragt den Mann von Arbo: »Was werdet ihr mit der Wahl morgen machen? Im Moment scheint ihr in der Sackgasse zu stecken.«

Coombs sieht zu, wie Lila Mae den Rand der Aktentasche reibt, sein Blick fliegt zur Tür hinter ihrem Rücken, er schätzt Winkel ab, Entfernungen. Er sagt: »Heute Abend wird Chancre an seinem Bett im Krankenhaus eine Pressekonferenz geben. Ich bin mir sicher, dass er auf die Gerüchte über Fulton eingehen wird – inzwischen weiß ja jeder von der Black Box. Aber wir werden uns darum kümmern. Ich werde mich darum kümmern.« Er spannt langsam die Muskeln an, sucht seinen Schreibtisch mit den Blicken nach Wurfgeschossen ab. »Und du, Lila Mae, worum wirst du dich kümmern?«

»Ich hab was für dich«, sagt sie. Sie lässt die Tasche auf seinen Tisch sacken.

»Was ist das?«

»Fultons Notizbücher. Das, wonach du gesucht hast.«

»Warum?«

»Ich wollte nur helfen«, sagt sie.

Auf ihrem Rückweg zum Fahrstuhl überlegt sie einen Augenblick lang, ob sie nicht das Glas einschlagen soll, das den kleinen Arbo-Excelsior schützt. Sich das Ding unter den Arm klemmen und es inmitten der steinernen Menagerie vor dem Gebäude absetzen. Es befreien, damit es seine Chance in der neuen Stadt ergreift, für die es nie konstruiert war. In der Wildnis. Aber dort draußen würde es nie überleben. Also küsst sie nur das Glas und geht weiter.

Welches Stockwerk?

Wie konnte er nur glauben, dass sie bereit dafür wären? Sie können ja kaum etwas mit den Städten anfangen, die sie jetzt haben. Jene, die Otis ihnen geschenkt hat. Sie stoßen zusammen, wenn sie durch Türen gehen, und legen lächerliche Stürze hin. Er möchte dort sein, in den Städten sein, die sie errichten werden, wenn sie den perfekten Fahrstuhl haben. Er wird nicht dort sein. Das hat er gewusst, sobald er daran zu glauben begann. Er hatte sich diesen Glauben nie erlaubt. Aus Angst. Und als er den Glauben fand, war es natürlich zu spät. Er konnte nur beschreiben, wie es seiner Meinung nach aussehen würde, und ihnen die Mittel an die Hand geben.

Es hat ihn drei Dollar gekostet, seine Schuhe neu besohlen zu lassen. Daran erinnert er sich. Manche werden es komisch finden, dass ausgerechnet er es war, der ihnen den perfekten Fahrstuhl geschenkt hat. Nach allem, was sie ihn haben durchmachen lassen. Aber er hatte keine andere Wahl, oder? Sobald er begonnen hatte. Als er begann, hatte er noch eine andere Idee im Kopf, doch dann packte es ihn, und er veränderte den anfänglichen Ansatz. Man könnte sagen, dass es ihm unter die Haut ging. Nun ist er fast fertig, und er hofft, dass sein Körper ihm die Zeit lassen wird, seine Arbeit abzuschließen. Wo war er noch? Hat gerade etwas über die dünnere Luft dort oben geschrieben und wie damit umzugehen ist. Er bemerkt, dass er *drei Dollar* an den Rand seines Notizbuchs geschrieben hat. Er notiert immer irgendetwas am Rand.

Jetzt wird es wärmer draußen, und in der Bibliothek, die sie nach ihm benannt haben, ist es nicht mehr so kalt. Seit einiger Zeit trägt er nichts mehr außer seinem Nachthemd. Man schweigt dazu, denn man hält ihn für einen großen Mann und gestattet ihm gewisse Exzentrizitäten.

Er hat es so weit durchdacht, wie er vorausschauen kann. Die Ausführung seines Plans muss anderen überlassen bleiben. Vielleicht wird er in falsche Hände geraten. Vielleicht wird man glauben, die Zeit wäre reif, wenn die Zeit eigentlich noch nicht reif ist, und das wäre schrecklich. Oder man wartet zu lange mit der Ausführung. Nun, er weiß wirklich nicht, was Schlimmes passieren könnte, wenn man zu lange wartete, aber er würde es begrüßen, wenn derjenige, der den Plan einst in die Hände bekommt, einen guten Sinn fürs Timing hat. Wer immer es sein mag. Es könnte sogar einer der Studenten da draußen auf dem Campus sein, einer jener Unwissenden, die jetzt schlafen und sich angenehmen Fahrstuhlträumen hingeben. Vielleicht wird einer jener Trottel den Plan finden.

So viel Korruptheit heutzutage. Aber was soll's, alter Schwachkopf, es ist immer so gewesen. Zerbrich dir nicht den Kopf darüber. Geh wieder an die Arbeit. Es gibt noch viel zu tun. Hätte er nur früher begonnen. Aber er konnte ja nicht ahnen, was zu tun war, bevor er begann.

Es ist spät. Er schreibt am Fahrstuhl.

Seine Handschrift hat sich verschlechtert, seit er angefangen hat. Das kann er sehen. Je näher er dem Ziel kommt, desto schlechter wird sie, als würden seine Worte vom Fahrstuhl gepackt und auf die andere Seite des Geschriebenen gezogen werden. Als würden sie in die Zukunft gezogen werden. Er kann sie noch entziffern.

Ihm fällt ein, dass er an diesem Abend den Rektor, diesen selbstgerechten, alten Clown, draußen auf dem Platz getroffen hat. Schwatzte von seiner Verabredung zum Abendessen mit einem der anderen Yahoos, die hier herumschwirren. Er hat den Rektor nach dem Namen der Studentin gefragt, die über der Turnhalle wohnt, jenes junge, farbige Mädchen, das immer so schnell geht und dabei den Kopf gesenkt hält. Der Rektor sagte, ihr Name sei Lila Mae Watson und dass sie ihrer Rasse zur Ehre gereiche.

Jetzt blickt er in ihr Fenster, wie in so vielen Nächten seit kurzem. Sie lernt im kleinen Zimmer, gegenüber von der Bibliothek. Einer umgewandelten Hausmeisterklause, wenn er sich recht erinnert. Ihr Licht ist das einzige im ganzen Gebäude. Genau wie sein Licht. Sein Licht ist das einzige in der ganzen Bibliothek. Sie sieht nicht aus, als würde sie besonders viel essen. Hinter dem Fenster wirkt sie so dünn und zerbrechlich. Er wünschte sich, sie wäre vernünftiger. Aber er kann sich jetzt nicht darum kümmern. Der Fahrstuhl braucht ihn. Er hebt seinen Stift. Er bemerkt, dass er *Lila Mae Watson ist es* auf den Rand seines Notizbuchs geschrieben hat. Stimmt genau. Es ist der Name des einzigen anderen Menschen, der zu dieser Nachtstunde noch wach ist. Sie weiß nicht, was sie erwartet, denkt er und streicht sie aus seinen Gedanken. Er notiert immer Dinge am Rand.

Seine Arbeit ruft ihn. Er ist fast fertig. Er hat Marie-Claire

Anweisungen gegeben und vertraut darauf, dass sie sie ausführen wird. Irgendjemand wird kommen. Irgendjemand wird sich darum kümmern. Um die Sache, die er schreibt.

Vielleicht wird er die Laterne nachts mit hier heraufnehmen und sie als Arbeitslicht benutzen. Das wäre eine richtig dramatische Beleuchtung. Dann würden sich die Leute wirklich das Maul zerreißen.

Er funktioniert, aber sie sind nicht bereit dafür. Sie werden nicht bereit dafür sein, bevor seine Zeit abgelaufen ist. Er wäre gerne bei ihnen, wenn es so weit ist. Aber er ist nicht für jene Welt bestimmt. Sondern für diese.

Sieben, bitte.

Lila Mae hat ein neues Zimmer. Es ist geräumig. Bietet jedenfalls genug Platz für einen Schreibtisch, und das ist das Wichtigste. Das Fenster blickt auf eine Fabrik.

Sie schreibt einen Satz und streicht ihn dann durch. Manchmal bekommt sie fast seine Tonlage zu packen, aber dann flattert sie davon, und sie braucht ein bisschen, um sie wieder einzufangen. Das größte Problem, scheint ihr, besteht darin, Fultons Tonlage in Band 3 von *Theoretische Fahrstühle* einzufangen. Sie ist anders als der nüchterne Akademikerton von Band 1 und der ziellos mystische Ton von Band 2. Die Tonlagen der ersten zwei Bände haben sich ihr unauslöschlich eingeprägt. An den Optimismus dieses neuen Buches muss sie sich erst gewöhnen. Sich darauf einstellen. Zum Glück ergänzt sie nur die überleitenden Passagen, die Fulton nicht mehr fertig stellen konnte. Sie kennt seine Handschrift. Die wichtigsten Teile liegen vor. Es fehlt nur hier und da ein bisschen, um sie zusammenzubinden. Nahtlos.

Sie reckt sich auf ihrem Stuhl. Dieses neue Zimmer gefällt ihr. Vielleicht werden sie es finden, vielleicht werden sie vor der Tür stehen, sobald sie die Sache durchschaut haben. Aber das kann dauern. Zeit genug, um noch einmal umzuziehen. Außerdem gibt es andere Städte, wenn auch keine, die so großartig sind wie diese, aber es gibt andere Städte. Sind sowieso alle dem Untergang geweiht, denkt sie. Durch das zum Untergang geweiht, woran sie arbeitet. Das, was sie der Welt übergeben wird, wenn es so weit ist.

Sie sind noch nicht bereit, aber sie werden irgendwann bereit sein.

Der Fahrstuhl, der in den Notizbuchfragmenten beschrieben wird, die Marie-Claire ihnen geschickt hat, ist nicht perfekt, aber ziemlich gut. Nachdem Marie-Claire ihr den Rest übergeben hatte, schickte ihnen die ehemalige Fahrstuhlinspektorin jene Teile, die sie noch nicht kannten. Wenn sie Fultons Code geknackt und seine Hieroglyphen entziffert haben, und das wird noch ein bisschen dauern, dann dürfte sie der Fahrstuhl eine ganze Weile beschäftigen.

Er ist nicht perfekt, aber er ist ziemlich gut. Das Kabinendesign, das die Konstruktionsanforderungen berücksichtigt, ohne den Fahrkomfort zu opfern, gefällt ihr besonders gut. Es ist genau wie früher. Fultons dritter Band begreift wirklich, was Menschen brauchen, so viel ist ihr klar geworden. Der Fahrstuhl, den sie zuerst Coombs übergeben hat, dann Chancre und Ben Urich, wird sie eine ganze Weile beschäftigen. Und eines Tages werden sie begreifen, dass er nicht perfekt ist. Wenn es so weit ist, wird sie ihnen den perfekten Fahrstuhl schenken. Und wenn es noch nicht so weit ist, dann wird sie ihnen weitere Worte von Fulton schicken, um sie wissen zu lassen, dass der Fahrstuhl kommen wird. Damit sie sich auf die Zweite Vertikale Revolution vorbereiten können.

Die Fenster ihres Zimmers blicken auf eine Fabrik. Das

gefällt ihr. Dieser Tage hat sie Mitleid mit den Gebäuden, wenn sie einen Blick darauf wirft. Weil sie nichts im Vergleich zu dem sind, was kommen wird.

Sie ist die Hüterin des Geheimnisses.

Manchmal denkt sie in diesem Zimmer über den Unfall und seine Botschaft nach. Vieles von dem, was geschehen ist, wäre sowieso passiert, aber es tröstet sie, dass der perfekte Fahrstuhl sie zu sich geholt und ihr ins Ohr geflüstert hat, sie gehöre zu seiner Welt. Dass sie eine Bewohnerin der Stadt der Zukunft sei und dass die zerbrechlichen Maschinen, denen sie ihr Leben gewidmet hat, schwach seien und eines Tages alle abstürzen würden, genau wie die Nummer 11. Alle werden sie die Schächte hinabstürzen wie schöne, tote Sterne.

Manchmal fragt sie sich in ihrem neuen Zimmer, wer wohl als Erster den Fahrstuhl entschlüsseln wird. Vielleicht Arbo. Vielleicht United. Egal. Ihr lächerlicher Wettstreit ist bloß Futter für das, was kommt, genau wie die Wahl. In gewisser Weise bereitet sie all das auf das Kommende vor.

Sie macht sich wieder an die Arbeit. Es hätte nicht unbedingt sie sein müssen, aber es hat sich schließlich doch so ergeben. Fulton hat genaue Anweisungen hinterlassen, doch sie weiß, dass sie sie, den Umständen entsprechend, ändern darf. Fulton konnte nicht vorhersehen, in welcher Weise sich die Welt verändern würde.

Sie macht sich wieder an die Arbeit. Sie wird die notwendigen Veränderungen vornehmen. Eines Tages wird es so weit sein. Sie liegt immer richtig. Das ist ihre Intuition.

## Dankeschön

Kein Junge sollte je das Haus ohne eine Ausgabe des *Amerikanischen Handbuches für die Inspektion von Aufzügen* verlassen, dann jedenfalls nicht, wenn er Ärger aus dem Weg gehen will. Beifall für: Gary Dauphin, Wesley Jones, Valerie Burgher, Dan Schrecker, Darren Aronofsky, Sue Johnson, Ari Handel, Hugh Garvey, Jed Weintrob, Bill Parsons, Jim Macintosh, Jeanette Draper. Dank an Kevin Young für seine Ermunterung und den Titel. Nicole Aragi, meine Agentin, ist Ehrfurcht einflößend. Tina Pohlmann, meine Lektorin, eine Frau von Welt. Ich hätte dies nie ohne die Liebe und die Unterstützung durch meine Familie und Natasha Stovall geschafft, die beste Partnerin, die ein Junge sich wünschen kann.